A TRAVESSIA DE
WALTER BENJAMIN

Jay Parini

A TRAVESSIA DE WALTER BENJAMIN

Tradução de
Maria Alice Máximo

2ª edição

EDITORA RECORD
RIO DE JANEIRO • SÃO PAULO
2022

CIP-BRASIL. CATALOGAÇÃO NA PUBLICAÇÃO
SINDICATO NACIONAL DOS EDITORES DE LIVROS, RJ

P258t   Parini, Jay.
2ª ed.   A travessia de Walter Benjamin: a aventura de um filósofo fugindo do nazismo / Jay Parini; tradução de Maria Alice Máximo. – 2ª ed. – Rio de Janeiro: Record, 2022.

Tradução de: Benjamin's crossing
ISBN 978-85-0111-336-8

1. Ficção americana. I. Máximo, Maria Alice. II. Título.

22-78716   CDD: 813
                                  CDU: 82-3(73)

Gabriela Faray Ferreira Lopes – Bibliotecária – CRB-7/6643

Copyright © Jay Parini, 1996.

Título original em inglês: Benjamin's crossing

Todos os direitos reservados. Proibida a reprodução, armazenamento ou transmissão de partes deste livro, através de quaisquer meios, sem prévia autorização por escrito.

Texto revisado segundo o Acordo Ortográfico da Língua Portuguesa de 1990.

Direitos exclusivos de publicação em língua portuguesa para o Brasil adquiridos pela
EDITORA RECORD LTDA.
Rua Argentina, 171 – Rio de Janeiro, RJ – 20921-380 – Tel.: (21) 2585-2000, que se reserva a propriedade literária desta tradução.

Impresso no Brasil

ISBN 978-85-0111-336-8

Seja um leitor preferencial Record.
Cadastre-se no site www.record.com.br
e receba informações sobre nossos lançamentos e nossas promoções.

Atendimento e venda direta ao leitor:
sac@record.com.br

Para Devon,
cada uma das palavras aqui escritas.

Cheguei a este mundo sob o signo de Saturno — astro da mais lenta revolução, planeta de desvios e tardanças.

Walter Benjamin

1

Gershom Scholem

Port-Bou, Espanha: 1950. Aqui estou eu, um homem que foi incapaz de chorar a morte dos próprios pais, a chorar por Walter Benjamin, meu grande amigo perdido para sempre. O cemitério fica em uma encosta dos Pireneus, verticalmente erguida sobre um mar verde onde se projetam as sombras das montanhas.

Já se passou uma década ou mais, porém ainda ouço sua voz por entre as folhas da grama seca, no redemoinho do vento que sopra, aprisionada no estrondo surdo ou no ritmar das ondas lá embaixo. "Se eu fosse me encontrar com você na Palestina", disse ele, "muito provavelmente minha situação iria melhorar. Entretanto, quem pode garantir? Tenho a tendência, que você conhece, de parar diante de cada bifurcação da estrada e ali ficar, indeciso, a alternar ora sobre uma, ora sobre outra perna o peso do meu corpo." Isso ele escreveu em 1931, quando a oportunidade de escapar ainda existia. Ele poderia ter ido, sabe? Poderia ter ido para Jerusalém, onde viveria entre pessoas que pensavam de maneira semelhante à dele. Essa destruição foi absolutamente desnecessária. Com o passar do tempo eu teria encontrado uma vaga para ele na universidade — ou em uma escola, talvez. Há sempre necessidade de professores.

Ou mesmo em uma biblioteca. Ele teria sido um excelente curador de manuscritos e obras de arte. Quem poderia saber mais do que Walter Benjamin?

Ele jamais imaginou que as coisas chegassem ao extremo a que chegaram na Europa: Benjamin simplesmente não era esse tipo de homem. Não seria injusto dizer que ele entendia muito pouco das coisas que se passavam na vida real; ele era — atrevo-me a dizer — um ignorante no que dizia respeito à política. Mas que mente literária! Com que facilidade entrava no labirinto de um texto e, como Teseu, desenrolava um fio do seu próprio coração que o levaria de volta à luz, tendo ido tão fundo, tendo se confrontado, face a face, com o próprio Minotauro e tendo matado o monstro.

O pensamento europeu perdeu seu paladino, seu delfim, seu príncipe mais gentil, apesar de as pessoas não terem consciência disso. E se tivessem, teriam se importado? Duvido que o mundo possa produzir alguém como Benjamin novamente. E ainda que pudesse, o solo deste continente já não mais seria digno de uma mente como a dele. Alguém assim não sobreviveria nessa atmosfera conspurcada, egoísta e desprovida de valores espirituais. Minha vontade é cobrir este meu corpo de trapos, vagar pelo deserto, chorar a perda do meu morto. Minha vontade é gritar com Jeremias: "E eu vos trouxe à terra da fartura para comer seus frutos e usufruir de todas as suas benesses; mas quando aqui entrastes, vós profanastes minha terra e tornastes minha herança abominável."

Mas aqui estou eu na fronteira da Espanha, onde ele morreu há dez anos. Ele era meu amigo e eu precisava vir pessoalmente ver seu túmulo. Meus olhos precisavam confirmar exatamente onde aconteceu e como aconteceu essa tragédia que até hoje me interrompe o sono, sobressaltado.

As ondas se quebram no cascalho rochoso lá embaixo, e o sargaço jaz exposto como intestinos entre madeiras de escombros ali lançadas pelo mar. Em pequenas piscinas de pedra, as anêmonas são corações amarelos que pulsam, como que tentando manter viva a fera brutal que é o mar. Por todo lado a vida luta para se manter. Mas a natureza entrópica do universo não pode ser negada. Tudo se desfaz inexoravelmente.

É este o lugar onde Eva Ruiz, uma mulher que nasceu na França e que cuida do único hotel da aldeia, me diz que ele foi enterrado. Mas não sei ao certo qual dos túmulos é o dele.

— Era um homem educado, esse seu amigo — disse ela esta manhã, enquanto me servia café em um terraço ajardinado que fica nos fundos de seu hotel cor-de-rosa, encarapitado em um abismo que dá para o mar. — Eu gostava muito dele.

— Já faz tanto tempo. A senhora deve ter recebido tantos hóspedes... — disse eu. Suas mãos borboleteavam no colo como um par de mariposas brancas.

— Ah, não — insistiu ela. — Lembro-me muito bem dele, do seu amigo dr. Benjamin. Era um homem franzino e muito sensível, judeu, se não me engano. Tinha um bigode espesso, usava óculos de lentes bem grossas e era gentil com minha filha. Uma mãe não se esquece disso, sabe? Suzanne até hoje fala nele.

— Posso falar com sua filha?

— Sinto muito, mas é impossível. Mandei-a para Nice, estudar. — Sua expressão endureceu, e as mãos de mariposa voaram para seu pescoço, como se ela fosse se estrangular ali, diante de mim. — A maneira como ele morreu — disse ela — foi mesmo muito triste. Não tiveram a menor consideração.

— O que foi que a senhora disse?

— Do meu ponto de vista, é claro. Há que se levar em conta minha situação, o senhor me entende. Sou viúva. É preciso levar em conta muitas coisas.

— Acho que a senhora está me deixando confuso, *madame* — disse eu.

— Estou? — Ela deu um pulo e pôs-se de pé. Olhou pela janela. — Não tenho o dom de usar bem as palavras. Sinto muito. Digo coisas erradas. Isso deixava meu marido exasperado. Ele era oficial do exército... do general Franco. Chegou a vê-lo pessoalmente umas duas ou três vezes.

Percebi que não adiantaria continuar a fazer-lhe perguntas, mas o fato de Benjamin ter-lhe causado tal impressão me interessava. Ela não poderia tê-lo conhecido bem. Se meus cálculos estão corretos, ele só ficou aqui em Port-Bou um dia no início de outubro de 1940 — o último dia de sua vida. Entretanto, *madame* Ruiz fora capaz de impressionar-me com suas lágrimas por ele quando eu disse que era meu amigo; gotas de rímel escorreram por suas faces empoadas, acentuando com linhas negras as já profundas rugas de sua pele. Sua testa larga era a coluna de sustentação para a escultura alta e negra de seus cabelos. Julguei que devesse ter sido de uma beleza arrasadora na juventude, mas agora era simplesmente de dar medo.

— Lembro-me de que ele estava com vários amigos. Eram todos bem agradáveis. Havia uma senhora de meia-idade com o filho. E um outro homem, creio. Era professor ou contador belga, não me lembro bem. Tinham caminhado muito para chegar aqui, passando pelas montanhas! Os pobrezinhos estavam exaustos!

— Muitos judeus passavam por aqui, não?

— Sim, judeus. E outros também. Fiz o que pude para ajudá-los, mas não foi nada fácil, sabe? Os guardas da fronteira eram vigilantes, e a polícia local... nunca se podia confiar nela. — *Madame* sussurrou que o general Franco não tinha grandes simpatias por judeus. Isso não chegou a ser surpresa para mim. A história dos judeus na Espanha sempre foi muito sofrida, desde os tempos de Isabel e Fernando, que fizeram o possível para nos espalhar pelos confins da Terra. As labaredas dos pogroms lambiam os céus estrelados enquanto navios carregados de judeus partiam para a África ou para o Oriente Médio.

A TRAVESSIA DE WALTER BENJAMIN 13

— O senhor também é judeu? — perguntou ela.

— Sou.

— Vi no seu passaporte que o senhor mora em Jerusalém.

— Moro.

— Deve ser uma cidade adorável — disse ela. — Uma de minhas irmãs casou-se com um judeu. É um sujeito grandalhão, com uma marca de nascença de cor púrpura bem na testa. Trabalha com venda de peles. Bernard Cohen é o nome dele. — Ela me olhou como se eu devesse conhecê-lo.

Preferi não interpretar suas observações e simplesmente aceitá-las como dados de sua história pessoal. Se *madame* Ruiz aprovava ou reprovava o casamento da irmã, não era da minha conta. De que ela era antissemita não restava a menor dúvida.

Apresentou-me a um homenzinho minúsculo e enrugado chamado Pablo. Falando um catalão muito rápido, ela explicou a ele o que eu queria e ele pareceu entender. Fui levado por ele até um túmulo não identificado — havia cerca de uma dúzia deles, sem qualquer identificação, no final de um caminho ladeado de cedros. De um muro de pedras, balançando-se na brisa do mar, pendiam glicínias suculentas e purpúreas. Achei, de imediato, que era um bom lugar para os ossos de alguém se transformarem em pó: um pedacinho do céu perdido na terra.

Pablo recendia a vinho, e eu não confiei nele. Da mesma forma que *madame* Ruiz, ele não me olhava ao falar comigo.

— Tem certeza de que é este mesmo? — perguntei, testando meu espanhol. A pedra que marcava o túmulo era esburacada e manchada, sem iniciais, data, coisa alguma. Parecia estar ali havia muito mais do que dez anos.

Pablo encolheu os ombros.

— Eu mesmo o enterrei — disse, ou creio que disse, em catalão. Embora minha formação seja em linguística, o catalão me derrota.

Não acreditei, mas dei-lhe uma gorjeta mesmo assim, indicando que gostaria de ficar a sós junto ao túmulo do meu amigo, ou ao túmulo que diziam ser dele. Sob um céu espanhol de um azul compacto, balancei-me para a frente e para trás em prece, como um rabino teria feito naquele dia terrível de 1940, se ali houvesse um rabino. Eu queria, de alguma forma, completar um círculo que começara a desenhar muitos anos antes e reparar algo que jamais poderá ter reparação.

Nossa correspondência de três décadas foi interrompida abruptamente no final da primavera de 1940 e só algum tempo depois fiquei sabendo de sua morte — aparentemente por causa de seus próprios escritos. Por muitos motivos essa informação não me surpreendeu. Surpresa, para mim, teria sido saber que ele conseguira fugir para Nova York, Cuba ou Casablanca; para isso ele precisaria contar com recursos dos quais obviamente não dispunha.

A primeira vez que vi Benjamin foi em 1913, no Café Tiergarten, em Berlim. Esses cafés cheios de fumaça que ficavam ao longo do Kurfürstendamm há muito não existem, mas naquela época nada se igualava a eles, com seus frios chãos de mármore, tetos muito altos e plantas em vasos que desciam pendurados como criaturas extraterrestres. Podia-se ficar ali sentado conversando sobre política, filosofia e literatura até que a estrela matutina brilhasse no céu de Berlim, sem precisar consumir mais que uma xícara de café turco. Os jovens berlinenses, na esperança de passarem por intelectuais ou artistas, chegavam aos bandos de todos os cantos da cidade, testando uns com os outros a qualidade de suas mentes e de seus corações.

Benjamin não tinha se dado conta, em um sentido mais profundo, de sua própria condição de judeu. Estávamos ainda nos anos inocentes que precederam a Grande Guerra. Ele era entusiasta de Gustav Wyneken, atrás de cuja flauta mágica seguiam os filhos rebeldes da alta burguesia. Wyneken fora seu professor em Haubinda, um elegante internato no campo na Turíngia que dois primos meus

A TRAVESSIA DE WALTER BENJAMIN

frequentaram aproximadamente na mesma época. A afeição entre Benjamin e seu professor era famosa em certos círculos.

Não vou deixar de dizer: Benjamin e eu éramos ricos e talvez um pouco mimados pelas circunstâncias em que vivíamos; tínhamos nos acostumado a um luxo ridículo, a termos nossas vidas acolchoadas pelo trabalho de um grande número de empregados, a casas confortáveis cheias de móveis luxuosos, embora um tanto pesados e enfeitados demais. Em nossas paredes havia quadros pintados a óleo por artistas bávaros de pouco talento de meados do século XIX, e o chão de nossa casa era recoberto por tapetes persas. O fato é que nem ele nem eu gostávamos das nossas circunstâncias de vida. Na verdade, elas nos causavam rancor. A falta de interesses espirituais — ou, como dizia ele, de interesses dialéticos — de nossos pais e de seus amigos nos horrorizava. "A vida deles é tão rala!", dizia Benjamin. "Tenho pena deles e de suas almas."

Acontece que Benjamin estava dando uma palestra naquela noite em Tiergarten. Fora muito divulgada, e era esse o motivo da minha presença lá. Um conhecido tinha me dito que "Walter Benjamin é o novo Kant" e isso me deixara com raiva, a me perguntar por que alguém diria uma coisa dessa. Mesmo assim, minha curiosidade foi aguçada e decidi ir ver pessoalmente aquele "novo Kant".

Naquela ocasião, havia dois grupos de estudantes rivais em Berlim: os integrantes do bando dos Wyneken, que formavam o Movimento Jovem e apresentavam argumentos pseudopatrióticos para a preservação e a promoção da cultura germânica, e o grupo sionista, ao qual eu pertencia, conhecido como Jung Juda. Meu grupo compreendia muito bem que a Alemanha não era lugar para judeus, por mais confortável que a vida dos judeus tivesse se tornado em Berlim. Não creio que os amiguinhos de Wyneken sequer se dessem conta de que eram judeus, apesar de o serem, em sua maioria. E ainda que percebessem, isso não tinha, para eles, a menor importância. Se alguém lhes perguntasse diretamente:

"Você é judeu?", eles responderiam: "Sou alemão. Minha família é judia por tradição, mas eu não pratico fé alguma."

Benjamin era famoso por seu raciocínio brilhante e sem concessões. Por esse motivo tinha sido escolhido por Wyneken para representar o Movimento Jovem naquela noite. Éramos umas oitenta pessoas, aproximadamente, reunidas em um salão que ficava acima da principal sala do café: predominavam os rapazes, mas havia algumas moças também. Todos fumavam e tomavam café, saturando o ar da sala com sua presença; em minha memória ainda ressoam os ruídos das xícaras e das risadas e vozes que se erguiam nos debates, como sempre acontecia em reuniões daquela natureza.

Fez-se silêncio, é claro, quando o próprio Wyneken levantou-se para apresentar Benjamin, a quem chamou de "um jovem filósofo, poeta e estudioso da literatura já conhecido de muitos de vocês". Era curioso ouvir alguém se referir nesses termos elogiosos a um jovem que jamais publicara coisa alguma. Comecei a entender por que tanta gente gostava de Wyneken: ele era um bajulador.

Até o próprio Benjamin parecia encabulado com os epítetos de seu professor na apresentação. Esmagou o cigarro em um cinzeiro na mesa a seu lado e pôs-se de pé, lentamente. Começou sua fala com uma citação de Hegel, destinada a excluir, logo de início, quem não tinha o que fazer ali. Fiquei muito surpreso ao ver que Benjamin não era do tipo de homem que faz concessões ao público. Ele nem se deu o trabalho de mencionar a obra de Hegel que citou, partindo do pressuposto de que seus ouvintes a conheciam. Se não a conhecessem, bem — azar o deles. Quem não conhecesse a obra de Hegel não tinha mesmo que estar ali.

A palestra em si seguiu por caminhos tortuosos, todavia — não pude deixar de admiti-lo — foi brilhante. A voz de Benjamin era estranha, porém melodiosa: tinha uma aura subtônica, de certa forma íntima, mas, ainda assim, idiossincrática. Uma voz bem temperada. Foi assim que, mais tarde, consegui aproximar-me

A TRAVESSIA DE WALTER BENJAMIN

de uma descrição de sua voz, embora, em raras ocasiões, saísse esganiçada como o som de um violino barato. A verdadeira melodia estava no que ele dizia. Não causaria a mesma impressão se somente os sons, sem o sentido das palavras, fosse ouvido através de uma parede espessa.

O sionismo, proclamou ele, tinha seus méritos, porém a reforma do sistema educacional era a questão mais urgente que a juventude judaico-alemã precisava enfrentar naquela época. Isso mexeu com meus brios e eu me empertiguei na cadeira, sentindo a pulsação disparar. Comecei a tamborilar os joelhos com as pontas dos dedos enquanto a voz modulada de Benjamin erguia-se e baixava, fazendo com que as pessoas se chegassem para as beiradas de suas cadeiras, principalmente quando o nível de sua voz caía para o de um mero sussurro. Enquanto falava, olhava fixamente para um ponto no canto esquerdo mais distante do teto, como se tentasse enxergar algo ali. Apenas uma vez, quando ele pareceu estar lutando para recuperar a ideia central, desviou seu olhar daquele ponto fixo para encarar o público. Foi uma situação desconcertante — como se percebesse, só então, que havia outras pessoas na sala! Logo recuperou-se, contudo, e voltou a encontrar o canto do teto que lhe parecia tão caro. Foi um episódio impressionantemente estranho.

A palestra chegou ao fim e ele sequer cumprimentou o público com um aceno de cabeça. Algumas pessoas aplaudiram educadamente, enquanto outras o fizeram com verdadeiro entusiasmo. Em uma atitude inesperada, ele saiu da sala, simplesmente. Eu esperava que houvesse algumas perguntas, mas ele saiu em linha reta pelo corredor central, olhando para o chão à sua frente através das lentes espessas de seus óculos de aros dourados. Causou a impressão inequívoca de ser um homem que não dava a menor importância ao que alguém pudesse achar de seu discurso — uma atitude que admirei com certa inveja. Por que responder àqueles tolos? Além do mais, havia algo sublime, até mesmo sobrenatural, na maneira como estava absorto em seus próprios pensamentos. Era fácil imaginá-lo, já velho, debruçado sobre o Talmude em alguma yeshivá remota.

Percebi, por alto, que seus sapatos negros estavam muito bem polidos — uma tentativa de aceitar as normas, talvez —, mas ele havia lambuzado as meias brancas com a graxa, e o resultado foi engraçado; sua gravata tinha manchas de comida e a camisa estava sem passar. Era um homem baixo, de ossatura pequena, cútis bem escura, com tufos de cabelo negro e rijo que mais pareciam um chapéu de pelos do que cabelo de verdade. Tinha o jeito de andar típico dos míopes, cuja visão periférica é deficiente. Muitos anos depois, ao vê-lo de novo caminhando em minha direção, eu costumava lembrar-me de Charlie Chaplin. Cheguei mesmo a chamá-lo de Herr Chaplin, uma ou duas vezes, mas ele não pareceu ter registrado o chiste.

Meu primeiro encontro pessoal com Benjamin deu-se dois anos mais tarde, quando ele tinha 23 anos, e eu, 17. Foi em 1915 e a Grande Guerra estava em seu primeiro ano, naquele verão excepcionalmente quente e melancólico que consumia Berlim. As ruas viviam cheias de jovens soldados entusiasmados que não tinham ideia da devastação por vir, embora fosse possível perceber, naquela algazarra exagerada, que muitos pressentiam a aproximação da morte, como se seu odor já se lhes entrasse pelas narinas. Viaturas do exército surgiam ruidosas pelas ruas, atravessando as avenidas, cruzando os parques, algumas já perfuradas ou chamuscadas em batalhas; o rosto do kaiser aparecia em cores vivas nas vitrines das lojas. Multiplicavam-se as bandeiras a tremular em cada varanda da cidade. Lembro-me de ter visto uma hoste de guerreiros a cavalo passando impávida pelas ruas — um absurdo na era de metralhadoras e guerra química, mas algo típico do sentimentalismo germânico. O mito da invencibilidade teutônica ainda levaria algumas décadas para ser estilhaçado.

A TRAVESSIA DE WALTER BENJAMIN

Eu me esforçava ao máximo por ignorar a guerra. Tinha o costume de frequentar conferências de vez em quando e certa noite acabei indo parar em uma delas, de um tal Kurt Hiller, bem conhecido então e, hoje em dia, merecidamente esquecido. Esse senhor acabara de publicar um livro sobre a sabedoria do tédio. Todos os presentes pareciam apreciar bastante o que ele dizia, menos eu. Se me lembro bem, ele tentava argumentar que a história não tinha o menor sentido, que nascemos, vivemos e morremos no bojo de uma geração e que essa é a nossa única realidade. O que aconteceu antes deve ser apagado, esquecido. E posto que a história não pode ser avaliada objetivamente ou ser descrita, não faz sentido preocupar-se com ela. E por aí afora seguiu o Sr. Hiller em sua lastimável palestra.

A certa altura, o interrompi rudemente, fazendo objeções a um ponto fraco de sua argumentação e adotando, devo reconhecer, um tom de voz solene demais. Embora eu ainda fosse adolescente, confiava na força do meu intelecto e não me sujeitava a ouvir tolices. Benjamin, que estava sentado na fila em frente à minha, voltou-se e sorriu quando nossos olhares se encontraram. Creio que pisquei para ele, sem pensar, e depois deplorei aquele meu gesto. O que pensaria ele de mim?

Como era o costume daquele grupo, promoveu-se um debate sobre a palestra de Hiller na semana seguinte, em Charlottenburg, no salão do prédio onde residiam os estudantes, e Benjamin — como eu ousara esperar — estava lá. Vestia um terno com colete, que lhe caía frouxo, e tinha uma corrente de relógio em ouro fazendo um semicírculo sobre a barriga ligeiramente protuberante. Ao vê-lo, podia-se imaginar como seria o homem maduro e imponente que ainda se escondia naquele jovem. A cadeira ao lado dele estava desocupada, mas fiquei vagando no fundo da sala, criando coragem para sentar-me junto a ele. Várias pessoas entraram na sala e meu coração disparou, desordenado: eu queria que alguém se sentasse lá para me aliviar da angústia de ter que fazê-lo. Mas ninguém o fez. Fui me esgueirando até lá e sentei-me, decidido, a seu lado, cumprimentando-o educadamente com um leve aceno de cabeça quando ele olhou para ver quem eu era.

Nos cerca de dez minutos que precederam o início dos debates, tentei, várias vezes, reunir coragem para falar com ele. Werner, meu irmão, tinha me feito temer Benjamin, e eu preferia, na dúvida, não fazer papel de bobo. Uma vez iniciadas as discussões, entretanto, surpreendi-me ao dar palpites incessantes, desafiando praticamente todos os que afirmavam alguma coisa. Benjamin, a meu lado, quase não falava, permanecendo imóvel como uma esfinge, olhos fixos em algum ponto distante. Quando falou alguma coisa, foi para me contradizer. Não o fez explicitamente, porém. Em retrospecto, agora, vejo ali o início ainda tosco de sua atitude atormentada diante da história. As observações que fez então revelaram posturas ainda bastante incipientes; não era possível desvendá-lo, creio.

A certa altura, opus-me frontalmente ao que ele disse. Ao sair da sala, mais tarde, senti-me fraco e tolo, pensando que jamais o veria de novo. Eu já havia perdido dois amigos, colegas de escola, na guerra. Às vezes tinha a sensação de que todo mundo que eu conhecia acabaria sendo sugado no turbilhão daquele redemoinho, que seriam todos engolidos, inteiros, por aquela mesma história da qual gente como Kurt Hiller zombava com tanto descaso.

A vida foi ficando cada vez menos confortável nessa época, mesmo para pessoas como meus pais. Misteriosamente, os empregados começaram a desaparecer, as refeições foram se tornando menos fartas e certos alimentos sumiram do mercado. A carne, por exemplo, ficou cara demais para se continuar comprando, e as frutas já quase não eram vistas. A vitela, que era a base da nossa dieta antes da guerra, desapareceu. "Os soldados devem estar comendo bem", dizia meu pai com um leve toque de ironia.

A TRAVESSIA DE WALTER BENJAMIN 21

Certo dia, talvez umas duas semanas depois do debate em Charlottenburg, eu estava na sala de livros de referência na biblioteca da universidade, sentado a uma longa mesa de superfície laqueada, quando Benjamin surgiu de súbito. Seu paletó estava coberto por uma fina camada de caspa e ele pendia, estranhamente, para um lado, como se estivesse no convés de um navio que atravessasse uma enorme onda. Veio diretamente até onde eu estava, com as pontas dos pés voltadas para fora, a cabeça balançando-se sobre o pescoço e parou a um palmo do meu rosto. Não disse uma só palavra enquanto me analisava dos pés à cabeça. Impassível, com o coração aos pulos, tentei olhá-lo nos olhos. Ele então se voltou e saiu da sala apressadamente. Não se passou um minuto, entretanto, e ele já estava de volta. Dessa vez dirigiu-se a mim, como se tivesse criado coragem:

— Creio estar diante do cavalheiro que tinha muito a falar sobre a história algumas noites atrás, não? — disse ele. Era impossível decifrar seu tom de voz. Estaria me acusando de alguma coisa? (Mais tarde vim a compreender sua forma peculiar de falar, que, curiosamente, se dirigia mais para dentro dele mesmo e de maneira indireta, como se o mundo fosse difícil demais para ser decifrado de forma direta.)

Confirmei que era eu, de fato, o cavalheiro em questão.

— Neste caso — disse ele —, gostaria que me desse seu endereço e o número de seu telefone. Precisamos conversar.

Escrevi rapidamente essas informações em um pedaço de papel, que ele enfiou no bolso do paletó. Imaginei aquele papel misturando-se lá dentro com recibos de lavanderia, migalhas de fumo e anotações avulsas sobre a filosofia de Schopenhauer. Ali estava um homem que não compartimentava as coisas como o restante de nós e tampouco fazia concessões à vida em seu dia a dia. Sua mente estava sempre em ebulição com ideias, e as coisas concretas à sua volta pareciam deixá-lo confuso, como se perturbassem a serenidade pura de seu pensamento. Mais tarde, quando vim a conhecê-lo, sempre tinha a impressão, ao me aproximar dele, de que as pequenas ações que a vida implica o incomodavam; ele não queria, e não conseguia suportar, as interrupções a que o cotidiano nos obriga.

Antes de se despedir, Benjamin curvou-se em uma cortesia exagerada.

— Sou-lhe muito grato, senhor — disse ele.

Nem bem três dias se passaram e eu recebi um bilhete em casa: "Prezado Senhor — Gostaria de receber sua visita nessa quinta-feira, por volta das cinco e meia."

Mal abri o envelope, entretanto, o telefone tocou. Era Benjamin.

— Gostaria de saber, Herr Scholem, se o senhor poderia vir na quarta-feira? Ou na terça, talvez? Terça talvez seja o melhor dia para mim.

— Então irei na terça-feira — disse eu.

— Não, pensando bem, quarta-feira será melhor. Que tal lhe parece a quarta-feira?

— Quarta-feira sempre foi um dos meus dias prediletos, Herr Benjamin — disse eu. Fez-se um hiato na conversa enquanto ele tentava decifrar o que eu quisera dizer com aquela resposta.

— Alô, Herr Benjamin. O senhor ainda está na linha?

— Esta ligação não está muito boa. Problemas da guerra, suponho.

— Posso ouvi-lo muito bem.

— Ah, bom! Muito bom. Então a quarta-feira será um bom dia, não? — Ele passara a gritar ao telefone, distorcendo o som.

— Sim. Estarei livre na quarta-feira.

— Ótimo. Se é assim, nos veremos na quarta-feira.

Essa sua indecisão era uma característica absolutamente irritante, que, no caso dele, se agravava pela extrema delicadeza de trato. Ele hesitava sempre entre uma ideia e outra, e a necessidade de tomar uma decisão prática o aterrorizava. Quando se tratava de mulheres, ele também era um caso perdido; nenhuma delas era a que ele queria, a não ser que estivesse fora de seu alcance, por viver com outro homem ou por não o achar atraente. Em pequeninas coisas, também, essa falta de firmeza surgia e o deixava confuso; em um restaurante, por exemplo, ele pedia peixe e depois chamava o garçom, pois tinha mudado de ideia. E tornava a mudar, até que, por fim, era pelo peixe mesmo que se decidia. Mas não ficava aí: olhava com cobiça a comida nos pratos dos outros. Certa vez eu disse: "Está bem, Walter, vamos trocar de pratos. Perco o apetite só de ver você olhar desse jeito para meu prato." Mas mesmo assim, com os pratos trocados, ele suspirou e confessou: "Eu estava certo na minha primeira escolha, não estava? Sua comida não é tão gostosa quanto a minha."

Benjamin morava então com os pais no bairro de Grunewald, no número 23 da Delbrückstrasse. Logo adiante, dobrando-se a esquina, chegava-se à Jagostrasse, uma rua larga e arborizada próxima ao famoso parque. Um elevador escuro, com lambris de carvalho, conduziu-me a seu apartamento no último andar, onde uma empregada idosa, de vestido azul-marinho e gola de renda, abriu-me a porta. Tudo era muito arrumado e limpo, como se poderia esperar de uma família rica na zona oeste de Berlim naquela época.

— Aguardávamos sua chegada, Herr Scholem — disse a empregada.

Fui conduzido ao aposento de Benjamin por um longo corredor, de onde pude ir apreciando, de passagem, a opulência do apartamento. A mobília Grunderzeit da década de 1870 parecia avisar ao observador: "Cuidado com o que disser na nossa presença!" Na sala de visitas principal, os sofás eram forrados de veludo cor de malva, e as cortinas eram de um brocado espesso em tons prateados. Chamou-me a atenção uma tapeçaria Aubusson particularmente bonita pendurada em uma parede: uma cena de caça onde vários holandeses ávidos atacavam um desafortunado lobo. Tapetes em tons de púrpura e vermelho eram ilhas coloridas no chão de madeira cor de mel. Flores de coloração laranja escuro pendiam de vasos chineses, enchendo a sala com sua fragrância opressiva. Tudo era muito luxuoso, embora tivesse o toque inequívoco da alta burguesia local.

As paredes do corredor ostentavam paisagens feitas a óleo por artistas parisienses ou bávaros de pouca importância. Esses quadros haviam sido provavelmente adquiridos pelo pai de Benjamin, Emil, sobre o qual corriam rumores de excelentes negócios no campo da arte. De fato, meu pai tinha comprado um quadro recentemente na Lepke's, uma casa de leilões na rua Koch que pertencia a Emil, por isso eu tinha ouvido falar do Velho Benjamin, que também negociava com vinhos e construções. "Herr Benjamin", havia dito meu pai na noite anterior, enquanto jantávamos, "tem dedos metidos em muitas tortas". A perspectiva de eu vir a fazer amizade com o filho daquele respeitável homem de negócios era de seu agrado.

— Ah, Scholem, é você! — disse Benjamin, abrindo a porta de seu quarto. — Tenho muito prazer em vê-lo, Herr Scholem.

Um rapaz um pouco mais novo que ele estava sentado a seu lado, elegantemente vestido em um terno marrom. Era muito diferente de Benjamin, porém não poderia haver dúvidas de que era seu irmão; tinham os mesmos olhos escuros e o mesmo feitio de nariz, ligeiramente arqueado.

— Permita-me apresentar-lhe Georg Benjamin, meu irmão — disse ele.

Georg e eu nos cumprimentamos e ele logo começou a falar alegremente sobre uma festa à qual havia comparecido na noite anterior, dada em homenagem a amigos que dentro em breve partiriam para a frente de combate. Bebeu-se e dançou-se muito,

A TRAVESSIA DE WALTER BENJAMIN   25

e as meninas se soltaram. Fingi que o ouvia, forçando, de vez em quando, um sorriso. Podia ver que o comportamento de Georg desagradava seu irmão, que olhava fixamente para fora da janela com uma ruga vincando-lhe a testa.

Os objetos que havia no quarto prendiam minha atenção, principalmente pela maneira desorganizada de se aglomerarem. Livros velhos e novos cobriam todas as paredes e ainda se empilhavam precariamente em dois cantos. Consegui ver a biografia de Bakunin escrita por Nattlau aberta sobre uma cama estreita, com as margens cobertas de anotações. Li a palavra "TOLICE!" em letras maiúsculas na margem de todo um parágrafo e me encolhi. As pessoas sempre se arrependem mais tarde dessas ejaculações juvenis. O *Aufruf zum Sozialismus*, de Gustav Landauer, jazia no chão, de bruços — um livro de segunda categoria, porém perigoso, advogando a causa do socialismo. Um romance de Balzac também podia ser visto, aberto, junto à mesa de cabeceira, porém o título, não.

Benjamin parecia ignorar minha presença enquanto Georg tagarelava sem parar. Foi uma surpresa e tanto quando, de maneira inesperada, ele gritou:

— Georg, por favor! Você está nos deixando loucos!

Georg parou de falar no meio da frase, como se subitamente se visse pendurado em pleno ar a um fio de arame farpado.

— Você não pode ficar matraqueando desse jeito — acrescentou Benjamin. — Herr Scholem veio aqui para discutirmos sobre uma palestra a que ambos assistimos.

— Compreendo — disse ele. Tirou um cachimbo e começou a brincar de acendê-lo. — Então, discutam.

— Foi muita bondade sua convidar-me para vir — disse eu, tentando levar a conversa para seu devido curso.

— Meu caro Scholem, nunca se coloque em uma posição de justificar sua presença. Não fica bem para sua pessoa.

— Sinto muito.

— Sente-se, por favor. Nós nos propusemos a falar sobre a história, creio eu. A palestra de Hiller nos fez pensar, não?

— Sim — disse eu. — Tenho pensado sobre a história, não uma história específica, mas sobre a noção que temos do passado e as formas pelas quais tentamos representá-lo.

Vi Georg fazer uma careta. Ele não estava acostumado a pensar nesse tipo de coisa. Talvez não estivesse acostumado a pensar sobre coisa alguma.

Encontrei-me sentado em uma grande poltrona de couro cujos braços eram altos demais para mim. Benjamin sentou-se bem em frente, com as pernas cruzadas, na cama. Georg ficou de pé a um canto, com seu cachimbo, agora a soltar anéis azuis que lhe saíam da garganta.

— Você precisa explicar por que reagiu daquela maneira ao que Herr Hiller estava dizendo naquela noite — disse Benjamin. — Eu também discordei do que ele disse, mas talvez por outros motivos... e não tão intensamente quanto você.

— Só um idiota acreditaria que a história não tem consequências — disse eu. — Aquele homem certamente tem lido Nietzsche.

— Você não gosta de Nietzsche?

— Sua influência é muito perigosa. Nós, judeus, como você sabe, temos um interesse formal pela história. Quem renega seu passado pode estar desejando, inconscientemente, destruir seu futuro. Essas pessoas exalam o cheiro da morte. O que realmente querem destruir são todas as evidências que conduzem a seu abominável presente.

— Bravo! — gritou Georg. — Sua maneira de se expressar é maravilhosa, Herr Scholem. Um verdadeiro Demóstenes!

Benjamin enrolou um cigarro, ignorando o irmão.

— Concordo em grande parte com seu ponto de vista — disse ele, falando pausadamente. — Meu trabalho concerne à própria natureza da história, do processo histórico. A história, de fato, não existe. É uma grandiosa ficção, feita de camadas e mais camadas

A TRAVESSIA DE WALTER BENJAMIN

de pontos de vista. — Ele fez uma pausa bem longa. — A história é uma espécie de mito — acrescentou. — Trata-se de um sonho e talvez, até mesmo, do sonho de um sonho. Tudo muito subjetivo; creio que é isso que quero dizer.

— Não posso concordar, Herr Benjamin — disse eu.

— Nem eu — disse Georg. — Foi minha pior matéria na escola. Quase não passei nos exames do ano passado por causa da história.

— Então, o que é a história? — perguntei a Georg.

— É o que aconteceu.

Benjamin deu um largo sorriso, mostrando seus dentes tortos e manchados pelo fumo que pareciam uma cerca malfeita em suas gengivas.

— Então como você descreveria a guerra atual, Georg? O que foi que realmente aconteceu?

— Tivemos que nos defender de um inimigo perigoso.

— Compreendo.

— Você torna tudo tão complicado — disse Georg. — Não há necessidade de desmantelar cada incidente, picar em pedacinhos cada texto, desmembrar tudo. A vida é curta demais para isso.

— Algumas vidas são ainda mais curtas do que precisariam ser — disse eu, porém as implicações da minha observação pareceram não ter sido percebidas.

Benjamin começou, então, uma longa argumentação sobre o que ele chamava de "o frágil texto da história", que, segundo ele, "nós estamos sempre revisando". Ficou claro para mim que ele lia muito Hegel e que apreciava o que o autor chamava de forma dialética de pensar. A conversa passou naturalmente para o socialismo, assunto que pairava no ar naquela ocasião e na ponta da língua de cada um dos frequentadores dos cafés mais interessantes. Eu mesmo tinha lido Fourier com certo desagrado.

— O socialismo não passa de inveja — disse Georg. — É até natural que os pobres desejem possuir o que os ricos possuem. Se não têm outro meio para se conseguir isso, querem que a lei ponha tudo em seus bolsos.

Não pude discordar desse argumento.

— Você detestaria meu irmão Werner — disse eu. — É um socialista obstinado, mas suas ideias não são muito bem elaboradas. Fica zumbindo no mesmo lugar como uma mosca varejeira. — Passei a falar, então, do meu interesse pelo anarquismo, tendo acabado de ler a obra do anarquista russo Kropotkin.

— Ah, Kropotkin — suspirou Benjamin. — Uma boa alma, mas não chega a ser um pensador. Não se pode negar que seja um argumentador entusiasmado. É esse o problema da maioria dos pensadores dialéticos: eles veem muito pouco de cada vez. A *forma* da argumentação controla seu conteúdo.

— O socialismo é uma espécie de religião secular, não?

É profundamente desagradável dizer o óbvio, mas não creio que Benjamin tenha percebido. Graças à sua miopia, ele reagia muito pouco ao estado de espírito de quem estava por perto.

— Você é judeu, é claro — disse eu —, e, como tal, deve ver as coisas de uma certa perspectiva. Eu vejo.

— Sou judeu, suponho. Gosto mesmo de visitar sinagogas, você não gosta? Sinagogas são lindos museus de uma cultura perdida no tempo.

Sobressaltou-me o fato de estar diante de um homem que temia sua própria herança. Como a maioria dos judeus assimilados, ele preferia evitar o assunto do judaísmo.

— O judeu é, por definição, uma pessoa que não faz parte do grupo — disse eu —, principalmente na Alemanha. Motivo pelo qual o sionismo me parece ser uma resposta natural a uma circunstância histórica específica.

Georg Benjamin se intrometeu com suas tolices:

— Os alemães têm sido bons com os judeus. Na verdade, não existem alemães: este país é uma invenção recente e compõe-se de muitas raças distintas. Os judeus constituem um pedacinho do grande mosaico que é a Alemanha moderna.

Benjamin balançou a cabeça como se concordasse, mas depois vim a descobrir que, em se tratando dele, não era prudente confiar nesses pequenos sinais da comunicação humana. Havia algo estranhamente desconcertante em Benjamin; ele não deixava antever suas emoções antes de falar, como a maioria de nós o faz. Havia uma parede invisível, mas sólida, entre ele e o mundo real; era comum seus amigos sentirem-se rechaçados e atordoados com a solidez e a onipresença daquela parede.

— O socialismo é, no fundo, um credo messiânico, apesar de secular — continuei. — Isso talvez seja óbvio demais e não necessite ser dito. O que eu sinto é que algo espiritual, como uma visão da justiça, nos deve vir da leitura da Torá. Afinal de contas, eu sou judeu.

Quem apenas observasse meus pais a uma certa distância jamais perceberia isso. Assim como os pais de Benjamin, eles tinham perdido contato com suas raízes; eram como árvores a se balançar em uma fina camada de terra, prontos para serem derrubados por uma cultura que adoravam, mas que os desprezava e insultava. Depois de ocorridos os fatos, parece fácil tê-los previsto, mas mesmo naquela época eu divisava com muita clareza o destino dos judeus na Europa. A atitude de iludir a si mesmos, tão característica dos judeus à minha volta, deixava-me repugnado e eu jurei a mim mesmo que convenceria Benjamin da importância do sionismo antes que fosse tarde demais.

— Em tempos de guerra, somos todos alemães — disse Georg.

— Os judeus não devem lutar nesta guerra — insisti. — Não há um bom motivo sequer para justificar nosso apoio a esta nação fabricada, oferecendo nossas vidas. Os alemães jamais nos agradecerão. E depois de algum tempo nos matarão.

Georg pareceu zombar do que eu disse, mas não falou coisa alguma.

— Meu irmão é um patriota simplório — disse Benjamin. — Ele acredita mesmo que a guerra terá um efeito purificador nas pessoas.

— Vocês foram convocados?

— Logo seremos, como você também. — Seus olhos brilharam, travessos. — Você pode me imaginar com um rifle nas mãos?

— Você daria um tiro no próprio pé — disse Georg, rindo. — Se o inimigo soubesse disso, suplicaria à Alemanha que o convocasse, Walter.

O próprio Benjamin deu uma risada gutural tão estranha que levei alguns anos para me acostumar a ela.

— Acho engraçado ouvir você falar do "inimigo", Georg. O inimigo! — Sua risada saiu estridente, ofensiva até.

— Então você não crê que tenhamos inimigos?

— Eu me recuso a pensar tolices. Os políticos fazem isso por nós.

Com o passar do tempo, Benjamin raramente se expunha de forma tão aberta. Ele simplesmente se afastou do mundo imediato da política, retirando-se para dentro de si mesmo: para um mundo de ideias, para uma conversa celestial com Platão, Kant, Nietzsche, Heine, Baudelaire, Mendelssohn e uma dúzia de outros que repousam em glória, acima das refregas humanas, em uma nuvem de alabastro.

Georg saiu do quarto balançando a cabeça.

Naquela tarde, Benjamin e eu começamos a pensar em formas de evitar o alistamento militar. Por mais divergentes que fossem nossos pontos de vista acerca da história, compartilhávamos ambos da crença na natureza desastrosa daquela guerra específica. Se alguma vez existiu um conflito totalmente sem sentido, certamente seria aquele. O que a Alemanha poderia esperar de uma guerra como aquela? Como justificar a morte de milhões de jovens por meio de bombas de gás, baionetas ou dilacerados por metralhadoras — ou, ainda, levados ao niilismo pelo desespero e pelo absurdo da situação? Aquela era uma guerra sem troféus e sem honra. Isso ficou ainda mais evidente nos anos que se seguiram.

Quando penso nele, sou tomado por um profundo sentimento de pena que não consigo expressar e que me oprime. A morte de Benjamin foi, para mim, a morte de uma forma europeia de pensar, o fim de um estilo de vida. Se ao menos ele tivesse ido para Jerusalém, esse desastre final poderia ter sido evitado. Mas sua teimosia o matou, aliada à incrível tendência à hesitação. Meu querido Walter esperava demais por tudo. Demais. Talvez fosse inevitável que tudo acabasse assim: um túmulo sem nome em Port-Bou e todos esses anos desperdiçados e tristes sem ele que se estendem diante de mim como um deserto a percorrer.

Alguém que ouça uma história tem a companhia do contador da história; da mesma forma, quem lê um conto em voz alta sente-se acompanhado por quem o ouve. O leitor de um romance, entretanto, é um ser solitário. Está isolado da companhia humana mais que qualquer outro tipo de leitor. Daí o ciúme com que, em sua solidão, se apodera de sua presa. Quer torná-la totalmente sua, devorá-la mesmo. Deveras, ele destrói e ingere o material que lhe é apresentado da mesma forma que o fogo devora a lenha na lareira. O suspense que permeia um bom romance tem a mesma natureza da corrente de ar que exalta a chama e torna mais viva sua dança.

Walter Benjamin

Cartas

De Walter Benjamin para Dora Benjamin

Paris, 9 de junho de 1940

Minha querida Dora,

Estou sentado na biblioteca, como sempre, à mesma mesa onde tenho me sentado nos últimos dez anos, trabalhando no livro. *O livro.* Será que ouso mesmo chamar assim essas mil páginas que se tornaram minha vida? Essas páginas me absorveram, encharcaram minha alma, eclipsaram tudo o mais.

Eu poderia ter vivido, ter tido uma vida "de verdade", algo que não fosse isso. Uma vida com você e com nosso querido filho, meu amado Stefan. Poderia ter vivido, deveria ter vivido, talvez tivesse podido... perco-me nos tempos do verbo.

Que homem ridículo esse com quem você se casou, Dora. Não é sequer um homem: é algo que busca uma definição, por mais transitória que seja. As palavras rodopiam à minha volta, atravessam-me o corpo. Meu apartamento, como você sabe, não passa de um amontoado de livros, de recortes de jornais, de páginas que voam pelos ares como folhas secas do outono em uma corrente de ar ascendente. Nietzsche insiste em dizer que Deus está morto, sugerindo com isso que todas as formas de explicar o sentido das

A TRAVESSIA DE WALTER BENJAMIN

coisas de maneira centralizada ou centralizadora são questioná-veis. Sinto-me como a personificação dessa perda do significado preciso, dessa morte. Já não mais acredito que haja uma resposta, nem sequer a desejo mais, nostalgicamente.

Os nazistas estão chegando com todos os seus significados e suas respostas, com todo o seu ódio às ambiguidades. Eles já devoraram sofregamente tanto: Áustria e Polônia, Holanda e Bélgica. Sinto algum alívio em saber que você e Stefan estão a salvo em Londres. Se puder, enviarei logo o dinheiro que prometi. Disponho de muito pouco no momento: Teddy Adorno parece ter se esquecido do que combinamos, e a caixa do correio não tem recebido cheques. Sequer uma palavra amável raramente chega. Entretanto, não devo me queixar do Instituto. É ele que tem me permitido ganhar a vida escrevendo e pesquisando nestes últimos dez anos. Seu estipêndio me permite uma vida extremamente modesta.

Gostaria de publicar alguns artigos nos jornais da França, mas isso não acontecerá. Tenho sido forçado a vender tudo, até mes-mo aquela edição de Heine que comprei em Munique, com você, logo que nos casamos. Você se lembra dela, com flores douradas espalhando-se em uma capa de entretela marrom? Nós líamos os poemas um para o outro pela noite adentro e depois nos amávamos junto à lareira naquele apartamento, com vista para o parque, que Ernst nos emprestou enquanto estava na Itália. Como você pode ver, lembro-me de todas essas coisas. Isso a surpreende?

Você me subestima, Dora. Subestima mesmo. Só porque eu não soube expressar-lhe meus sentimentos, você ficou achando que eu não os tinha. A culpa foi minha, é claro, por tê-los expressado tão pouco. Eu nunca soube bem o que dizer.

Minha irmã e eu vamos permanecer aqui enquanto for possível. Não posso crer que Paris caia nas mãos dos alemães, apesar de tudo que os jornais dizem. Todos estão muito pessimistas. Mas para o caso de eu ter que partir, tenho feito alguns acertos tentando conseguir vistos de saída. Irei para Portugal ou, talvez, Casablanca. Pode-se chegar a Nova York a partir de Marselha, segundo me disseram. Está difícil confirmar qualquer coisa.

Vou visitar vocês dois em Londres quando a guerra terminar; não é possível que ela dure muito. Hitler já foi mais longe do que podia, empurrando seu exército para muitas frentes ao mesmo tempo. Tem havido uma considerável reação por parte daqueles que ele quer colonizar, como você provavelmente já deve ter ouvido falar. Na França, por exemplo, raramente se encontram simpatizantes do nazismo.

Sei perfeitamente bem que, por estarmos separados há tanto tempo, somos quase que estranhos um para o outro. Mas eu gostaria de estar com você novamente. Cada vez que nos encontramos, a chama parece reacender entre nós, não é verdade? E, Dora, você precisa crer quando eu digo que quero muito ser um pai para meu filho. Um menino na adolescência precisa de um pai. Você tem dito isso em suas cartas, e eu concordo.

Talvez você tenha motivos para não acreditar em mim. Nem eu mesmo confio em mim, com frequência. Caminho pelas ruas resplandecentes de Paris à noite e vejo a multidão variegada, atônita e aterrorizada a se mover — essa massa da humanidade —, mas não me sinto conectado a ela. Não sei como me reconhecer em sua vasta companhia.

Ontem à noite, em um cinema em Montmartre, foram exibidos vários dos meus Chaplins prediletos. Gosto muito, mesmo, daquele homenzinho gentil, com os olhos muito abertos de espanto diante do mundo, com aquele seu jeito triste e vacilante de andar. Ri muito e chorei muito também: por você, por mim, por todas as vidas cômicas e infelizes que turbilhonam à nossa volta como fragmentos de jornal. As páginas estão rasgadas e espalhadas, e o jornal jamais poderá ser reconstituído.

A TRAVESSIA DE WALTER BENJAMIN

Você tem alguma notícia de Scholem? Penso, com frequência, que deveria tê-lo seguido para a Palestina, levando você e Stefan comigo. Poderíamos ter encontrado um apartamento com vista para a Cidade Velha. Seu pai, tenho certeza, teria gostado disso. Mas cá estamos nós, com o Canal a nos separar, e todas as fronteiras fechadas. Eu faria a travessia, se pudesse. Iria imediatamente.

Por favor, diga a Stefan que lhe envio meu amor e que ele se comporte de forma a merecer sempre meu orgulho. É muito importante escolher o caminho certo e segui-lo com determinação. Não o ter feito, eu mesmo, causa-me uma dor profunda, como você bem sabe.

Espero que encontre forças em seu coração para me perdoar, Dora. Não lhe fui fiel, mas também não o fui a mim mesmo. Mas ainda posso me modificar. Agora que o livro está terminado, posso fazer isso. Se for permitido gabar-me, direi que o livro ficou bom. Se há alguma razão para minha breve residência neste planeta, ela se encontra em suas páginas.

Por favor, escreva-me quando puder. Não devemos sair de Paris dentro em breve, a não ser que sejamos forçados a isso.

Com muito carinho,
Walter

DE GERSHOM SCHOLEM PARA DORA BENJAMIN

Jerusalém, 15 de setembro de 1940

Querida Dora,

Creio ter perdido contato com Walter. Você sabe por onde ele anda? Sua última carta parece ter se interrompido bruscamente. Imagino que se alguém sabe onde ele está, só pode ser você. Ele sempre a amou, e disso estou certo de que você sabe.

Não fiquei surpreso ao saber que vocês não conseguiam mais viver juntos em paz. Ele é uma pessoa difícil, embora seja um grande homem. Sim, usarei mesmo essa palavra ousada: grande. Uso-a perfeitamente consciente das limitações dele. Acontece que ele possui a mente mais sutil de nossa geração. Não é exagero dizer que ele nunca, nem uma vez, fez concessões que comprometessem seu talento — algo que pode ser dito de tão poucos de nós. A mente dele faz entrar em combustão qualquer texto ou imagem que se lhe apresente. Ela dissolve todo o seu significado e depois o reconstitui, apresentando-o a si mesmo. Somente os grandes pensadores críticos conseguem fazer isso.

Se tivesse tido mais disciplina (e, minha cara, nós conhecemos bem seu jeito distraído), ele poderia caminhar pelos corredores da eternidade com Platão e Moses Mendelssohn. Seria muito bem-vindo à mesa deles, não? Ainda que, como de costume, ele não dissesse praticamente coisa alguma, esses pensadores achariam Benjamin — com seu jeito de olhar indecifrável e seus comentários sagazes ocasionais — uma presença interessante. E então, de repente, ele começaria a falar como só ele sabe, e sua conversa mudaria vertiginosamente, atingindo regiões desconhecidas e insuspeitadas.

A TRAVESSIA DE WALTER BENJAMIN

Será que realmente se passaram duas décadas ou mais desde os tempos que passamos juntos na Suíça? Nós chegamos bem próximo de um ponto de perfeito congraçamento intelectual, como se as barreiras físicas normais de pele e crânio em nada inibissem a transferência fluida das ideias. Por algum motivo, as palavras não se interpunham entre nós como agora o fazem, maculando irremediavelmente o pensamento claro e a expressão lúcida. Nós parecíamos, naquela época, ser capazes de ultrapassar os limites da linguagem por intermédio da própria linguagem. Continuo sem saber o que aconteceu ou por que nossos projetos desabaram sobre nós. Nada mais foi igual desde então.

Eu o amava, Dora, tanto quanto você o amou. Ele, porém, não foi capaz de nos amar, a nenhum dos dois, com uma entrega total; não nos amou como nós o amamos. Havia uma parte dele que ele não liberava. Seria por egoísmo? Não creio que fosse (embora você possa ter motivos para afirmar que sim). Era alguma coisa como o equivalente emocional da miopia. Entretanto, o que ele via, via completamente; ele era capaz de decifrar uma pessoa com a mesma facilidade com que lia um texto, penetrando corajosamente nos labirintos e indo até seu âmago. Eu me sentia perscrutado por ele, interrogado e revelado.

Mas receio por ele agora. Ele está há tempo demais em Paris, Dora. Os nazistas estão vencendo esta guerra. Podem muito bem acabar com a Europa e destruir tudo aquilo que, para nós, representa a palavra *civilização*. Juro por tudo que se tocarem em um só fio de cabelo de Walter, eu os amaldiçoarei para sempre. É interessante notar que ele representa tudo a que os nazistas se opõem. Ele está sempre tão aberto ao que se apresenta: às contradições, aos absurdos. Sei que ele vai encarar a morte se encolhendo, triste, e depois dará uma daquelas suas risadas enigmáticas que ressoará pelos céus adentro.

Se você tiver notícias do paradeiro dele, escreva-me logo. Vou tentar contatar-lhe. Enquanto isso, se você e Stefan precisarem de alguma coisa, por favor, não deixem de me dizer.

Afetuosamente,
Gerhard

De Walter Benjamin para Asja Lacis

Paris, 12 de junho de 1940

Minha querida Asja,

Dois anos se passaram sem uma só palavra vinda de você. Quase já desisti de ter esperanças, mas escrevo porque talvez o que todos dizem possa estar errado. E o que dizem é terrível, Asja. Se há alguma verdade no que afirmam, você jamais lerá estas palavras, jamais saberá que eu estou pensando em você.

Bem que tentei sugerir-lhe que deixasse o Estado soviético entregue a suas próprias maquinações. Não vou mais voltar a esse assunto. Não me cabe julgar pelos outros. Como você sabe, tenho grande admiração por sua consistência política e seu idealismo, tão incrivelmente maiores que os meus. Lembro-me com frequência daquele inverno em Moscou, quando lá me levou o amor por você. Eu sabia que só seria feliz se tivesse seu amor, se pudesse fazer parte de sua vida. A ideia de existir fora do fulgor de sua existência parecia-me absolutamente impensável. Você disse que era tolice minha, que eu certamente encontraria outra pessoa e seria igualmente feliz. Mas estava errada. Não encontrei pessoa alguma. Não encontrei coisa alguma que se parecesse com o amor nos últimos quinze ou dezesseis anos.

Vivo com Dora, minha irmã. Você não a conhece. Ela é uma mulher estranha, profundamente introvertida e com um grande tédio pela vida. Não lê e não pensa sobre coisa alguma. Nesse aspecto, creio que se pareça com a maioria das pessoas por quem passamos nas ruas. De certa forma, acho isso mais fácil do que viver com a outra Dora, minha antiga mulher. Aquela, ao contrário, já lera tudo e era cheia de ideias. Como você. Só que ela e eu disputávamos cada pedacinho do terreno intelectual, e minha vida tornou-se extremamente cansativa. Se ao menos não tivéssemos tido um filho...

Ah, Asja, de que me adianta isso? Continuo a escrever e escrever sem receber resposta sua, sempre temendo o pior. Será que devo me resignar definitivamente à sua ausência de minha vida? Devo silenciar minha caneta para sempre?

Quero falar com você, meu amor, ainda que seja em uma prece. Ainda que fale só comigo mesmo, sussurrando no meio da noite, invocando sua presença como se conjuram os mortos. Nisso encontro um pouco de conforto.

Desde o dia em que nos conhecemos, em Capri, não há para mim uma imagem mais querida que a do seu rosto. Às vezes ele me aparece no escuro, de relance, em uma luz amarelada de vela, com seus olhos a brilhar. Dirijo-me a essa visão, emocionado, mas não obtenho resposta. Não há eco para meu amor. Sinto-me só, Asja. Sei que estou só. Você costumava dizer que eu era o homem mais solitário que você conhecia e eu protestava. Quanto a isso, você estava certa. A solidão fica maior a cada dia, receio dizer. Agravada pelas saudades de você.

O seu, que sempre a amará,
W. B.

Estou na última caixa de livros ainda pela metade, desempacotando minha biblioteca nessas horas sossegadas do meio da noite. Outros pensamentos ocupam minha mente além dos que já mencionei — são, na verdade, mais imagens que pensamentos. Lembranças. Recordo-me nitidamente das cidades onde encontrei certos livros: Riga, Nápoles, Munique, Danzig, Moscou, Florença, Basileia, Paris. Lembro-me do suntuoso apartamento de Rosenthal em Munique e do Stockturm de Danzig, onde o falecido Hans Rhaue morava. Lembro-me do depósito subterrâneo de livros cheios de mofo que pertenciam a Süssengut, na parte norte de Berlim. Recordo-me exatamente de como eram os lugares onde esses livros eram guardados, bem como dos meus próprios quartos desarrumados quando eu era estudante em Munique. Meu apartamento em Berna vem-me à lembrança, assim como minha solidão no lago de Brienz. Por fim, vem-me à mente meu quarto de dormir de menino, onde apenas quatro ou cinco dos milhares de livros agora empilhados à minha volta já moravam. Ah, a bem-aventurança do colecionador! A bem--aventurança de um homem de lazer!

Walter Benjamin

2

Benjamin não queria deixar Paris, isso era evidente. Não via motivo para tanto. Em primeiro lugar, os alemães jamais chegariam tão longe; seriam detidos na fronteira belga. René Gautier, em artigos no *Le Monde*, era bem explícito em relação a isso. "O exército de Hitler", escreveu ele, ontem mesmo, "é inerentemente fraco, tanto em seu moral quanto em força física". Ele também observou que "Hitler não é um tolo e jamais ultrapassará os limites óbvios de sua força". Até mesmo na Alemanha, ele ouvira dizer, a oposição estava ganhando terreno a cada dia que passava.

Ele estava sentado sozinho junto a uma janela muito iluminada do Café des Deux Magots. Havia horas que se encontrava ali pajeando uma pequena xícara de café expresso. Seu último maço de cigarros — uns cigarros turcos baratos da marca Salomé, que ele detestava — tinha chegado ao fim e a perspectiva de comprar outro maço era nula. O garçom, que passara a conhecer aquele freguês esquisito, porém delicado, deixara uma cesta de pãezinhos na mesa, sem cobrar, e todos, menos um, tinham sido comidos com gratidão. (Benjamin não queria parecer esfaimado, principalmente diante do *maître*, que permanecia de pé, de gravata preta, em frente à entrada principal, supervisionando os fregueses.)

O movimento agitado das ruas em Saint-Germain-des-Prés não o interessava tanto quanto a caderneta de anotações aberta diante dele. Até mesmo uma parada militar de gelar a alma, com tanques de guerra passando apressados, não parecia prender sua atenção; a guerra, para ele, era ainda uma metáfora. Era algo de que sua irmã Dora tanto falava para aborrecê-lo todas as noites. "Precisamos deixar Paris enquanto ainda está bom para nos irmos daqui", repetia ela todo o tempo. "Nunca será bom nos irmos daqui", respondia ele. Ao longo de suas quase cinco décadas neste bárbaro planeta, partir sempre foi muito difícil para ele.

Naquela manhã, sentado à sua mesa no Deux Magots, ocorreu a Benjamin a ideia de diagramar sua vida. O modelo espacial preferido era, sem dúvida alguma, o labirinto. Seu lápis circum-navegava pela página, movendo-se em espiral de fora para dentro. O labirinto resultante logo assumiu a aparência de uma espiral invertida e deformada.

— Basta! — gritou ele, sem se dirigir a qualquer pessoa em particular, fazendo com que sobrancelhas se erguessem por toda a sala, atraindo a atenção do garçom.

— Um outro café, *monsieur*?

Benjamin ergueu os olhos do caderno, abatido; estava exausto, mental e fisicamente. Às vezes era dolorosamente difícil atravessar as defesas criadas por suas próprias ideias, trabalhadas de forma meticulosa nos últimos dez anos. Qualquer gesto vindo do mundo lá fora era sentido como uma invasão e não era bem-vindo.

— Café?

— O senhor deseja outra xícara de café?

— Ah, café!

O garçom aguardava, impaciente, tentando compreender o que Benjamin queria; depois, afastou-se. Ele já havia se acostumado ao jeito esquisito daquele freguês.

A TRAVESSIA DE WALTER BENJAMIN

Benjamin tamborilava na toalha da mesa com as pontas dos dedos. Já se haviam passado várias semanas desde que ele enviara seu artigo sobre Baudelaire a Nova York. Esperava uma resposta de seu amigo Max Horkheimer. Seria bom se não tardasse mais e se a resposta fosse favorável. Mas estava preocupado porque Max vinha se mostrando um pouco frio em suas cartas havia algum tempo. Benjamin achava mais difícil rejeitar do que suportar uma rejeição, por isso entendia a situação de Max e interpretava sua frieza como uma qualidade necessária a todos os editores. O artigo, entretanto, era brilhante. Ele sabia que era brilhante e doía-lhe o coração o fato de Max não ter respondido logo.

Se o artigo fosse aceito, entraria algum dinheirinho — alguma coisa para se somar àquela miserável ajuda de custo que o sustentava precariamente havia vários anos. Sua situação nunca estivera tão difícil, nem mesmo durante seus primeiros anos em Paris, quando ele vivia com quase nada. Se, no mês passado, não tivesse tomado emprestado uma certa quantia a Julie Farendot, não sabia o que lhe poderia ter acontecido. O empréstimo de Julie permitira-lhe comprar comida, mas agora aquele dinheiro também acabara.

Ele olhou pela janela no momento em que passava um grande caminhão do exército fazendo subir uma nuvem de pombos em revoada, para em seguida pousar nos frisos cor de pérola e negros de um prédio, a eles fundindo-se harmoniosamente; quando vários deles alçaram-se ao ar mais uma vez, deram a impressão de ser parte da fachada a se dissolver batendo as asas. Essa imagem, ou série de imagens, fez com que Benjamin se lembrasse da filosofia de Heráclito, que preconizava a fluidez da natureza. Tudo na natureza está sempre se modificando, portanto não faz sentido privilegiar um dado momento; não há épocas ruins nem boas, apenas épocas a se transformar continuamente. Ele se repreendeu por sua própria relutância em admitir mudanças, pela maneira como se agarrava a qualquer coisa na vida que lhe parecesse familiar ou reconfortante, a todo momento.

As tílias ao longo das calçadas já começavam a adquirir um tom amarelo pálido e suas folhas moviam-se, ágeis como as páginas de um livro ao vento. O ar estava intempestivamente frio naquele dia. Afinal de contas, ainda era junho — tempo de ventanias desgrenhadas e horas langorosas, sem qualquer sugestão de metamorfose. Seria um tempo para disfarces e falsas esperanças. Benjamin teria apreciado um pouco de esperança, ainda que falsa. As brisas cortantes como navalhas que chegam no outono ainda deveriam estar começando a se reunir muito longe, nas estepes russas, distantes do calor longo e lento do verão parisiense.

Mas tudo estava diferente naqueles dias, assustador e estranho. Não se podia confiar em mais nada nem em mais ninguém. "Há espiões alemães por todos os lados", prevenia-lhe Dora. "Você precisa tomar cuidado!" Mas que poderia ele fazer em relação aos tais espiões? Esfaqueá-los? Entregá-los às autoridades? Correr atrás deles por becos solitários como o personagem de um filme *noir* de suspense? O melodrama que se desenrolava naquele momento da história deixava-o profundamente entediado. Apesar de toda a atração que sentia pela dialética marxista, ele ansiava pela paz estática de algum regime antigo, um mundo de circunstâncias previsíveis e de convenções tranquilizadoras.

Todos os olhos se voltaram para a entrada do café onde um policial militar alto e de uma beleza imponente acabava de entrar com vários subalternos a reboque. Usava luvas de couro preto, que removeu meticulosamente enquanto escrutinava a sala, como se procurasse alguém. Benjamin sabia que "alienígenas" como ele estavam sendo arrebanhados e enviados para "centros de relocação", supostamente para sua própria proteção. Baixou os olhos. Em nenhuma hipótese ele concordaria com esse tipo de relocação.

Fechou seu caderno de notas desajeitadamente, como se tivesse escrito ali algo ilícito. O *maître*, que parecia fora de si, agitado, fez

A TRAVESSIA DE WALTER BENJAMIN

sinal para o garçom que servia Benjamin. Trocaram alguns sussurros entre si e em seguida o garçom se dirigiu à mesa de Benjamin.

— Sinto muito, mas precisamos desta mesa — disse ele.

— Ah, sim — disse Benjamin. — Compreendo. — Mas ele não compreendia. Estava em Paris havia dez anos e nunca tinha sido desalojado de uma mesa de café. Uma coisa dessa simplesmente não acontecia.

Na saída, os olhos de Benjamin se cruzaram com os do oficial; eram olhos estranhamente remotos, como se não tivessem pupilas. Certa vez ele lera um romance francês barato sobre uma raça de alienígenas que invadiu a Terra; apenas uma característica os distinguia dos humanos: eram seus olhos. Era o fato de seus olhos não possuírem pupilas.

Benjamin baixou a cabeça e saiu, sentindo logo o ar frio da rua. Uma sensação de vazio encheu-lhe o peito e ele percebeu — com horror — que suas mãos tremiam. O que estaria acontecendo com ele? Será que 48 anos seriam uma idade suficientemente avançada para que ele tremesse como um ancião? Todas as noites ele percebia nitidamente que suas energias lhe escapavam, driblando os esforços da mente e drenando-lhe a motivação. Seu coração estava muito mal, ele sabia disso; não podia andar durante dez minutos sem se sentir arfante e até os três lances de escadas que levavam a seu apartamento no final da rue Dombasle tinham se tornado um obstáculo. Se recebesse algum dinheiro, procuraria logo um médico. Havia um na rue de Payenne que era especializado em doenças do coração e ele iria vê-lo assim que chegasse o cheque de Nova York.

Seu apartamento era quase vazio. Desagradavelmente vazio. Na verdade, só havia a enfeitá-lo uma escrivaninha lascada de mogno com tampo de couro, que havia pertencido a Emil Benjamin, seu pai. Seu irmão Georg conseguira enviá-la de Berlim pouco antes de os nazistas o colocarem sob "custódia de proteção" em 1933. Cinco anos depois, Benjamin escreveu em uma carta triste para Adorno: "Meu irmão foi transferido para uma penitenciária em Wilsnak, onde é forçado a trabalhar em construção de estradas. Creio que a vida lá é ainda suportável. A grande ameaça para as pessoas na situação dele é, segundo meus amigos alemães, o campo de concentração, que é para onde levam prisioneiros com penas longas a cumprir. É uma situação bastante aflitiva, embora talvez Georg lá esteja mais seguro do que na frente de batalha." Era aflitivo o fato de Georg não poder escrever-lhe, nem ele ao irmão. Tinha tentado muitas vezes, mas as cartas quase sempre voltavam e não havia motivos para crer que as que não voltavam tivessem chegado a ele.

Ao caminhar pelas ruas da Rive Gauche naquela manhã, Benjamin notara a tensão no rosto das pessoas por quem passava; ouvira buzinas alucinantes e gritos descontrolados dos transeuntes. Sirenes tinham tocado a noite toda na periferia da cidade. *Talvez eu esteja errado*, disse Benjamin a si mesmo. *Talvez os alemães estejam mesmo chegando*. Ele se preocupava com o que tinha feito a Dora, que dependia dele. Sua cunhada, Hilde, havia escrito pedindo que ele deixasse Paris, e Scholem, de Jerusalém, já o avisara muitas vezes. "Saia daí enquanto ainda é possível", escrevera-lhe ele no mês anterior. Adorno, Horkheimer e até mesmo Brecht tinham tentado tirá-lo de Paris. "Vá para a América! Vá para Portugal! Vá para Cuba!", gritavam eles em suas cartas. Mas quem pode deixar Paris assim tão facilmente? Se Adorno e Horkheimer realmente queriam que ele fosse, por que não lhe mandaram algum dinheiro? E por que não tinham falado isso alguns anos antes, quando ainda teria sido fácil, para ele, sair da França?

Ele só teria deixado Paris com profunda relutância, é claro. Aquela cidade era uma biblioteca universal, um vasto salão de leitura, um *boudoir* tão cruelmente sedutor que o aprisionara, como a todos que conheceram sua magia. À noite, insone, ele se imaginava entregue à sedução da cidade enquanto ouvia a lenha sendo

A TRAVESSIA DE WALTER BENJAMIN 51

devorada pelo fogo na lareira de mármore rachado que ficava em seu quarto. Imaginava-se cercado de enormes almofadas, peles macias e quinquilharias de vidro colorido e porcelana — um tanto como Balzac em seus aposentos íntimos. Um jarro de prata sobre o console da lareira teria os dez lírios do brasão da cidade, e haveria livros, miríades de livros por toda parte, em encadernações luxuosas, fileiras e mais fileiras, com letras douradas nas lombadas.

Paris era uma biblioteca muito especial para ele, que a conhecia como um cego conhece sua casa. A maior parte da última década fora passada na mesma cadeira junto à mesma mesa polida da Bibliothèque Nationale, no suntuoso abrigo de sua famosa sala de leitura projetada por Henri Labrouste, libertino e arquiteto laureado do Segundo Império. As nove cúpulas, os azulejos esmaltados coloridos e as colunas de ferro fundido eram como as câmaras da mente ideal, uma mente em gloriosa contemplação da eternidade. Foi lá que ele trabalhou durante dez anos, lendo e escrevendo, frequentemente em atitude de quem rezava. Foi lá que ele esperou, com uma paciência infinita, como que por uma voz que pudesse se dirigir a ele, inundando-o como a luz que descia das cúpulas em enormes colunas e envolviam bilhões de partículas de poeira suspensas em sua luminosa dança atômica.

Um dos motivos de ele gostar tanto da sala de leitura era o fato de ela trazer à lembrança a bela sinagoga da Oranienburger Strasse, em Berlim. Era lá que ele se refugiava quando adolescente, não para orar, mas para sentar-se em paz e pensar. Construída em meados do século XIX, era um lugar afastado do caos que era sua vida; um lugar onde as coisas sagradas deixavam-se ficar, sem a rigidez de dogmas, até mesmo sem grandes asserções. Seu enorme domo oriental fora uma das maravilhas da arquitetura religiosa judaica. Era um templo que proclamava a tolerância ao resto do mundo: sim, os judeus são aceitos na Alemanha! A fachada neogótica parecia simbolizar a aliança entre a Alemanha e o judaísmo.

Berlim era, afinal de contas, a cidade onde Moisés Mendelssohn e Gotthold Lessing caminhavam de braços dados, vestindo seus longos casacos de caxemira, pelos parques muito bem cuidados, discutindo metafísica e estética. É preciso pensar no que a cultura germânica deve a Heine e Borne, a Egon Friedell e dezenas de outros teatrólogos, compositores, poetas e pintores! Todos judeus e todos alemães.

Foi um dia melancólico quando Hannah, prima de Benjamin, escreveu-lhe no final do outono de 1938, dizendo que a sinagoga havia sido destruída, queimada até não restar pedra sobre pedra, por nacionalistas enlouquecidos que não entendiam que havia lugar para todos na Alemanha. "Não há mais esperanças para nós", escrevera Hannah, deixando Benjamin desesperado e descrente. "Não há mais, de forma alguma."

Benjamin misturou-se à multidão parisiense, ansioso e atento, pois mais viaturas do exército passavam pelas ruas, fazendo o chão tremer. De fato, uma assustadora hoste de soldados atravessava a Pont Neuf. Benjamin parou e ficou ouvindo o som ritmado de suas botas a ecoar, a ecoar. Uma senhora idosa, envolta em um xale negro, estava junto à ponte, chorando baixinho. Benjamin aproximou-se dela.

— Posso ajudá-la, *madame*?

Ela dirigiu a ele um olhar estranho.

— Como? — perguntou.

— Posso fazer alguma coisa pela senhora?

A mulher olhou para ele cheia de surpresa, e Benjamin simplesmente tocou a aba do chapéu com a ponta dos dedos, despedindo-se, e afastou-se. Percebeu, então, que não compreendia o povo francês, apesar do tempo que já vivia ali; talvez nunca chegasse a compreendê-lo.

Apressou-se na direção de um bonde que estava parado, com sua antena suspensa acima do carro preto e branco, parecendo

A TRAVESSIA DE WALTER BENJAMIN

um estranho animal com o esqueleto por fora do corpo. Estava a poucos metros do bonde quando este partiu.

— Pare! — gritou ele, com a voz enfraquecida, curvando-se para a frente a fim de tomar fôlego. Seu coração pareceu-lhe subitamente enorme e violento, como se quisesse rasgar-lhe o peito. A dor foi se alastrando pelos braços. Ele percebeu que havia três meninos pequenos rindo dele, com as caras imundas e emaciadas. Um deles, cujas marcas no rosto pareciam fungos que ali tivessem crescido, mostrou a língua para Benjamin, que notou, com horror, que ela estava coberta de manchas escuras. Será que toda aquela nação adoecera? Não escapavam nem as crianças?

Julie Farendot morava perto dali, na rue de Buci, e ele decidiu visitá-la antes de ir para casa. Em Paris era assim: saía-se em uma direção e acabava-se indo em outra. Era impossível decidir o que fazer. Tudo em Paris atraía o olhar, acenava, chamava, tentava com várias opções. Seria necessário ter a cabeça de um Descartes, com sua determinação de aço, para seguir em linha reta sem se incomodar em meio a tanta abundância; ou o coração de um Balzac, que conseguia assimilar tudo e devolver em espécie. Benjamin não era Descartes nem Balzac, embora, muito raramente, pudesse compreender o que havia por trás desses tipos de gênio tão diferentes. Ele possuía o dom incomum da empatia, que apenas raros críticos possuem. E sabia disso. O que ele precisava agora era de tempo para terminar sua obra-prima e reunir uma coleção de seus melhores ensaios sobre tópicos literários e culturais. Havia tanto trabalho bom a ser feito: sobre Baudelaire, sobre Brecht. Mas onde arranjaria tempo para isso, agora que todo mundo parecia tão decidido a empurrá-lo para fora da biblioteca, para fora de Paris?

Mesmo naquele dia, em plena confusão, Paris acenava para ele, enfeitiçando-o. Era algo de certa forma acima e além das mesquinhezas da guerra. Paris era a cidade das galerias, aquela invenção estonteante de consumo que era objeto de pesquisa sua havia tanto tempo. Lembrava-se do seu entusiasmo original pelo projeto das arcadas, registrado em uma carta a Scholem. As arcadas, dizia ele, eram "a corporificação do sonho coletivo da sociedade francesa". E esse sonho necessariamente não se realizaria. Os desejos e anseios da sociedade humana podem ter encontrado sua expressão nesse brilho de coisas materiais, mas isso se dera de forma tão reprimida, censurada e deslocada que jamais poderia ser satisfatória para alguém. Esse tipo de sonho, involuntário e coletivo, impedia a nação, como um todo, de atingir sua expressão mais plena. Tornou-a presa fácil para alienígenas da alma, que esmagariam seus sonhos.

Asja Lacis — a única mulher que ele amara intensamente — dizia a ele, animada: "Meu querido Walter, uma sociedade sem classes é a ideal. Uma sociedade onde prevaleça a justiça. Você sabe muito bem disso. Não sei por que cria tantas dificuldades." Era bem seu esse jeito de implicar com ele. No fundo ele estava convencido de que a economia não deveria ter o primado sobre a vida das pessoas, nem as consumir. Uma frase de Max Horkheimer vinha-lhe constantemente à lembrança: "As sentenças impessoais decretadas pela economia, essa força social todo-poderosa que condena a maioria dos seres humanos a uma miséria sem sentido e tritura um sem-número de talentos, é aceita como algo inescapável e reconhecida, na prática, pela maneira de agir das pessoas."

— Você é um artista, Walter — dizia-lhe Asja. — Você é diferente de todos nós. É livre.

Mas Horkheimer tinha razão em relação a isso também: "A individualidade, o fator determinante da criação artística e do senso crítico, consiste não em idiossincrasias e excentricidades, mas na força para resistir à cirurgia plástica do sistema econômico dominante, que quer dar a todos os homens a mesma cara."

— Você se ergue, solitário, dentre os outros — dizia Asja, elogiosa.

— Eu gostaria que fosse assim — respondia ele. — Mas falta-me a força dos grandes artistas. Não sou poeta. Minhas histórias são inconclusas; são um enleado de pressupostos. Até meus ensaios ficam incompletos.

Benjamin a visitara em Moscou, no inverno de 1926. Tinha esperança de acender a chama do romance entre eles, inscrever-se no coração de Asja para sempre. Queria uma amante que compartilhasse de seus ideais políticos e compreendesse seu projeto espiritual. Mas algo parecia se entrepor no relacionamento deles sempre que discutiam questões sérias. O marxismo dela era estranhamente fora de foco, muito simplificado. Ela se contentava em seguir a linha do Partido, com a qual ele se sentia, inevitavelmente, pouco à vontade. De fato, não pôde reprimir um sorriso afetado quando ela o apresentou a seus amigos soviéticos como Camarada Benjamin.

O velho amigo Scholem havia encontrado sua própria resposta para a questão. "A restauração de um reino messiânico — *tikkun*", dizia ele. Era um conceito adorável esse do *tikkun*. Mas o que Gerhard (que agora chamava a si mesmo de Gershom) Scholem queria dizer com "restauração" era uma ideia tão filtrada pelos conceitos arcanos da Cabala que Benjamin não conseguia se aproximar dela sem um certo desconforto. O próprio Scholem levou toda sua vida para compreender, ele mesmo, esse conceito. Que possibilidade teria ele, Benjamin, de chegar à sua essência? Talvez, se ele aprendesse hebraico e enveredasse por uma trilha adequada de estudos, essas hesitações desaparecessem... Mas esse sonho, como tantos outros, tinha se dissipado. Ele jamais aprenderia hebraico, como jamais, na verdade, conheceria Jerusalém. E, o que era ainda pior, duvidava que o mundo tivesse algum tipo de recuperação enquanto ele fosse vivo.

Benjamin caminhou com dificuldade pelo meio de vendedores ambulantes que ocupavam as calçadas e chegou, finalmente, ao número 17 da rue de Buci. Empurrou o portão de ferro e entrou em um pátio úmido, cheirando a roupa suja e lixo velho. Passou por cima de um velocípede quebrado e subiu vários degraus de uma escada escura que o conduziram ao apartamento de Julie Farendot.

Lembrou-se do dia, uns cinco anos antes, em que tinha sido apresentado a Julie, no Café Dôme, por Hans Fittko e sua mulher, Lisa. O casal Fittko estava sempre presente onde quer que círculos intelectuais da esquerda se reunissem em Paris no final da década de 1930; eram cheios de uma energia alegre e estavam constantemente organizando protestos contra Hitler ou coletando dinheiro para grupos antifascistas clandestinos na Áustria ou na Alemanha. Julie e Lisa haviam trabalhado juntas na produção de um panfleto instando os franceses a se organizar contra Hitler antes que fosse tarde demais — um artigo que Benjamin tinha lido (e rejeitado por impraticável) antes de conhecer Julie.

Somente uma semana depois, ou pouco mais, do encontro no Dôme, foi que ele viu Julie na biblioteca. Ela fazia pesquisa, segundo disse, para um artigo sobre a Revolução Francesa como tema histórico. Começou imediatamente a falar da história de Carlyle sobre a Revolução e de sua versão peculiar, porém convincente daqueles anos devastadores.

— Adoro Carlyle — insistiu ela —, mesmo quando ele está equivocado. Ele é tão agressivo! Adoro sua agressividade.

Benjamin, que nunca era agressivo, objetou:

— Carlyle era um inglês da pior espécie: dogmático, grosseiro e megalomaníaco. Os clubes de Londres estão cheios de gente assim.

Essa leve oposição foi suficiente, ao que parece, para conquistar-lhe o coração. Ela o convidou para ir a seu apartamento naquela mesma tarde, e lá, mal fechou a porta atrás de si, ele já se encontrou desabotoando a blusa dela. Julie tinha 31 anos, seios pequenos e rijos como os de Asja e quadris estreitos. Seus cabelos louros caíam em cachos sobre a gola da blusa. Tinha também a mesma cor de

A TRAVESSIA DE WALTER BENJAMIN   57

olhos, verde-acinzentados, e dentes bonitos como a outra. Tinha tudo que Asja tinha, menos — pobre Benjamin! — o coração frio e sem misericórdia. E ele sentia falta disso. Julie tinha o coração bondoso e, portanto, não lhe despertava muito interesse, a não ser superficialmente.

Ele bateu de leve na porta de carvalho, suspirando. A subida até o apartamento dela tinha sido cansativa para ele e o coração lhe pulsava na garganta. Mal podia respirar.

Julie espiou por uma fenda na porta, sem soltar a corrente que a mantinha fechada. Naqueles dias nunca se sabia quem poderia chegar.

— Julie?

— Walter!

— Será que estou assim tão assustador?

— Entre, Walter. É que eu não estava esperando você.

Quando ela abriu a porta, ele se curvou para cumprimentá-la, erguendo de leve o chapéu.

— Você deve ser o último judeu em Paris!

— Por favor — disse ele. — Posso entrar? Gostaria de me sentar.

Julie fechou a porta e passou os braços em volta dele. Beijou--lhe de leve a testa. Embora seu relacionamento romântico tivesse chegado ao fim, eles ainda mantinham um pequeno ritual de intimidade nessas ocasiões. Apenas uma vez, no ano anterior, esse ritual havia levado a uma relação sexual — inesperada, aliás —, mas aquela fora uma exceção.

— Você já comeu?

— Um pouco, no café. Mas ainda estou com fome.

— Então vai comer comigo — disse ela, com a firmeza de uma diretora de escola que sabe que será obedecida. — Detesto comer sozinha. — Poucos minutos depois, colocou diante dele uma grande tigela de sopa em que havia cebolas, cenoura, pedacinhos pálidos de aipo; pedaços de galinha subiram à tona quando ele mexeu o caldo. Havia uma garrafa aberta de Bordeaux na mesa e Julie esperou que ele se servisse.

— Paris já não é mais a mesma cidade — disse ele, fazendo girar o vinho no copo. — Por toda parte as pessoas parecem inquietas.

— Você não leu os cartazes? — perguntou Julie. — Você não olha à sua volta, não é? Para você, política é uma coisa teórica.

— Mas a história não é — disse Benjamin entre colheradas de sopa tomadas com gosto. — A história é uma coisa bem real. — Continuou a tomar sua sopa. — Perdoe-me a falta de etiqueta. Minha mãe sempre ralhava comigo por causa dos meus modos à mesa. Parece que a idade não me valeu de nada em relação a esses hábitos.

— Há cartazes por todo lado — disse Julie. — Todos os *ressortissants allemands* devem se reportar ao exército, a fim de serem levados para campos especiais. É o que chamam de custódia de proteção. Quem desobedecer às ordens será preso. Eles não estão brincando, Walter.

A expressão de Benjamin não se alterou.

— Não sou cidadão alemão, como você sabe muito bem. Sou um refugiado, um antinazista. O que eles poderiam querer de uma pessoa como eu? Se me prenderem, terão que me alimentar. Eu seria um peso morto para a economia deles.

— Até mesmo os austríacos, que fugiram da Anschluss, devem se reportar a eles — disse ela. — Eles não estão selecionando ninguém. Qualquer pessoa, mesmo com a mais remota conexão com o Reich... — Sua voz foi desaparecendo diante de uma total falta de esperança, em uma espécie de suspiro abafado. Ela sabia que era inútil falar com ele sobre aquilo. Benjamin só faria o que lhe desse vontade. — Para os franceses — explicou ela —, todos os imigrantes de fala alemã são inimigos, *les sales boches*. Desprezam o sotaque alemão e acreditam que qualquer um com o mais leve sotaque deve ser espião.

A TRAVESSIA DE WALTER BENJAMIN 59

— Tenho muitas dificuldades em acreditar que uma nação que produziu homens como Voltaire e Montaigne possa ser assolada por coisas tão mesquinhas e... tão estúpidas — retrucou Benjamin com uma voz alta e aguda, inclinando sua cadeira para trás, em equilíbrio instável, como se desafiasse o destino a jogá-lo no chão e quebrar-lhe o pescoço.

— Mesmo com toda a sua filosofia, você terá que se apresentar — disse ela. — Mas eles vão logo separar os bons alemães do Reichsdeutsche. É melhor você ir com eles. — Ela esticou o braço do outro lado da mesa e tocou sua mão. — Não deixe que pensem que você está escondendo alguma coisa.

Benjamin olhou-a nos olhos, mastigando lenta e cuidadosamente, como se a sopa contivesse objetos estranhos que ele quisesse identificar; tomou um grande gole do vinho, deixando que ficasse uns instantes em sua boca antes de engolir.

— Tudo isso é muito louco — disse ele. — É absurdo! Se me quiserem, eles que venham me buscar. Não vou legitimar a paranoia deles.

Julie afastou o cabelo do rosto e ele viu novamente como ela era adorável, com seu nariz pequeno e reto e lábios rosa pálidos. Seus olhos eram como fogos que queimavam ao longe, como luas nas madrugadas do início do inverno. Inesperadamente, desejou fazer amor com ela de novo, senti-la arfar debaixo dele, os calcanhares dela apertando suas costas. Esticou a mão por baixo da mesa para tocar-lhe as pernas, e ela deixou que os dedos dele subissem até sua calcinha.

— Seria muito pior se os alemães pegassem você — disse ela, tocando delicadamente o rosto dele, como se fosse uma peça de Limoges. — Você sabe como eles são. Cresceu no meio deles.

— Que me prendam — disse ele. — Será pior para eles. Além do mais, sou bem pesado, como você sabe. Difícil de carregar. — Aproximou sua cadeira da dela e começou a mordiscar-lhe a orelha.

— A maioria dos homens já se foi — disse Julie. — É meio doido você estar aqui. Não entendo como tenha conseguido ficar tanto tempo. Lembra-se de Hans Fittko, o homem que nos apresentou?

Benjamin confirmou com a cabeça. O casal Fittko nunca chegava a ocupar seus pensamentos, mas estava sempre em algum lugar próximo, em sua mente. Certa vez os visitara em seu pequeno apartamento em Montmartre, em uma interseção de três ruas: rue Norvins, rue des Saules e rue Saint Rustique, uma esquina retratada várias vezes por Utrillo. Benjamin gostava mais das pinturas do que do próprio lugar. Era curioso, pensou ele, como se podia gostar mais da realidade recriada do que da sua forma sem mediação. A vida sem a arte seria pobre demais, desprovida de encanto.

— Encontrei-me com Lisa ontem — continuou Julie. — Parece que Hans foi levado para um campo no Sul. Ela terá que se apresentar no Vélodrome d'Hiver para ser relocada.

— Impossível!

— Meu querido Walter, você não lê os jornais, não é?

— O noticiário é deprimente demais e, de qualquer maneira, prefiro Baudelaire.

Julie ficou de pé para que ele pudesse desafivelar seu cinto. A saia caiu até seus tornozelos. Benjamin baixou também sua calcinha.

— Pois eu acho Baudelaire igualmente triste — disse ela, deixando que ele lhe beijasse a barriga. — Os alemães estão quase chegando em Paris, sabia? Milhares de soldados. Ouvi os tiros da artilharia ontem à noite. Se puserem as mãos em você... bem, quem sabe? Não posso imaginar você naqueles campos, Walter.

Benjamin pôs-se de pé para abraçá-la. Beijou-lhe os lábios e depois fez uma pausa.

— Creio que me matam. Isso faz parte do programa deles e não faço objeções.

— Como é que você pode dizer uma coisa dessa?

— Eles já mataram milhares de judeus. O mundo todo sabe disso. Minha cunhada, Hilde, tem me escrito contando essas coisas. E meu irmão, Georg... não se sabe dele.

— Ele está vivo?

Benjamin encolheu os ombros. Pela primeira vez a expressão de seu rosto revelou seu desespero, sua consciência da ruína. Ele já se considerava entre os desaparecidos.

— A situação ficou insustentável.

— Não diga isso — disse ela, abrindo a boca para que ele a beijasse mais profundamente.

Deixaram-se cair no sofá cor de púrpura e Benjamin fez amor com ela rapidamente. Ele era sempre assim, possuindo-a com pressa, sem se demorar. Quando terminava, vestia rapidamente a calça e sentava-se ao lado dela. Julie deixava-se ficar deitada, nua, a olhá-lo tranquilamente, com um cigarro entre os lábios.

Benjamin acendeu o cigarro dela e depois tirou um para si.

— Vou sentir sua falta, Walter — disse ela, exalando a fumaça.

Benjamin curvou-se para acariciar-lhe o rosto.

— O que é triste, mesmo, é que não terminei meu trabalho aqui. Eu tinha tantos planos... — Suas sobrancelhas se crisparam revelando seu estado de excitação. — Posso ler uma coisa para você? Acho que vai lhe interessar.

Julie recostou-se com os braços cruzados e as costas retas: uma posição bem masculina que o fez pensar em Asja. Ele costumava ler para ela em Capri e ela se sentava com os braços cruzados assim, avaliando passivamente o que ouvia.

— Eu tenho um quadro maravilhoso em meu apartamento. Lembra-se dele?

— O Klee?

— É.

— É uma figura diferente de tudo que já se viu — disse ela. — Não seria fácil esquecê-la.

Ele tirou um manuscrito da pasta e sentou-se ao lado dela, bem próximo. Aproximou bem a página do rosto para poder ler sua caligrafia minúscula, que atravessava o papel como marcas deixadas na areia por um siri. "Uma pintura de Klee chamada *Angelus Novus*", leu ele, lentamente, enunciando bem cada palavra, "mostra um anjo prestes a se afastar de algo que está olhando com grande concentração. Seus olhos estão fixos diante de si, escancarados, a boca aberta, as asas prontas para o voo. É assim que se pode imaginar o anjo da história. Seu rosto está voltado para o passado e onde nós vemos uma cadeia de eventos ele percebe uma catástrofe única que acumula, sem cessar, destroços sobre destroços e os atira a seus pés. Talvez o anjo desejasse ficar, acordar os mortos, consertar o que foi arruinado. Mas uma tempestade está sendo soprada do Paraíso; pegou suas asas tão violentamente que o anjo não as consegue mais fechar. A tempestade o suga para trás, para o futuro, enquanto os destroços se acumulam em direção aos céus, diante de seus olhos. Essa tempestade chama-se progresso."

Depois de um longo silêncio, Julie disse:

— Isso é muito triste, Walter, mas também muito bonito.

— A história não foi o que esperávamos dela — disse Benjamin.

— Mas suponho que eu não tenha sido realista. Achava que tudo terminaria de maneira diferente.

Julie observava-o atentamente. Só pensava que aquela criatura estava ali, viva e respirando, tão diferente das demais, tão adorável.

Benjamin continuou:

— Você se lembra do que Kafka disse: "Sim, a esperança existe. Muita esperança. Mas não para nós."

Julie acariciou-lhe os cabelos, mas Benjamin pareceu não notar. Sua mente era como um arado a revirar a terra, a revolver a grama daquele momento da história. Subitamente, ele começou a chorar. Ela nunca o tinha visto chorar.

— Você está bem, Walter?

— Preciso ir para casa — disse ele. Começou a abotoar sua camisa e a procurar a gravata. — Minha irmã está me esperando. Deve estar preocupada.

— Você deve estar matando sua irmã de medo, fazendo-a ficar em Paris. Leve-a para longe, depressa.

Benjamin ainda não queria, não podia ouvir isso.

— Ir para onde? — perguntou ele. — Eu só tenho o meu apartamento e umas poucas coisas. Mas tudo que eu amo está aqui.

— Vá para Marselha, antes que fechem a saída. Há navios que partem de lá todos os dias, mas isso não vai durar.

— Eu não quero deixar a França.

— Mas precisa!

Benjamin suspirou.

— Está tudo perdido — disse ele. — Não sei de que adiantaria.

— Você não pode falar assim. Os americanos vão entrar na guerra. Ela vai terminar dentro de alguns meses, mas você não pode fazer nenhuma tolice enquanto isso.

Ele sorriu.

— Isso vai ser difícil para mim, você sabe. — Pôs lentamente o resto de sua roupa. Julie vestiu um roupão. Pouco depois ele estava junto à porta, com a gravata no lugar, a pasta de papéis na mão. Sentia-se como um pássaro em meio a uma tempestade de vento, tentando agarrar-se a um galho. Não havia lugar algum onde ele pudesse ficar. Não havia conforto para ele no mundo.

— Você comeu o suficiente? — quis saber Julie. — Nem acabou sua sopa.

— Você é melhor do que a sopa.

Ela passou os braços em torno do pescoço dele, aproximando-se tanto que podia sentir-lhe o hálito.

— Vou sentir sua falta — sussurrou, apoiando o queixo no ombro dele.

— Você é um amor, Julie, e muito gentil.

— Escreva, Walter. Me escreva de onde estiver.

Foi até um móvel e tirou da gaveta um envelope de dinheiro, enfiando um bolo de notas no bolso de Benjamin.

— Você já me deu tanto — disse ele, mal protestando. — Acho que não devo aceitar mais.

— Nem pense nisso.

— Tem certeza?

Ela concordou em silêncio, deixando que ele a beijasse nas faces. No fundo do seu coração, ela sabia que não o veria mais. Não nesta vida. E precisou de toda a sua força para não cair em prantos. Ele detestaria a cena.

Benjamin saiu escada abaixo, sem enxergar mais nada. Seus passos não tinham firmeza e a cabeça latejava por causa do vinho e do esforço que fizera no sexo. Descendo as escadas, sentia-se como se estivesse afundando em um poço. O chão — a terra firme, o mundo literal e inimaginável — parecia-lhe remoto e impossível de atingir, um ponto no espaço e no tempo que ele jamais alcançaria, ainda que vivesse um milhão de anos. Chegaria ao fundo dessa escada em espiral apenas para encontrar-se cara a cara com o Minotauro, que o devoraria.

As pessoas que vivem encurraladas na Alemanha hoje em dia não conseguem mais perceber os contornos da personalidade humana. Se encontram um homem livre, esse lhes parece um excêntrico. Imagine, por um instante, os picos mais altos dos Alpes recortados não contra um céu azul brilhante, mas obscurecidos por camadas e mais camadas de pesadas cortinas negras. Suas formas majestosas mal poderiam ser percebidas. É exatamente assim que pesadas cortinas escondem o céu nessa nação abominável e já não se podem divisar sequer os perfis dos seus grandes homens.

Walter Benjamin

3

Lisa Fittko

Querido Hans,

Onde quer que você se encontre, amor, saiba que tenho saudades suas. Escrevo-lhe, querido, na esperança de que você esteja vivo. Eu sei que está vivo. Você não é do tipo de pessoa que eles possam matar facilmente.

Estou escrevendo de Gurs. Lembra-se de Gurs, próximo a Oloron, para onde enviávamos cartas a nossos amigos que estavam na Brigada? Não era este o lugar que Lars chamava de "o Inferno de Gurs"? Ele gostava de exagerar, é claro, para fazer com que tudo parecesse mais perigoso, mais exótico. Já estou aqui há várias semanas e não é nada como o inferno de Dante. Aqui é mais como o inferno daquela pintura que você me mostrou certa vez, que se chamava *O jardim das delícias terrenas*. Como era mesmo o nome do pintor? Desde que cheguei aqui minha memória vem me pregando umas peças assustadoras. Certos dias mal consigo me lembrar quem eu sou.

Faz parte da estratégia deles, talvez. Tentar fazer com que as pessoas se esqueçam do passado. Que deixem de ser um nome para passarem a ser um número. Fica muito mais fácil lidar com pessoas que não sabem quem são ou como era seu passado. A história não existe aqui. O que existe é apenas o momento presente, que pende, nu e feio, como uma lâmpada em um fio puído. Não há qualquer ideia de futuro aqui, tampouco um vislumbre de esperança que nos faça querer que o tempo passe. A palavra *amanhã* não consta do nosso vocabulário. Vivemos apenas o presente, que nos cerca como um tubo de metal, além de cujas extremidades há apenas trevas.

Vou tentar juntar os pedacinhos do que aconteceu; farei isso por você e por mim mesma. Escrever as palavras vai me ajudar a entender um pouco.

Pouco depois de levarem você embora, as mulheres foram arrebanhadas para o Vélodrome d'Hiver. A polícia tomou sob sua custódia virtualmente qualquer um que tivesse nome ou passaporte alemão ou mesmo a mais remota ligação ao Reich. Bastava ter cabelos louros, olhos azuis e costas retas! E pobres daquelas de nós que tivessem sotaque!

Paulette e eu decidimos nos apresentar juntas e ficamos na fila quase cinco horas no lado de fora do estádio, aguardando sermos "processadas", enquanto os guardas nos olhavam como se fôssemos gado doente.

Algumas das mulheres estavam histéricas e apresentavam as desculpas mais alucinadas. Quanta imaginação! Nenhuma de nós deixava de ter um motivo absolutamente irrefutável para classificar de absurda qualquer suspeita que pudesse recair sobre nós.

— Eu sou polaca — dizia uma. — Eles nunca prenderão uma polaca! A Polônia é inimiga da Alemanha! Isso não faz o menor sentido!

— Eu sofro do coração — dizia outra. — Sinta aqui meu pulso! Você já sentiu um pulso assim? E meu fígado está arruinado. É que eu bebo, sabe? Bebo há vinte anos! Gim e vodca, que não há nada pior. O médico não me deu meses de vida, deu semanas. Você ouviu bem? Semanas!

— Olhem só como meus tornozelos estão inchados — gritava uma minúscula mulher de vestido vermelho. Não se dirigia a ninguém em especial. — Como é que eles podem prender uma mulher inchada desse jeito?

— Eles nunca nos prenderão — disse outra mulher, essa de cabelos brancos armados como um pompom e voz trêmula pela fugidia esperança dos condenados. — Deve haver umas 10 mil mulheres aqui. Qual é a prisão de Paris que teria lugar para nós todas? Eles terão que nos liberar. Todas nós. Isso não passa de um esforço inútil, típico da louca burocracia francesa.

Aquelas mulheres não pareciam entender que cada caso é apenas uma partícula de um caso maior chamado História. Somos todas filhas de Rute, perdidas no tempo.

A *criblage*, como eles diziam, estava sendo feita por um comissário de polícia que fedia a alho. Ele me entrevistou junto com Paulette, pensando que éramos irmãs. Às vezes eu consigo ser minha pior inimiga, Hans, como você já observou em mais de uma ocasião. Disse ao homem:

— Você não está vendo, seu idiota, que eu não sou alemã? Leia o que está escrito em meus documentos! Veja se são documentos de uma alemã!

Não foi muita esperteza minha fazer isso, mas eu sabia que estavam prendendo muitas de nós, de qualquer maneira, portanto o que dissesse não faria tanta diferença. Pelo menos desabafei.

— Aqui sou eu que decido quem é alemão e quem não é — disse ele, grunhindo com um toco de charuto entre os dentes, com o sumo do tabaco escorrendo-lhe pelo queixo. É claro que ele nem olhou para meus documentos. Achou logo que eu era uma mulher perigosa, metida a esperta. Um guarda grisalho, com os pulmões em péssimo estado, levou-me dali em meio a um acesso de tosse; parecia uma pessoa bondosa e disse que tudo aquilo acabaria "logo, logo". Para ele, achei que acabaria logo mesmo.

Sabe, Hans, ainda me surpreendo com a quantidade de pessoas que se diziam nossas amigas e que mudaram de ideia. Será que a natureza humana é assim mesmo? Lembra-se de Mme Girard, de cabelo frisado e sombra azulada nas bochechas? A senhoria barbuda? Encontrei-me por acaso com ela um dia ou dois antes de deixar Paris, e ela fingiu que nem me conhecia! Como se eu não tivesse levado a mãe dela de táxi para o hospital apenas um mês antes! Fiquei chocada, mas acho que foi tolice minha. Fico sempre querendo acreditar que a raça humana é melhor, mais altruísta e generosa do que realmente é.

A cena do Vél d'Hiv, Hans... Como posso descrevê-la? Tinha-se a impressão, sem exagero, de estar ouvindo os gritos vindos de um matadouro por trás daquelas grades de ferro dos portões do lado oeste do estádio, para onde a maioria das mulheres mais velhas haviam sido levadas no início da noite, pois lá há uma área com teto de vidro. Gostei de ficar ao ar livre, vendo as estrelas, onde me sentia livre também e feliz. Mas aquelas pobres mulheres... Ninguém tocou a mão nelas, mas subitamente o peso da situação deve ter ficado claro para elas; a realidade deu-lhes tapas nas caras. Elas não estavam preparadas para isso. E quem está?

Paulette, bendita seja ela, tinha ido preparada. Você sabe como é a Paulette. Escova de dentes, uma panelinha com cabo para cozinhar, duas colheres, batom, lâmina de barbear. (As lâminas seriam nossa porta de saída, no caso de não haver outra.) Dormimos em fardos de palha que haviam sido enviados, dizia-se, "pelos americanos". Que americanos? Por que motivo tudo de bom agora se deve aos americanos, quando só o que fazem é continuar isolados, de bundas sentadas, como sempre? Paulette garantiu que aquela palha tinha vindo de uma organização assistencial judaica dirigida por uma amiga dela, mas também não acreditei. Não há como separar verdades de mentiras em tempos de guerra: há apenas rumores aos quais é preciso se apegar para se ter um pouco de consolo e

A TRAVESSIA DE WALTER BENJAMIN 71

de esperança. São como pequeninas pontes que interligam um momento ao seguinte; sem eles estaríamos perdidos.

Paulette é mesmo uma colegial, achando graça de tudo e até dando risinhos abafados. Com aquele nariz chato e arrebitado que ela tem, as sardas no rosto, com seu jeito de sacudir os cabelos para ajeitá-los, parece mesmo uma adolescente. Talvez pelo fato de eu a conhecer há tanto tempo já nem me dou conta de suas excentricidades. Na amizade as coisas são assim: ignoram-se os excessos da personalidade que um estranho poderia achar desagradáveis.

O absurdo da vida no Vél d'Hiv poderia ter continuado a nos divertir por vários dias, não fossem os alarmes antiaéreos que disparavam dia e noite, interrompendo miseravelmente nosso sono. (Você sabe em que estado eu fico quando não consigo dormir o suficiente!) E o roncar dos bombardeiros por cima de nossas cabeças fazia com que nossos corações disparassem — um som tão medonho que parece vir de todos os lados. Odeio esses aviões, esses pássaros malditos que sobem dos infernos para escurecer nosso céu.

Jornais eram coisas raras, mas conseguimos uma página que fora arrancada e circulava por lá. As histórias pareciam bem confusas, mas uma coisa era certa: os alemães estavam chegando, e bem rapidamente. Tinham rompido a fronteira ao norte, passando com seus tanques por cima dos campos de trigo, dos vinhedos, dos pomares. Circulavam rumores de que aldeias inteiras tinham sido queimadas e saqueadas, de que as mulheres tinham sido estupradas, e as crianças, raptadas. Dizia-se que milhares de homens sadios tinham sido assassinados a bala para evitar que se tornassem soldados inimigos. Se as tropas alemãs nos pegassem, seria o nosso fim. Disso ninguém duvidava.

Duas semanas no Vél d'Hiv eram mais do que suficientes para qualquer um. Paulette e eu já estávamos planejando nossa fuga (não teria sido muito difícil, creio) quando chegaram as ordens de evacuar. Foi terrível, porque Paulette e eu tivemos que ser separadas. O marido dela, como você sabe, entrou para a Legião Estrangeira, e as mulheres de soldados foram agrupadas. Eu fui espremida em um ônibus militar com os *hoi polloi*.

A reação de Paulette me surpreendeu. Ela começou a chorar. Seu rosto ficou banhado em lágrimas, com os lábios tremendo. Não sei o que deu nela.

— Não deixe que me levem — dizia ela. Agarrou-se a mim como uma criancinha.

— Não perca o controle. Agora é você que está me assustando!

Assumi uma atitude dura, do tipo não-crie-problemas-para--mim. Você vai entender por que, Hans. E deu certo. Paulette foi se acalmando e depois ficou aborrecida. Mas o rancor é melhor do que o medo, portanto fiz o que tinha que ser feito.

— Você é insuportável — gritava ela.

— Você também — dizia eu.

— Você não tem sentimentos!

— E você? Não se pode contar com você! Imagine o que acontecerá se as coisas ficarem difíceis.

— As coisas *já estão* difíceis, porra!

— Bobagem. Isso aqui foi só o jardim de infância. Espere só para ver o que vem por aí.

Continuamos com aquela briga tola de meninas por mais alguns minutos, para diversão do jovem guarda que fumava seu cigarro enrolado à mão e nos observava com um leve sorriso de superioridade. A certa altura, ele disse: "Calma, meninas, calma."

Os ônibus eram uns monstros verdes horrorosos que estavam parados lado a lado — como hipopótamos, com seus motores trepidando. Arrotavam uma fumaça negra que parecia tornar o ar irrespirável. Um cartaz pintado à mão em cada um deles dizia: RÉFUGIÉS DE LA ZONE INTERDITE. Então eu era isso, pensei. Eu era uma refugiada de uma zona proibida! As janelas eram escuras,

A TRAVESSIA DE WALTER BENJAMIN   73

como se para esconder nossa vergonha ou proteger o público da visão de nós todas apertadas lá dentro. Ninguém disse uma só palavra, de tão aterrorizadas que estávamos. Como não tínhamos tomado banho naquelas duas semanas, cheirávamos a animais estabulados. Coloquei um suéter de lã no nariz para filtrar o mau cheiro, mas de nada me valeu.

Não sei exatamente onde nos descarregaram, mas não foi muito longe. Talvez na Gare d'Austerlitz. Os alemães estavam vindo do Norte, portanto nos mandaram para o Sul. Isso foi confirmado quando, algumas horas depois, fizemos uma breve parada na estação de Tours. Uma pequena multidão se agitava no lado oposto da plataforma e — para surpresa minha — as pessoas nos xingavam e jogavam pedras no trem. Nunca em minha vida eu tinha visto tanto ódio em rostos humanos. Tive que fechar os olhos.

Seguimos sem parar noite adentro, com o trem engolindo os trilhos, sacudindo-se, apitando ao passar rapidamente por estações tão pequenas que nem conseguíamos ler seus nomes. Não sei quantos dias e noites viajamos. Dois? Três? Até os dias pareciam escuros. E a comida era muito pouca; passávamos de uma para outra latinha de patê, um pedaço de pão, uma caneca com água ruim. Os toaletes do trem ficavam trancados, sendo abertos apenas por pouco tempo à noite e, de manhã, por cerca de uma hora. As mulheres evacuavam nas calcinhas e mijavam entre os vagões. Uma senhora gemia o tempo todo, falando sobre seu filho que, ao que parecia, tinha algum cargo no governo. "Ele vai matar vocês todos!", soluçava ela. "Ele é uma autoridade. Vai matar vocês todos!" Sem que esperássemos, um soldado levou-nos uma panela com comida quente. "O que é isso?", quis saber uma mulher que estava a meu lado, como se fizesse alguma diferença. *"Du singe"*, disse ele. Carne de macaco. Eles chamam de *singe* qualquer tipo de carne.

A impressão que tínhamos era de que atravessávamos um continente, e todas nos perguntávamos para que lugar do mundo poderiam estar nos levando. Nenhum dos soldados ousava dizer uma só palavra. Então, certa manhã, bem cedo, logo que o dia começou a clarear, percebi que o trem estava se movendo cada vez mais lentamente; a pouca distância dali podia-se ver, ainda mal delineados, os contornos de uma pequena cidade. Os freios começaram a gemer, e o trem seguiu bem devagar, balançando-se de um lado para o outro. Não sei ao certo como fiquei sabendo que era Gurs. O campo de refugiados da guerra civil tinha sido construído às pressas, creio. De qualquer modo, lembrei-me das histórias que Lars nos contava sobre Gurs e tive medo.

Atravessando uma ponte estreita para pedestres, cercada de arame farpado, entramos no campo também todo cercado por farpas. As mulheres que faziam a guarda pareciam nazistas a gritar: "Um-dois, um-dois, mais rápido, meninas! Marchem mais rápido!" Fomos "processadas" no lugar que chamavam de Centro de Recepção, um prédio de teto baixo construído como um bloco, cujo arquiteto não devia ter o menor compromisso com a estética. Depois seguimos, como que por um funil, para as dezenas de barracas dispostas bem alinhadas em fila.

Odiei a minha logo ao entrar. O teto era de zinco e sua única virtude era o ruído contínuo e gostoso que fazia nos dias de chuva. Uma lâmpada nua na ponta de um fio que descia do teto agonizava com a baixa voltagem, lançando uma luz débil sobre três dúzias de colchonetes de palha enfileirados ao longo de cada parede. Ficavam diretamente sobre o chão de barro, úmidos e bolorentos como queijo estragado, devastados por ratos e baratas. Não sei por que, mas chorei pela primeira vez ao ver aqueles colchonetes de palha ali no chão, sem camas. Por algum motivo, eu achava que haveria camas.

É melhor tocar a vida para a frente, como você sempre diz. Assim, joguei meu saco sobre um dos colchonetes e já ia me jogar também quando uma jovem de cabelos ruivos desgrenhados e uma expressão feroz no rosto gritou: "Este é meu, sua vaca!" Calma, calma, pensei, levando meus poucos pertences para outro lugar. Não creio que ela esteja com o juízo perfeito, pobrezinha.

Gostei de ver que várias das mulheres daquela barraca já eram conhecidas minhas, algumas até amigas. Lembra-se de Anni? Ela e eu encontramos colchonetes juntos, e foi como nos velhos tempos. Logo nos esquecemos como era terrível tudo aquilo, por algum tempo. Hans, eu estava muito cansada, muito, muito cansada. Até os percevejos mal conseguiam me perturbar. Era como se eu estivesse afundando em um poço profundo, um poço sem fundo. Qualquer bobagem que estivesse se passando lá em cima foi deixando de me dizer respeito enquanto eu afundava, cada vez mais, naquela escuridão sem fim. O mundo poderia estar acabando e eu não teria me importado.

Os guardas — em sua maioria mulheres, nas barracas — geralmente são frios e indiferentes. Hitler vai amar esses fascistas que já nasceram prontos, embora talvez possam ser dignificados se atribuírem uma ideologia a seu comportamento; eles não entendem de coisa alguma além da força. "Façam o que estou mandando, ou vou fazer com que sofram" é o que parecem estar dizendo, mesmo sem falar. "Fora da cama, senhoras!", gritam às 7 horas. "Em forma!" "Hora da limpeza!" "Levantem-se!" "Calem-se!" Não falam: exclamam. E só o que eleva minha alma são as montanhas, os Pireneus, uma linha azul luminosa a distância que representa uma única palavra para mim: *liberdade.* A Espanha acena para nós, linda, além das fraquezas humanas. Pelo menos é assim que a vejo por trás dessas grades.

Volto ao assunto dos percevejos, que se tornou um dos principais tópicos de conversa aqui. Já tivemos que enfrentar muitos insetos juntos, não, Hans? Se me lembro bem, era você quem mais detestava os insetos, como naquela vez em que você ficou cheio de piolhos de galinha, aquelas criaturas que se parecem mais com poeira branca do que insetos. Como você gritou e pulou! O médico nos borrifou com um produto químico horrível no hospital — foi um espanto que não tivesse nos matado. Pois bem, nossos colchonetes estavam tão infestados, tão bichentos, tão fervilhantes com coisas que zumbiam, se arrastavam ou mordiam que coloquei um deles, morto, em um envelope e tentei convencer nossa guarda — uma mulher razoavelmente decente em comparação a outras guardas da prisão — a fazê-lo chegar ao comandante. Ela abriu o envelope e disse: "Se você não gosta dos percevejos franceses, talvez prefira os que professam o nazismo."

Se nos trouxeram aqui para nossa proteção, por que nos tratam como se fôssemos criminosas? Será que há algo errado com a mente dos franceses? Tentei me informar com uma das guardas, uma mulher suficientemente inofensiva chamada Nicole, sobre essa nossa prisão. Ela respondeu, bem-humorada, que nosso campo estava realmente cheio de nazistas: *Reichsdeutsche*. Espiões. Isso é uma tolice, é claro. Apenas uma mulher em nossa barraca poderia ser rotulada de nazista. Ela realmente trabalhava para o governo alemão em Paris. Tinha um vago cargo na representação oficial. Mas como discutir com uma cabeça-dura como a Nicole?

Começamos uma comunicação entre nós e isso nos deu imediatamente alguma esperança. Nossa coragem aumentou. Certo dia decidimos organizar uma comissão que exigiria um encontro com o comandante. Nicole, nossa "boa guarda", como a chamávamos, levou nossa petição até ele, que acabou sendo mais razoável do que supúnhamos. Permitiu que elegêssemos uma líder em cada barraca e o grupo de líderes passou a constituir um parlamento informal. De uma hora para outra, os guardas começaram a nos tratar mais como seres humanos. Só foi preciso um pouco de coragem.

Você se lembra de Sala, não? Aquela de Berlim, com o nariz adunco? Ela está aqui e animada como nunca, sempre promovendo reuniões. Ela diz que a ironia de sua situação a deixa estarrecida.

A TRAVESSIA DE WALTER BENJAMIN

Aqui está ela, presa pelos inimigos da Alemanha por distribuir propaganda contra a Alemanha! Nós a colocamos à frente de tudo que precisa ser feito e isso tornou a vida mais fácil para mim. Agora creio que possa descansar um pouco, sabendo que alguém está fazendo alguma coisa para melhorar minhas condições de vida o tempo todo! Alá seja louvado! Viva Sala!

Você se divertiria com algumas coisas que acontecem aqui, querido. Com os absurdos. As mulheres acordam cedo, com os primeiros raios do dia, tremendo de frio, e começam a se maquiar. Até a Anni, que não tem nada de atraente, como você deve se lembrar, passa lápis nas sobrancelhas e enrola os cabelos! Uma das mulheres que está aqui, a Louise, era cabeleireira em Paris e circula pelas barracas todos os dias. A troco de um cigarro, penteia uma cabeleira.

Você precisava vê-las, empertigadas e *cocotes*. No início da tarde reúnem-se do lado de fora, no pátio, para acenar para um biplano amarelo que passa voando baixo sobre o campo quase todos os dias. O aviador, de capacete, que parece estar no ar desde a última guerra, acena de volta para elas, galante, às vezes inclinando a asa, bem de leve, para deixá-las animadas. "Ele me viu! Ele me viu!", gritam elas, dançando como meninas de escola. É essa a vida sexual aqui em Gurs.

Muito do que eu vejo é triste. Há aqui uma menina estranha, Gisela, que dorme no chão perto de mim. Seu colchonete é tão fino que não lhe oferece conforto algum. Dizem que ela viu os nazistas espancarem seu pai com a coronha de um fuzil até a cabeça dele arrebentar; ele morreu no chão, nos braços da mulher. A mãe veio para cá já no final de uma longa luta contra o câncer, com a pele amarela e os olhos fundos parecendo dois pregos velhos enterrados nas órbitas. Essa mulher tão infeliz caminhava com dificuldade até o pátio todas as tardes para deitar-se em uma manta de lã áspera que Gisela abria para ela sobre a terra. À noite ela cantava para a mãe dormir com uma voz suave e triste. Eram canções folclóricas que eu nunca tinha ouvido antes. O que me surpreendia era a ausência de diálogo entre elas; parecia que bastava uma estar ao lado da outra. Fico pensando que talvez o que tivessem a dizer fosse tanto que não valesse a pena o esforço. Ou talvez fosse o contrário. As coisas terríveis que aconteceram a elas e que continuavam a acontecer talvez tivessem ultrapassado as possibilidades da palavra. Fosse como fosse, a mãe morreu alguns dias atrás. Eu estava ao lado dela e vi quando ela se desfez, como carvão totalmente transformado em cinzas: a forma se mantém intacta por algum tempo e depois implode, restando apenas as cinzas a serem espalhadas pelo vento.

Gisela não chorou nem disse coisa alguma quando levaram sua mãe daqui. Seu rosto não tinha qualquer expressão, não tinha lágrimas. Suponho que estivesse afogada em um oceano de tristeza. Hoje ficou sentada, o dia todo, em seu colchonete. Um sabugo. Os círculos azuis ficaram ainda mais profundos abaixo dos seus olhos, que ela raramente abre. Tentei conversar com ela de manhã, ofereci-lhe um cigarro, mas ela nem respondeu. Sequer um movimento de cabeça ou um som gutural. Tenho receio do que lhe possa acontecer. A resistência das pessoas tem um limite.

Uma mulher meio pedante, mas engraçada, que se chama Ili dorme em um colchonete no outro lado da barraca. Não creio que você a conheça, mas ela estava sempre nas reuniões em Paris — é amiga de Julie Farendot, se não me engano. Eu a via nas festas, de longe, sempre chamando atenção com suas peles e joias; fumava constantemente usando uma longa piteira de marfim e soprando anéis de fumaça. Eu a achava irritante, mas já não acho mais. Até que gosto de sua petulância e de sua coragem. Nós precisamos de mais mulheres como ela para conseguirmos atravessar esses tempos de guerra.

Ela me contou que quando os nazistas invadiram Viena, arrastaram as mulheres judias para a rua e as obrigaram a lavar as

A TRAVESSIA DE WALTER BENJAMIN 79

calçadas, de joelhos. Ili foi parar nas calçadas com suas peles e joias, gritando para os filhos da puta: "Uma vassoura! Exijo uma vassoura!" E eles disseram: "Por favor, *madame*, não queremos a senhora. Volte para dentro", insistiam. "Eu sou judia!", gritava ela. "Quero uma vassoura! Se não me derem, vou dar parte a seus superiores!" Eles a obedeceram, humildes. Você não acha essa história adorável? Eles são covardes. Escondem-se por trás de seus passos de ganso e seus uniformes.

Ili trouxe material de pintura para cá: tubos de tinta a óleo, pincéis e até rolos de tela, que ela estende sobre molduras que os guardas conseguem para ela. (Se a gente pedir uma fatia de pão, eles são capazes de cuspir em nós, mas se alguém quiser moldura para um quadro, a situação muda de figura. Fica mais elegante!) No nosso segundo dia em Gurs, ela montou seu ateliê na grama lá fora e começou a pintar. Foi uma atitude muito impressionante, dramática até. As pessoas se agruparam em volta dela, estarrecidas, porém curiosas. E agora ela está dando aulas de pintura! Creio que não faz sentido, nessas circunstâncias, dizer a ela que não se pode viver só de arte...

Com a comida daqui é que não se pode viver. Grão-de-bico todos os dias, e mais grão-de-bico todos os dias. Servem-nos como pedrinhas, secas e sem sabor. É preciso deixá-lo a noite inteira nessa água enferrujada daqui, depois cozinhá-lo novamente por mais uma hora. Só servem uns doze grãos de cada vez e é preciso comê-los lentamente, deixando formar uma massa na boca antes de engolir. De manhã os guardas servem uma xícara de café tão ruim que dá vontade de vomitar depois do primeiro gole.

Às vezes nos dão uma cenoura velha, com jeito de borracha, ou uma colherada de repolho azedo. As batatas são escuras e mofadas. O pão é dividido com a parcimônia que você pode imaginar: um pão para meia dúzia de mulheres. Recebe-se a quantidade diária de manhã e é preciso calcular o quanto comer de cada vez. Eu tento protelar, até que a fome seja tanta que me doa o estômago e eu não possa mais suportar. Aí eu espero mais um pouco e a fome vai diminuindo. Só então eu como. Assim parece dar mais certo, embora eu não compreenda por quê.

A única possibilidade que temos de tomar banho é de manhã cedo e faz tanto frio que ninguém tem vontade. Um riacho enlameado corre ao longo da cerca de arame farpado por trás das barracas. Há um cano que segue paralelo à cerca, com torneiras que parecem tetas saindo dele. As almas temerárias que decidem se lavar naquele dia formam-se em fila, nuas, e correm pela água fria, que às vezes sai fraquinha e às vezes jorra com pressão. Como todas as outras, tento lavar minhas roupas enquanto estou lá, mas não é fácil. Sabão é impossível se obter, mas lembrei-me de trazer um pouco. Quando acabar, terei que contar com a gordura do cotovelo, como as outras — ou acostumar-me a cheirar mal.

Os soldados que ficam de sentinela gostam de olhar as mulheres se banharem e isso deixa as mais jovens em pânico. Há uma menina extremamente recatada, de uns 17 anos, que se recusa a tirar a roupa de baixo. Isso é da idade, creio eu: o receio de destampar a caixa de Pandora. Devo dizer que pouco se me dá. Que me vejam. Quem vai se importar com isso?

Fico mais hesitante em me exibir publicamente quando se trata das latrinas, que são construções espantosas, remanescentes dos patíbulos. Uma dessas ergue-se bem atrás de nossa barraca, a poucos passos. Sobe-se por uma escada trôpega até uma plataforma de madeira equilibrada em estacas; cortaram furos redondos no chão e colocaram tanques de metal embaixo para coletar o cocô e o xixi que cair. Esses tanques são esvaziados todas as manhãs, deixando-me aliviada (pois durmo junto a uma janela que dá de frente para a latrina!).

Esses soldados franceses são germânicos em sua eficiência, o que me assusta. Temo pelo pior quando a Ocupação se fizer completamente. Imagine só: colocaram um trilho de bitola estreita ao longo da cerca de trás; esse trilho passa por todas as latrinas. Os espanhóis contratados para fazer o trabalho sujo passam todas as manhãs para esvaziar os tanques em seu trenzinho em miniatura — nós o chamamos de Expresso do Ouro — que passa, barulhento, de latrina em latrina, dirigido por um cavalheiro idoso impassível, com longos cabelos brancos e olhos muito azuis. Se coincidir de a pessoa estar cumprindo suas obrigações quando o Expresso do Ouro passar, basta prender a respiração e olhar para o campo que se estende além da cerca, onde os dentes-de--leão, com seus pompons brancos de sementes, estão prestes a se deixar estilhaçar pela mais leve brisa que soprar naqueles campos suavemente ondulados.

Estou escrevendo para manter minha sanidade mental, Hans. Há algo gloriosamente essencial no ato de colocar estas palavras no papel, de fazer a tradução (embora tosca) das emoções sem palavras. Isso faz algum sentido para você, querido?

Meu amor, é muito difícil estar separada de você, embora eu creia, eu *saiba*, que você está bem. Isto é, se alguém está bem, será você. Apaixonei-me por você porque senti, compreendi, lá dentro dos meus ossos, que você era indestrutível. Quando olho dentro dos seus olhos, vejo isto: você é como um diamante, imortal. O corpo pode falhar, mas o espírito não falhará. Isso simplesmente não pode acontecer, da mesma forma que Platão jamais cairá do seu lugar no céu da nossa civilização ocidental. Algumas coisas ficarão para sempre.

É terrivelmente importante, em Gurs, pensar nas coisas boas que se tem. Eu tive a sorte de não ser jogada nas barracas reservadas às "indesejadas". Essas mulheres estão aqui há muito mais tempo do que nós e tenho pena delas, embora algumas sejam mesmo nazistas. A maior parte, entretanto, parece antifascista e algumas são até bem conhecidas nesses círculos. Elas tiveram problemas com o Deuxième Bureau, aquela gangue de assassinos que se esconde atrás de suas mesas elegantes com seus nomes na porta.

Essas mulheres estão morrendo de fome, pelo que se diz aqui. Organizei um grupo para levar pão escondido para elas, passando pela cerca dupla de arame farpado. É um pouco perigoso, mas a verdade é que isso me dá prazer. Faz com que se pense em outras coisas que não os detalhes do dia a dia e permite que, curiosamente, a pessoa se sinta viva. Lembra-se de como era em Praga, nós dois pela cidade, à noite, nos escondendo e reunindo com várias células, tentando evitar que os rapazes de Masaryk descobrissem o que estávamos fazendo? E na Suíça, organizando a rede? Ainda custo a crer que você foi capaz de me convencer a passar furtivamente pela fronteira alemã para ir àquelas reuniões em Baden e em Württemberg. O que seria de mim se tivessem me apanhado? Nós éramos muito loucos, Hans. Loucos por uma causa, suponho. A causa da liberdade. Nem você nem eu podemos suportar a injustiça quando ela se apresenta diante de nós. É isso que nos faz seguir em frente, não é? Mas vale a pena. É bom se sentir vivo e livre, saber que se está fazendo alguma coisa para preservar a dignidade humana. Só Deus sabe quão pouca dignidade ainda resta no mundo.

Voltarei a escrever-lhe, Hans. Um serviço de correio clandestino começa a ser instalado e fiz contato com as pessoas que farão chegar esta carta a você. Se estiver vivo, você a receberá. Se você não estiver vivo, então eu também não estarei e nada mais importará.

Com todo o amor,
Lisa

A História é o objeto de uma construção que não se situa em um tempo homogêneo e vazio, mas sim em um tempo ocupado pela presença do Eterno Agora. Desta forma, para Robespierre, a Roma antiga era um passado impregnado do Agora, que ele fez explodir do continuum da História. A Revolução Francesa via a si mesma como uma Roma rediviva. Evocava a Roma antiga como a moda evoca as vestes do passado. A moda tem um faro natural para o que é tópico, onde quer que ele se embrenhe nas matas espessas dos tempos idos; é um salto de tigre em direção ao passado. Esse salto, entretanto, se dá em uma arena onde a classe dominante tem o comando. O mesmo salto, quando dado livremente, varando o céu aberto da história, é o salto dialético. Foi assim que Marx concebeu a Revolução.

Walter Benjamin

4

Benjamin acendeu um cigarro, pensativo. Perguntava a si mesmo quando viriam buscá-lo e como seria. Ouvira histórias de enregelar os ossos, como a de um homem acordado no meio da noite por um policial e levado em seguida para uma caminhonete que o aguardava, tudo presenciado pela mulher e os filhos. Um outro foi arrancado de um restaurante no minuto em que sua comida acabava de ser servida. Ele mesmo conhecia um homem que foi levado quando jogava uma partida de xadrez em um parque, no meio da tarde — atiraram-no dentro de uma caminhonete, sem deixar que ele levasse coisa alguma, sem deixar que completasse a jogada.

A saúde de Benjamin era tão precária que ele se perguntava se sobreviveria a um choque daqueles. Seu coração pararia ali mesmo se ele fosse preso de surpresa. Teria um colapso nos braços dos militares, seria um defunto em questão de segundos e eles ainda teriam que perder umas duas horas com o enterro. Azar o deles.

As cadeiras da sala de leitura da biblioteca vinham ficando cada vez mais vazias naquele último mês. Sua própria mesa parecia uma boca desdentada. Um bom número de intelectuais judeus tinha feito daquela sala celestial, com suas cúpulas elevadas, seu próprio lar; esses leitores fiéis podiam ser encontrados em seus lugares quase todos os dias, revolvendo, laboriosamente, enormes volumes sobre história romana, aerodinâmica, linguística moderna ou qualquer outro assunto. Solomon Weisel, Joseph Wertheimer, Salman Polotsky, Jacob Spiegel e uma dezena de outros. Benjamin conhecia todos; formavam uma família silenciosa, cada um com sua própria vela queimando no altar do saber. Cada um deles fazia sacrifícios surpreendentes para manter sua vela acesa.

Quem não conhecesse o que se passava ali não compreenderia. O que levaria um homem a se sentar nove horas por dia em uma cadeira de biblioteca, explorando veredas do conhecimento humano? Que tipo especial de aspiração o levaria a sacrificar a família, as amizades, os bens materiais e até mesmo a estima da comunidade? No final de sua estrada, não o aguardavam medalhas de ouro do mundo acadêmico para enfeitar seu pescoço. Não haveria aclamação pública. A maior parte dos livros escritos naquela sala jamais encontraria quem os quisesse editar; e os que encontrassem destinar-se-iam a um minúsculo público leitor. Por que, então, aquela vigília?

Benjamin era, talvez, o mais vigilante de todos. Sentava-se dia após dia na mesma cadeira, obstinadamente afastando tudo que lhe parecesse irrelevante a seu projeto, inclusive a preocupação com os nazistas. Desde o final da década de 1920 ele pesquisava e escrevia seu livro, tendo começado com comentários e aforismos. Um incrível volume de papéis acumulava-se em pastas marrons. Ele sempre se lastimava por ter deixado tantas das suas cadernetas de anotações na casa de Brecht, na Dinamarca, onde passara o verão dois anos antes. As possibilidades de voltar à Dinamarca esgarçavam-se a cada dia, e ele não poderia contar com Brecht para enviar o material para Teddy Adorno. Brecht era preguiçoso e indiferente. "Ele é um patife, mas um patife maravilhoso à sua maneira", dizia Benjamin à sua irmã Dora, que respondia, inva-

A TRAVESSIA DE WALTER BENJAMIN   87

riavelmente: "Eles todos se aproveitam, Walter. Todos eles, sem exceção, se aproveitam de você."

Embora jamais admitisse tal coisa, nem para si mesmo, Benjamin tinha certeza de que seu ensaio enciclopédico sobre as arcadas de Paris, já quase pronto, ajudaria a justificar sua existência. Fora disso, sua obra dispersava-se em esforços espasmódicos e intermitentes, em que milhares de *insights* esvoaçavam pelos ares como as folhas de uma árvore no outono antes que os quatro ventos proverbiais as carregassem. A princípio a ideia das arcadas tentara abrir espaço em meio a tantos outros projetos, sempre no fim da fila; Benjamin reservava o lugar de honra no começo da fila para trabalhos imediatos: um ensaio, uma crítica a ser entregue na semana seguinte, um conto ou, ocasionalmente, um poema. O projeto das arcadas começou a receber maior atenção durante o rigoroso inverno de 1934, quando Benjamin se hospedava em uma *pensione* barata em San Remo, em um quarto despojado, caiado de branco, com vista para um mar cinza-esverdeado. Nessa época a Alemanha já se tornara inabitável para um judeu, melhor dizendo, para qualquer pessoa de consciência.

Benjamin via-se como um defensor do Iluminismo. Era assim que conduziria sua guerra pessoal contra o fascismo. Em seu diário, exortava a si mesmo a "limpar os campos onde até agora só se vê a loucura, lançar-me à luta com o machado afiado da razão, sem olhar para a esquerda ou para a direita, a fim de me proteger da loucura que acena, chamando, da floresta primeva". Em um tom feroz que lhe era raro, escreveu: "Toda a superfície da terra deve, com o tempo, ser dominada pela razão, tornada arável, livre do emaranhado da vegetação rasteira que são a falácia e o mito."

A falácia e o mito dominavam o mundo que Benjamin conhecia. Paris, ao mesmo tempo a capital do século XIX e o útero maldito onde fora gerada a fera mais brutal do presente, seria, portanto, o foco mais apropriado para suas pesquisas. O consumismo exibido em toda parte, a sede de aquisição, deixava Benjamin desolado e toda aquela loucura era fantasticamente representada pelas arcadas que em francês e alemão significavam passagens, dando ênfase a seu aspecto espacial. Esses caminhos, ao mesmo tempo sinistros e esplendorosos, eram, de uma forma bem literal, passagens; os túneis cobertos de vidro tornaram-se vitrines para qualquer produto do capitalismo moderno.

As arcadas transformam a estrutura — de outra forma racional — da cidade em um emaranhado irracional, em um pesadelo de túneis conectados entre si, uma espiral voltada para dentro, culminando em uma espécie de implosão espiritual. As ruas de Paris, com suas casas simétricas e seus parques perfeitamente projetados, representam a Razão, agora posta a pique por essa arquitetura fantástica dos povos antigos: a figura do labirinto. Como dizia Benjamin, "A dimensão mítica de todas as estruturas de labirintos é gerada pelo forte movimento descendente; uma vez nele, o espectador é puxado para dentro de um mundo convoluto cuja existência não é visível nem previsível". O labirinto é ao mesmo tempo interior e exterior: a rua e a casa, a máscara e a voz que fala através da máscara. O clima, com suas alternâncias, não se intromete nos corredores de vidro das arcadas; até mesmo a luz do sol é filtrada e distorcida, captada nos quadrados esmaltados do chão de ladrilhos, nas fachadas de metal polido e nos espelhos glaucos que por toda parte duplicam a realidade e a devolvem a si mesma, nos olhos que se agitam rapidamente, insatisfeitos, à procura de algo brilhante onde recair, de algo para consumir.

Benjamin meditava sobre o símbolo do labirinto na história.

Na Grécia antiga eram indicados os lugares por onde se teria passagem para o mundo inferior. Nossa existência quando em estado de vigília é também uma terra onde há lugares escondidos que nos levam ao mundo inferior, cheia de recantos obscuros por onde os

A TRAVESSIA DE WALTER BENJAMIN

sonhos escoam disfarçadamente. Durante o dia, passamos por eles sem nos darmos conta, mas, quando o sono nos domina, voltamos nos rastejando às pressas para essas passagens escuras. O labirinto de prédios da cidade é, durante o dia, como nossa consciência, as arcadas (passagens que nos levam à sua existência passada) encontram-se nas ruas sem serem notadas. À noite, porém, sob a massa feita de sombras das casas, sua solidão mais compacta irrompe diante de nós, aterradora.

Para Benjamin, o mundo era composto de várias camadas; porém, como os gregos, ele acreditava em uma infraestrutura profunda, uma dimensão mítica ou espiritual sobre a qual o presente se apoiava, como em uma estrutura invisível, porém resistente. Ele saboreava as alterações entre dia e noite, entre sono e vigília, vistas pelo espelho da mente ao se mover entre os domínios do consciente e do inconsciente. Os sonhos, para ele, eram reais. "Nós carregamos de volta conosco o material de nossos sonhos para o mundo da vigília", dizia ele. "Tudo isso faz parte de nossa viagem."

Mas a viagem atravessa o inferno, passando pelo purgatório do consumismo. "A era moderna", dizia ele, "é a era do inferno. Nosso castigo é a última novidade do momento". E a "última novidade" é sempre "a mesma coisa que se repete. Isso constitui a eternidade do inferno e a fixação que os sábios têm pelo que é novo". Desse modo a moda enche todas as vitrines, consome nossa conversa e nosso pensamento, torna-se um fenômeno regressivo, um tipo de repetição compulsiva que veste a máscara de novidade.

E é assim que o pesadelo da história retorna: liberado, vingativo, inflexível e devastador. Foi isso que Sigmund Freud quis dizer ao se referir, ameaçadoramente, ao "retorno do reprimido". É o Minotauro que deve ser morto. É ele que está no fundo do labirinto, sonolento. É ele que brilha na luz artificial do consumismo, que não passa de uma extensão aberrante dos nossos desejos normais relativos a comida, abrigo, roupa e objetos pessoais que nos tornam mais valiosos diante do mundo e, infelizmente, diante de nós mesmos.

O que deixava Benjamin exasperado era a alienação da história produzida por um ciclo de recorrência indesejável, uma alienação que ele próprio experimentava e que restringia sua capacidade de ver o presente com nitidez. O passado tornava-se então um substrato de pesadelo e de irracionalidade, de fúria ancestral vestida em forma de mito. O progresso era a fuga desse sonho mau que as tecnologias modernas tornavam ainda mais rápida; o passado nunca parecera tão distante. Entretanto a distância não passava de uma simples metáfora espacial. "Ensinaram-nos a lançar um olhar romântico sobre a história." Isso explica Walter Scott, Stendhal, o fetiche da iconografia medieval, a veneração a sítios de ruínas, a reverência por metodologias obscuras, como no caso de Wagner. O que poderia nos salvar, dizia ele, era "a história redescoberta, dissolvida"; a propinquidade.

Mas como conseguir isso? Os que já se foram antes de nós não passaram a ser inatingíveis no país impossível que habitam? Quem pode ressuscitar os mortos? Benjamin acreditava que algo equivalente a uma revolução como a de Copérnico precisava acontecer no campo da mente. A ficção substituiria a história ou se tornaria a própria história. O passado, "o que já foi", tinha sido sempre aceito como o ponto inicial de tudo; a história caminhava trôpega em direção a um presente mal iluminado através dos corredores do tempo. Agora esse processo deveria ser invertido; "o método verdadeiro", dizia Benjamin, "seria imaginar os personagens do passado em nosso lugar e não nós no deles. Nós não temos que nos transportar até eles: são eles que têm que entrar em nossa vida". O ponto de partida não é a busca de empatia com o passado: *Einfühlung*. Assim fazia o historicismo da velha maneira de pensar. Ao invés disso, ele propugnava o que dera o nome de *Vergegenwärtigung*: "tornar as coisas presentes".

A história, como tal, era o sonho do qual ele precisava acordar. Compreender a cultura como o sonho da história era entender o tempo como eterna postergação, como aquilo que se coloca entre nós e a realização do eterno. A tarefa do anti-historiador, como Benjamin a via, era a de tornar visível o elemento utópico no presente, trabalhando da frente para trás em direção ao passado. A "montagem literária", segundo ele, era "o instrumento dessa dialética, o ato de colocar momentos da história em sobreposição adequada". Foi isso que ele tentou fazer em seu projeto das arcadas: criar a montagem suprema, recuperar e dissolver a história com um só golpe ousado.

Vieram buscá-lo, não no meio da noite, como ele achava que seria, mas ao meio-dia. Era uma terça-feira e por acaso ele decidira trabalhar em casa em vez de ir para a biblioteca. Estava sentado à mesa de carvalho que só tinha três pernas e ficava na alcova junto à sala de estar. Benjamin recortava uma figura de uma revista de modas: era um anúncio de pastas de dentes, com três belas mulheres segurando escovas e sorrindo como as três Graças da mitologia. Acabara de copiar, pouco antes, uma passagem apropriada de um livro bem conhecido sobre Paris: *Le Paysan de Paris*, de Louis Aragon. Caminhando pelas ruas da cidade, Aragon contemplara os rostos que passavam rapidamente.

> Ficou claro para mim que a humanidade é cheia de deuses, como uma esponja imersa no céu aberto. Esses deuses vivem, atingem o máximo de sua força e depois morrem, deixando para outros deuses seus altares perfumados. São eles o próprio princípio de qualquer transformação total. São as necessidades de movimento. Segui andando pelas ruas, inebriado entre milhares de concretizações divinas. Comecei a conceber uma mitologia em movimento. Ela merecia bem o nome de mitologia moderna. Imaginei-a com esse nome.

Uma dessas concretizações — na forma de um policial militar — estava à porta do apartamento de Benjamin na rue Dombasle; usava um uniforme que Benjamin não reconheceu. A túnica era cintada, com botões de prata manchados e ombreiras exageradas, do tipo que um soldado de comédia musical usaria. Os enormes bigodes do sujeito se projetavam de seu rosto como limpa-trilhos de um trem a vapor.

Para alívio de Benjamin, o homem era francês e, portanto, não alemão. Um soldado alemão teria tido um efeito devastador.

— Procuro *monsieur* Walter Benjamin — disse ele. — Trata-se de sua pessoa?

— Sim — disse ele. — Sou o dr. Benjamin. — Talvez por ser o oficial educado e de boas maneiras, Benjamin não sentiu medo. Ajudou-o também o fato de o homem não ser jovem; os jovens, concluíra Benjamin, são mais assustadores quando investidos de poder. Não se dão conta dos perigos que tanto eles quanto os outros correm. Coisas ridículas e trágicas podem ocorrer muito facilmente quando a inexperiência é um fator decisivo.

Benjamin continuou:

— Em que posso servi-lo, senhor?

— Fomos informados de que o senhor é um estrangeiro ilegal, vindo da Alemanha.

— Eu sou judeu.

O homem olhou por cima dos ombros de Benjamin.

— Receio que tenha que me acompanhar, *monsieur*. O senhor poderá levar uma mala... uma maletinha, se quiser. Recomendo que seja pequena... para sua própria conveniência.

— Estou trabalhando em um livro. Precisaria levar uma pasta. Não é muito grande.

— Como quiser — disse o homem, fazendo um aceno com a cabeça e afastando-se, como que para não se intrometer nos últimos momentos de privacidade de Benjamin.

— O senhor me concederá alguns minutos?

A TRAVESSIA DE WALTER BENJAMIN   93

— Esperarei pelo senhor no corredor — disse ele.

— Agradeço.

Dora andava de um lado para outro no quarto de dormir, receosa de aparecer. Até aquele momento conseguira escapar das autoridades e não tinha intenção de apresentar-se voluntariamente, apesar do que os jornais diziam. Quando seu irmão entrou apressado no quarto para pegar suas coisas, ela sussurrou:

— Por favor, Walter, fuja pela porta dos fundos! A escada vai até o porão! Vá!

— Não se preocupe, Dora. Eles não vão fazer coisa alguma comigo. O policial é francês.

Ela deu um riso de escárnio.

— Conheço os franceses tão bem quanto você. Se tiverem oportunidade, cortam nossas gargantas.

Benjamin observou o rosto redondo e inchado de sua irmã; seus olhos grandes — como os olhos de um boi — olhavam aturdidos o mundo a seu redor. Ele não conseguia entender por que ela desconfiava tanto dos franceses, um povo que lhes dera abrigo e demonstrava hospitalidade. Ele admirava os franceses sem reservas, por sua pujante tradição intelectual, sua literatura, sua arquitetura, seu senso de moral e de justiça. A civilização francesa era uma das mais notáveis. Ele repetira isso com frequência, em público, para desespero de seus amigos, franceses em sua maioria, que nunca se cansavam de criticar a si mesmos.

Dora começou a soluçar. Era uma mulher de ossatura delicada, usando um vestido cinza. A maquiagem de seus olhos escorreu, deixando manchas negras em seu rosto.

Benjamin aproximou-se dela.

— Vou escrever-lhe logo. Você saberá exatamente onde estarei. Não se preocupe — disse ele. — Eles estão só nos protegendo, Dora. Você precisa entender isso. Se você fosse...

— Nunca! — disse ela, elevando a voz.

Benjamin olhou para trás, nervoso, esperando que o grito dela não tivesse sido ouvido lá fora.

— Vou ficar aqui até morrer — disse ela. — Se me quiserem, podem torcer meu pescoço como se eu fosse uma galinha.

— Você é uma mulher teimosa — disse ele. — É como mamãe.

— E você é como papai: burro. O que você sabe sobre política pode ser escrito no verso de um selo. — Ela o agarrou pela camisa, fazendo com que vários botões se soltassem. — Nós estamos em guerra, Walter. Estão matando os judeus. Estão assassinando os judeus!

Benjamin deu um suspiro. Ele não queria brigar naqueles últimos minutos com a irmã.

— Tome cuidado, Dora. Se precisar de ajuda, entre em contato com Julie. Georges Bataille pode ser útil também. — Ele escreveu rapidamente um número de telefone em um pedaço de papel. — Telefone logo para ele se tiver algum problema. O irmão dele tem um cargo alto no Ministério das Finanças e pode dar um jeito se a situação ficar difícil.

— Você não acha que já está difícil? — perguntou Dora, sacudindo a cabeça. — Não vá me dizer que para você isso é um piquenique!

— Não vamos discutir. Não neste momento, Dora...

— Você acredita demais em seus amigos. Mas faça essa pergunta a si mesmo, Walter. Isso já o ajudou em alguma coisa? Por que é que Scholem não arranjou um trabalho para você na Palestina? É uma vergonha, se você quer saber minha opinião. Poderíamos estar vivendo muito bem agora em Jerusalém.

Benjamin tentou fazê-la baixar a voz. Ouviu o soldado batendo à porta da frente e começou a enfiar rapidamente na bolsa algumas coisas de que necessitaria. Não adiantava discutir aquilo com Dora novamente: Scholem era um amigo difícil, na melhor das hipóteses. Tinha um ego que o consumia e, em algum momento da vida, Benjamin o tinha atropelado; ele não concordava sempre com as opiniões de Scholem, por isso estava sendo punido. Mas isso não

A TRAVESSIA DE WALTER BENJAMIN

tinha mais importância. Quando a guerra terminasse, ele visitaria Jerusalém e fariam as pazes. Apesar de ele e Scholem já haverem se desentendido com certa frequência no passado, todas as vezes as discussões eram sucedidas por períodos de maior compreensão.

Teddy Adorno — essa era uma outra história. Benjamin sofrera muito com o esfacelamento daquela amizade. Adorno tinha significado muito para ele; conheciam-se tão bem que até seus sonhos eram compartilhados. Mas alguma coisa tinha acontecido no curso de suas vidas; Benjamin não aceitara simplesmente a dialética da Escola de Frankfurt e não endossava a orientação política do Instituto. Na verdade, ele não endossava dogma algum, a não ser parcialmente. Era de sua natureza, como crítico, complicar as questões e discordar. Seu ceticismo natural era, em parte, um legado do Iluminismo do qual ele não tinha o menor interesse em abrir mão.

Benjamin beijou Dora, que já conseguira controlar o pranto convulso, e foi ter com o soldado no corredor escuro. O homem olhou Benjamin com simpatia quando ele disse: "Estou pronto." Levava uma pequena mala de roupas em uma das mãos; na outra, a pasta com papéis.

— Posso ajudá-lo? — perguntou o homem, estendendo a mão para a mala.

Benjamin recusou. Seria absurdo demais.

Desceram a escada lentamente; era evidente que Benjamin estava tendo dificuldades em enxergar os degraus, por causa da miopia. Começou a sentir pressão no peito e uma dor que lhe partia da garganta e se estendia pelos braços, até a ponta dos dedos. Ele tinha se consultado com o dr. Dausse, um amigo refugiado como ele, havia poucas semanas, preocupado com essas dores no peito, que se repetiam. Perguntava-se, agora, se a provação por que teria que passar seria dura demais para um homem em sua situação. A expressão *insuficiência cardíaca congestiva* tinha sido usada pelo médico, sem muita convicção.

— Quando se trata do coração, nunca se pode ter certeza do diagnóstico. Você tanto pode viver mais vinte anos, como pode viver vinte minutos — acrescentou o médico.

Benjamin desejou ter pedido ao dr. Dausse um atestado de suas condições de saúde. O que poderiam querer as autoridades francesas com alguém doente demais para atravessar a rua sem sentir palpitações e fraqueza? Ele já não conseguia caminhar mais de vinte ou trinta passos sem ter que parar para descansar. Seria mais do que inútil ao exército francês. Mas não havia como discutir a questão; era esse tipo de problema que uma burocracia muito grande sempre trazia. Kafka compreendera isso perfeitamente. O anonimato era o inimigo a enfrentar, reduzindo todas as pessoas a um número escrito em uma folha de papel. A tarefa do artista era superar esse vazio dando nomes às coisas. Como Adão no Éden, o artista deveria encontrar nomes para cada objeto, animado ou inanimado. Caberia a ele inventar uma linguagem cheia de particularidades ricas e vigorosas, descobrindo a identidade de tudo. Seria esse o trabalho da imaginação, infindável e desesperadoramente importante.

Benjamin curvou-se, exalando o ar lentamente.

— O senhor está com dificuldade de respirar, não está? — perguntou o francês. — Está sentindo alguma coisa?

— Que homem bondoso o senhor é — disse Benjamin, pondo-se ereto.

— Podemos nos sentar num degrau, se o senhor quiser. Não há pressa.

— Estou bem — insistiu ele, inspirando ar profundamente. Um sorriso maroto surgiu-lhe nos lábios. — É melhor nos apressarmos. A guerra vai acabar logo e nos arriscaríamos a perdê-la.

Benjamin foi levado em um trem militar até um posto de recolhimento próximo ao Campo de Trabalhadores Voluntários em Clos

Saint-Joseph, em Nevers. Passou a primeira noite, de maneira não tão desagradável, em uma pequena pensão com janelas cor-de-rosa e sacadas de ferro trabalhado, onde dividiu uma cama de casal com um homem agradável chamado Heymann Stein, que ele conhecera em Paris alguns anos antes.

Stein era um jornalista famoso e, como ele, um homem que gostava de livros. Vivera em Viena depois da Primeira Guerra Mundial e tinha se mudado para Paris no início dos anos 1930, depois de ter trabalhado algum tempo como professor em Berna. Tinha estudado filosofia em Mainz e tentava manter-se sempre estudando, para a eventualidade de ir para a América, onde, fora informado, havia emprego facilmente disponível nas principais universidades. Levara consigo um livro de Martin Heidegger, fato que Benjamin não condenou (apesar de tanto menosprezar Heidegger, não só pelo que escrevia, mas pela maneira como fascinava e seduzia uma jovem parenta sua, estudante de filosofia, chamada Hannah Arendt). Com o tempo, corrigiria a percepção que Heymann Stein e Hannah tinham de Heidegger, cuja apropriação fraudulenta de Kant e Hegel o irritavam desde que lera "O problema do tempo histórico", a conferência inaugural que Heidegger dera em Freiburg na primavera de 1916, posteriormente publicada no *Zeitschrift für Philosophie und philosophische Kritik.*

O sargento encarregado dos "voluntários" acordou-os às 6h30, dando-lhes apenas meia hora para se vestirem e engolirem uma xícara de café e um pedacinho de pão velho com geleia antes de saírem para o acampamento.

— Comam tudo, rapazes! — gritava ele. — Essa é a última comida boa de vocês.

Stein estava aborrecido.

— Levantem-se, deitem-se, comam tudo, sentem-se — disse ele. Seus cabelos brancos em desalinho pareciam estar eletrificados. Tinha um nariz grande com uma verruga escura do lado esquerdo.

O colarinho sempre desabotoado era sua marca registrada, seu símbolo de identificação com as classes operárias. — Já dá para perceber que vamos ouvir muitos gritos. Eles adoram dar ordens gritando.

— Eu não me importo — disse Benjamin. — Isso facilita a vida. Basta fazer o que eles mandam. Como na escola.

Stein não se convenceu.

— Conheci seu irmão Leon — disse Benjamin.

— Leon, o livreiro.

Benjamin tinha, de fato, comprado muitos livros de Leon Stein, cuja lojinha na rue du Vieux Colombier transformara-se em refúgio para expatriados alemães na década anterior; mais importante, ainda, para Benjamin, fora Leon ter comprado muitos livros seus quando ele estava aflito para conseguir dinheiro. Leon frequentemente pagava-lhe mais do que os livros de fato valiam.

— Qual é o objetivo de colocarem homens como nós no acampamento? — perguntava-se Benjamin.

— Até mesmo um cavalo velho pode arar a terra. Eles não têm como pagar trabalhadores de verdade, por isso apropriam-se do trabalho que conseguem.

— Você é um cínico, Heymann.

— Então espere para ver. Somos prisioneiros do exército francês, nada mais, nada menos. Por que tentar dignificar esse arranjo?

Benjamin arrumou-se rapidamente, vestindo seu velho terno marrom já muito frouxo, gasto a ponto de se esfiapar nos cotovelos, a camisa branca amarfanhada e manchada permanentemente nas axilas havia muito, a gravata de bolinhas vermelhas que pertencera a seu pai. Estava preocupado com o peso de sua pasta de couro preto que continha não apenas o volumoso manuscrito do seu projeto das arcadas, como também seu último artigo, já em forma final, "Sobre alguns temas em Baudelaire", bem como alguns livros. Ele não poderia viajar sem livros.

Mas não contara com o fato de terem que marchar até Nevers em formação cerrada: 37 homens tangidos como gado pela estrada empoeirada por quase 19 quilômetros com um sargento instrutor a berrar, marchando ao lado do grupo, como se fosse um cão de ovelhas.

— Deveriam pôr uma focinheira nesse cão — disse Stein. — Deve estar raivoso.

Por três vezes Benjamin desabou, caindo na estrada de brita e breu. Nas duas primeiras vezes ele conseguiu pôr-se de pé, com dificuldade; na última ele foi colocado em uma maca e carregado diretamente para a enfermaria, com a mala e a pasta sobre a barriga, como se fossem pesos de papel.

— O senhor não poderá trabalhar — disse-lhe o dr. Guilmoto, o clínico do acampamento. — Este não é um campo de concentração como os que há na Alemanha. Nossa intenção não é matar vocês.

— Então por que não me mandam para casa? Deixem que os nazistas me levem. Será mais fácil para todos.

— O senhor está brincando? — perguntou o médico. Suas sobrancelhas se ergueram como se fossem duas aspas. — Sim, trata-se de uma piada. Eu aprecio o senso de humor.

Benjamin disse:

— Tudo isso é incrivelmente absurdo.

O médico sorriu, condescendente.

— Queremos nos assegurar de que os nazistas não o levarão. É só isso, dr. Benjamin.

— Mas os senhores acham que alguns de nós são espiões...

O médico ficou apreciando as próprias mãos, evitando o olhar de Benjamin.

— Concordo que haja quem se preocupe com essas coisas. Parte do nosso trabalho aqui é identificar e isolar quem possa causar problemas no caso de os nazistas nos invadirem. Nunca se sabe o que poderá acontecer.

— Os nazistas já invadiram a França.

O médico auscultou o coração de Benjamin com um estetoscópio e depois disse:

— O que vamos fazer com o senhor, dr. Benjamin? O senhor está incapacitado para o trabalho.

— Eu sou mesmo preguiçoso por natureza, sabe? Vou passar o resto dos meus dias lendo e escrevendo. Se ao menos eu pudesse ter acesso a uma biblioteca...

O médico deu uma gargalhada.

— O senhor gostaria de uma secretária também? Vou falar com meus superiores. Nós apreciamos os intelectuais aqui na França, como o senhor sabe. A própria palavra intelectual é uma invenção francesa.

Benjamin conhecia muito bem a origem vergonhosa dessa palavra na França. Durante o escândalo de Dreyfus, os homens e as mulheres corajosos (liderados por Zola) que invocavam a razão e os valores morais em defesa do desafortunado judeu eram chamados de intelectuais pela imprensa enfurecida. Na mente do povo, a palavra continuava a ter conotação insultuosa, principalmente na Inglaterra. (Benjamin havia recebido cartas desoladas de Dora, sua ex-mulher, que detestava os ingleses por serem esnobes e por se recusarem a pensar em questões sérias. Segundo Adorno, a situação era ainda pior na América, onde as pessoas cultas e inteligentes tinham que se fazer passar por ignorantes e burras para conseguir ganhar a vida.)

Após dois dias de descanso naquela clínica com as paredes caiadas de branco e uma comida aceitável, Benjamin juntou-se novamente a Heymann Stein e os outros 28 em um prédio com teto de zinco que tinha sido um matadouro de aves. Os homens dormiam em catres de lona sem colchão; cada voluntário recebera uma manta de lã e nada mais, a maioria das quais estava tão comida pelas traças que se as erguessem contra a luz da lua poderiam ver uma imitação da Via Láctea através dos furos. As refeições eram feitas ao ar livre, em um lugar que chamavam pomposamente de "salão de jantar": uma plataforma coberta por uma lona toda rasgada e mesas compridas feitas com pedaços de tábuas de pinho e barricas enferrujadas.

A maior parte do trabalho deles naquele campo consistia em limpar as latrinas e cozinhar. A comida, além de fedorenta, era disponível em quantidade meramente suficiente para fornecer-lhes a energia necessária ao trabalho. Como chovia desde que Benjamin chegara a Nevers, ninguém tinha começado a trabalhar para valer. Os próprios guardas não queriam ficar de pé na chuva para supervisioná-los. A chuva, que praticamente todos consideravam uma dádiva dos céus, caiu sem cessar nas três primeiras semanas de internamento de Benjamin: uma garoa fria e incessante que fazia setembro parecer dezembro.

Como quase todo mundo no acampamento, Benjamin não conseguia parar de sentir frio, por mais que tentasse. A esquálida manta que o cobria à noite tornava a situação ainda pior, pois fazia com que ele pensasse no aconchego que ela deveria dar. Dormia muito mal, em posição fetal, tentando esquentar as mãos fechadas com o calor de seu hálito. De manhã sentia como se suas juntas estivessem emperradas pela ferrugem. Os simples movimentos de pôr-se de pé ou curvar-se eram-lhe dolorosos.

Benjamin insistia em se referir a seus companheiros de prisão como colegas e isso fazia sentido; muitos deles eram leitores vorazes e vários tinham conseguido levar consigo para o cativeiro alguns clássicos da literatura e da filosofia. Certa noite muito fria, um jovem da Baviera conseguiu um feixe de galhos secos com um guarda camarada e acendeu-se uma lareira improvisada em um fogão que ficava em um dos cantos gelados da barraca. Os homens se reuniram em volta do fogo para planejar estratégias de sobrevivência.

Heymann Stein disse:

— Querem saber de uma coisa? Nós devemos nos considerar pessoas de sorte.

— Que história é essa, Stein? — disse um dos mais jovens, um pouco arrogante. — Gostaria que você me informasse sobre minha sorte. Talvez eu esteja entendendo tudo errado.

— Temos entre nós um brilhante escritor e filósofo, o dr. Benjamin.

Essa profusão de elogios um tanto fervorosos deixou Benjamin encabulado, em parte porque ele não se julgava brilhante em coisa alguma. Talvez quando o projeto das arcadas fosse publicado, ele pudesse merecer alguma admiração, mas não antes disso. Quando vários dos presentes começaram a aplaudi-lo, Benjamin ficou chocado. Será que todos eles se deixavam levar por Heymann Stein?

— Caros amigos — disse Benjamin em voz baixa. — Fico-lhes muito agradecido.

— Então por que não dá umas palestras para nós, dr. Benjamin? — perguntou Stein. — Podemos transformar uma situação ruim em uma situação boa. O senhor pode nos ensinar alguma coisa. Filosofia, talvez. Podemos transformar Nevers em uma pequena universidade! — Fez um gesto abrangente com o braço, como se estivesse em um palco. Uma atuação e tanto, pensou Benjamin. Stein olhou fixamente para ele, como que tentando convencê-lo. — O senhor precisa fazer isso pelo bem de todos nós aqui.

Benjamin agradeceu, mas declinou do convite. Ele não era assim uma pessoa provecta como afirmava Stein. Além do mais, fazia muito tempo que ele não entrava em uma sala de aula. Mesmo depois que obteve o título de doutor, pouco fizera na área do ensino.

— Eu também gostaria de ouvir algumas palestras — disse um senhor de barba branca chamado Meir Winklemann, que estudara para ser rabino em Odessa, antes da Grande Guerra. — Algo com um tema religioso seria muito bom — acrescentou ele. Dizia-se que um casamento infeliz tinha posto a pique a carreira promissora de Winklemann e que a partir de então ele passara a ganhar a vida

A TRAVESSIA DE WALTER BENJAMIN 103

como vendedor, atravessando as fronteiras tão à vontade que já não mais acreditava na existência de países separados.

Outros fizeram coro, inclusive Hans Fittko, que acabara de chegar àquele campo vindo de outro. Seu rosto era um de uma meia dúzia de rostos conhecidos de Benjamin ali, e sua presença infundia-lhe confiança. Algo em Fittko fazia com que todos se sentissem confiantes de que a situação estava definitivamente sob controle.

— Devemos dar o melhor uso possível ao nosso tempo aqui — disse Fittko. — Herr Stein tem razão. — E prosseguiu contando como, durante a Guerra Civil Espanhola, os legalistas prisioneiros de guerra haviam realizado um feito famoso ao darem bom uso ao seu cativeiro; realizaram sessões de leitura de poesia e conferências sobre temas filosóficos em campos onde as condições de vida eram sabidamente desumanas.

Um homem chamado Kommerell, que tinha sido professor em Leipzig e que passara vários anos em uma universidade inglesa, tirou de sua mochila um exemplar de *Diálogos* de Platão, traduzido para o inglês por Benjamin Jowett, de Oxford. Um outro tinha obras de Rousseau e de Kant. O próprio Stein levara consigo um livro com muitas pontas de páginas dobradas: era um livro de Martin Buber, com tantos trechos sublinhados que muitas das páginas só podiam ser lidas a muito custo. Benjamin levara uma seleção de ensaios de Montaigne, cuja obra era para ele uma fonte de consolo, já havia algum tempo. Tinha também consigo a tradução da Torá feita por Mendelssohn, bela, ainda que um tanto antiquada com seu excesso de decoro.

— Então temos uma biblioteca! — disse Hans Fittko. — De que mais nós precisamos?

— O que nos diz, dr. Benjamin? — insistiu Stein.

— Ele vai fazer isso por nós, é claro — disse Fittko, confiante. — Fui a uma conferência dele em Paris. Ele é muito bom.

Benjamin enxugou a testa, que subitamente ficara coberta de suor.

— Se todos querem mesmo, eu concordo — disse ele. Sua atenção se fixou no canto esquerdo da barraca, lá no fundo, enquanto ele pensava na perspectiva de dar palestras sobre filosofia naquelas condições. Depois de uma pausa, querendo demonstrar sua gratidão pelo interesse deles, disse: — Ficarei muito feliz em conduzir algumas discussões filosóficas... se isso ajudar a passar o tempo. Mas vocês precisam acreditar em mim quando digo que não sou filósofo.

Na manhã seguinte, logo depois do café, com a chuva ainda tamborilando no teto de zinco e os guardas ainda relutantes em levá-los para trabalhar, Benjamin começou a falar-lhes sobre metafísica grega, lendo em voz alta o livro de Platão, traduzindo do inglês vitoriano de Jowett para o alemão sem qualquer dificuldade. Logo no início, explicou que se interessava tanto por Kant quanto por Platão, mas que considerava os dois pensadores tão interligados em sua abordagem do mundo, que seria necessário começar pelo grande ateniense.

— Afirma-se, com frequência, que a filosofia ocidental consiste em notas de rodapé à obra de Platão — disse ele. — Se isso for verdade, então as notas de rodapé da autoria de Kant são as mais elaboradas e as mais originais. — Fez uma pausa e depois recomeçou, com uma voz contida: — A mim parece claro que no arcabouço da filosofia e, portanto, do campo doutrinário ao qual a filosofia pertence, será impossível haver um esfacelamento, um colapso do sistema kantista e, por conseguinte, platônico. Pode-se apenas conceber uma revisão e expansão de Kant e Platão, com suas filosofias amadurecendo em forma de doutrina, o que não será necessariamente uma boa coisa.

A "invenção" de Sócrates por Platão deixava-o intrigado.

— Ele é ao mesmo tempo real e irreal, tanto histórico quanto não histórico — explicou Benjamin. Observou que qualquer sistema

A TRAVESSIA DE WALTER BENJAMIN

filosófico começa com uma atitude, uma abordagem da história, e que a maneira que Platão encontrou para assegurar vida eterna a um personagem como Sócrates foi engenhosa ao extremo. Não foi um acaso de mera apropriação. — Já vimos o que acontece quando um escritor engolfa a pessoa sobre a qual escreve, como no caso de Max Brod e Kafka — disse ele. — Brod não respeitou a aura de individualidade do gênio; não proclamou a separação entre Kafka e ele próprio, portanto a biografia que escreveu do amigo é terrivelmente falha. — Benjamin explicou que a figura de Sócrates nos diálogos de Platão foi "inventada" na medida em que Platão transpôs o homem que ele conhecera para situações intelectuais e morais com as quais ele, em vida, jamais se defrontara. Mas Platão conhecia o espírito de Sócrates tão intimamente que foi capaz de dar a ele uma vida ancilar à que ele "realmente" vivera. Platão fora capaz, em outras palavras, de ter Sócrates confiado a ele; a ficção tornou-se real.

Heymann Stein pôs-se de pé em um salto quando Benjamin fez com os dedos no ar o sinal alusivo a aspas ao usar a palavra *realmente*.

— Com toda a certeza — afirmou Stein — tem-se uma vida *real*. Não se pode deixar de ter uma vida real.

— Sinto muito, Herr Stein — disse Benjamin. — Eu deveria ter-me feito entender melhor. É uma tendência que nós, modernos, temos de apresentar tudo à luz da ironia. Trata-se de um erro, é claro. — Benjamin começou a andar lentamente, como que perdido em pensamentos, tentando produzir algo de novo. — A linguagem atualiza a realidade; é, de certa forma, uma ponte entre o que acontece na mente e o que acontece no mundo. Talvez eu consiga me expressar de maneira mais ousada: a realidade só existe quando é expressa em palavras. Essa teoria da linguagem vira de pernas para o ar nossas ideias convencionais de tempo, e isso é um problema; por outro lado, não acredito em tempo. Colocar algo entre parênteses é expor seu elemento linguístico, sua dependência no tempo inventado, seu mistério, sua absoluta falta de realidade.

Benjamin percebeu que Heymann o olhava fixamente, fascinado, e deu um leve sorriso. Será que, afinal de contas, ele era mesmo um bom conferencista?

— O homem procura — disse ele —, permanentemente, uma realidade que não seja tão dependente da sua simples expressão.

Fez uma pausa longa o suficiente para perceber algumas expressões de perplexidade nos rostos dos presentes. Será que não se expressava claramente? Sentiu-se frustrado. Ele queria falar da história como catástrofe, sobre a revolução como a única saída legítima para o pesadelo que é a história. Mas teria que esperar até um outro dia. Precisava continuar com Platão por algum tempo. Enquanto falava, tinha claro para si o objetivo final de toda filosofia; em suas "Teses sobre a filosofia da história" ele tinha sido bem claro: "O mundo messiânico é o mundo da imediação integral, por todos os lados. Somente aí é possível a história universal."

Não se dispunha de jornais naquele, assim chamado, *campo de trabalhadores voluntários*, portanto os boatos proliferavam.

— Os alemães arrasaram Paris e estarão aqui a qualquer momento — sussurrou Stein para Benjamin. — Ouvi isso de um guarda que não mentiria para mim. — Mas não se ouvia o som distante da artilharia, e os guardas não pareciam muito nervosos. Se os alemães estivessem de fato chegando, todo o campo se transformaria em caos, não?

Benjamin sentia-se alheio à vida no campo, como que pairando acima dela. O desconforto físico era-lhe estranhamente suportável, e até mesmo as piores coisas eram aceitas por ele: as noites geladas quando contava apenas com uma manta rala, ou a agonia de um breve respingo semanal de água fria que passava por banho. Os jantares, que consistiam em um caldo morno com um naco de

A TRAVESSIA DE WALTER BENJAMIN

cartilagem à espreita no fundo do prato como uma criatura das profundezas, faziam mal ao moral, mas não eram devastadores para o estômago. Até mesmo a humilhação de evacuar em uma choupana pútrida com uma dúzia de homens podia ser suportada. Talvez aquela quantidade finita de material de leitura fosse o pior sofrimento, mas até mesmo isso ele podia tolerar.

Foi duro quando o rapaz que dormia no catre ao lado do seu começou a sentir dores terríveis no lado e uma noite morreu, poucos dias depois de ter o apêndice supurado. O jovem Efraim Wolff, que não chegou a completar 23 anos, chegara à França fazia pouco, vindo de Lublin, onde era professor de uma escola para meninos. Desde que chegou, estava sempre doente e o guarda não fazia coisa alguma para ajudá-lo, apesar de ele suplicar que o levassem ao médico.

— Pare com essa bobagem. O que você tem é dor de barriga — dizia o guarda. — E quem não tem dor de barriga com a comida que servem aqui?

Efraim Wolff ficou prostrado em agonia durante três dias e três noites, gemendo; seu gemido passou a ser uma lamúria baixinha no quarto dia e ele morreu, em silêncio, no quinto, com Benjamin a aplicar-lhe uma toalha molhada na testa e a sussurrar mentiras em seu ouvido sobre a indigestão que passaria logo. O corpo foi enterrado no sexto dia, junto a um bosque de aveleiras a pouco mais de 1 quilômetro do portão do acampamento, com doze homens rezando o Kaddish junto ao túmulo. Benjamin, pela primeira vez em muitos anos, chorou ao rezar, balançando o corpo para a frente e para trás apoiando-se nos calcanhares.

No terceiro mês de seu cativeiro, uma *commission de triage* informou Benjamin de que ele seria solto dentro de pouco tempo. Sua irmã Dora escreveu-lhe dizendo que aquele golpe de sorte se devia, em parte, à intervenção de Adrienne Monnier e Jules Romains, que tinham feito circular entre as pessoas certas um abaixo-assinado pedindo sua libertação. "O Deus dos judeus está a seu lado", escrevera ela, de maneira que não lhe era absolutamente característica.

A reação no campo foi confusa. Por um lado, seus companheiros ficaram felizes com a libertação de um deles. Era um bom sinal; se Benjamin tinha sido solto, talvez todos pudessem ir para casa em breve. Talvez até se pudesse pensar que a guerra estivesse chegando ao fim. Por outro lado, uma figura muito estimada daquela pequena sociedade não estaria mais ali, e suas conferências — tão interessantes até mesmo para os que não conseguiam entender uma só palavra do que ele dizia — chegariam ao fim.

— Quer dizer que eu vou apodrecer aqui como um esquilo enquanto você dança o cancã em Paris? — queixou-se Heymann Stein na véspera da partida de Benjamin. — Já vi que você deixou a parte difícil do trabalho para mim: as palestras sobre Nietzsche. Espero que você durma muito mal, pensando no que eu vou dizer.

— De Nietzsche nós não precisamos — disse Meir Winklemann.

— Agora não precisamos. Na próxima semana Hitler ordenará a todos nós que leiamos Nietzsche. — Ele estava de pé, junto de Benjamin, apreciando-o como se ele fosse uma escultura. Depois, deu-lhe um beijo em cada face. — Vá com Deus — disse.

Hans Fittko também, com seu rosto forte e musculoso e seus cabelos negros penteados para trás, como um astro do cinema, beijou Benjamin.

— Logo estaremos juntos novamente — disse ele, apertando as mãos de Benjamin. — Se você se encontrar com Lisa, diga-lhe que estou bem.

— Ainda assim, você é um *schmuck* — disse Stein. Todos acharam graça.

Naquela noite ele teve um sono agitado. Sonhou que estava sendo levado por um amigo, o dr. Dausse, para as profundezas do mundo: uma versão do Hades, um túnel em labirinto. Havia muitos quartos naquele túnel, com as camas encostadas nas paredes em

A TRAVESSIA DE WALTER BENJAMIN

lados opostos. Homens e mulheres — alguns dos quais seus amigos, outros apenas conhecidos e outros, ainda, que lhe eram estranhos — estavam deitados ou recostados nas camas, alguns fumando cigarros. Em um quarto muito grande, iluminado por velas, cheio de estalactites douradas, Benjamin notou que havia uma mulher loura com os cabelos curtos, deitada em uma cama, com suas pernas ligeiramente abertas. Aproximou-se dela e viu que era bonita. Ao ouvi-lo aproximar-se, ela abriu os olhos e os relâmpagos verdes que eles projetaram deixaram-no ofuscado. A manta que a cobria parecia ter um desenho verde luminoso e intricado, semelhante a uma forma que certa vez Benjamin descrevera para o dr. Dausse: uma espécie de linha azul em espiral. "Uma espiral", disse ele a si mesmo, "é um círculo liberado do espaço". Subitamente deu-se conta de que a mulher erguera um lado da manta para mostrar-lhe o desenho, que parecia oferecer-lhe algum tipo de solução espiritual, uma saída do labirinto onde ele se afundava cada vez mais. Agora ele precisava inverter seu movimento. Precisava ir em direção à luz.

Os olhos dela cintilavam, bem como suas coxas muito brancas. Seus seios pequenos erguiam-se com a respiração. Tudo aquilo era profundamente emocionante e belo. Mas ele conhecia aquela mulher? Ela falaria com ele? Afinal de contas, ela estava viva ou morta?

Quando Benjamin acordou, estava olhando o teto da barraca, que era atravessado por vigas podres; por uma janela estreita podia ver milhões de estrelas piscando em pequenos pontos de luz no céu escuro. As galáxias pareciam estar explodindo, espalhando seus anéis concêntricos de fogo. Chegou à conclusão de que não conseguiria mais voltar a dormir. O sonho parecia queimar-lhe como as brasas de carvão depois de um fogo alto. Sentia todo o seu corpo aquecido. Daquela vez, excepcionalmente, não sentira a compulsão de interpretar seu sonho; haveria muito tempo para isso nos dias que estavam por vir. Naquele instante ele se deixou ficar ali, deitado, sentindo uma emoção estranhamente semelhante à alegria.

A crescente proletarização do homem moderno e a formação também crescente das massas são duas faces da mesma moeda. O fascismo tenta organizar essas massas recém-surgidas sem afetar a estrutura de propriedade existente... A salvação para o fascismo consiste em dar às massas não o que lhes é devido, mas apenas uma oportunidade de se expressar. As massas têm o direito de modificar as relações de propriedade, mas o fascismo busca dar-lhes apenas uma forma de se manifestar ao mesmo tempo que preserva a estrutura existente de propriedade. O resultado lógico do fascismo é a introdução da estética na vida política (...)

Todos os esforços para tornar a política estética culminam em uma só coisa: a guerra. A guerra, e apenas ela, pode definir objetivos para movimentos de massa em grande escala ao mesmo tempo que mantêm o sistema de propriedade tradicional. É essa a fórmula política para a situação. A fórmula tecnológica pode ser descrita da seguinte maneira: apenas a guerra torna possível a mobilização de todos os recursos técnicos atuais mantendo, ao mesmo tempo, o sistema de propriedade.

Walter Benjamin

5

Scholem

Conseguir a atenção de Benjamin e mantê-la nunca foi fácil. Ele se voltava sempre para si mesmo, e chegava a ser egoísta; seu trabalho sempre vinha em primeiro lugar, a tal ponto que era difícil acreditar que ele ouvisse o que alguém dizia. Muitas vezes tive ganas de sacudi-lo e dizer: "Walter, ouça-me! Estou falando com você!" Sua mulher, Dora, costumava dizer: "Vou ter que comprar uma granada e gritar 'Walter, acabo de tirar o pino! Acorde!', mas ainda assim posso não conseguir coisa alguma. Se a casa desabar, ele nem vai notar."

Uma coisa que realmente despertava seu interesse era o sexo. Em várias épocas de sua vida ele visitou prostíbulos, embora se queixasse de que o sexo perdia um pouco de sua emoção quando tinha que ser pago. "Talvez eu seja mesmo pouco generoso", dizia ele. "Sempre ouço o ruído das moedas na caixa registradora." Seus olhos estavam sempre atentos e suas mãos também; mais de uma vez fez-se merecedor de um tapa no rosto para se controlar.

A amizade, lamento dizer, ocupava um mero terceiro lugar em sua vida, vindo depois de livros e sexo. Não me agradava ficar em terceiro lugar. A possibilidade de uma amizade intelectual e espiritualmente perfeita estava lá, diante de nós: uma fruta madura pendurada de um galho que por pouco não pudemos alcançar. Acima de tudo, eu queria um amigo que compreendesse minhas preocupações e cujo conhecimento e linguagem fossem semelhantes aos meus. Eu já havia perdido as esperanças de encontrar tal pessoa quando conheci Benjamin. Nossos encontros ao longo de muitos anos foram, entretanto, muitas vezes frustrantes. Não é fácil conhecer um homem que não conhece a si mesmo.

Três ou quatro vezes ele tentou acabar com a própria vida, quase sempre em desespero por causa de uma mulher. Parecia inevitável algum dia ele conseguir, talvez até por acidente. Certa vez, em Berlim, não muito depois de termos nos tornado amigos, ele disse: "A vida não é algo que possamos controlar, mas a morte nós podemos. Seria a última opção, mas, ainda assim, seria uma opção."

Tentei explicar-lhe que o suicídio não era uma opção válida. Quando se acredita, como eu, em um Deus único, onisciente e todo-poderoso, nenhuma razão justifica a autodestruição. O suicídio é sempre um ato carregado de rancor, um punho erguido para a face do Todo-Poderoso. Opõe-se à ética também, porque vai contra a natureza, considerando a lógica do desenvolvimento do organismo, que é uma invenção de Deus. Todas as coisas vivas nascem, alimentam-se, crescem e florescem para depois definhar e morrer; o ritmo é essencial e constitui uma certeza para o homem: em toda parte do universo vê-se o renascimento. Não há perda de energia. Nem uma só gota de chuva é desperdiçada.

É claro que não espero voltar à Terra como eu mesmo, como Gershom (Gerhard) Scholem, estudioso do misticismo judaico. Mas minhas energias se reorganizarão de alguma forma. Se a vida nos traz sempre tantas surpresas, o que não terá a morte a nos oferecer! Eu realmente não gostaria de retornar como Scholem. Quero ser céu: uma mente em plena animação curvando-se por cima do mundo, chorando com as nuvens, reluzindo com o sol, enviando raios como Jeová sobre o que provocar minha ira, rindo-me como um terremoto quando a insensatez dos homens me divertir. Quando o cerne do mundo ribombar, eles dirão: "Cuidado! Scholem está se agitando novamente."

Suspeito de que a ideia de suicídio tenha sido plantada na mente de Benjamin nos idos de 1914, quando um amigo a quem queria muito bem, Fritz Heinle, matou-se no início da guerra. Heinle era um poeta brilhante, com uma cabeleira ruiva sempre despenteada e a tez muito branca. Benjamin o amava. "Não sei dizer o que eu amo mais", disse-me, "o homem ou suas palavras". Heinle ficava pelos cafés até bem depois da meia-noite, lendo seus poemas em voz alta para quem se interessasse em ouvi-los. Tinha que lutar contra a gagueira, mas era como Demóstenes falando com pedrinhas na boca; o efeito era eletrizante.

Heinle e sua namorada, Rika Seligson (uma beldade germânica, com longas pernas e cabelos louros), fizeram um pacto de morte; o motivo, pelo menos o que constava no bilhete, fora sua recusa em viver em um mundo onde os seres humanos destruíam uns aos outros em nome do bem. "A imoralidade dessa guerra há de se espalhar como uma infecção por todo o país", escreveram, justificando assim sua autodestruição. Esse duplo suicídio deixou perplexo nosso pequeno círculo em Berlim.

Benjamin queria ficar solidário à juventude alemã apoiando a guerra e, poucos dias antes da morte de Heinle, tinha se apresentado como voluntário em um regimento de cavalaria da Bellalliance. Na noite daquele mesmo dia, ficou sabendo da morte de Heinle; em um instante, tudo mudou para ele. Deu-se conta de que a guerra não seria uma resposta às questões vagas que pudessem estar soltas pelo ar. Quando recebeu a notificação de que todos os voluntários deveriam se apresentar para o exame médico na semana seguinte, ele se apresentou como vítima de problemas neurológicos. Tinha ensaiado cuidadosamente o tremor que pessoas com esse tipo de problema costumam ter, conseguindo, dessa forma, enganar os médicos do exército. Recebeu ordens de apresentar-se dentro de um ano para novo exame.

No ano seguinte ele seguiu um método para induzir problemas neurológicos que era adotado por muitos rapazes do nosso círculo na época: requeria a ingestão de doses absurdas de café por vários dias seguidos. Benjamin fez isso no Neu Café des Westerns, no Kurfürstendamm, enquanto jogava cartas (uma variante do 66, jogo muito apreciado pelo nosso grupo). O excesso de café provocava respiração entrecortada e olhos vermelhos, causando ainda tremor das mãos e visão dupla. A fala geralmente ficava pastosa. Fiquei ao lado de Benjamin toda a noite anterior ao exame e assegurei-me de que seus olhos estivessem devidamente injetados e que suas mãos tremessem o suficiente antes de ir para o exame, no qual foi novamente reprovado pelos médicos. Na verdade, eu temia que tivéssemos ido longe demais: o coração dele estava disparado e ele mal conseguia falar. Pouco depois de ser reprovado no exame, a caminho de casa, ele desmaiou no bonde. Foram necessários vários dias para que ele ficasse bem novamente.

Era uma época muito especial para todos nós. A guerra continuava a se desenrolar e nossos colegas de escola — alguns deles bons amigos — partiam em levas para a linha de frente e apareciam novamente nas relações de mortos do mês seguinte. Meu vizinho e melhor amigo de infância, Fritz Meinke, teve o corpo cortado em tiras por metralhadoras na França. Apesar de não sermos mais íntimos havia alguns anos, passei vários dias sozinho em meu quarto, com o olhar perdido para fora da janela, fixo em um insuportável céu cinzento de inverno. O assassinato absolutamente sem sentido de milhões de jovens era algo difícil demais para ser entendido.

Depois de vários dias sem falar com pessoa alguma, fui ter com Benjamin em seu apartamento. Ele se comportou de maneira desconcertante.

A TRAVESSIA DE WALTER BENJAMIN

— O que é que você esperava que acontecesse? — perguntou ele. — Quando há guerra, os homens morrem.

— Fritz era apenas um menino — disse eu.

— Isso é uma coisa desumana, concordo. Ninguém gosta de ver crianças assassinadas. Mas é preciso não sentimentalizar a guerra. É uma invenção da mente humana, como qualquer outra; não se pode mudar isso.

— Nós devemos nos opor à guerra.

— Não. Nós não devemos participar da guerra, mas fazer oposição a ela é inútil e sem sentido. A história é uma máquina e se você lhe retira o combustível, ela vai acabar quebrando.

Passamos a falar sobre o Movimento Jovem. Ambos concordávamos que Gustav Wyneken tinha traído suas próprias ideias quando decidiu apoiar o envolvimento da juventude alemã na guerra. Eu me opunha — como ainda o faço — ao *dulce et decorum pro patria mori*. A guerra representa uma total desfiguração da psique humana, uma perversão dos princípios éticos. Depois de ficar indeciso, de início, Benjamin acabou concordando com meu ponto de vista, embora nunca se pudesse ter certeza. Havia nele sempre um certo jeito de não se deixar comprometer, algo oblíquo, evasivo.

Alegrou-me, contudo, que em 9 de março de 1915 ele tivesse escrito uma carta para Wyneken na qual se desligava permanentemente do Movimento Jovem; ele chegou a acusá-lo de "sacrificar os jovens em nome do Estado". Ainda assim, Benjamin agradecia a Wyneken por ter sido "a primeira pessoa que me apresentou à vida espiritual", à qual prometia ser fiel para sempre. Ele representara, para Benjamin, a possibilidade de escapar à mentalidade burguesa de seus pais e dos amigos deles. As ideias de liberdade e de autodeterminação encontravam-se no seio do Movimento Jovem, que tinha assumido a reforma da educação como uma das suas principais bandeiras. A princípio, eu simpatizava bastante com seu programa, que começava por uma tentativa de crítica à tradição imperial da educação alemã. Essa crítica fundava-se em uma visão da cultura grega que dava muita ênfase às "harmonias" e ao "heroísmo".

Na época em que concordava com as ideias de Wyneken, Benjamin escreveu um ensaio fascinante chamado "Ensinando e atribuindo valor", no qual ele se opunha ao velho modelo ateniense de educação, com sua emulação "à cultura grega de Péricles, misógina e homossexual, cujos valores aristocráticos fundavam-se na escravidão". Ele atacou sem piedade "os mitos obscuros de Ésquilo". O problema era que o próprio Wyneken acreditava profundamente em uma forma de liderança autocrática, propugnando, corajosamente, a "adesão voluntária a líderes autoproclamados". Ele mesmo era, é claro, o tipo de líder que tinha em mente ao fazer tal afirmação.

Benjamin sentia grande repulsa por líderes muito fortes e preferia viver à margem do poder, onde não o alcançava a influência de seus agentes. Em um artigo chamado "Um diálogo acerca dos sentimentos religiosos de nossos dias" ele pedia "uma nova religião" que "emanasse dos oprimidos". Ele incluía os escritores entre os grupos de oprimidos que seriam responsáveis, ao longo do tempo, por criar condições de liberdade para a espécie humana. Um escritor, dizia ele, tem "sempre alguma coisa de judeu; é alguém que não pertence ao lugar onde está, mas nossa salvação futura depende desse homem".

Porém eu não acreditava naquilo. Benjamin estava sempre fora de contato com a realidade, principalmente no que concernia à política e às mulheres. Sua ignorância da política foi o que o levou à morte: recusava-se a encarar a história sem a mediação da linguagem. Quanto às mulheres, essas o fizeram sofrer muito. Seus problemas com mulheres assemelhavam-se, de certa forma, aos que tinha com a história: tampouco as encarava de frente. Seus casos sentimentais desenrolavam-se melhor nos campos protegidos da memória ou da imaginação; a materialização era para ele quase sempre frustrante. (Como foi o caso de Asja Lacis, por exemplo, que brilhou no altar de sua mente. Nas poucas ocasiões em que ela foi realmente para a cama com ele, foi um desastre. "Somente Zeus pode estuprar o mundo impunemente", disse ele certa vez. "O resto de nós precisa se redimir.")

Jamais me esquecerei daquela tarde quando o encontrei na Unter den Linden com uma mulher de olhos escuros, um tanto rotunda, chamada Grete Radt. Seus dentes eram muito estragados e quando ela sorria as pessoas instintivamente desviavam os olhos. Logo percebi que ela usava um anel de noivado, mas perplexo, mesmo, fiquei quando Benjamin se referiu a ela como sua noiva.

— O quê? — disse eu em voz tão alta que cheguei a assustar os dois. — Vocês vão se casar?

— É essa a finalidade do nosso noivado — disse Benjamin, tranquilo, enquanto Grete olhava em volta, como que aterrorizada com a possibilidade de alguém nos ouvir.

Muitos anos mais tarde, em Paris, Benjamin me explicou a história daquele noivado.

Ele tinha feito amizade com Grete durante a guerra, e ela parecia gostar de conversar com ele sobre filosofia. Tinha planejado uma pequena viagem de descanso (financiada pelo pai) aos Alpes da Baviera. Quando falou a Grete sobre sua viagem, ela entendeu, por equívoco, que estava sendo convidada.

— Sim, eu adoraria ir para os Alpes com você, Walter — disse ela, muito compenetrada, deixando-o aflito. — Sempre gostei das montanhas. Os Alpes são muito altos. — Benjamin concordou que os Alpes eram muito altos e não soube mais o que dizer.

Alguns dias depois disse ao pai, num assomo de estupidez, que uma mulher o acompanharia naquela viagem. Não se tratava, apressou-se em esclarecer, de uma "ligação amorosa". Entretanto, um homem e uma mulher não viajavam juntos naquela época se não fossem casados, e Herr Benjamin não podia dar sua aprovação.

Resmungou alguma coisa sobre aparências, mas nem por isso cortou sua ajuda financeira. O filho entendeu isso como um apoio tácito.

Enquanto passeava com Grete, Benjamin recebeu um cartão-postal do pai, que dizia, de maneira enigmática, apenas: "Sapienti sat." *Para bom entendedor, meia palavra basta.* Imaginando que fosse a vontade, senão uma ordem, de seu pai, propôs casamento a Grete no mesmo instante, proposta essa que ela aceitou, também no mesmo instante, perplexa. Era estranho que um homem que jamais a beijara sequer, nem mesmo tivesse deixado escapar qualquer expressão romântica, tomasse tal iniciativa.

A consequência imediata de sua proposta de casamento, segundo Benjamin, foi Grete permitir que ele fosse imediatamente para a cama dela aquela noite. Foi "a primeira vez" para ele. "Eu estava louco de tanto desejo erótico e fiz amor com ela durante três dias a fio. Mal parávamos para fazer as refeições e no final de nosso passeio ela mal podia andar." Ele continuou a falar, naquele seu jeito rude de sempre quando o assunto era sexo, contando-me sobre as várias posições adotadas durante o ato sexual e as reações dela. Era sempre estranho ouvir Benjamin falar sobre esse tema; ele assumia um distanciamento clínico, irritantemente sincero. (Não é que eu seja pudico, entendam-me bem. Mas eu não saio por aí contando o que fiz. Um cavalheiro não discute sua atividade sexual como se fosse ciência comportamental.)

Benjamin veio a descobrir depois, para grande mortificação sua, que o pai tentara apenas aconselhá-lo — em linguagem cifrada para enganar os censores — a permanecer em território neutro, na Suíça, até a guerra acabar. Nos últimos anos da guerra, apenas os paralíticos tinham certeza de que não seriam recrutados.

Benjamin levou dois anos para livrar-se daquele noivado. O pé de cabra que finalmente os separou foi a agressiva Dora Pollak, que veio a se casar com Benjamin e a ser a mãe de seu único filho, Stefan. Dava prazer apreciar Dora: era linda, de grande agilidade mental e conhecedora das coisas do mundo. Era uns 10 centímetros mais alta que Benjamin, uma cabeleira loura que lhe caía em cascata e olhos azul-acinzentados. Seus seios fartos e quadris largos eram, naqueles anos, bem contidos, de forma explosiva até. Mas quem soubesse discernir identificaria uma tendência a excessos. Ela era passional, facilmente irritável e dona de uma língua ferina.

O pai dela era o professor Leon Kellner, um dos pioneiros do movimento sionista e um estudioso de Shakespeare. Veio a ficar famoso por ter editado os diários e as cartas de seu amigo sionista Theodore Herzl. Talvez eu tivesse ficado mais impressionado com o *pedigree* da moça do que Benjamin, cuja atenção se dirigia quase que totalmente para os seios dela, que certa vez ele descreveu como "frutas exóticas pendendo da árvore que é seu corpo". Ele disse isso na frente dos pais dela, deixando-me em pânico ao mesmo tempo em que me fez rir. Era esse o jeito dele. Dizia coisas embaraçosas em público, apesar de quase sempre ser reticente quando se tratava de seus próprios sentimentos.

Benjamin conheceu Dora em Munique, para onde foi depois de conseguir ser reprovado em outro exame médico do exército. Já sabia da existência dela havia muitos anos, antes mesmo de ela se casar com Max Pollak, um rico financista. Ela era muito atuante no Movimento Jovem em Berlim antes da guerra e comparecia com frequência a palestras sobre o sionismo. Eu mesmo a admirara a distância muitas vezes e desejava conhecê-la pessoalmente, ainda que só para ter acesso a seu pai.

Visitei Benjamin várias vezes em Munique, onde ele morava em um porão enfumaçado em frente aos jardins do Holtz. Na verdade, eu estava lá em novembro de 1917, quando Franz Kafka fez leituras para uma sociedade literária. O cartaz que o anunciava dizia que ele leria uma história chamada "Na Colônia Penal". Kafka raramente se apresentava em público, portanto aquela era uma oportunidade rara, mas nem eu nem Benjamin pudemos ir naquela noite. Considerando a obsessão que Benjamin veio a desenvolver por Kafka mais tarde, já me indaguei várias vezes sobre o que teria acontecido se os dois tivessem se encontrado. Provavelmente, nada: eram ambos extremamente tímidos. Homens de talento são como enormes continentes, totalmente cercados de água, discretos. Têm pouco a dizer entre si e quase nunca dá certo apresentá-los uns aos outros.

A guerra continuava a se desenrolar com grandes baixas para a Alemanha, como todo mundo, menos o governo, parecia estar ciente. Milhões de pessoas tinham sido trucidadas em janeiro de 1918, quando Benjamin recebeu pelo correio a convocação. Ele tinha sido reclassificado de repente com "apto para serviços leves na frente de batalha", que significava ter que partir para enfrentar o inimigo, sem mais delongas. Minha própria situação também não era muito diferente: tinha sido levado para ser examinado várias vezes. Naquela ocasião eu tinha problemas de natureza nervosa que os médicos diagnosticaram como demência precoce; essa adorável doença significava que eu não poderia ser sujeito à violência no campo de batalha e me classificaram como incapaz para o serviço militar. Como era de esperar, minhas condições de saúde não melhoraram, portanto nunca tive que pôr meu corpo a serviço do nacionalismo alemão.

Como tinha feito anteriormente, passei com Benjamin a noite anterior ao seu exame, jantando com ele e sua família. Fomos servidos, como sempre, por empregadas vestidas em negro, com golas de renda branca. Comemos vitela e repolho (mesmo durante a guerra era possível obter-se comida decente, pagando-se o que cobravam). Herr Benjamin surgiu com uma elegante garrafa de Hock e circularam charutos para os homens. Agradava-me o fato de Herr Benjamin achar que nem eu nem seu filho devêssemos ir para a guerra.

— Uma coisa é perder a guerra — disse ele. — Perder o filho é outra.

A TRAVESSIA DE WALTER BENJAMIN

Algo que sempre me deixou intrigado foi o fato de Benjamin não compreender o sentimento de solidariedade do pai por ele. Eu, por exemplo, teria ficado muito feliz se meu pai, ainda que remotamente, compreendesse meu ponto de vista em relação à guerra. Em minha casa eu era considerado, abertamente, traidor e covarde.

Benjamin e eu conversamos até o alvorecer na sala de visitas, onde havia uma enorme árvore de Natal enfeitada com doces e velas. Era desconcertante ver aquele símbolo tão espalhafatoso do cristianismo em um lar de judeus, mas a família de Benjamin não era diferente da maioria das famílias de judeus liberais em Berlim naquela época. Quando expressei meus sentimentos a Benjamin, ele concordou com o pai: "O Natal é uma festividade nacional. Não é mais um feriado religioso." Imagine só uma tolice dessa na boca de homens inteligentes e ainda por cima judeus!

Para meu horror, Benjamin passou no exame, que se realizou em uma sexta-feira de manhã, e recebeu ordem de se apresentar na segunda-feira seguinte. Pelo que descobri mais tarde, ele passou o fim de semana isolado com Dora, que usou de hipnose para produzir nele sintomas de ciática. Chamaram um médico, que escreveu um relatório detalhado em que afirmava que o paciente sofrera recaída de um antigo mal e que não haveria como se mover sem risco de severos danos. Um grande número de cartas foi enviado de parte a parte e uma junta médica do exército acabou concordando; o inválido teve mais alguns meses para se recuperar.

Benjamin, espertamente, atravessou a fronteira para a Suíça e menos de uma semana depois Dora foi encontrá-lo. Nessa época eu estava estudando filosofia e matemática na universidade de Jena e Benjamin tinha decidido matricular-se na universidade em Berna para fazer seu doutorado. Eu pensava em meu amigo diariamente. Era como se uma força inexplicável me puxasse em direção a ele e minha vontade era largar tudo e atravessar a fronteira. Eu queria sua atenção e seus conselhos, mas, acima de tudo, sentia falta de sua conversa.

Benjamin me convidou para ir a Berna no verão de 1918, apenas alguns meses antes do término da guerra, perdida pela Alemanha de maneira merecidamente ignominiosa. Juntei-me a ele e a Dora para passar algum tempo, que acabou se prolongando bastante pelo ano seguinte. O que deveria ter sido uma relação idílica de companheirismo acabou se transformando em algo bem desagradável, embora até hoje eu ainda não consiga dizer por quê. Não foi simplesmente o caso de eu não querer que Dora se metesse entre mim e ele. Meu irmão insistia em dizer que era esse o problema, mas ele não sabia coisa alguma sobre a situação. Na verdade, passei a entender Benjamin muito melhor por intermédio da mulher dele. Ela era um prisma e a luz espiritual do meu amigo ficava bem mais radiante quando se refratava nela. Estavam casados, mas o hábito de se cortejarem ainda era comum entre eles. Isso incluía uma certa disputa pela supremacia no casal que parecia, para quem visse de fora, uma briga infernal.

Nossos apartamentos ficavam apenas alguns minutos a pé um do outro, nos arrabaldes de Berna, em uma aldeia chamada Muri — um adorável lugarejo com algumas lojas e uma escola para criancinhas. As encostas eram pontilhadas de chalés e podiam-se ouvir os sinos das cabras. Meu quarto de dormir tinha uma grande escrivaninha de frente para uma janela de onde eu via uma campina e, ao longe, os picos nevados. O céu era invariavelmente azul, ou assim me parece agora. (A memória é uma gaze espessa que filtra as informações que não convêm.)

Nosso acordo em Muri era potencialmente confortável para os três. Nós líamos ou escrevíamos de manhã, cada um com seus projetos; à tarde nos encontrávamos para jogar xadrez ou caminhar nos bosques de pinheiros que ficavam para além da aldeia; à noite jantávamos juntos. Naquela época a culinária me dava muito prazer e eu preparei algumas das melhores refeições de minha vida para eles: uma variedade de pratos do Mediterrâneo e do Oriente Médio.

A TRAVESSIA DE WALTER BENJAMIN 125

Eu acabara de aprender vários pratos de comida *kosher* também, e os experimentei com meus amigos supostamente judeus, que faziam brincadeiras com minha "culinária *shtetl*".

Benjamin e eu não tínhamos temperamento semelhante, apesar de compartilharmos os mesmos interesses intelectuais. Eu era, e continuo a ser, extremamente tenso, nervoso mesmo. Trabalho até o ponto de exaustão. Minhas energias entram em colapso para depois começarem a se concentrar lentamente e aí lanço-me ao trabalho de novo. Benjamin trabalhava em um ritmo regular e uniforme e era geralmente bem tranquilo; ele conseguia digerir quantidades assustadoras de informação, mas um bloqueio surgia invariavelmente quando se tratava de escrever.

— Atravessar de um salto o vácuo que separa o silêncio da linguagem é assustador — dizia ele.

— Põe tudo no papel — retrucava eu. — Você pode se preocupar com a revisão depois.

Éramos, ambos, acadêmicos renegados naquela época. Passávamos de uma universidade para outra um pouco ao acaso, sempre à procura de uma liderança intelectual que nos estimulasse. Não era fácil encontrá-la. As universidades alemãs e as suíças estavam repletas de chatos pomposos que sabiam desidratar até à morte qualquer assunto, por mais interessante que fosse originalmente. Eu não tinha uma ocupação definida, o que para mim era assustador, e tentava me decidir se faria ou não meus estudos de doutorado em filosofia da matemática em Jena, sob orientação de Paul Linke, que tinha sido discípulo de Husserl.

De sua parte, Benjamin tinha usado o prestígio do sogro para matricular-se em Berna, onde faria o doutorado orientado por Richard Herbertz, um homem desinteressante e limitado. Suas perspectivas não pareciam boas — ao menos para mim.

— É preciso ser prático com essas coisas — dizia-me Benjamin, o homem menos prático de todos os que conheci. — Herbertz pode não ser um homem brilhante, mas não é obstinado nem mesquinho, portanto nada fará contra mim. Posso fazer o que bem entender e ele não vai sequer tomar conhecimento. No final, recebo meu grau de doutor, que é só o que conta mesmo.

Era engraçado ouvir Benjamin falar com essa lógica frívola e mundana, mas isso também me deixava um pouco aborrecido. Eu esperava dele orientação espiritual, não cinismo. Não conheci homem algum mais ético que ele por natureza, mas às vezes ele dizia coisas terríveis. Era como se, sendo tão extraordinariamente ético por instinto, ele sentisse necessidade de contrabalançar isso com rasgos de oportunismo grosseiro. A questão embaraçosa de dinheiro, por exemplo, surgiu certa noite, pouco depois de minha chegada, e acendeu o estopim da nossa primeira briga séria. Eu tinha mencionado o fato de me sentir culpado por viver tão bem com o dinheiro que, afinal de contas, pertencia a meu pai.

Benjamin me ouvia com impaciência, fumando lentamente um cigarro feito à mão. Depois de um silêncio prolongado, ele disse:

— Eu também vivo com o dinheiro do meu pai. Foi ele quem pagou esta galinha que comemos com tanto gosto. Pagou também por este vinho excelente. Proponho um brinde a meu pai! — Ele e Dora deram um riso cínico e tocaram seus copos.

Como eu me recusasse a participar daquela brincadeira, ele me olhou com raiva, dizendo:

— Ah, caro Gerhard! Você está tendo um ataque de escrúpulos novamente! Isso é sempre um péssimo sinal quando dá nas pessoas.

Dora viu que minhas orelhas ficaram vermelhas de raiva, mas não conteve sua vontade de jogar lenha na fogueira:

— Ele ainda é muito jovenzinho — disse, dirigindo-se a Benjamin. — E muito idealista também.

— Não estou compreendendo — disse eu, tentando manter-me tranquilo. — Vocês estão muito desejosos de viver como a burguesia que tanto desprezam. Ficam falando de moralidade, mas vejam como vocês mesmos...

A TRAVESSIA DE WALTER BENJAMIN

— Olhe quem está falando — disse Dora, voltando-se para mim com aquele seu olhar duro como diamante, que eu aprendera a temer. — Você gasta o dinheiro do seu pai da mesma forma que nós, mas, por algum motivo, fica achando que se encontra em um patamar elevado só porque isso o incomoda. Isso é um ultraje. É muita pretensão sua.

— Pelo menos eu sou sincero.

— Tolice! — gritou Benjamin. Era raro ouvi-lo gritar e fiquei bastante surpreso. — Fico profundamente infeliz em ouvir uma frase tão ridícula de sua boca. Você é um intelectual. Todos aqui somos intelectuais. Nossos compromissos são, portanto, apenas com o mundo das ideias. O dinheiro que se dane!

— Receio que essa sua atitude seja hipócrita — disse eu, baixando a voz. — A não ser que eu me engane.

— Que seja. Não sinto a menor necessidade de que minhas ideias estejam de acordo com alguma lei externa. Não sou rabino, graças a Deus.

— Você faz com que eu me sinta estranhamente mal, Walter — disse eu.

Ele se levantou, fazendo uma pose condescendente.

— Isso é porque, no fundo do seu coração, você não cresceu. É um menino, não um homem. Quando crescer, você verá que as pessoas fazem o que é necessário. O trabalho é o que importa, nada mais: política, família, amor, nada. É necessário ser impiedoso, amoral.

Ele estava cheio de rancor. E um pouco bêbado talvez. Com a mão incerta, serviu-se de outro copo de vinho, fez com que o líquido girasse no copo, cheirou-lhe o buquê e depois tomou-o todo de uma só vez. Estalou os lábios e saiu da sala, tropeçando ao passar para o corredor.

— Ele está bêbado — disse eu a Dora — e não sabe o que está falando.

Ela baixou os olhos com um trejeito sedutor.

— Não leve essas bravatas dele muito a sério — disse ela. — Ele deveria ter entrado para o teatro iídiche. — Tocou-me a camisa com a ponta dos dedos em um gesto de intimidade que me desagradou. — Tome mais um drinque comigo.

Relutante, aceitei um copo de brandy. O brandy que eles tinham era muito bom.

Sem que eu esperasse, Dora pôs-se de pé atrás de mim e começou a massagear meus ombros.

— Relaxe — disse ela. — Por que você está assim tão tenso?

Tentei relaxar, mas ela tornava isso impossível. Tive que respirar fundo várias vezes.

— Você fica muito sexy quando está zangado — sussurrou em meu ouvido. — Você já se deitou com uma mulher, Gerhard?

— É claro que sim.

— Não acredito.

— Se você acreditar ou deixar de acreditar não tem a menor importância.

As mãos dela passaram a acariciar meus cabelos e — involuntariamente — comecei a ter uma ereção.

De repente, Benjamin chamou por ela.

— Dora! — gritou. — Já estou na cama. Estou nu!

— Viu só que animal ele é? — disse ela. — Por aqui não se pensa só em Kant e Hegel.

Levantei-me, afastando Dora de mim. Aquela situação estava me deixando horrivelmente constrangido e já me sentira assim antes.

— Lamento, mas tenho que ir, Dora. — Engoli o que restava no meu copo.

— Ora, então você não quer se juntar a nós? — Ela me lançou um olhar provocante e depois atirou seu próprio copo de encontro à parede, fazendo com que caísse estilhaçado no chão de ladrilhos. Só então percebi como ela estava bêbada.

A TRAVESSIA DE WALTER BENJAMIN

— O que é que vocês estão fazendo aí? Eu estou esperando! — gritou Benjamin.

Dora ocupava-se novamente a se servir da bebida e acendeu um cigarro. Mas antes que ela pudesse dizer mais alguma coisa, fugi do apartamento deles e lancei-me porta afora na noite clara e fria.

No dia seguinte, à hora do almoço, nada do que acontecera na noite anterior foi mencionado. Era assim que as coisas se passavam entre nós. Ofendíamos uns aos outros, brigávamos e depois fingíamos que nada tinha sido dito que pudesse magoar. Uma ou duas vezes cheguei lá quando Dora e Benjamin estavam tendo relações sexuais. Nem mesmo isso jamais foi mencionado. Não creio que qualquer dos dois tivesse se importado se eu me sentasse na beirada da cama e ficasse observando enquanto eles fornicavam!

A essa altura já era óbvio que Benjamin estava infeliz naquele casamento com Dora. Gritavam um com o outro diante de mim como se nem percebessem minha presença. Algumas das coisas que se diziam, às vezes, eram cruéis demais. Era desalentador ver um homem que eu admirava tão profundamente, que eu até mesmo reverenciava, agindo daquela maneira, como um idiota qualquer. Dora o xingava, zombava da vaidade dele e queixava-se da pouca atenção que ele lhe dava. Atirava nele vários objetos, como livros, xícaras, pequenas coisas que lhe estivessem à mão. Certa vez ela chegou a quebrar um prato de porcelana na testa dele. Ele a olhou, sem se perturbar, e disse:

— Por que será que os ingleses fazem a melhor porcelana? Será que tem alguma coisa a ver com a fragilidade de seu império? É um império construído sobre areia. Eles não têm a têmpera necessária.

Quando jantávamos, certa vez, ele e Dora começaram a discutir sobre algo trivial. De repente Benjamin disse que aquele assunto era cansativo e não merecia ser discutido. Dora saiu correndo para o quarto, aos prantos. Percebendo que havia ido longe demais com a humilhação, ele foi atrás dela. Tive que terminar minha refeição sozinho.

Mais tarde, por volta da meia-noite, ouvi alguém batendo à porta. Como Benjamin quase nunca ia a meu apartamento, fiquei muito surpreso ao vê-lo ali de pé, nervoso como uma criança que tivesse feito algo errado. Seus olhos estavam injetados, e o cabelo, despenteado.

Fiz com que ele entrasse e coloquei um copo de brandy em suas mãos geladas.

— Muito obrigado — disse ele, tremendo. Aproximou do rosto a bebida cor de ouro escuro, cheirou-a profundamente e em seguida a bebeu. O alívio que estampou em seu rosto era evidente.

— Você estava muito agitado esta noite — disse eu. — Será que esse casamento ainda pode dar certo, Walter?

— Meu caro amigo, você é muito jovem. Nada sabe do amor. No amor há sempre dificuldades e, às vezes, dor de verdade, mas isso não tem importância. O que você não consegue enxergar, dada a limitação de seu ponto de vista, é que eu amo Dora.

— O que eu vejo é um homem angustiado. Você briga com ela por qualquer motivo. Nada, por mais simples que seja, parece satisfazer a qualquer dos dois.

Benjamin fez uma cara engraçada, enchendo a boca de bebida e mantendo-a assim por um minuto antes de engolir.

— Nós não o temos feito feliz, Gerhard — disse ele por fim. — Espero que você não esteja arrependido de ter vindo para Berna.

— Estou aprendendo muito — disse eu.

— Sobre o amor? — perguntou ele, rindo.

— O amor do tipo que você e Dora têm que aguentar não me interessa. Poderia ser chamado de guerra.

Seu sorriso distante transformou-se rapidamente em uma expressão carrancuda.

A TRAVESSIA DE WALTER BENJAMIN 131

— O amor é guerra, talvez. — Fez uma pausa, curvando-se para a frente na cadeira e examinando o brandy à luz da vela, como se quisesse inspecionar suas impurezas. — Algum dia você compreenderá.

— Você fala com ares de superioridade — disse eu.

— Sinto muito. Você tem razão. — Curvou-se em minha direção, como se estivesse procurando alguma coisa. — O que eu gosto em você é sua maneira direta de dizer o que pensa. Você diz exatamente o que pensa. Foi isso que me chamou a atenção em você, em primeiro lugar.

Sempre que ele se dirigia a mim daquela maneira, meu coração disparava. Embora eu avaliasse que nos equivalíamos, em muitos aspectos, eu o considerava também um mestre e não há relação mais sagrada entre duas pessoas do que a relação entre mestre e discípulo. Na verdade, a palavra torá significa apenas "instrução", embora não se limite à mera transmissão de informações, como a que se dá em uma escola. O que Benjamin ensinava, por exemplo, era uma forma de olhar o mundo como se lê um texto, uma forma de interpretá-lo.

— Você deve saber que tudo que desejo é sua amizade — disse eu.

Essas palavras ditas de maneira desajeitada agradaram-no e ele disse:

— Amanhã vamos começar a ler Kant juntos, como tínhamos planejado. Que tal?

— Sim, seria bom — disse eu, sem querer parecer ansioso demais. Eu tinha, de fato, acabado de ler o livro de Hermann Cohen sobre a teoria da experiência de Kant. Era um livro insípido, porém de prestígio, e minha cabeça estava cheia de perguntas, suposições e ideias. Como de costume, Benjamin conseguira ir ao encontro do meu interesse e certamente saberia me conduzir. Mesmo se não o fizesse, não poderia haver melhor maneira de passar o dia do que o passar lendo Kant com Benjamin.

— Dora vai participar também? — perguntei, aflito.

— Só você e eu — assegurou-me ele.

— Ah — disse eu. Não teria sido gentil dizer mais, expressar em palavras um sentimento que seria melhor deixar sem expressão. Às vezes é importante, em uma amizade, saber o que dizer e quando calar. E às vezes só os fortes de espírito dispõem-se a calar.

*Dentre todas as maneiras de adquirir livros, escrevê-los é conside-
rada uma das mais meritórias (...) Os escritores são apenas pessoas
que escrevem livros, não porque lhes faltem os meios para comprá-
-los, mas porque, por vezes, os livros disponíveis nas livrarias não
lhes satisfazem.*

Walter Benjamin

6

Lisa Fittko

Era final de junho de 1940 no campo de Gurs. Lembro-me de certa manhã quando acordei convencida de que Paulette e eu teríamos que fugir naquele dia. Se não o fizéssemos, seríamos capturadas pelos nazistas. Já não havia mais dúvidas: os alemães estavam chegando. Não se sabia exatamente onde estavam, mas era por perto. Já era possível imaginá-los chegando, com suas botas e seus botões reluzindo ao sol. Bastava olhar nos olhos dos soldados franceses, tristes havia vários dias, hesitantes em dar ordens; o ímpeto que faz uma pessoa ter vontade de dar ordens e vê-las cumpridas tinha evaporado de dentro deles. Aqueles soldados eram apenas espantalhos recheados de palha.

— É hoje que nós vamos — sussurrei para Paulette.

— Como é que você pode dizer uma coisa dessa?

— Vamos.

— Vamos para onde?

— Para o sul. Até onde for possível ir. — Eu sabia que o sul era a única direção para se ir.

Eu tinha conseguido roubar certificados de soltura da sala do comandante e dei um a Paulette. Escrevemos neles nossos nomes e falsificamos a assinatura do comandante. A ideia era utilizá-los em caso de necessidade, mas não acreditávamos que fosse possível usá-los para sair dali.

— Como foi que você conseguiu isso? — quis saber Paulette.

— Gente bisbilhoteira não sobrevive em tempos de guerra — disse eu. — Não faça tantas perguntas. — Não sei o que se passava comigo, mas não me sentia mais disposta a deixar que os acontecimentos me conduzissem. Estava também um pouco decepcionada com Paulette, que parecia não ter qualquer iniciativa. Ela não encarava o fato de estarmos em guerra.

— O que é que as meninas estão fazendo aí? — perguntou o guarda, que nos observava a uns 20 metros.

— Estou escrevendo uma história pornográfica — respondi. — Quer lê-la, Jacques? — O nome não era Jacques, mas para mim ele tinha cara de Jacques, por isso eu o chamava assim. Isso parecia irritá-lo e eu me divertia.

Ele deu de ombros e virou-se de costas para nós, acendendo um cigarro. Acho que não tinha a menor ideia do que fazer conosco. Para ele, nós éramos simplesmente esquisitas.

— Não me sinto segura em relação a isso — disse Paulette. — Os alemães estão por toda parte. É isso que o rádio diz. Até no Sul eles estão.

— Não se pode acreditar no que diz o rádio — respondi. — É tudo propaganda. — Coloquei a mão em seu ombro. — Ouça bem — disse eu. — Se ficarmos aqui, será o nosso fim. Lá fora, pelo menos, teremos alguma possibilidade de escapar. Podemos nos esconder. É fácil!

— Eu quero encontrar Otto — disse ela.

— E eu quero Hans. Mas não há de ser ficando aqui que nós vamos conseguir isso. Não há de ser em Gurs. Se os alemães nos pegarem, vão nos mandar de volta para "casa". E lá nos fuzilarão na beira da cova. Eles nos torturarão primeiro, depois nos fuzilarão na beira de uma cova. Você sabe disso.

Os rumores sobre a Alemanha, a Polônia e a Bélgica eram levados pelo ar como gás venenoso e todas sabíamos que alguns deles deviam ser verdadeiros. Os alemães estavam cometendo atrocidades em uma escala jamais vista na história moderna.

Paulette, que em geral era bem serena, começou a tremer de repente. Seus lábios ficaram azulados e finos. As lágrimas brilharam em seu rosto.

— Não posso ir com você — disse ela. — Vou ficar aqui mesmo.

Não sei por que fiz isso, mas dei-lhe um tapa no rosto.

— Você não pode se descontrolar, está me ouvindo? Agora não pode! — Minha voz saía em um sussurro alto. — Se você quer ver Otto novamente, tem que ser firme.

Aquela não era minha maneira de ser. Passei o braço em volta dela. Paulette ainda era como uma criança que precisava de carinho e firmeza. Eu tinha que me impor para o bem dela. Tinha que ser forte.

— Você é tão boa para mim, Lisa — disse ela, com a cabeça em meu ombro.

— Nós somos amigas, não somos? — Afaguei-lhe as costas.

Jacques nos olhava a distância, fumando. Olhei para ele fixamente e isso foi o bastante para que ele desviasse o olhar.

Naquela manhã o comandante foi pessoalmente nos visitar; era a primeira vez que alguém o via por lá. As mulheres ficaram ao redor dele como moscas, gritando: "O que é que vai ser de nós, *monsieur comandant*? Qual é o plano?"

O *plano*: uma ideia cômica. As pessoas sempre querem acreditar que quem tem o comando tem também um plano. Sem dúvida é isso que acontece com a religião, principalmente entre as massas, que não sabem que podem ter controle de seu próprio destino.

— Onde estão os alemães? — gritou uma delas, fazendo-se ouvir acima das outras. — Queremos a verdade!

— A situação está sob controle — disse ele.

— O que dizem é que estamos perdendo a guerra! É verdade? — quis saber outra mulher.

Ele fez um gesto com a mão como se aquilo fosse uma tolice.

— Não acredite no que falam por aí — disse ele. — Tem gente demais falando o que não sabe.

— Os alemães já tomaram Paris e logo estarão aqui! — insistiu a mesma mulher.

— Tudo isso é boato. Não passa de boato — disse ele, com uma firmeza tão forçada que revelava falta de informação segura. Como um ator velho, de terceira categoria, encheu o peito de ar e falou com uma voz comicamente solene: — É preciso não entrar em pânico, minhas senhoras. O governo francês assume total responsabilidade pela sua proteção.

Sempre me surpreendo com a vulgaridade e a vacuidade do discurso de pessoas em posição de comando. Tão logo colocam em si as máscaras das funções que ocupam, suas vozes já deixam de parecer humanas.

— Eles vão nos matar! — gritou a mulher.

O comandante apontou um indicador curto e gordo na direção dela.

— Vocês devem parar de ficar ouvindo as pessoas que querem assustá-las — disse ele. — Se todo mundo ficar quieto, haverá menos problemas. Nós garantimos a segurança de vocês.

Sussurrei no ouvido de Paulette:

— Vamos dar o fora daqui!

A essa altura ela já havia compreendido que não tínhamos alternativa. Os alemães engoliriam aquele comandantezinho inteiro no almoço e o resto de nós de sobremesa.

Por volta do meio-dia um carro preto apareceu na entrada do campo: era o tipo de carro que apenas oficiais de alta patente usavam. Vários homens acorreram para receber o cavalheiro que, apesar de tanto bronze polido e do uniforme novo em folha, pare-

A TRAVESSIA DE WALTER BENJAMIN   139

cia bastante desesperado; seus olhos tinham a expressão selvagem dos perseguidos. Suas costas eram curvadas e os olhos moviam-se, desconfiados. Ele vinha acompanhado de dois oficiais subalternos e de um motorista.

Estabeleceu-se uma confusão generalizada no pátio, com os soldados saindo dos seus postos e correndo de um lado para o outro. O pânico percorreu as detentas como uma corrente elétrica, com gritos e choros e, pela primeira vez, os guardas pareciam não se importar. A impressão que tínhamos era de que muitos deles tinham ido para suas barracas arrumar seus pertences.

Eu sabia, no íntimo, que os alemães estavam por perto e que nós precisávamos partir logo.

— Fique bem junto a mim — disse a Paulette. — Quando o guarda perguntar aonde estamos indo, sacuda o cartão para ele. Não diga nada, mesmo se ele perguntar.

— Nós vamos mesmo fazer isso, não vamos?

Concordei em silêncio, forçando um sorriso.

Por sorte Paulette me acompanhou. Não posso dizer que a convenci; o que fiz foi não lhe dar possibilidade de se opor. A ideia de ela ficar ali sem mim era impensável. Paulette e eu seríamos uma dupla enquanto durasse a guerra.

Uma dezena de mulheres reunidas no pátio discutia o avanço dos alemães. Apenas dois guardas conversavam junto à porta da frente. Alguns cachorros latiam e galinhas cacarejavam. Lembro--me de uma blusa vermelha sacudida pela brisa em um varal improvisado. Um avião passou roncando. Eu não tivera a ideia de arrumar minhas coisas de véspera, porém, como Paulette, consegui enfiar o indispensável em uma mochila.

Ostentando tranquilidade, encaminhamo-nos para o portão.

— Ei, aonde é que as meninas vão? — perguntou um dos guardas. Entretanto sua voz não revelava muita preocupação e quase no mesmo instante ele se distraiu com outra coisa.

— Eu tenho um passe — disse eu, acenando para ele com meu certificado. — E ela também — complementei, indicando Paulette com a cabeça. — Pergunte ao comandante se quiser. Foi ele quem nos liberou.

O jovem pareceu ter ficado confuso, mas não esperamos que ele fizesse outras perguntas. Continuamos a caminhar e saímos de Gurs sem olhar para trás.

É curioso dar-se conta de que tarefas aparentemente impossíveis na vida de uma pessoa podem ser realizadas com tanta facilidade e de como é difícil, às vezes, realizar uma tarefa simples. A ideia de sair de Gurs andando, sem mais nem menos, não me passara pela cabeça até aquela manhã. E ali estávamos nós, livres e caminhando sem pressa sob um céu de sol a pino. Nem sequer nossas sombras nos seguiam.

Por fim não resisti à tentação da mulher de Ló: olhei para trás. O guarda ocupava-se com outras mulheres que certamente tentavam fazer a mesma coisa que nós. Percebi que ninguém viria atrás de nós e dei um salto de alegria no ar. Era uma emoção que havia anos eu não sentia; em parte, medo, e em parte, uma alegria intensa que me dominava.

Continuamos a andar, sem parar, curvando-nos ligeiramente, sem demonstrar pressa. Caminhamos por uma estrada de terra ladeada de árvores. Em pouco mais de uma hora, Gurs já havia desaparecido: era apenas um lugar impreciso de lembranças tristes. Não tínhamos comida, dinheiro, nada. Mas pouco nos importávamos com isso. Naquele momento, estávamos livres.

Ouvi um veículo se aproximando por trás de nós e pensei que tudo estava perdido, principalmente quando vi um carro parda-cento do exército parar apenas poucos passos à nossa frente. Um jovem oficial baixou o vidro da janela para nos cumprimentar quando passamos por ele. Tinha os olhos muito azuis e cabelos louros partidos no meio da cabeça. Seus dentes eram muito certinhos e brancos.

A TRAVESSIA DE WALTER BENJAMIN   141

— Olá, meninas! Querem uma carona? — perguntou.

Era óbvio, pelo seu tom de voz, que ele não nos levaria de volta para Gurs. Apesar de hesitante, Paulette me seguiu.

— De onde estão vindo as meninas? — perguntou ele.

— Somos belgas — disse eu, cuidando de olhar Paulette nos olhos. Ela fez um sinal com a cabeça informando que tinha me entendido.

O oficial emitiu um som gutural, como se o que eu dissera explicasse tudo. Logo pôs-se a fazer um monólogo sobre umas férias de verão que ele havia passado na Bélgica vários anos antes. Em tempo de guerra, as pessoas ficam obcecadas com seus próprios passados, com as histórias de suas vidas. É como se começassem a viver tudo novamente, procurando em suas vidas algo que não conseguem encontrar.

Eu já estava exausta e cochilei no banco de trás, deixando a Paulette o trabalho de ouvir e dizer alguma coisa ao nosso motorista, que se chamava tenente Ratié. Os trechos da conversa que consegui ouvir não aumentaram meu respeito pelo exército francês.

Quando paramos em Pontacq, um vilarejo rural com uma longa cadeia de montanhas erguendo-se por perto, eu já estava descansada e bem desperta. A adrenalina subiu quando vi que tínhamos parado bem em frente a um quartel de polícia. Era um prédio feito de pedra com janelas de venezianas. Paulette segurou minha mão, como se fosse uma menina assustada.

— As meninas me esperem aqui — disse o tenente, entrando no prédio.

O instinto de Paulette mandava que fugíssemos, mas eu confiei em nosso tenente falastrão. Pouco depois, ele surgiu de volta, ladeado por dois policiais obesos.

— Essas mulheres são refugiadas belgas — explicou ele. — A Gestapo está atrás delas. Vocês dois ficam pessoalmente responsáveis pela segurança delas. — Pela primeira vez ele falava algo sensato.

Já no quartel, mostramos nossos falsos certificados de soltura. (Não mostrei meu passaporte tcheco, que teria complicado ainda mais nossa história.) Eu passara a ser Lise Duchamps. Minha companheira era Paulette Perrier. Até que os nomes eram bonitos. Talvez eu desse para romancista.

O delegado assegurou-nos de que cuidariam de nós e realmente o fizeram. Levaram-nos de carro para uma pequena fazenda que ficava a pouca distância do vilarejo. A mulher do fazendeiro, uma senhora idosa chamada *madame* Derauges, deu-nos as boas-vindas com um entusiasmo forçado, pensando no subsídio que receberia da polícia. Alojou-nos em um barracão tosco de madeira com duas camas que ficavam ao lado da horta; tinha o teto bem alto, um jirau para guardar feno e janelas quebradas. Mas teríamos privacidade e o lugar não era desconfortável. Naquela noite comemos nossa primeira refeição decente havia vários meses: fatias grossas de toucinho, pão fresco e uma salada de rabanetes, dente-de-leão e sal.

— No final da estrada vocês vão ver uma fonte pública — disse *madame* Derauges. — Tomem banho e lavem suas roupas lá. E não se esqueçam de fechar o portão! Nós criamos galinhas e, se elas se soltarem, será impossível achá-las de novo.

Madame indicou a privada que ela e o marido usavam, em uma casinha, e disse:

— Aquilo não é para vocês. Usem a horta mesmo. É bom para as plantas.

Quando os policiais saíram, a velha começou a falar mais livremente:

— Ninguém sabe onde os alemães estão — disse ela. — A gente ouve é muito boato. Não tenho a menor ideia se vocês estão bem escondidas aqui. Que segurança tenho eu mesma? — Ela virou a cabeça de lado e disse, quase ameaçadora: — Não sei se eu vou

A TRAVESSIA DE WALTER BENJAMIN · 143

mentir para proteger vocês. Esta fazenda... é tudo que a gente tem no mundo. Eu não posso arriscar, vocês sabem. — O marido dela não aparecia, mas ela sempre se referia a "nós". Pelo jeito ele estava na casa de uma filha em uma aldeia próxima. Parece que tinha brigado com a mulher pouco antes da nossa chegada.

Ficamos por lá mesmo quase toda a semana. Depois de Gurs, era agradável voltar a uma vida que se assemelhava a algo normal. Lavávamos nossas roupas na fonte, ajudávamos a velha nos trabalhos da fazenda, cozinhávamos bastante. Na segunda semana, ao anoitecer, caminhávamos até o vilarejo e nos sentávamos em um banco sob uma enorme tília para conversar com os habitantes locais. De vez em quando passavam alguns refugiados, geralmente em grupos pequenos, como fantasmas. Fazíamos perguntas a eles sobre o desenrolar da guerra. Várias mulheres de Gurs passaram por lá e assim ficamos sabendo que pouco depois de nossa fuga o campo foi desmontado. As mulheres foram espalhadas como ração de galinha, jogadas de qualquer jeito pelas redondezas. Certa vez um grupo de soldados de várias unidades diferentes passou pelo vilarejo, mas até eles pareciam ignorar o que estava acontecendo. Um deles chegou a me afirmar que a guerra tinha acabado!

— Vou voltar para Paris — disse ele. — Minha mãe vai ficar muito feliz.

Certa noite uma motocicleta parou junto ao banco onde Paulette e eu estávamos sentadas e nós não pudemos acreditar no que víamos. Era Alfred Sevensky, um polonês que nós duas conhecíamos de Paris. Quando a guerra começou, ele se alistou na Legião Polonesa, que enfrentou os alemães quando eles marcharam sobre Paris. Ele nos contou que a Legião tinha sido totalmente desbaratada próximo ao Somme; os que não foram mortos, feridos ou presos estavam fugindo, como ele. Alfred ficou conosco algum tempo. Era estranhamente reconfortante estar com alguém que conhecíamos, ainda que superficialmente, de um tempo anterior àquele, um tempo mais feliz.

Num final de tarde o ônibus que veio de Pau, uma cidadezinha próxima, parou na praça de Pontacq e dele saiu um pequeno grupo de refugiados. Embora a possibilidade de haver alguém conhecido fosse muito pequena, ficamos atentas. Afinal de contas, várias dessas pessoas estavam ali como nós. Meu olhar se fixou em um homem extremamente magro, de cabelos brancos longos e olhos amarelados; apoiava-se em uma bengala e veio em nossa direção. Subitamente Paulette agarrou-me o braço com força.

— O que foi? — perguntei.

— Estou vendo coisas!

— De que você está falando?

— Meu pai!

O velho era mesmo o pai dela. Der Alte, como o chamávamos, O Velho. Ele tinha conseguido chegar a Gurs procurando a filha e continuara procurando. Foi um milagre encontrá-la.

Obviamente, aquele foi um momento de grande emoção para ambos, mas o que me surpreendeu foi a tranquilidade do encontro, a maneira como dominaram as fortes emoções. Os dois caminharam em câmera lenta até se abraçarem e ficaram assim por algum tempo, muito quietos. Eu podia ver os olhos de Der Alte, amarelos como o sol do final de tarde, olhos sujos e gastos, com um leve toque selvagem, como os olhos de um leão.

— Vamos — disse eu, por fim. — Vamos levar Der Alte para casa. Ele parece estar com fome.

— Por favor — disse ele. — Precisamos ir logo para Lourdes. Os alemães estarão aqui dentro de um ou dois dias.

— Nós podemos nos esconder na mata — disse eu. — Eles nunca nos acharão.

Der Alte sacudiu a cabeça. Paulette e eu poderíamos passar por francesas, mas não haveria como escondê-lo. Ele era um judeu alemão: não restaria a menor dúvida quanto a suas origens.

— Aqui não é seguro — disse ele. — Perguntem às mulheres que vieram no ônibus.

A TRAVESSIA DE WALTER BENJAMIN

Paulette fez o que pôde para tranquilizá-lo e ele acabou concordando, relutante, em ir para a fazenda conosco. A tentação de um bom prato de comida e uma cama para passar a noite foi difícil demais para resistir. Ele estava viajando havia vários dias, sem se alimentar nem descansar o suficiente; de fato, estava à beira de um colapso quando nos encontrou.

No mesmo ônibus veio também Joseph Kaminski, outro polonês. Contou-nos histórias terríveis de sua fuga de um campo que foi invadido pelos alemães. Ele também foi para casa conosco naquela noite e fizemos uma fogueira, onde fritamos toucinho defumado e assamos batatas. Para minha grande surpresa e ainda maior alegria, ele disse que tinha visto Hans e foi com muita emoção que vi confirmado o que, no fundo do coração, já sabia: Hans estava vivo.

Dei-lhe uma carta para entregar a Hans, com meu endereço. Estava escrita em código, é claro, com um nome falso que ele reconheceria. Muitas cartas circulavam entre os refugiados dessa maneira, que era, afinal, um sistema eficiente. Mandei mensagens para uma dúzia de pessoas nos poucos dias que se seguiram. Não demorou e recebi outra confirmação de que Hans estava vivo.

O bilhete veio de meu irmão, ele mesmo refugiado, em poucos dias.

"Seu marido foi visto andando de bicicleta entre Limoges e Montauban", escreveu ele com sua caligrafia inconfundível. Para mim era o suficiente.

A decisão a tomar passou a ser de quando partiríamos naquela direção. A decisão de partir já estava tomada. A princípio, no início do verão, os refugiados saíam aos poucos, como um fio de água. Em meados de julho o fio de água já havia se transformado em um grande rio, porém, antes de nos juntarmos a essa corrente humana de sofrimento e medo, achamos que seria conveniente testar as águas. Certa manhã Paulette e eu pegamos uma carona para o interior com dois jovens que estavam em um caminhão de suprimento militar. Eles nos fizeram perguntas sobre nossas origens.

— Então vocês vieram do Norte? — perguntou o motorista.

— Da Bélgica — disse eu.

— De que lugar da Bélgica? Eu tenho um primo que mora lá.

Ele percebeu que nós estávamos mentindo, mas eu resolvi continuar o jogo. Mencionei o nome de uma cidade, sem dar muita importância à pergunta.

— Ah, é lá mesmo que meu primo mora. Você sabe onde fica o posto de gasolina em frente à prefeitura? — Seu amigo ria de orelha a orelha. Eles eram espertos e estavam querendo nos pegar.

— Vocês não estão sendo gentis conosco — disse eu, repreendendo-os com ar de quem não quer falar tudo. — É assim que vocês tratam as mulheres de prisioneiros de guerra?

Para minha surpresa, esse pequeno estratagema funcionou: eles pararam de rir e a conversa terminou. Fez-se um silêncio constrangedor no resto da viagem, mas isso era preferível a falar com aqueles palermas.

Era uma manhã orvalhada, com a luz do sol banhando o feno e as grandes extensões de campo plantado de grãos. Havia tendas de cor parda espalhadas pelo campo com catres enfileirados do lado de fora. A maioria dos soldados preferia dormir ao relento. Talvez as estrelas lhes dessem algum conforto; aqueles pontinhos de luz eram imutáveis, apesar das loucuras que se passavam na Terra. Alfred falava muito sobre o conforto que a natureza representa em tempos de guerra e eu pude compreender por quê. Há coisas que nos foram dadas e que não poderão ser tomadas de nós.

Descemos em Tarbes, perto de uma encruzilhada que se tornara um lugar de refugiados e também um bom lugar para se procurar informações sobre nossos maridos. Fui de um por um, tentando descobrir se alguém tinha visto ou ouvido falar de Hans. Eu estava desesperada e devorava avidamente qualquer migalha de informação. Tivemos informações recentes sobre o êxodo de Paris, sobre os milhões de pessoas apanhadas na correnteza da

A TRAVESSIA DE WALTER BENJAMIN

história que seguia para o Sul, alimentada também por pequenos riachos humanos que atravessavam o campo. Todos tentavam fugir da França, mas restavam poucas saídas. E ninguém duvidava de que, em breve, essas se fechassem também.

Puxei conversa com um oficial francês muito atraente que estava de pé ao lado de um carro italiano. Ele pareceu gostar de mim, por isso pedi uma carona.

Com um sorriso franco, ele disse:

— Vamos lá, venham as duas.

Partimos de Tarbes em grande estilo, Paulette e eu gozando do luxo de bancos forrados de couro vermelho. Parecia absolutamente seguro estar andando com um oficial em um carro tão elegante. Os refugiados, arrastando-se com dificuldade pelas estradas, olhavam ansiosos ao nos verem passar. Uns dois chegaram a acenar para nós, instintivamente. Nas pessoas bem-educadas, as convenções sociais sobrevivem ainda por muito tempo depois que seu conteúdo se esvaziou de todo significado. Por outro lado, era recomendável acenar para qualquer um em tempo de guerra, amigo ou inimigo. Garantir-se era um bom hábito a adquirir então.

Chegamos a uma ponte a menos de 2 quilômetros da cidade e meu estômago se contraiu quando vi um bloqueio militar. É agora, disse a mim mesma. Paramos e um soldado veio pedir os documentos do oficial.

— Vai ser preciso voltar daqui, senhor — disse o soldado depois de examinar os papéis. — Tenho ordens estritas. Ninguém pode passar.

— Eu vou passar — disse o oficial.

— Por favor, senhor. Estou cumprindo ordens. — Ele olhou preocupado para nós duas no banco de trás. — Tenho ordens para atirar — disse ele, apontando o fuzil para o chão de forma ameaçadora.

O oficial sacou seu revólver rapidamente e apontou-o para o soldado.

— Vou atravessar a ponte — disse ele.

O soldado deu alguns passos atrás e nosso carro partiu em disparada.

Achando que pudessem vir tiros pelo vidro de trás, baixei a cabeça. Mas nada aconteceu. Estávamos a salvo novamente. Um novo milagre nos salvara.

A poucos quilômetros de Pontacq, o oficial nos disse para descer do carro em um cruzamento.

— As senhoras só precisam atravessar o campo — disse ele — e dentro de uma hora estarão em Pontacq.

Agradecemos e começamos nossa caminhada pelo meio de um campo de centáureas azuis. Abelhas zumbiam em nossos ouvidos e borboletas se espalhavam à nossa passagem. À beira de um açude onde paramos para beber água, vimos uma mulher, que devia ter minha idade, sentada sob um grande carvalho, lendo um livro em alemão. Quando meus olhos se acomodaram à sombra, vi que era Hannah Arendt, que eu já encontrara em várias oportunidades em Paris. Ela havia estudado em diversas universidades e diziam que era muito brilhante.

Depois de ouvir um breve relato de suas andanças nos meses anteriores, convidei-a a ir conosco para Pontacq.

— Acho que é mais seguro viajar só — disse ela. — Seja como for, prefiro assim.

Tentei persuadi-la a juntar-se a nós, mas ela foi irredutível. Então a deixamos lá, lendo à sombra do carvalho que se espalhava pela relva e deixava seu rosto salpicado de pontos de luz. Foi um desses encontros especiais que se guarda na memória para o resto da vida.

O desejo aflito de Der Alte de ir a Lourdes mexeu conosco e resolvemos acompanhá-lo. Como disse Arendt, chamaria menos atenção se viajássemos a sós ou em duplas, portanto Paulette e eu decidimos esperar alguns dias. Combinamos um encontro com Der Alte e Alfred na praça principal da cidade em determinados

A TRAVESSIA DE WALTER BENJAMIN

dia e hora. Ficar em Pontacq, por mais confortável que fosse, não seria uma solução permanente, pois os alemães estavam cada vez mais perto. Ninguém mais duvidava disso.

Entramos em Lourdes encarapitadas nos guidões de duas bicicletas, de carona com dois soldados bondosos desde os arredores da cidade. Eles diziam que éramos suas namoradas. Isso nos ajudava sempre que passávamos por alguma barreira militar: os soldados piscavam e mandavam que seguíssemos em frente. Qualquer toque de romance era bem-vindo naqueles dias tristes.

A cidade fervilhava com refugiados, soldados desgarrados, homens e mulheres tidos como mortos muito longe dali. Paulette e eu fomos caminhando de braços dados por uma ampla avenida apinhada de gente, parando aqui e ali para apertar nossos narizes contra as vitrines das confeitarias.

Todas as cidades importantes da Europa tinham criado Centros de Acolhida para receber refugiados, mas recomendaram-nos ficar sempre longe deles; quem não tinha passaporte válido estava sendo preso e enviado para campos de recolhimento. Os que tinham sorte eram simplesmente mandados embora, sem destino e sem provisões.

Como tínhamos planejado, encontramos Alfred. Ele tinha encontrado um quarto de hotel para nós, conseguindo enganar as autoridades locais. Eu o saudei pela eficiência. Tínhamos todos ficado tão espertos que já nos julgávamos capazes de conseguir qualquer coisa! Se os alemães me pegassem, eu tinha planejado dizer que era prima de Hitler, vinda da Áustria. Toda a árvore genealógica de Hitler estava em minha cabeça. E por que não? Quem se arriscaria a matar uma prima dele? Haveria sempre a possibilidade de eu não estar mentindo. Será que alguém correria esse risco?

O quarto do hotel era glorioso, com torneiras que funcionavam, um espelho de corpo inteiro, com moldura dourada e tudo, apesar de lascada, um bidê com cortininha. As camas tinham lençóis limpos que cheiravam maravilhosamente a sabão e havia toalhas para todos. Conseguia-se até um fiozinho de água morna da torneira!

Com certeza estávamos com sorte. Conseguimos encontrar Der Alte naquele mesmo dia. Quando ele viu o quarto do hotel, seu rosto se encheu de alegria.

— Está vendo? Você precisa sempre ouvir o seu pai — disse ele. — Eu disse que Lourdes era o lugar para nós! Estou muito feliz aqui.

Tudo estava maravilhoso ali, mas sabíamos que era temporário. Até mesmo em Lourdes não se estaria livre dos alemães para sempre.

Mas enquanto ficávamos por lá, eu ia à agência dos correios todos os dias perguntar se havia correspondência para Lise Duchamps, que era o nome que eu dera a Hans para correspondência. Em um sábado à tarde vi minha perseverança recompensada. Havia um telegrama dizendo que Hans me aguardava em Montauban. A assinatura tinha um nome falso e o telegrama estava endereçado à própria agência dos correios.

Minha ideia era irmos todos para Marselha o mais rapidamente possível. Lá era o único lugar onde se poderia ter esperanças de encontrar passagens para a América, Cuba ou qualquer outro país distante daqueles cães negros que latiam atrás de nós, já nos chegando aos calcanhares. Escrevi para Hans dizendo isso e me pus a procurar passagens de trem para Marselha. Disse a ele que nos encontrasse em Toulouse, embora esse encontro dependesse de conseguirmos salvos-condutos. Disseram-me que seria possível consegui-los do Commandant Spécial Militaire de la Gare de Lourdes, portanto parti à sua procura.

Era um homenzinho miúdo, de rosto bem barbeado e cheirando a loção de cabelo. Paulette e eu nos apresentamos como sempre, dizendo que éramos belgas.

A TRAVESSIA DE WALTER BENJAMIN   151

— Posso ver seus documentos, por favor? — perguntou ele, acrescentando: — Ficar-lhe-ia muito grato. — Aquela forma gentil de falar era surpreendente e rara. A guerra tinha um jeito de descartar todas as delicadezas, pondo em seu lugar maneiras rústicas de falar: "Dê-me isso! Não toque nisso!"

— Receio que tenham se perdido na fuga — disse eu.

Ele me lançou um olhar compreensivo.

— As senhoras têm algum papel que eu possa ver?

Entreguei-lhe nossos certificados de soltura de Gurs, já com jeito de documento velho, bem como a *carte d'identité* amassada de Der Alte.

Ele nos olhou demonstrando tristeza.

— Sinto muito — disse ele. — Gostaria de poder ajudá-las. Mas aqui eu sou responsável apenas pelo transporte de militares, nada mais.

Algo em sua voz, talvez uma certa hesitação, deu-me coragem para insistir.

— Escute, *mon capitaine* — disse eu. — O senhor precisa nos ajudar. Vou dizer-lhe a verdade: estamos fugindo dos nazistas. Fomos forçadas a fugir do nosso país e viemos para a França porque aqui os exilados políticos sempre foram bem recebidos. Hitler é nosso inimigo tanto quanto é seu.

Com um ar preocupado, o homem pegou um carimbo na gaveta e carimbou, um a um, nossos documentos. Escreveu POUR MARSEILLES em grandes letras azuis em cada folha e assinou seu nome.

— Isso pode dar certo, mas também pode não dar. Não sei dizer. De qualquer maneira, vocês têm que tentar. Boa sorte.

Comecei a agradecer, mas ele fez sinal para que eu saísse dali.

— A senhora não deve me insultar com seus agradecimentos. Sou cidadão francês e oficial do exército. Nós temos agido muito mal nesta guerra. Na verdade, sou eu que sou seu devedor.

Jamais me esquecerei daquele homem. Era um francês de verdade, não um porco traidor como Pétain, Weygand ou Laval. Ele me deu coragem.

Naquela noite escrevi para Hans explicando nosso plano e alguns dias depois tomamos o trem para Marselha, que fez uma parada em Toulouse no meio da manhã; Hans deveria encontrar-se conosco lá. Para meu horror, ele não estava na estação como planejáramos.

Disse a Paulette, Alfred e Der Alte que eu não iria a lugar algum sem Hans e eles sabiam que eu falava sério. Concordaram em esperar na estação enquanto eu ia de trem até Montauban, que ficava próximo.

— Se você não chegar a tempo de tomarmos o último trem, isso significa que não virá mais? — quis saber Paulette. A pobrezinha torcia as mãos ao me fazer essa pergunta.

— Isso significa que morri — disse eu, séria.

Pouco mais de uma hora depois, em Montauban, encontrei-me por acaso com uma pessoa conhecida, o irmão de um amigo, que me disse que Hans estava morando em um palacete em construção em uma colina a oeste da cidade. Parti para lá a pé, ora correndo, ora andando. Por todo o trajeto eu ensaiava, em pensamentos, o que poderia acontecer quando eu me encontrasse com Hans. Era uma cena que eu já havia representado mil vezes no teatro da minha mente, variando o script a cada vez.

Dobrei uma esquina e vi o tal palacete a uma distância não muito grande. A estrutura lembrava uma ruína grega. Parecia que o dono tinha começado a obra com planos grandiosos, que incluía jardins requintados e um pátio pavimentado, mas a guerra interrompera seus planos, amedrontando-o ou levando-o à falência, e ele tinha abandonado tudo. De pé junto aos degraus, com os braços cruzados, à frente de uma casa de lindas paredes, sem teto, estava Hans.

A TRAVESSIA DE WALTER BENJAMIN

Nosso encontro ficou guardado em minha memória como uma série de fotografias com pequenos intervalos de tempo: Lisa correndo com os joelhos bem erguidos, a cabeça para trás, tensa. Hans com os olhos fixos, cheios de luz, cheios de emoção. Paredes banhadas de sol, ciprestes muito altos e esguios. A cabeça de Lisa no peito dele, chorando. Hans passando os braços em volta de Lisa. Mãos grandes acariciando as costas dela. Mãos grandes segurando seu rosto. Lisa e Hans beijando-se. Lisa chorando. Hans rindo, olhando para a câmera por cima dos ombros dela.

— Passou-se muito tempo antes que eu me lembrasse de que estava zangada.

— Por que você não foi nos encontrar na estação como planejamos? Já poderíamos estar todos em Marselha agora!

Ele tinha uma boa explicação, é claro. Já havia quase me esquecido de como ele era ágil com as palavras. Precisava de mais alguns dias para conseguir o salvo-conduto e, além do mais, não estava certo de que ir para Marselha era a opção certa. Todo mundo estava indo para lá, inclusive os alemães. Por que não desaparecemos no interior da França? O país era grande e os camponeses estavam escondendo refugiados com sucesso em paióis de feno e porões. Seria possível também desaparecer nas florestas e viver como primitivos: comendo raízes, caçando pequenos animais, bebendo água da chuva. Ideias e mais ideias saíam de seus lábios, que sorriam de um jeito engraçado.

— Por que você não me escreveu dizendo de suas objeções? — perguntei. — Isso está atrasando os outros.

— Não havia tempo. — Ele se afastou um pouco, ofendido. — Você está tão mandona, Lisa. Deu simplesmente uma ordem para eu aparecer em Toulouse. Não é tão fácil assim.

Eu deveria ter adivinhado que Hans não ia querer que lhe dissessem o que fazer. Não era o jeito dele. Até parecia que eu não tinha vivido com ele o suficiente para saber disso.

É preciso que se diga também que Hans tinha certa razão. Corriam boatos de que estavam prendendo as pessoas logo que desembarcavam do trem em Marselha. Quem não tivesse a documentação exigida era mandado de volta da estação.

Dei-me conta de que deveríamos impedir que Paulette, Alfred e Der Alte embarcassem no trem que sairia para Marselha às 17 horas. Já eram 15h30 e não teríamos tempo para conversas.

— Vamos logo! — gritei, agarrando-o pelo braço.

— Para onde?

— Não faça perguntas! Corra!

Depois de uma corrida desabalada, chegamos a Toulouse dez minutos antes da partida do trem.

— Entre logo no trem, em qualquer lugar! — gritou Paulette com a cabeça para fora da janela. — A qualquer momento ele dará partida!

Expliquei rapidamente por que não deveríamos ir para Marselha.

— Se eu fosse acreditar em todos os boatos que ouvisse, não faria coisa alguma. Morreria onde estivesse — disse Der Alte. — Eu vou para Marselha. — Apesar dessa declaração de independência, ele acabou ficando conosco. Àquela altura da guerra ele já estava cansado de andar sozinho.

Voltamos diretamente para Montauban, para o tal palacete. Era um lugar idílico: um acampamento onde ninguém nos importunava. Conseguíamos nossas provisões na cidade e o tempo estava perfeito: fazia calor, mas não demais, e não chovia. Eu não me importava em dormir sob as estrelas e por toda parte as flores nasciam. O mundo natural ignorava a guerra maravilhosamente.

Uma semana depois de nossa chegada, correu a notícia de que a inspeção dos trens que chegavam a Marselha já estava menos rigorosa novamente, portanto decidimos partir enquanto era possível. Hans, mais que todos, estava ansioso em estabelecer contato com as autoridades antifascistas do serviço de emigração. Der Alte

A TRAVESSIA DE WALTER BENJAMIN   155

estava impaciente, certo de que os nazistas já estavam do outro lado da colina que ficava logo atrás do palacete.

— Se ficarmos sentados aqui, seremos mortos. *Kaput* — disse ele. — Vão atirar logo que nos virem.

Alfred também temia ficar ali mais tempo. Só Paulette parecia relutante em se arriscar.

— Aqui está tão tranquilo, temos tanta paz — disse ela, tristonha. — Não quero ir mais a lugar nenhum. Quero ficar.

— Você não pode ficar — disse eu. — Se ficar, eles matam você.

Paulette deu um suspiro.

— Eu gostaria, Lisa, que você não fosse sempre tão *razoável*. Isso já está ficando cansativo.

A viagem para Marselha decorreu sem qualquer incidente, mas quando o trem começou a se aproximar da estação todos foram ficando tensos e silenciosos. Tínhamos combinado que nos separaríamos no desembarque para não chamarmos atenção para o grupo.

— Eu saio primeiro — disse Hans.

— Não. Quem sai primeiro sou eu — disse Der Alte, tirando sua bagagem do compartimento acima do banco. — Os velhos não têm serventia para coisa alguma.

Nós sabíamos que não adiantaria discutir com ele — isso só faria com que olhassem para nós. Nervosos, nós o seguimos com os olhos. Vimos quando desceu na plataforma, ajeitou a gravata e começou a andar em direção ao portão. Em poucos segundos foi abordado por dois policiais, que lhe pediram os documentos.

— *Nix comprend, nix parle!* — gritou ele.

Foi preso ali mesmo. Com surpreendente presença de espírito, entretanto, não olhou para trás enquanto o levavam.

Paulette afundou no banco, tremendo. Estava certa de que jamais veria Der Alte novamente. Hans e Alfred a consolavam.

— Vão levá-lo para dentro da estação e, de lá, para o local onde ficam os refugiados. Vou trazê-lo de volta — disse Hans com sua voz convincente. Não era possível deixar de acreditar quando ele falava e isso acalmou Paulette.

O que Der Alte fez foi distrair os guardas. O resto de nós passou pela estação como se fôssemos invisíveis. Sabendo que não seria possível encontrar acomodações em hotéis, fomos diretamente para Belle de Mai, uma escola onde havia refugiados acampados em um auditório de teto muito alto. Lá não se pediam documentos nem se faziam perguntas. No mais, era um lugar horrível, sem instalações sanitárias e sem água corrente.

— Pelo menos não há ratos aqui — disse eu a Hans, que fora quem insistira em irmos para lá.

— Até os ratos têm um pouco de dignidade — comentou ele.

Todos os que estavam na Belle de Mai tinham o mesmo desejo: sair de Marselha o mais depressa possível — para Portugal, Casablanca, Cuba, Santo Domingo e até mesmo para a China. Ouviam-se histórias de fugas mirabolantes. Não acreditei em uma boa parte delas: deveriam ser invenções perigosas. Insisti em que esperássemos pelo momento certo de partir.

Os dias foram se tornando cada vez mais quentes e insuportáveis. Hans e Alfred procuravam Der Alte sem sucesso. Paulette estava mais nervosa a cada dia, deixando-nos tensos. Eu passava os dias em uma fila em frente ao consulado da Espanha, na esperança de conseguir vistos para sairmos da França. Os rumores de que os alemães tinham invadido Marselha espalharam-se entre os refugiados como fogo em palha seca no verão, aumentando a ansiedade de todos que queriam sair de lá.

A mulher de meu irmão, Eva, ia levar a filhinha para Montpellier, próximo a Port-Vendres, um pequeno porto marítimo junto à fronteira espanhola. Hans achou que eu deveria ir com eles.

— Você poderia ajudá-las a atravessar a fronteira — disse ele. — Ajudá-las a chegar a Portugal. — Enquanto isso ele ficaria auxiliando os outros a conseguir vistos de saída e Paulette a encontrar seu pai.

— Mas Hans — disse eu —, isso é um absurdo! — A ideia de afastar-me dele era insuportável.

— É a melhor coisa a fazer — disse ele. — E a mais segura. Nós nos encontraremos em Cuba, Portugal ou qualquer outro lugar.

— Mas quando? Como?

— Em breve — disse ele, beijando-me a testa. — Isso não será problema. Nós vamos ficar em contato.

Não sei explicar por que eu sempre acreditava no que ele dizia, só sei que acreditava. Hans Fittko era assim mesmo.

Marselha — a goela de uma foca pontilhada de amarelo com água do mar escorrendo-lhe por entre os dentes. Quando sua garganta se abre para receber os corpos marrons e negros jogados ao mar pelas companhias de navegação nos horários estabelecidos, ela exala um fedor de óleo, urina e de tinta de impressão que vem do tártaro endurecido em seus enormes dentes: quiosques de jornal, lavatórios públicos, barraquinhas de ostras.

As pessoas do porto são uma cultura de bacilos; são carregadores e prostitutas que brotam da decomposição contínua da cidade e assemelham-se a seres humanos. Mas a cor predominante na palheta do pintor é o rosa, que é a cor da vergonha aqui em Marselha, e da pobreza também. Os corcundas vestem-se de rosa, bem como as mulheres que pedem esmolas. E as mulheres imundas andando para cima e para baixo pela rue Bouterie têm a coloração que lhes é dada pelas únicas peças de roupa que usam: roupas íntimas cor- -de-rosa pálido.

Walter Benjamin

7

Benjamin retornou a Paris em novembro e encontrou a irmã, Dora, sozinha e em um semiesconderijo no apartamento dele na rue Dombasle. A princípio ela não abriu a porta. Só depois de ele gritar várias vezes pelo buraco da fechadura foi que ela se convenceu a abrir a porta para o irmão.

— Walter! Você está vivo?

— Olhe para mim — disse ele, de pé à porta. — Você chama isso de vivo?

Ele emagrecera muito no campo de Nevers e seus braços e pernas, com pouca substância, pareciam fantasmagóricos. Seus olhos tinham sido engolidos por crateras de pele. Só o que não mudara era a barriga, que ele portava como quem leva um feto não desejado; sua barriga lançava-se para a frente, como um volume inorgânico acima de suas pernas magrinhas.

— Você está doente, Walter. Veja como está. — Os dedos dela tremiam ao tocar a face azulada e por barbear do irmão.

— Todo mundo está doente.

Ela serviu uma tigela de sopa aguada com algumas massinhas flutuando em meio a pedaços de gordura de galinha. Ele devorou um pão grande e mofado sozinho.

— Estou muito feliz em ter encontrado você — disse ele. — Cheguei a temer que você fizesse alguma loucura, sabe?

— Fazer o quê? Ir embora? Para onde eu poderia ir?

Benjamin limpou os lábios com um guardanapo amarelado pelo tempo que tinha sido levado da casa dos pais em Berlim.

— Precisamos partir imediatamente — disse ele. — Encontrei-me com Jules Romains na estação e ele disse que havia barcos saindo de Marselha para Cuba. São cargueiros com bastante espaço para passageiros. Dizem que são bem confortáveis.

— Faz calor em Cuba — disse ela — e lá é cheio de insetos voadores e de cobras venenosas. O que é que você quer fazer em Cuba?

— Vou comprar os bilhetes.

— Eu não quero bilhete nenhum para Cuba.

Ele se levantou apoiado nas duas mãos.

— Então eu vou sem você, Dora!

Quando o momento de raiva passou, ele a olhou, triste.

Sabia que não iria para Cuba sem ela; sabia também que ele próprio não iria para Cuba. Falava apenas da boca para fora, e Dora já havia percebido que ele estava blefando. O que ele queria realmente era morar em Nova York, a capital da metade final do século. Dois anos antes, quando visitava Brecht em sua casa na Dinamarca, ele havia entrado no quarto do filho do dramaturgo e vira um mapa de Manhattan colado na parede. Ele estudara o mapa cuidadosamente, esquadrinhando aquela incrível malha de ruas numeradas, reparando no voltear azul das águas que fazia a cidade flutuar. Seus olhos tinham se fixado no Central Park, uma ilha verde em meio a tanta civilização cinzenta. Ele podia se imaginar sentado naquele parque a ler um livro ou mesmo a escrever em seu diário, apoiando-o nas pernas. Benjamin tinha ouvido Teddy Adorno falar sobre o Central Park e já amava aquele lugar que sequer conhecia.

— A guerra vai acabar dentro de um mês, ou pouco mais — disse ele a Dora, com pouca convicção. — Espere só para ver.

A TRAVESSIA DE WALTER BENJAMIN 163

Não há necessidade de toda essa aflição. — Ele olhou para Dora e teve pena dela. Ela estava abatida e fraca, sem condições de cuidar de si mesma naquele mundo terrível. Queria poder ajudá-la, mas deu-se conta da sua incapacidade para tanto; ela era adulta e ele não era pai dela. Ocorreu-lhe também que possivelmente ela não sobreviveria àquela guerra.

— O que é que você vai fazer, Walter?

— Em relação a quê?

— Aqui, agora que você voltou.

— Minha pesquisa — disse ele. — Não vejo motivo para interrompê-la agora. O projeto está quase chegando ao fim. A maior parte do texto já está pronta, veja bem. — Ele olhou em direção à porta, onde sua pasta volumosa repousava contra a parede, como um pequeno animal prenhe.

— Você só consegue pensar em si mesmo — disse ela. — Sempre foi assim. Mamãe sempre dizia: "Desde que ele faça o que quer, estará feliz."

Benjamin não se importava com o que a irmã dizia, como também não tinha se importado com a mãe, sempre que isso lhe foi possível. As duas se pareciam muito: estavam sempre falando, dizendo tolices, criticando. A mãe costumava falar tanto, sobre coisas absolutamente despropositadas, que Benjamin aprendera, desde cedo, a desenvolver uma vida interior interessante e a viver em sua imaginação. O interior de si mesmo ainda era o melhor lugar para ir, principalmente quando no exterior havia alguém pressionando, irritando.

— Você não está me ouvindo, Walter? — disse Dora.

— Estou, sim.

— Você simplesmente me ignora. Sempre me ignorou.

Benjamin não respondeu.

Naquela noite, sentiu um grande alívio ao deitar-se em sua própria cama novamente, por mais estreita e desconfortável que fosse. Embora estivesse exausto, procurou conforto na leitura de Proust por pouco mais de uma hora até adormecer, deixando acesa toda a noite a lâmpada nua que pendia de um fio sobre sua cama.

Na manhã seguinte, em lugar de começar logo a trabalhar na biblioteca, ele saiu andando pelas ruas da cidade para se deleitar com a visão de lugares conhecidos. No alto de Sacre-Coeur, onde foi para apreciar a vista, ocorreu-lhe uma passagem de *Paris vécu*, de Daudet: "Contemplar-se do alto esta cidade de palácios, monumentos, casas e telheiros que parecem ter sido assim dispostos pensando-se em um cataclismo, ou vários cataclismos." Ao meio-dia, comendo um croissant e um pedaço de presunto que seriam seu almoço, sentou-se em um banco dos Jardins de Luxemburgo e pôs-se a ler, satisfeito, um livro de Baudelaire.

Naquela tarde o médico o examinou e os resultados não foram bons. Seu coração já estava fraco antes e aqueles meses desgastantes em Nevers tinham-lhe causado mais danos. Benjamin precisava tratar-se como um inválido, descansando frequentemente, não caminhando mais do que o estritamente necessário. Teria que parar de fumar também. O médico insistiu nessa recomendação.

Mas ele não conseguiria parar de fumar e certamente continuaria a caminhar pelas ruas de Paris enquanto vivesse lá. Para que mais serviam as ruas? Como que para desafiar o médico, ele perambulou pelos embarcadouros do rio Sena todos os dias das semanas que se seguiram, parando para admirar seus prédios favoritos, como o Hôtel de Ville, aquela sede do governo tão rica em história e emoção. Aquele era um lugar onde as revoltas gravitavam naturalmente, como havia ocorrido em 1357, quando Étienne Marcel, o rico negociante de tecidos que se transformou em revolucionário, invadira a prefeitura em uma tentativa de levantar os camponeses de toda a França contra seu rei despótico, Carlos V. Novamente em 1789, depois da queda da Bastilha, os manifestantes haviam invadido em massa a prefeitura e, durante todo o período da Revo-

A TRAVESSIA DE WALTER BENJAMIN 165

lução, o prédio ficou nas mãos da Comuna. Foi ali que Robespierre levou um tiro no queixo, dado por um de seus inimigos um dia antes de ser guilhotinado naquele verão frenético de 1794. Aquele nobre prédio havia recebido o novo imperador, Napoleão, em 1851. E algum dia talvez recebesse um novo imperador, Adolf Hitler.

Benjamin sabia que Paris acabaria caindo, mas não conseguia imaginar a situação, isto é, não conseguia traduzir aquele conhecimento abstrato em imagens que pudessem levá-lo a agir. Os amigos insistiam com ele para que fugisse, é claro; aquilo já se tornara uma rotina em suas conversas e, a cada vez, ele tentava explicar que primeiro teria que completar sua pesquisa das arcadas. Ele tinha recebido seu novo cartão para frequentar a Bibliothèque Nationale no dia 11 de janeiro de 1940 e foi com extrema leveza de alma que entrou no grande prédio, sentou-se sob a esplêndida cúpula colorida e recomeçou a trabalhar em seu lugar de sempre, uma longa mesa protegida por um afresco verdejante de Desgoffes.

A luz inundava a sala entrando pelas janelas voltadas para o norte e formava poças luminosas em suas anotações. Ele tinha vários projetos que precisava completar. O mais urgente e importante era o livro sobre as arcadas, no qual ainda precisava trabalhar; ainda assim, parecia-lhe um milagre que tivesse chegado onde chegou. Mais um ano e pouco de muito trabalho e ele estaria pronto. O estudo sobre Baudelaire estava ficando pesado em seus cadernos, embora ainda lhe parecesse apenas esboçado; ele tinha começado com um retrato de Paris durante o Segundo Império e esperava dar continuidade com um levantamento da poesia à luz da experiência do poeta com o alto capitalismo. Algumas questões sobre o destino da poesia ocorreram-lhe de súbito quando estava ali sentado. Como poderia aquela arte tão requintada e frágil competir com a tecnologia moderna ou com a alta tecnologia aplicada à arte? Estaria a poesia condenada à marginalização, como tantas outras coisas que ele amava?

Benjamin virou uma página e viu um esboço que havia desenhado: o anjo da história, baseado na gravura de Klee. Por que motivo aquela figura o obcecava? Sem ter planejado, movido por um sentimento de urgência e quase a contragosto, ele se descobriu escrevendo um ensaio sobre a filosofia da história no final do seu caderno de notas, enchendo as páginas de trás para a frente. Ele sempre trabalhava melhor daquela maneira: escrevendo nas margens dos textos, movido por um ímpeto, por uma imagem, uma aflição estranha que ele precisava aplacar com a linguagem exata, com um torvelinho de palavras em uma folha. Sua força como crítico encontrava-se em explosões fugazes de *insight*, não na argumentação sistemática, planejada e executada em grande escala. Esse ensaio, portanto, situou-se no melhor de sua forma.

Sua visão da história parecia estar se transformando sob seus próprios pés. Ele já não mais podia acreditar "na concepção do progresso como tal". Na verdade, aqueles últimos anos pareciam mais de regressão do que de progresso e as grandes especulações como as de Marx pareciam ter se tornado cada vez menos relevantes. Não era preciso ser profeta para ver que tanto a economia capitalista quanto a socialista eram profundamente egoístas e tinham por base a exploração da natureza. A tecnologia se desenvolvera a tal ponto que a natureza podia ser praticamente submetida ao homem, e somente um desenvolvimento tecnológico igualmente pujante voltado para o campo social poderia contê-la. Porém, com esse novo desenvolvimento tecnológico, viria o perigo do totalitarismo. Ausência de controle ou controle total: as alternativas eram igualmente desanimadoras.

A única esperança que ele podia ainda ter estava no trabalho humanizado, o trabalho que, "em vez de espoliar a natureza, seja capaz de despertar o potencial criador que ainda está adormecido dentro dela". Mas esse tipo de trabalho só poderia existir no contexto de uma revolução genuína, uma revolução que fosse de fato um "salto no espaço aberto da história". Havia urgência para "a espécie

A TRAVESSIA DE WALTER BENJAMIN 167

humana agarrar a alavanca de emergência desse trem condenado em que viaja na história". Mas qual seria realmente a cara dessa revolução? Os nazistas tinham sua própria concepção, é claro; os stalinistas tinham outra. Ambas eram terríveis. Como se poderia evitar que qualquer revolução se transformasse em pesadelo?

Benjamin tinha a sensação de que havia luzes brilhantes iluminando o caminho, mas estavam fora dos limites de sua visão; ele podia até sentir-lhe o calor, porém não enxergava a luz. A verdade parecia afastar-se mais e mais enquanto ele tentava concretizar sua ideia no papel. Como sempre, ele formulava e reformulava compulsivamente suas ideias, na esperança de aproximar-se, a cada nova versão, de uma expressão que fosse idêntica à verdade. Mas isso era muito difícil. Às vezes parecia-lhe que o problema se encontrava no próprio status ontológico da linguagem: ela não é realidade. As palavras e as coisas só se abraçam em raras ocasiões e, ainda assim, costumam fazê-lo com um certo desconforto. E o que é a história senão palavras, uma fileira imperfeita de vocábulos que devem ocupar o lugar de algo supostamente mais real? Como vinha acontecendo com frequência naqueles dias, Benjamin descobria-se chorando enquanto escrevia, lutando contra suas próprias limitações como pensador, como ser humano.

Uma dessas limitações era sua irresistível atração pelo erotismo. Ele não conseguia raciocinar com lucidez se estivesse frustrado ou excitado sexualmente. Uma jovem estudante da Sorbonne passara a sentar-se, havia pouco, a uma mesa próxima à dele no salão Labrouste e aquilo se tornara um problema. A moça tinha cabelos louros e curtos como os de Asja e os mesmos olhos verdes. Seus dentes, perfeitos, brilhavam como gelo. Seus braços longos, quando nus, tinham um brilho de alabastro e pelos tão suaves como a seda do milho. Suas unhas se mostravam ousadamente sem pintura. E quando ela se ria, inclinava a cabeça de lado, novamente fazendo-o pensar em Asja. Benjamin olhava-a com deleite, estudando suas mínimas mudanças de expressão enquanto ela lia ou fazia anotações.

Mas nunca dirigiu-se a ela e sempre que a moça erguia a cabeça ele desviava os olhos, fingindo que os tinha fixos em um ponto distante.

Acrescendo-se a essa, as frustrações de seu trabalho pareciam tirar-lhe as forças e ele voltava cambaleante para a rue Dombasle, convencido de que essas pressões provocavam-lhe falta de ar e aperto no peito. A dor costumava começar na boca do estômago e depois subia sorrateiramente pelas costelas, cercando seu coração como uma tropa de demônios que espetavam seus tridentes no pobre órgão combalido. Cada vez que inspirava o ar, seu coração doía, sentia-se tonto e seus joelhos fraquejavam. Sentia formigamento nos pulsos e às vezes a vista se turvava. Era como se seu corpo se rebelasse contra a brutalidade do mundo exterior, uma força que, de dentro dele, se contrapunha à brutalidade de fora.

Benjamin parou de ler jornais. Parou até de prestar atenção aos boatos. Já estava farto de ouvir dizer que os alemães estavam chegando. Na noite de 15 de junho, entretanto, ficou claro para ele que teria que partir. Até Dora já queria ir-se dali. "O que é que estamos fazendo neste lugar?", perguntou ela, como se subitamente despertasse para a realidade.

Georges Bataille havia prometido cuidar do material da pesquisa que Benjamin coletara para o projeto das arcadas. Isso o deixava mais aliviado. A versão mais recente — a única que estava completa — permaneceria em sua pasta, apesar do incômodo que seria carregá-la de um lado para outro do mundo, para Cuba, Buenos Aires ou o polo sul. Ele quase se imaginava mais feliz lá mesmo na Antártica, cercado de neve, isolado do mundo pelas geleiras. Deveria ser relaxante contemplar o fim da natureza orgânica, imaginar a estase, agora que tudo que crescia parecia ser maligno. Até mesmo os afrescos de Desgoffes na sala de leitura tinham se transformado, em sua mente, em um pesadelo da natureza em excesso, um exemplo de multiplicação celular desenfreada, de crescimento sem limites. Ele precisava afastar-se dali, distanciar-se o mais possível.

A TRAVESSIA DE WALTER BENJAMIN

A cabeça de Dora trabalhava obsessivamente em busca de um lugar para onde irem, agora que precisavam realmente partir.

— Todas as minhas amigas foram para Lourdes. Ouvi dizer que é muito agradável lá — disse ela.

Benjamin não chamou atenção para o fato de ela só ter uma amiga, Emma Cohn, que havia sido sua colega de escola em Berlim. Ela escrevera dizendo que o lugar "não era mau, quando comparado a outros lugares".

A ideia de ir para Lourdes agradava Benjamin também. Lourdes era um lugar de esperanças. De fato, várias gerações de enfermos tinham ido para Lourdes na esperança de cura. A cidade tornara-se um porto para refugiados. A gente boa de lá parecia gostar de peregrinos; recebia-os oferecendo alimentos e abrigo. Era como se lhes coubesse, na vida, receber os outros e cuidar deles. A Benjamin coubera — pelo menos assim ele pensava então — ser recebido e precisar de cuidados. Ele era o perpétuo visitante, o indivíduo em trânsito. Ele era — ousaria dizê-lo? — o Judeu Errante. "Em épocas difíceis", escreveu ele para Max Horkheimer em Nova York, "nós nos encontramos com a essência de nós mesmos. Os lineamentos da alma emergem, como ossos espetando a pele encolhida".

Horkheimer e Adorno supostamente tentavam conseguir um visto para ele no consulado dos Estados Unidos, um pedacinho de papel oficial que o libertaria de sua miséria. Benjamin enviou-lhes um bilhete urgente: *Uma carta do consulado certificando-me de que posso contar com um visto para muito em breve seria da maior importância para mim.* Será que eles não percebiam a natureza absoluta daquela necessidade?

Benjamin não conseguia compreender a pouca receptividade de seus amigos em Nova York. Há tão pouco tempo eles o encorajavam tanto a ir! Na verdade, um pequeno subsídio do Institute for Social Research, que eles controlavam totalmente, o mantivera em tempos difíceis. Mas os tempos estavam ainda mais difíceis e ele já não dispunha mais de economias. Segundo Horkheimer, o Instituto também tinha problemas financeiros. Se esse fosse mesmo o motivo, então ele não podia ter esperanças de receber mais alguma quantia. De fato, havia oito meses ele não recebia um cheque de Nova York, apesar de Teddy Adorno ter prometido que, no mínimo, pagaria pelo ensaio sobre Baudelaire. Mas quando? E agora, que ele precisava deixar Paris, como o dinheiro iria encontrá-lo?

— Teddy está usando você, como sempre — disse Dora.

— O que você diz é uma impropriedade, Dora. Como é que ele pode estar me "usando"? — perguntou ele, erguendo a voz. — Eu não teria podido viver esses últimos anos sem o Instituto.

— Ele manipula você. Todo mundo diz isso. Você acha que fui eu que inventei?

— O que as pessoas dizem não me interessa.

Benjamin detestava o jeito das bisbilhoteiras de distorcer tudo. Ele tinha mantido seus pontos de vista contra todas as tentativas de Adorno de modificar suas ideias. Mas também tinha acolhido muitas das suas sugestões. Não seria totalmente errado dizer que Adorno levara seus pensamentos a territórios onde ele jamais teria se aventurado por iniciativa própria. Ele tinha sido indispensável como conselheiro, como amigo, como leitor. E o dinheiro, ainda que extremamente pouco, foi o que o manteve durante alguns anos. Mas agora o dinheiro tinha acabado, e Benjamin viu-se forçado a pedir emprestada uma considerável quantia a Adrienne Monnier na véspera de sua partida de Paris com Dora, no lusco-fusco cinza--azulado da madrugada.

Adrienne provou ser uma amiga de verdade. De fato, foi uma carta dela que convenceu as autoridades a deixar que ele saísse do campo de Nevers. Agora ela até se prontificou a enviar dinheiro para a ex-mulher e o filho de Benjamin em Londres. Com humildade e gratidão ele deu a ela o endereço. Teria sido muito egoísmo não aceitar a caridade de Adrienne.

A TRAVESSIA DE WALTER BENJAMIN

Era bom saber que Dora e Stefan estavam a salvo, tendo conseguido escapar de Viena na primavera de 1938. Estavam na casa de amigos em Islington, onde Stefan já se matriculara em uma escola. Por outro lado, doía-lhe pensar que seu filho se tornara um jovem longe dele, que ele não tinha sido um bom pai. Na verdade, ele mal conhecia o rapaz. Via-o apenas em sonhos, onde ele e Stefan eram amigos.

Benjamin e a irmã caminharam pelas ruas escuras em direção à estação. Iam apressados e cabisbaixos. Como a maioria das pessoas em sua situação, eles abandonaram tudo o que possuíam, esperando recuperar seus bens materiais quando a guerra acabasse. Naquela noite bastava-lhes levar algumas bolsas. Benjamin levou também seus manuscritos, apesar de Dora não entender por quê.

— Entregue a Monnier e deixe que ela cuide desses papéis. Ou a outra pessoa qualquer! Eles estarão mais seguros do que na estrada!

— Você não compreende — disse ele.

— É uma mala de tijolos. Está nos atrasando!

Quando o trem se afastou da estação mal iluminada, cheirando a óleo e fuligem, a torre Eiffel surgiu banhada pelo luar, erguendo-se acima da cidade. Ali estava a mais absurda estação transmissora de rádio do mundo. Benjamin imaginou os gritos de desespero invisíveis que partiam dali e atravessavam o Atlântico, para quem quisesse ouvir. Isso ocorre frequentemente com as tecnologias, pensou ele. A função vem depois da forma.

A torre, em si, lembrou-se ele, tinha sido construída como uma extravagância. Era um monumento à mais pura magniloquência do aço. Trezentos marteletes enterraram 2,5 milhões de rebites para criar o que parecia, à primeira vista, um mastro de bandeira com 300 metros de altura. Foi um mero capricho, um artifício, uma maravilha não natural que gerações de turistas olham embasbacados; depois veio o rádio e, em 1916, a estrutura adquiriu subitamente um significado. Benjamin tirou o caderno da pasta e escreveu:

"Significado como sentido ulterior. O sentido de acontecimentos aparentemente sem sentido, da mesma forma, torna-se claro muito tempo depois. É este o fim da história: a acumulação *post hoc* de significado para eventos fortuitos e inarticulados, belos ou cruéis."

— O que é que você está escrevendo, Walter? — quis saber Dora.

— Você não ouviu uma só palavra do que eu disse.

— Nada — disse ele.

— O que você quer dizer com isso? Nada! Responda!

— Nada. Nada tenho a dizer, foi isso que disse — respondeu ele, ligeiramente aborrecido. Não queria que seus pensamentos fossem interrompidos.

— Você parece tão triste — disse ela.

— Eu não estou triste.

— Está, sim.

Ele bocejou. Lidar com Dora deixava-o exausto.

— Desde que você era menino, eu sempre soube quando estava triste — continuou ela.

Benjamin fechou seu caderno e disse, abatido:

— Você está muito enganada, Dora. Na verdade, pode ser até que eu esteja um pouco feliz.

Viajaram noite adentro, dormindo sem sossego no vagão superlotado. Ele observava Dora enquanto ela dormia com a cabeça caída no peito, formando um queixo duplo. Isso o fez pensar novamente em sua mãe, que, em sua meia-idade, tinha se tornado rechonchuda. Aliás, ele também. Uma família replicava a produção do mundo, o crescimento histórico orgânico de sujeitos no tempo: ele e Dora ainda estavam conectados no sentido mais literal a seus pais, Émile e Pauline. Tirou da carteira uma fotografia amarelada de sua família, um instante aprisionado na galeria da memória que preserva tais imagens. Lá está ele sentado, careca, em um camisolão branco e longo, com gola de babados, no colo da mãe. Sua mão direita está

A TRAVESSIA DE WALTER BENJAMIN 173

ligeiramente erguida e em seu rosto há uma expressão de atenção concentrada. Deve ter uns 5 meses de idade. Georg segura sua mão esquerda, protetor, carinhoso. Um ar perdido limita seu olhar, um certo espanto que vem da sua credulidade. Seus cabelos negros estão despenteados e seus olhos escuros são o que chama mais atenção na fotografia. Pauline está sentada bem empertigada, as mangas ondulantes de seu vestido indicando afluência e despreocupação. Há uma firme aura de controle na expressão dela, no jeito de sua mão direita equilibrar a criança sem fazer esforço. Mas pode-se notar o medo em seu rosto também. Sua confiança foi abalada e ela não sabe se será capaz de atender às necessidades da Maternidade. Essa insegurança é visível na curvatura de suas costas, na maneira como ela se inclina ligeiramente para a frente, como se receasse despencar e se fazer em pedaços. Apenas Émile demonstra total confiança em si mesmo; é bem mais alto que todos, uns 30 centímetros ou mais; está bem no centro da fotografia: *paterfamilias*, provedor, fonte benevolente de vida. Seu vasto bigode, meticulosamente aparado, era muito diferente do de Benjamin agora, espesso e eriçado, malcuidado.

Dora começou a roncar alto, deixando-o encabulado. Sua vontade era de simplesmente desembarcar na primeira estação, deixando a irmã para sempre. Queria cortar todos os laços com a família Benjamin de Berlim, livrar-se do lugar que lhe coube por herança naquele *continuum* de dor e de responsabilidade. Queria experimentar a liberdade total, sentir-se em queda livre além do tempo e do espaço. Mas ele sabia que as coisas não podiam ser assim. Ergueu-se e cobriu os ombros de Dora com um cobertor, sentindo-se aliviado por ela não acordar.

Tirou do bolso interno do casaco uma carta aflita de Grete Steffin, a amante de Brecht. Ele e Grete compartilhavam de uma afeição por Brecht que permanecera intacta, apesar do fato de ele os haver tratado, a ambos, com profundo desprezo. Brecht tratava todo mundo muito mal — todo mundo, menos quem lhe prometia algo, fosse isso dinheiro, sexo ou fama. Ele era um homem inquietante. Na realidade, agia como um menino pequeno. Queria apenas ser adulado, gratificado. Fingia que era comunista e frequentava todas as conferências mundiais sobre literatura patrocinadas por Stalin, fingindo ter profunda consciência social, mas Benjamin sentia que Brecht era, em certos aspectos, uma farsa. Uma brilhante farsa. Essa era a face oculta de sua genialidade.

Eles tinham se conhecido em Capri naquele verão fatídico de 1924, ano em que ele conhecera também Asja Lacis, mulher que a um só tempo arruinaria sua vida e lhe daria sua experiência mais importante: a de um amor profundo e erótico. Mas aquele amor trouxera com ele o desejo, e o desejo o consumira. Nunca mais ele foi livre novamente. Às vezes, não conseguia pensar em outra coisa além dos olhos verdes de Asja, do odor suave e excitante de seu hálito, do jeito como seu cabelo caía escorrido cobrindo-lhe a testa. Com frequência, naqueles dezesseis anos desde que a conhecera, Benjamin passava noites em claro na cama, pensando nela, incapaz de descansar, de se aliviar, de exaurir aquela terrível necessidade.

Ele sonhava com Asja quando o trem parou na estação de Lourdes, na luz rosa-azulada do alvorecer. Ele e Dora conseguiram um quarto na pensão onde Emma Cohn estava hospedada, na rue de la Cité; era um quarto modesto, mas dava para um jardim todo plantado com limoeiros e hibiscos. Havia uma cama para cada um e o banheiro, que ficava no corredor, era compartilhado com uma dúzia de hóspedes, a maioria refugiados da Bélgica. Benjamin gostava do fato de Dora ter uma amiga ali, pois ele não tinha prazer em passar o tempo com a irmã.

Quando, em meados de julho, surgiu a oportunidade de Dora acompanhar Emma até uma cidade no Sul da França de onde, dizia-se, os refugiados estavam conseguindo atravessar para a Espanha com facilidade, ele a encorajou a ir.

A TRAVESSIA DE WALTER BENJAMIN

— É sua oportunidade de sair — disse ele. — Você não pode perdê-la, Dora. Dentro de alguns meses, poderemos nos encontrar novamente em Nova York.

— Eu tenho medo, Walter.

— Se você ficar, não haverá esperanças. Horkheimer e Adorno vão mandar um visto para mim. Não serão dois vistos, mas um. E uma passagem de navio para Nova York. É isso que estou esperando.

— Você deveria vir comigo.

— Por que você é sempre assim, Dora?

— Assim como?

— Insistente, sempre impondo resistência...

— Você me trata como se eu fosse criança, Walter.

— Esta conversa está ridícula.

— Emma disse que há lugar. Você pode vir conosco. E se eles não mandarem seu visto ou não conseguirem passagem para você?

— Corro o risco.

— Você está sendo teimoso. Veja só onde você chegou com sua teimosia.

Ele já estava ficando aborrecido.

— Não sei a que você se refere.

— Você espera que todo mundo cuide de você. Você acredita em milagres.

— Eu não sou obrigado a ouvir isso.

— Você é pior que Georg.

— Por favor, já chega de Georg. Chega de falar tolices.

— Então eu vou sozinha com a Emma.

— Ótimo.

— Você me decepciona — queixou-se. — Mamãe sempre teve razão no que dizia de você.

Benjamin preferiu não responder. Sua irmã o deixava furioso. Estava sempre remexendo em velhas feridas. Não deixava nem os mortos em paz.

— Nunca mais vou ver você — disse ela, pondo-se a chorar. Ele a abraçou.

— Dora, você exagera tudo. Preocupa-se demais. Mamãe costumava dizer: "Dora, você se aflige à toa." Lembra-se? — Ele pegou um lenço e enxugou-lhe as lágrimas. — Mamãe tinha razão.

— Eu vou para Nova York — disse ela.

— Ótimo — disse ele. — Você sempre quis mesmo ir para a América, não quis?

— Não — disse ela. — Era você quem queria.

— Ah — disse ele. — Vou lhe dar o endereço de Teddy Adorno. Você deve escrever-lhe. Ele saberá por onde ando.

— Venha comigo, Walter.

— Não — disse ele. — Vou para Marselha e, de lá, para Cuba.

— Você vai odiar Cuba.

— Ou Buenos Aires.

— Pior ainda.

— Ou a Antártica.

Os dois começaram a rir. Foi um alívio deixar aquela conversa para trás. Mais tarde, naquele mesmo dia, ele levou a irmã e Emma até a estação e deu a Dora dinheiro suficiente para viver uns três meses: exatamente metade do que Adrienne Monnier havia lhe dado.

— E lembre-se do que lhe falei — disse ele. — Em breve nos veremos. Pode crer em mim. Dentro de alguns meses, no máximo.

— Eu acredito em você, Walter — disse ela, sem convicção. Ela não acreditava nele. Na verdade, a expressão de seu rosto na despedida era de quem sabia que não seria assim. Os pequenos leques de rugas que se abriam a partir dos cantos dos olhos estavam cobertos de lágrimas. Benjamin ficou apreciando o trem que partia exalando seu hálito de cinzas. Ele sabia perfeitamente que aquela tinha sido a última vez que veria Dora.

A TRAVESSIA DE WALTER BENJAMIN

O calor de julho o deixava exausto, por isso ele ficava na cama a maior parte do dia, lendo e escrevendo cartas: para Grete Steffin, para Adorno, para Dora, sua ex-mulher. Já quase no final de julho, escreveu para sua prima, Hannah Arendt, dizendo de sua situação: "Esse clima detestável e sufocante reforça a necessidade que tenho de manter suspensa minha vida física e espiritual. Protejo-me com a leitura: acabo de ler os últimos volumes de *Os Thibault* e de *O vermelho e o negro*. Minha extrema agonia ao pensar no que acontecerá com meus manuscritos torna-se agora ainda mais dolorosa." Ele mandou a carta para o último endereço de Hannah de que dispunha, em Paris, embora não pudesse imaginar que ela a encontrasse lá. O correio andava terrivelmente instável. Colocava-se uma carta na caixa dos correios sem a menor convicção de que ela chegaria a algum lugar, embora algumas cartas, surpreendentemente, encontrassem seus destinatários. Já que muitos de seus correspondentes mudavam constantemente de endereço ou simplesmente fugiam sem que ele soubesse para onde, era impossível ter certeza de alguma coisa. Às vezes algumas cartas voltavam com carimbo DESTINATÁRIO NÃO ENCONTRADO. As demais afundavam, como plumas, no poço da história.

Encontrando-se só, naquela pensão em Lourdes, ele sentia uma preguiça infinda. Mas não se importava. Veio-lhe à memória uma frase de La Rochefoucauld, portadora de algum consolo: "Sua preguiça o manteve em glória por muitos anos na obscuridade de uma vida errante, longe de tudo e de todos." Ele se considerava profundamente preguiçoso e sua vida era, de fato, obscura. Muitas das pessoas que ele conhecia, principalmente os escritores, abominavam qualquer espécie de indolência, mas não ele. Já havia muitos anos que procurava cultivar o lazer, deixar que as coisas acontecessem e que sua imaginação tivesse espaços amplos para pastar, sempre à procura daquele vale distante onde os rouxinóis cantam o dia todo e o sol nunca deixa de brilhar.

Ele acreditava no acaso, na sorte dos preguiçosos e nos benefícios da coincidência fortuita. E sempre dera certo. Tinha encontrado, ao acaso, muitos tesouros em suas quase cinco décadas de vida; eram eles que constituíam suas provisões secretas. O fato de ele nunca ter escrito um livro inteiro, um livro "de verdade", a não ser a *Habilitation* sobre a tragédia alemã, incomodava-o um pouco. Mas só um pouco. Se a guerra acabasse logo, ele publicaria o livro das arcadas e essa seria sua obra magna. O trabalho sobre Baudelaire viria a seguir, como um brilhante adorno. E uma boa seleção de seus ensaios e aforismos em uma publicação pequena seria adorável. Talvez ainda houvesse um livro póstumo. Afinal de contas, ele escrevera um sem-número de pequenas obras que tinham sido publicadas em vários países. Seria possível reuni-los em coletâneas que certamente constituiriam bom material de leitura. (Na verdade, certa vez ele publicara uma coleção de apontamentos sob o título de *Rua de mão única*, que agradara a muitos dos que a haviam lido.)

Um aforismo não lhe saía da cabeça: *Scripta manent verba volent*. O que se escreve fica e o que se fala voa. Quem disse isso, Marcial ou Juvenal? Fosse lá quem fosse, ele sabia que era verdade. Mas ele mesmo gostava da conversa ainda mais do que da palavra escrita. Tivera muito prazer nas longas horas passadas com Gerhard Scholem, nas conversas tarde da noite com Brecht, nos cafés prolongados, quase que intermináveis, em Paris, com Bataille e Klossowski. Foram poucas as vezes que ele e Asja Lacis estiveram sozinhos, ainda assim em várias delas eles conversaram a noite inteira em vez de fazerem amor. Agora ele não tinha pessoa alguma com quem conversar, portanto precisava valer-se das cartas: sua necessidade de escrevê-las era ainda maior do que a de recebê-las. Naquelas cartas ele encontrava a si mesmo, extraindo de profundezas desconhecidas uma energia que lhe era dada pela expectativa de um leitor especial e que ele imaginava bem.

Eu sou muitas pessoas ao mesmo tempo, pensava ele. Uma a uma, elas emergem em minhas cartas. São todas verdadeiras, mesmo quando contraditórias. Eu as abraço a todas.

Se havia alguma coisa que ele lamentava na vida era a sua maneira de deixar-se anular na presença de personalidades fortes, como Scholem ou Brecht. Scholem era, de certa forma, mais fácil de se lidar. O homem era um *scholar* dos pés à cabeça e compreendia as vulnerabilidades de um estudioso como ele, a dependência do texto, do material disponível. Scholem entendia a necessidade de o estudioso perder a si mesmo na busca da verdade e também sabia que a verdade precisava ser sempre reinventada. Compreendia, como ele, que a vida é uma revisão contínua, tendo-se em vista a necessidade de sua compreensão cada vez maior. Mas Brecht... Meu Deus, que homem difícil! Que amigo impossível!

Brecht abusava de seus amigos e usava os inimigos. Era cruel com as mulheres, mentindo-lhes constantemente sobre sua afeição, fingindo que era fiel, quando nenhum homem foi mais infiel. Ele tinha quase arruinado Elisabeth Hauptmann, que escrevera partes da *Ópera de três vinténs* em troca de afeto. Tinha acabado com a pobre Grete Steffin, que agora não passava de pele e ossos, com os pulmões frágeis como papel de seda; ela escarrava sangue diariamente e vivia fraca e tonta. Mas ela amava Brecht. Faria qualquer coisa por ele, engoliria todas as suas mentiras, faria qualquer crueldade em troca de um sorriso dele, um piscar de olhos, um gesto de reconhecimento.

As cartas tristes de Grete continuavam a chegar em profusão: nem mesmo a guerra conseguira interrompê-las. As notícias tristes sempre encontram o destinatário, ao que parece. Benjamin gostaria de pegar sua mão e conduzi-la à liberdade, mas ele mesmo não era livre quando se tratava de Brecht. Benjamin considerava Brecht um gênio, apesar de ele depender tanto de mulheres para editarem seus textos ou mesmo serem coautoras. Mas ele era um gênio, sem dúvida alguma. O fato de outras pessoas contribuírem em suas obras não tinha importância; ele incorporava a linguagem dessas pessoas em sua própria criação; ele transfigurava tudo.

Aquele último verão na Dinamarca com Brecht foi igualmente exaustivo e inebriante. Brecht estava enfermo e ficava na cama a maior parte do tempo, exigindo atenção permanente. Noite após noite, Benjamin sentava-se à sua cabeceira, ouvindo-o. De vez em quando, dizia alguma coisa ou fazia alguma objeção e Brecht tinha explosões de ódio. "Como é que você pode dizer uma coisa dessa, Walter?", ou "Você intelectualiza a vida demais, Walter. Não a compreende como ela é". Brecht era, como Gramsci, um marxista pessimista. Para ele o fascismo já estava se impondo ao mundo definitivamente ou estava por fazê-lo em breve, dominando tudo e todos. Mas o futuro, dizia Brecht, é sempre um lugar de esperança. É preciso nunca desistir da esperança.

Brecht tinha ensinado a Benjamin o que ele costumava chamar de *plumpes Denken,* ou "pensamento em estado natural". Todo pensamento útil deve ser simples, cristalino e fresco. A expressão metafísica elaborada, que se tornara uma segunda natureza para ele ao longo de muitos anos de estudos filosóficos, precisaria agora ser sacrificada. Ele passaria a escrever da maneira mais direta que se pudesse conceber. Precisava tornar-se simples como um camponês, tornar-se útil. Seus ensaios viriam a tornar-se ferramentas, picaretas e pás, e ele os colocaria nas mãos das pessoas comuns. Essa era uma esperança que ele mantinha viva em seu coração: o sonho de escrever no futuro.

Quase que desafiando o momento histórico, Benjamin tinha acesa dentro de si uma pequena chama de esperança ao tomar o trem para Marselha. Tinha decidido que a única maneira plausível de ele sair daquele desafortunado país seria de navio. Ouviam-se histórias fantásticas de comandantes excêntricos que levavam navios carregados de refugiados para ilhas estranhas e míticas. Benjamin dava um desconto ao ouvir a maioria dessas histórias, mas tinha certeza de que muitos navios zarpavam de Marselha todos os dias: navios da marinha mercante, cargueiros e transatlânticos de passageiros de vários tipos e categorias. Ouvira dizer também que não era difícil obter documentos falsos e que Cuba recebia os imigrantes de braços abertos. Seria um bom lugar para passar uns tempos. E quando a guerra acabasse, ele iria diretamente para Nova York, fundar a firma Adorno, Horkheimer e Benjamin Ltda. O nome parecia o de uma firma de armarinho, mas ele e seus amigos venderiam ideias em vez de panos e aviamentos. "É espantoso como poucos homens com as ideias certas podem transformar o mundo", escrevera-lhe Adorno havia apenas um ano. "Nós precisamos nos tornar esses homens."

Estava terrivelmente quente e úmido no trem, e Benjamin, ainda por cima, teve que fazer toda a viagem até Marselha de pé em um pequeno compartimento ao lado do toalete. Lá passou três dias de agonia à procura de um lugar onde ficar, tendo que dormir em parques à noite, com a cabeça sobre a maleta de papéis. (Ele deixou sua mala no guarda-volumes da estação, pois sabia que estava fraco demais para carregá-la de um lado para outro; a maleta levou consigo, pois nela estavam os manuscritos. Não poderia arriscar-se a deixá-los lá.) Suas dores no peito, que tinham melhorado bastante com os ares de Lourdes, voltaram com força total em Marselha e a todo instante ele precisava parar, onde estivesse, por uns vinte minutos, enquanto a dor se irradiava pelos braços até a ponta dos dedos, como se atravessasse uma fiação elétrica.

A vida teria sido difícil mesmo se ele tivesse encontrado um lugar para dormir, mas, naquelas condições, tornava-se impossível; ele se expunha aos elementos, andando de um lado para outro para poder descansar. Talvez morresse ali mesmo em Marselha, pensou ele, uma cidade que parecia o olho da tempestade, com uma iluminação estranha, uma tranquilidade que não era natural, com rajadas de vento que o faziam pensar que a guerra estava em todos os lugares, menos ali. Viam-se muitos homens uniformizados pelas ruas: fragmentos do exército francês desbaratado, membros delinquentes da Legião Estrangeira, policiais militares em motocicletas ruidosas e corpulentas. De vez em quando, comboios inteiros atravessavam a cidade, como se estivessem procurando a guerra em algum lugar. Volumosos aviões de carga passavam voando, bem como biplanos de treinamento. Mas a guerra não chegava a irromper naquele lugar.

Na terceira noite de Benjamin em Marselha, o céu escureceu e uma chuva forte começou a cair, forçando-o a buscar abrigo sob uma ponte onde fez o mesmo uma velha sem dentes. Um raio em zigue-zague caiu na grama bem junto a eles e um trovão ribombou no céu. A mulher começou a soluçar.

— A senhora está com medo da tempestade, *madame*? — perguntou ele, segurando-lhe a mão.

— Eu não quero morrer — disse ela.

— Quantos anos a senhora tem?

— Tenho 73 — respondeu a mulher.

— Não é muito — disse ele. — Minha avó viveu até os 87.

Por algum motivo, seu tom de voz a acalmou, apesar de ele não ter dito nada que, em condições normais, representasse consolo. Entretanto, ela ficou-lhe agradecida por sua atenção e convidou-o a ficar com ela alguns dias. Ele declinou, é claro, explicando que precisava encontrar passagem em um navio o mais rápido possível.

— É que eu sou judeu — disse-lhe ele.

Ela balançou a cabeça lentamente, pensativa, e depois falou:

— Então você precisa mesmo ir. Isto aqui não é lugar para judeus. — Para surpresa dele, ela tirou algum dinheiro de uma bolsa velha que usava como travesseiro. — É tudo que eu tenho — disse ela. — Mas o senhor deve aceitar.

Ele sorriu e pegou a mão dela.

— Eu tenho o necessário para chegar a Cuba — disse ele. — Mas, de qualquer maneira, sou-lhe muito grato, *madame*. A senhora é muito bondosa.

Na manhã seguinte, por acaso, encontrou-se com Hans Fittko na rua. Não via Fittko desde que saíra do campo de Nevers.

A TRAVESSIA DE WALTER BENJAMIN 183

Fittko o reconheceu primeiro:

— Dr. Benjamin, que surpresa! O senhor está bem?

— Ninguém está bem, creio eu. Mas é sempre bom ver um rosto conhecido.

Hans pagou-lhe uma xícara de café em um bar e escreveu o endereço de Lisa em Port-Vendres em um pedaço de papel.

— O senhor precisa procurá-la — disse ele. — Ela o ajudará a sair da França.

Benjamin explicou que estava aguardando um visto.

— Isto é uma loucura — disse Fittko. — O senhor jamais conseguirá um visto. De qualquer forma, os navios estão superlotados. — Ele acendeu um cigarro e tragou com força, como se fosse um canudo. — O senhor fuma?

— Fumo — disse Benjamin, aceitando um cigarro. Era o primeiro que fumava em muitos dias. Sentiu seu coração encher-se de esperança. Enquanto se pudesse fumar mais um cigarro, o mundo ainda não teria acabado.

— Para onde o senhor iria, se pudesse?

— Tenho amigos em Nova York — disse Benjamin. — Mas preciso conseguir acomodação em algum navio que parta daqui, não importa para onde.

— O porto de Marselha será fechado a qualquer momento.

Benjamin escutava, cada vez mais ansioso, enquanto Hans pintava o quadro de sua situação. As perspectivas, para ambos, tornavam-se mais sombrias a cada dia que passava. Hans abandonaria Marselha em aproximadamente uma semana.

— A única saída daqui é pelos Pireneus — disse ele.

Benjamin agradeceu a Hans o café, o cigarro, a boa companhia e, principalmente, o endereço de Lisa no Sul da França.

Na tarde daquele mesmo dia, Benjamin avistou Fritz Frankel sentado a uma mesa de café na calçada. O dr. Frankel tinha sido um médico muito famoso em Berlim na década de 1920 e era respeitado pelos emigrantes alemães em Paris, que o procuravam por seus conhecimentos de doenças nervosas. O próprio Benjamin já havia se consultado com ele, por insistência de Dora.

O médico notou que Benjamin o olhava fixamente e levantou-se.

— Benjamin — chamou ele. — Venha! Sente-se aqui. Quero oferecer-lhe um drinque.

Benjamin curvou-se educadamente e aceitou o convite.

— Então, o que o traz a Marselha? — quis saber o médico.

Só mesmo Frankel faria uma pergunta tola daquela, pensou Benjamin. O que poderia qualquer judeu estar fazendo em Marselha naquele momento?

— Estou aqui para participar das provas eliminatórias para os Jogos Olímpicos — disse ele. — O senhor esqueceu que eu sou um exímio saltador com vara?

— Escute bem, junte-se a mim e nós dois vamos dar o fora daqui — disse o dr. Frankel. Explicou que seria impossível conseguir acomodações em um navio se fossem tentar pelos meios usuais. Todos os lugares já haviam sido vendidos fazia muito tempo, e as autoridades negavam qualquer pedido de visto de saída. Ninguém conseguia mais sair da França, a não ser por vias tortuosas. Ele explicou, em estado de excitação, que descobrira uma forma de sair que já dera certo para dezenas de pessoas conhecidas suas. Seria necessário vestirem-se de marinheiros e serem recebidos a bordo de um navio mercante de partida para o Ceilão. Os outros marinheiros, em troca de uma pequena quantia, teriam boa vontade em levá-los a bordo. Se Benjamin tivesse algum dinheiro, sem dúvida alguma poderiam estar no Ceilão, os dois, dentro de um mês.

— E o que é que se faz quando se chega ao Ceilão? — quis saber Benjamin.

— O Ceilão é inglês — explicou o dr. Frankel. — Os alemães não podem pôr as mãos em você lá. E ouvi dizer que é um lugar bem agradável, com plantações de chá e muitas frutas. O senhor gosta de frutas, não é mesmo?

A TRAVESSIA DE WALTER BENJAMIN   185

Benjamin olhou para os cabelos brancos e desalinhados do velho, para seu corpo frágil e perguntou a si mesmo se o dr. Frankel conseguiria mesmo fazer-se passar por um marinheiro. Talvez o dinheiro falasse mais alto do que ele imaginava.

— O senhor parece cético, dr. Benjamin.

Benjamin encolheu os ombros. Àquela altura valeria a pena tentar. Todos os dias ouvia-se falar das fugas mais fantásticas. De fato, um judeu de Odessa com 85 anos de idade fugira para a Espanha em um balão de hélio. Considerando seu medo de alturas, Benjamin ficaria muito mais feliz indo pelo mar, ainda que para tanto precisasse posar como lavador de convés. Quanto ao dinheiro, que importância faria?

O dr. Frankel levou Benjamin para seu quarto de pensão e convidou-o a dormir no chão.

— Vou preparar uma cama para o senhor — disse ele. — Há um sofá no corredor. Vou tirar as almofadas.

— Por favor, não se incomode. Basta-me uma coberta. Pelo menos terei um teto.

— Fique à vontade — disse o médico.

Havia uma cadeira confortável junto à janela e Benjamin acomodou-se nela para passar a tarde. O médico tinha um volume de ensaios de Karl Kraus e Benjamin deleitou-se com a perspectiva de passar a tarde em tal companhia.

— O senhor está bem acomodado?

— Sim, agradecido.

O médico disse que precisava fazer alguma coisa urgente e deixou Benjamin sozinho. No início da noite, voltou com uma farda de marinheiro para cada um. As roupas tinham um jeito ligeiramente absurdo: eram uniformes de lã grosseira, com calças muito folgadas e boinas.

— O senhor acaba de ser incorporado à marinha mercante — disse ele. — Aliás, alguém já lhe disse que o senhor parece mesmo um marinheiro? Experimente isso.

— A calça está muito curta. Basta olhar para ver.

— Talvez você seja grande demais — disse o médico. — Veja bem, nós não vamos para um desfile de moda. Vamos para o Ceilão, onde os judeus estão a salvo. Vista o que há para vestir.

Naquela noite, deitado no chão sobre almofadas cheias de grumos e sob um cobertor comido por traças, Benjamin ouviu o dr. Frankel descrever o Ceilão com detalhes pitorescos. Era um lugar maravilhoso, com um povo pequeno e escuro e enormes elefantes cinzentos; era a terra do cardamomo, da canela, do açafrão, da páprica, da fruta-pão. Aqueles nomes de coisas saborosas encheram o coração de Benjamin de desejo. Sonhou a noite toda com praias desertas e uma enorme lua alaranjada surgindo entre folhas de palmeira. Naturalmente não haveria livros nem bibliotecas, não haveria jornais europeus e a falta dessas coisas seria realmente um problema, mas havia material suficiente em sua pasta para um ano ou dois. Talvez ele viesse a escrever histórias, ou até mesmo poemas!

Na manhã seguinte, ele e o dr. Frankel saíram sorrateiramente da pensão em seus uniformes desengonçados. Benjamin abandonou a mala na estação; não seria boa ideia levá-la. Além do mais, nada havia de importante nela. Levou apenas a pasta e uma pequena sacola com uma muda de roupa. Preocupado com a umidade do navio, ele embrulhou cuidadosamente o manuscrito em papel impermeável que comprou de um peixeiro no cais. O dr. Frankel levou sua maletinha velha às costas, presa por faixas.

Tomaram um ônibus para a zona costeira e lá entraram em um café para tomar uma xícara de *café crème* com croissant quente, que consumiram com prazer, sentados a uma mesa de onde se via a baía. Um sol pródigo jogara milhões de moedas de ouro na água, tão brilhante que mal se podiam ver as dezenas de navios entrando e saindo do velho porto. O céu cor de tangerina tinha listras de nuvens e as gaivotas mergulhavam para comer o lixo. Na verdade, havia lixo por toda parte.

A TRAVESSIA DE WALTER BENJAMIN   187

— Até as pessoas são lixo — disse o dr. Frankel, referindo-se à ralé que se reunia no porto. — Prostitutas, cafetões, vagabundos, punguistas, trapaceiros, ciganos — murmurou.

— E judeus — acrescentou Benjamin.

O dr. Frankel olhou-o com curiosidade.

— O senhor é um sujeito estranho, dr. Benjamin.

— Já me disseram isso antes.

Por estar de partida da França naquela manhã, para sempre, talvez, tudo que lhe tocava os sentidos estava envolto em nostalgia. Ele até descobriu que amava Marselha, com suas avenidas cheias de gente e ladeadas de árvores, com seus odores pútridos, o barulho ensurdecedor das máquinas e correntes, o chamado lúbrico das mulheres que perambulavam, até mesmo àquela hora da manhã, ao longo dos ancoradouros à procura de fregueses. Virou a cabeça para ver, surgindo de dentro daquela luz ofuscante, um cargueiro carregado entrando no porto com seu apito ofegante transformando-se em ecos, fantasmas de vapor.

— O senhor já esteve em um bordel, dr. Benjamin?

— Muitas vezes, quando era jovem. Principalmente em Berlim — disse ele. — Mas em Munique também. Uma ou duas vezes em Nápoles, se não me engano.

— *Se não se engana?* Então não se lembra?

Benjamin arrependeu-se de ter falado.

— Nunca fui a um bordel em Paris — disse ele. — Não sei por quê. Idade, talvez. Nunca fui jovem em Paris.

O Dr. Frankel ergueu as sobrancelhas.

— O senhor *ainda* é jovem, meu companheiro. Tem 48 anos! E eu, que tenho 63?

Benjamin surpreendeu-se com o fato de o dr. Frankel ter apenas 63, pois parecia ter mais de 70. Era a guerra, claro, que acrescentava uma década a todo mundo.

Um *gendarme* alto passou por eles subitamente, deixando-os paralisados. Aquela não seria a hora de mostrar documentos e a polícia, cada vez mais, exigia identificação. Os guardas sabiam que dentro em breve os nazistas estariam em Marselha e aqueles que não tivessem a atitude esperada teriam problemas. Condescendência não seria tolerada.

Depois do café, encaminharam-se para o cargueiro italiano, o S.S. *Genovese*, que os levaria para o Ceilão. Era um navio de carga comprido, com a proa enferrujada e vigias que lembravam olhos injetados. Em torno dele o óleo se espalhava, formando uma orla fina e azulada na água. Havia bastante atividade no navio, com homens carregando enormes barris para o porão; o som estridente dos guinchos obrigava-os a erguer a voz para falar.

— Tem certeza de que nos aceitarão? — perguntou Benjamin ao se aproximarem do passadiço.

— É claro. Meu contato chama-se Patrice. Ele é o encarregado da turma do convés, sabe?

De fato, um homem moreno chamado Patrice recebeu-os a bordo; deveria ter uns 40 anos, suas sobrancelhas eram espessas, e a barba, cacheada. A barriga protuberante esticava a camisa de listras horizontais azuis. Ele recebeu o rolo de cédulas das mãos do dr. Frankel sem se preocupar em contá-las, como se ninguém, naquela situação, ousasse enganá-lo.

— Os senhores precisam se esconder lá embaixo — disse ele. — Vou mostrar o lugar. — Os dois o seguiram passando por alojamentos fétidos. — Não ousem mostrar essas suas caras até que eu diga que podem.

— Não sei como agradecer-lhe isso — sussurrou Benjamin ao dr. Frankel quando se encontraram a sós.

— Por favor, não me agradeça mais — disse ele, animado. — Para início de conversa, o senhor está pagando a viagem com seu dinheiro. Em segundo lugar, algum dia poderei precisar de um favor seu. A vida é assim. Uma mão lava a outra.

Benjamin deitou-se em sua cama-beliche naquele compartimento abafado. — Minha mulher e meu filho estão na Inglaterra, sabe, e às vezes sinto saudades deles, apesar de estar divorciado.

— Ah! — disse o dr. Frankel. — Algum dia hei de contar-lhe o que aconteceu com minha mulher e meu filho. Não é uma história alegre.

Os dois ficaram em silêncio, deitados nos beliches que Patrice lhes indicara. Ouviram com emoção o som das correntes quando as âncoras começaram a ser içadas por volta das 7 horas; a enorme máquina, a menos de 20 metros de onde estavam, pôs-se a gritar e gemer e o navio começou a tremer. Quando perceberam, ele já estava em movimento. A máquina começou a ronronar e o navio a se balançar levemente, para a frente e para trás, já rompendo pequenas ondas. Era uma pena, pensou Benjamin, que não tivessem uma vigia para apreciar.

Subitamente um homem mal-humorado surgiu à porta do alojamento, gritando:

— Todos para o convés! — Parou ao lado de Benjamin e de Frankel. — Vocês também! — gritou. — Os dois! Para o convés! Já!

Benjamin pegou sua pasta. Não iria a lugar algum, mesmo para o convés, sem seus manuscritos.

— Vamos, Walter — disse o dr. Frankel. — Temos que fazer o que ele manda. Isso é apenas rotina.

Benjamin subiu como pôde a escadinha estreita, seguindo o médico. Sentia o coração pulsar-lhe nas têmporas. Precisou parar na metade da escada por uns dois ou três minutos. Um punho invisível comprimia seu plexo solar e ele mal conseguia respirar.

— Está tudo bem, Walter? — gritou o dr. Frankel, espiando para baixo.

— Preciso de mais um minuto, por favor — disse Benjamin. — Não estou acostumado a subir escadas.

— Para o convés! Depressa! — gritava o marinheiro que vinha atrás de Benjamin, batendo-lhe nos calcanhares. — Vê se tira essa bunda gorda do caminho!

Ele se arrastou como pôde até o amplo convés banhado de uma luz intensa, onde um superior qualquer dirigia uma alocução aos marinheiros como se eles fossem crianças. Falava em uma espécie de gíria, difícil de compreender. Benjamin calculou que ele fosse de Nice, com ascendência italiana. Pelos olhos e pelo sorriso de desprezo, podia-se perceber que não era uma pessoa agradável.

Patrice, ao lado desse homem, gesticulava de maneira estranha para Benjamin e o dr. Frankel, que estavam ao lado dos outros marinheiros do convés, a maioria dos quais tinha cerca de vinte anos. Eram italianos ou gregos, pensou Benjamin, pois tinham a tez do Mediterrâneo. Mesmo os mais jovens dentre eles tinham a pele encarquilhada como ameixa seca.

O oficial partiu para cima de Benjamin e dirigiu-se a ele, com o hálito cheirando a brandy.

— Me dê seus documentos — disse ele.

Benjamin tirou da pasta vários documentos desbotados, inclusive um velho cartão da Bibliothèque Nationale. Pela expressão do olhar de Patrice, viu que tinha cometido um erro.

O dr. Frankel estava visivelmente perturbado, apoiando-se ora em um pé, ora no outro. Falou, em um francês terrivelmente estropiado:

— Já trabalhamos em muitos navios da marinha mercante. Juro que somos bons marinheiros. Dê-nos uma oportunidade, senhor, por favor.

O oficial parecia estar se divertindo com aquilo e mostrou os dentes em um sorriso perverso. Seus dentes pareciam pregos de ferro enterrados nas gengivas.

— Posso saber os nomes de alguns desses navios onde os senhores trabalharam? Talvez até já tenhamos trabalhado juntos.

O dr. Frankel demonstrou boa capacidade de inventar nomes mas nenhum deles era conhecido do oficial.

— Qual é a sua idade? — perguntou ele ao dr. Frankel.

A TRAVESSIA DE WALTER BENJAMIN

— Tenho 40 — disse ele.

— Ah, você está conservado — comentou o oficial.

Voltou-se para Benjamin:

— E você tem 19, não?

— Tenho 31, senhor.

— Ah, um homem que diz a verdade!

Benjamin olhou fixamente para a frente, tentando não deixar que sua expressão revelasse alguma coisa. Qualquer demonstração de desespero, por mais leve que fosse, seria desastrosa.

— Você sabe nadar, marinheiro?

— Sou bom nadador — respondeu Benjamin. — Todos os marinheiros não o são?

— E você? — perguntou o oficial ao dr. Frankel, lançando-lhe um olhar feroz.

— Eu também — disse o médico. — Eu nado muito bem... para a idade que tenho. — E acrescentou, olhando para os próprios pés: — Talvez eu precise praticar um pouco.

— Isso é fácil — disse o homem, tentando conter o riso. — Joguem os dois no mar! — gritou.

Os outros marinheiros olharam, nervosos, para seu superior. Seria uma brincadeira?

— Vocês estão surdos? Eu disse para jogarem os dois no mar!

Dois marujos corpulentos agarraram Benjamin e o dr. Frankel pelos braços.

— O que significa isso? — perguntou o dr. Frankel aos gritos, quase ameaçador. Voltou-se para Patrice: — Nós pagamos um bom dinheiro!

Patrice olhou ansioso para o convés.

— Isso significa que vocês terão oportunidade de praticar natação — disse o oficial.

Benjamin mal conseguia concentrar-se no que estava acontecendo. Só conseguia pensar em sua pasta, à qual se agarrou ferozmente, mesmo quando os escudeiros do oficial o atiraram por cima do parapeito. Ele sentiu que caía rapidamente, virando de cabeça para baixo. A sensação de bater na água foi surpreendentemente rápida e, quando deu por si, estava submerso, ainda agarrado à sua pasta, ainda afundando, achando que a morte seria inevitável. Simplesmente seria impossível sobreviver a tudo aquilo: o mergulho, a quantidade infinita de água, o vácuo que parecia sugá-lo para baixo, cada vez mais para baixo, dando voltas e mais voltas naquela espiral do oblívio.

Subitamente sua cabeça rompeu a superfície da água, embora ele continuasse a não enxergar coisa alguma.

— Benjamin! — gritou o dr. Frankel. — Aqui!

Um jovem em um barco a remo tinha puxado o dr. Frankel para dentro de sua pequena embarcação.

Benjamin, é claro, não conseguia se mover. O fato de estar flutuando já era surpreendente.

— Dê-me sua pasta — gritou o médico, curvando-se para pegá-la.

Benjamin soltou-a e logo sentiu-se puxado para cima. Aquela subida para a vida era absolutamente espantosa e inesperada.

Já dentro do barco, tremendo, incapaz de enxergar através das lentes molhadas, Benjamin sentia um vago desejo de estar ainda caindo naquelas profundezas inimagináveis onde os peixes são cegos e as pedras negras ajuntam-se para se proteger da tênue luz que se infiltra até o fundo. Como ele conseguiu sair da água e entrar no barco era algo impossível de imaginar. Era um milagre. Um milagre dos grandes, dessa vez. Naquela manhã no porto em Marselha ele chegou à conclusão de que Deus existia, pois em um universo sem Deus ele certamente teria perdido tudo.

Uma viagem de bonde em Moscou é uma experiência extremamente tátil. Alguém que acabe de chegar aqui logo aprende a se ajustar ao andamento singular da cidade e à cadência antiga de sua população nada urbana. Uma interpenetração total de tecnologia moderna e de modos primitivos de vida tem lugar aqui, neste ousado experimento histórico que é a nova Rússia. Um passeio de bonde qualquer ilustrará meu ponto de vista. As mulheres condutoras adejam em seus postos usando casacos de pele como cães siberianos em seus trenós. Empurrões e estocadas vigorosas durante o embarque em vagões já cheios a ponto de explodir ocorrem sem o menor murmúrio de objeção e com uma imensa cordialidade. (Jamais ouvi uma palavra mal-humorada nessas ocasiões.) Quando todos já entraram, a viagem recomeça apressadamente. Olhando através das janelas cobertas de gelo, nunca se consegue descobrir onde o bonde parou. Mas se alguém descobrir, isso não fará a menor diferença, pois a saída está bloqueada, de qualquer forma, por uma barreira humana. Considerando que as pessoas têm que entrar por trás, mas que a saída é pela frente do veículo, todos são sempre forçados a atravessar a massa humana. Por sorte as pessoas viajam em pencas e assim, a cada parada importante, despencam-se do carro, deixando-o virtualmente vazio.

O trânsito em Moscou é, em grande parte, um fenômeno de massa. É possível encontrar caravanas inteiras de trenós bloqueando as ruas em extensa fila porque uma carga que necessitaria de um caminhão está sendo empilhada em cinco ou seis trenós. E nos trenós, é claro, a prioridade são os cavalos, não os passageiros. Esses animais não querem saber de excessos: um saco de ração para o matungo e uma coberta para o passageiro. Nada mais que isso. De qualquer maneira, só há mesmo lugar para dois no banco estreito e, já que não há encosto (a não ser que se deseje chamar de tal coisa uma gradezinha baixa), deve-se manter o equilíbrio nas curvas fechadas. Parte-se sempre do princípio de que a velocidade será a máxima; as longas viagens no frio são difíceis de suportar e as distâncias nessa cidade são incomensuráveis. O izvozshchick dirige seu trenó rente à calçada. O passageiro não se senta em um nível mais alto; fica no mesmo nível dos pedestres, com quem roça as mangas das roupas. Trata-se de uma experiência incomparável para quem se deleita com o sentido do tato.

Enquanto os europeus, ao viajarem em alta velocidade, gozam de um sentimento de superioridade, de domínio sobre a massa que se movimenta lentamente a pé, os moscovitas, em seus pequenos trenós, misturam-se intimamente às pessoas e às coisas que se encontram nas ruas. Se precisar levar consigo uma caixa, uma criança ou um cesto — pois apesar de tudo o trenó é o meio de transporte mais barato —, ele se incorpora à agitação das ruas: ninguém olha como que pedindo desculpas pelo desconforto causado aos outros; as pessoas passam roçando tranquilamente, com uma certa ternura até, por pedras, cavalos, outras pessoas. Tem-se a sensação de ser uma criança deslizando pelo interior de uma casa em uma cadeirinha de trenó.

Walter Benjamin

8

Asja Lacis

Walter era um homem estranho, mas eu o amava. Talvez amar não seja a palavra certa, mas não encontro outra melhor. Ele foi terrivelmente importante em minha vida. Terrivelmente. Deixava--me louca, mas eu precisava dele também. Adorava conversar com ele. Ele me divertia, me lisonjeava, me provocava, me repreendia. Cada conversa que tínhamos era um ato de atenção, e nunca mais encontrei outro como ele no mundo.

Nós nos conhecemos em 1924, próximo à *piazza* em Capri. Era um dia exaustivamente quente em pleno verão e eu estava tentando comprar amêndoas. Às vezes, sem mais nem menos, pode-se ter vontade de comer amêndoas. Porém, por mais que me esforçasse, não conseguia me lembrar do nome em italiano dessa noz deliciosa. O vendedor fazia gestos amplos, falando em um dialeto que eu não compreendia. E não parava de me mostrar coisas que não eram amêndoas. Exasperada, eu já estava quase saindo sem minhas amêndoas, quando notei a presença de um homem baixo, de óculos, que usava um terno branco. Ele aproximou-se de mim, respirando com dificuldade pela boca, olhando-me fixamente através de suas lentes espessas.

— Por favor, minha cara senhora, permite que eu a ajude? — perguntou ele, curvando-se de maneira cortês e erguendo de leve a aba de seu chapéu de palha branco. Achei logo que era um berlinense.

— O senhor sabe a palavra em italiano para amêndoas?

Ele começou a falar em um dialeto estranho e logo surgiu um grande saco de amêndoas para mim. Nem precisei pagar.

— Não sei como agradecer-lhe, senhor. Eu adoro amêndoas.

— Posso acompanhá-la?

— Se quiser — disse eu. Foi uma abordagem estranha, mas já passei por piores. — Preciso voltar para o hotel. Meu marido está me esperando. — Eu não era casada, mas quis dizer isso por precaução. Nunca se sabe quais são as intenções de um homem.

Ele pegou o saco de amêndoas da minha mão, como se fosse uma carga pesada para mim.

— Não há necessidade — disse eu. — Sou bem forte. — Flexionei o músculo do braço.

— Por favor, minha cara senhora, deixe-me levar as amêndoas. Afinal de contas, são o resultado do esforço de minha língua.

Achei aquilo meio ridículo, mas não me importei. Eu estava entediada em Capri, com toda aquela luminosidade que me incomodava os olhos. Quem gostaria de viver no meio de uma lasca de diamante? Depois de certo ponto, até o lazer se transforma em tédio e eu já estava ansiosa em voltar para Berlim.

Ao atravessarmos a *piazza*, Walter convidou-me para tomar um drinque em um café que ficava sob um enorme toldo verde e eu aceitei. Estava mesmo com sede e meus pés me doíam.

— Permita que me apresente — disse ele, colocando uma quantidade enorme de torrões de açúcar em seu café, como se fosse um árabe, e acendendo em seguida um cigarro. — Sou o dr. Walter Benjamin.

— E eu sou a dra. Asja Lacis — disse eu.

A TRAVESSIA DE WALTER BENJAMIN 197

Ele me olhou, duvidando. Eu não tinha esse título, mas não pude resistir à tentação de provocá-lo. Nunca simpatizei com essa obsessão germânica por títulos. Herr Doutor isso, Herr Professor aquilo.

Tivemos uma conversa agradável, ainda que um tanto indireta, e ele insistiu em acompanhar-me até o hotelzinho onde Bernhard e eu estávamos hospedados. Tínhamos deixado nosso amigo Brecht em Positano e ido a Capri para ficarmos sozinhos, mas, desde que saímos do trem, não parávamos de brigar.

Walter Benjamin desapareceu dos meus pensamentos tão logo nos despedimos na entrada do hotel, mas no dia seguinte ele entrou em um café onde Bernhard e eu estávamos com um agente teatral chamado Willie Manheim, que conhecêramos na barca. Walter encontrou uma pequena mesa de mármore junto à porta e lá começou a escrever em um caderno de notas. De vez em quando parava e olhava em minha direção daquela maneira particularmente intensa como os míopes olham. Ele fazia um movimento solene com a cabeça, como que me cumprimentando, e recomeçava a escrever. Todas as vezes olhei para ele diretamente, retribuindo seu cumprimento da mesma forma.

Para pôr um fim àquela brincadeira tola, fui até a mesa dele e convidei-o a sentar-se conosco, já que tanto Bernhard como Willie pareciam ansiosos em conhecer outro alemão letrado. Para deleite de todos, ele demonstrou grande conhecimento do Deutsches Theatre em Berlim, que Bernhard administrava, dando a impressão de ter visto todas as peças importantes nos últimos dez anos.

— Ele é um cavalheiro muito culto — disse Bernhard mais tarde. — Já li algumas de suas críticas. Na verdade, já nos vimos uma ou duas vezes, de passagem, em uma daquelas festas que Benno Reifenberg costumava dar.

— Ah, Reifenberg — disse Willie. Ele estava sempre atento para se associar com os editores literários certos e Reifenberg dirigia um dos jornais de maior prestígio da Alemanha, o *Frankfurter Zeitung*.

— Ele não é homossexual? — perguntei inocentemente. Mas minha pergunta pareceu congelar tanto Willie quanto Bernhard, que julgavam esse assunto inaceitável.

— Ele é um homem muito talentoso e incomum — disse Willie. — Aliás, bastante incomum.

De certa forma, Walter ficou gravado em minha memória e eu tive certeza de que nos veríamos bastante nos anos seguintes. Sou um pouco vidente no que se refere a relacionamentos e percebi, desde o início, que ele me achava atraente, embora eu o achasse levemente repulsivo. Era algo que tinha a ver com seu cheiro que me causava certa repulsa. Além disso, sua maneira vacilante e perifrástica de falar era irritante. Gosto de pessoas que abordam um assunto diretamente, com decisão. Não há necessidade de falar dando voltas, fazendo rodeios.

Meu hotel dava para o mar, como a maioria dos bons hotéis em Capri, portanto a vista era deslumbrante. Eu gostava de nosso quarto também, com paredes brancas, teto alto e chão de cerâmica em cores vivas. Passava-se através de portas com venezianas para um *terrazzo*, onde se tomava café à sombra de um amplo toldo. Ciprestes elegantes erguiam-se como agulhas, esguios, no jardim abaixo de nós, e a brisa suave trazia seu perfume. Nos finais de tarde eu me sentava ali sozinha e lia até o sol se esconder por trás das montanhas de calcário; o ar ficava frio e as andorinhas voavam mudando de direção subitamente ou dando grandes mergulhos no ar e vindo brincar, travessas, na fonte do jardim lá embaixo. Eu estava encantada com a ilha que, como a prisão de Próspero, abrigava tantos espíritos alegres, alguns dos quais se desentendendo.

Eu pensava frequentemente em Ariel e Caliban, da peça de Shakespeare, e sentia seu antagonismo na própria atmosfera de ilha: a voz de flauta do duende erguendo-se acima dos gorgolejos e arrotos do monstro. Terra, ar, fogo e água estavam presentes na ilha como cores primárias, como substâncias transmutáveis. A terra e a

A TRAVESSIA DE WALTER BENJAMIN

água pertenciam a Caliban, enquanto o fogo e o ar eram de Ariel. Comecei a escrever um poema sobre isso, porém, como sempre, ele se desvencilhou de minhas mãos. Não sou poeta.

Mas amo os poetas. Amei Bernhard, que era um poeta do teatro. E amei Brecht, o maior poeta dentre todos. Comecei a pensar nele como o irmão malvado de Próspero. Ficou claro, para mim, que ele queria reinar em meu reino, queria fazer de mim mais uma de suas muitas noivas pagãs. Mas eu não fui tão tola assim. Não fui como as outras, todas servis e amedrontadas. Pareciam pensar que ficariam sem oxigênio se Brecht deixasse de encontrar-se com elas uma ou duas vezes por mês para uma noite de paixão. O que nele as atraía tanto? Nunca me agradou aquele seu sorriso mostrando os dentes tortos. Seus olhos eram frios como os meus. Juntos, teríamos congelado o universo.

Não é que eu seja uma mulher fria. Talvez eu seja até um pouco quente demais, às vezes. Quando desejo um homem, é impossível pensar em qualquer outra coisa. É impossível fazer cessarem as labaredas. Como é mesmo o verso de Racine? "Eu me incendeio por Hipólito"? Isso tem a ver comigo. Logo que conheci Bernhard, percebi que uma parte de mim se acabara. Ali estava o destino. A cobra que come o próprio rabo. Eu já havia tido um filho e passado por vários amantes. Mas Bernhard, com seus olhos sombrios, seus sorrisos descuidados, acendeu em mim um fogo raro. Eu o tirei da mulher com quem ele estava para se casar e deixei meu filho por ele. Eu o cerquei, transformei-me em um besouro a rodopiar em volta dele para que só eu merecesse sua atenção. Fiz isso sem cessar e tornei-me irresistível.

Como a maior parte das mulheres, eu queria, eu precisava de amor: o amor erótico que marca a fogo a memória, como um campo incendiado por tochas. Na manhã seguinte, e ainda por várias semanas, eu caminharia atordoada por aquele chão coberto de cinzas e de brasas. Era sempre doloroso, lindo e assustador.

Às vezes chego a pensar que eram essas lembranças que eu desejava, mais do que as experiências em si. O brilho do fogo, mais do que seu calor. Mas com Bernhard eram as noites mesmo que queria, eram as labaredas lambendo o teto de seu quarto, eram as paredes incandescentes e as sombras unidas de nossos corpos nus.

Eu era, no fundo, uma mulher de teatro e isso explica, em parte, a atração que eu sentia por Bernhard. Desde que eu era menina de escola, em Riga, sentia-me atraída pelo teatro. Nem sempre como atriz, mas como espectadora. Prefiro a vida transformada pela arte, aperfeiçoada por ela. Mas insisto em que a arte deva ser revolucionária, também: deve atender as exigências do presente, transmitir uma sensação de urgência às pessoas.

Dizer que a economia rege o mundo é uma afirmação simplista — pressuposto básico do marxismo. Há, entretanto, algo de profundamente verdadeiro nesse pressuposto. O mundo material e tudo que temos é o único mundo que podemos conhecer. Não consigo entender as pessoas religiosas. São pessoas a quem colocaram em um desvio, a quem cobriram as cabeças com capuzes, a quem feras amedrontaram para que adotassem essas ideias abjetas. Existe um Deus, mas ele é o mundo: montanhas, rios, nuvens, gente. Cada homem e cada mulher é um pequeno deus. Se tenho alguma religião, então é a religião do homem, a divindade do homem, o que há de sagrado em seu cotidiano. As hierarquias precisam deixar de existir: o status do homem sobre o da mulher, do rei sobre o do seu súdito, do rico sobre o do pobre. Os ideais da Revolução Francesa ainda ecoam como ideais a serem atingidos — liberdade, igualdade e fraternidade. Talvez não nessa ordem. A igualdade antecede a liberdade. Não se pode ser livre até que se seja igual, materialmente, se não socialmente. Enquanto houver um único homem suplicando pão nas ruas da capital, não haverá igualdade entre os homens e não poderá haver, tampouco, liberdade ou fraternidade.

A TRAVESSIA DE WALTER BENJAMIN 201

O meu querido Walter Benjamin não chegou a ser um marxista, embora pareça ter se deixado levar pela minha argumentação naquele verão em Capri. Leu, zelosamente, o *Kapital*, em um volume que me pertencia e que, aliás, ele não devolveu. Dei-lhe também para ler *História e Consciência de Classe*, de Georg Lukács, livro que ele já havia lido, mas não de maneira adequada.

Foi lá, em Lukács, que Walter reencontrou suas próprias ideias sobre a degeneração da sociedade alemã confirmadas e elevadas à categoria de sistema "coerente e epistemologicamente consistente". Creio que foram essas suas palavras. Lukács examinou, com rigor, a crise espiritual do Ocidente. O próprio Walter tinha vivido essa crise, que o conduzira em direções esotéricas, no sentido do misticismo — um sinal inequívoco de dissolução. Pareceu-lhe importante que Lukács conseguisse resgatar a tradição espiritual do Ocidente e lhe propusesse melhor uso, sugerindo formas de atrelar essas mesmas energias, transformando-as em instrumento de progresso social. Walter começou a compreender, pela primeira vez, que sem mudanças radicais na Europa não haveria esperanças.

Ele devorava os livros que eu lhe dava e eu ia ficando cada vez mais impressionada com sua capacidade mental. Bernhard e eu achávamos incrível aquela sua maneira de falar lentamente, expressando-se em parágrafos inteiros, lindamente estruturados. Tinha um raciocínio filosófico treinado na tradição germânica; Hegel (que eu não tinha lido cuidadosamente) era como uma segunda natureza para ele, o que fazia com que Marx e Lukács parecessem bem simples. Tornei-me, ao mesmo tempo, sua mestra e sua pupila.

Walter dava saltos à minha frente em termos intelectuais. Ele compreendeu rapidamente as questões mais sutis do materialismo dialético, mas nunca chegou a ser um revolucionário comprometido. Era obstinadamente, incorrigivelmente burguês, um berlinense da velha escola, um homem do burgo. Por mais que ele afirmasse sua rejeição às origens, elas estavam sempre presentes, minando seu fervor revolucionário. Ele era, no fundo, um colecionador, um *connaisseur*, um místico. Não creio que ele jamais se comprometesse com alguma revolução, a não ser da maneira mais abstrata e cerebral. Na verdade, ele era positivamente patético no que se referia a fervor revolucionário. Sua natureza cética fazia dele o mais improvável dos pretensos marxistas e ele me deixava muito irritada quando fingia ser uma pessoa engajada. Era tudo da boca para fora.

Nós nos encontramos várias vezes no mesmo café na *piazza* e ele foi me conquistando pacientemente, fazendo-me perguntas cada vez mais pessoais.

— Perdoe-me, *fräulein* — disse ele —, mas quero saber de todos os pormenores. É sempre assim quando eu conheço uma pessoa.

— Você deve perder muito tempo com isso — disse eu.

— O que eu quis dizer é que me interesso assim quando a pessoa é terrivelmente especial... alguém que será amigo no futuro.

Ele parecia meio idiota, mas também irresistível. Eu gosto, em geral, de homens inteligentes cujo raciocínio complexo tem por base um conhecimento concreto do mundo. Walter, é claro, tinha lido tudo, quase sempre duas vezes. Era uma enciclopédia ambulante, quase a ponto de ser caricato com seu desejo insano, compulsivo e inumano de saber tudo sobre tudo que pode ser encontrado em livros.

Não é que eu não goste de ler; romances, principalmente, e livros sobre história são parte de minha vida. Naquela ocasião eu lia Tácito e Suetônio, que contam histórias assombrosas e maravilhosas sobre o imperador Tibério em Capri. Que monstro ele era! Um louco libertino, que atingiu níveis sublimes de autocondescendência. Ele me lembrava Brecht, de uma certa maneira perversa.

O café de toldos verdes dava para a catedral e era lá que costumávamos nos encontrar depois do almoço. No meio da tarde uma intensa luz caía perpendicularmente sobre a escadaria de pedra, embora os degraus propriamente ditos ficassem

A TRAVESSIA DE WALTER BENJAMIN 203

sombreados por vasos de flores. Em um dos lados da *piazza* ficava um terraço cercado por altas colunas brancas; uma placa preta e branca indicava o funicular, que levava as pessoas até a praia. Acima, em uma velha torre, havia um sino que soava alto de hora em hora e um relógio com mostrador de azulejo que a torre usava como um monóculo. Nela ainda havia uma cumeeira dos Bourbon, sinal de algum período de colonização. O que me agradava em Capri era a sensação de sobrevivência que existia lá; muitos conquistadores tinham chegado e partido, mas a ilha permanecera — uma rocha iluminada e livre em um mar verde brilhante. Era eterna e não se abalava com o que a história pudesse lhe trazer.

A *piazza* estava sempre cheia de cavalheiros idosos vestindo coletes, pescadores com a pele do rosto curtida, donas de casa a conversar, crianças, turistas de todo o mundo. Era um lugar pululante, tumultuado, ruidoso. Prédios de fachadas brancas, amarelas e rosadas pareciam apertar os olhos ao sol e uma fieira de pimentas vermelhas estendia-se por trás de nossas cadeiras. Um odor de cebola, azeite de oliva e alho tocava nossas narinas: parte da tarefa obsessiva e contínua de preparar refeições, que é a única religião verdadeira da Itália.

Certo dia, Walter curvou-se sobre a mesa e perguntou:

— Você quer ir à caverna comigo? Amanhã?

Isso foi dito a meia-voz, como uma proposta amorosa. Depois de alguma hesitação e algumas perguntas educadas, concordei em ir com ele na manhã seguinte a uma tal gruta lendária. Como é que alguém rejeitaria um convite daquele? Bernhard tinha outras preocupações naquela manhã e não via em Walter Benjamin um rival em questões de coração, portanto eu estava pronta para explorar a ilha com ele.

— Só tome cuidado para que ele não caia no mar — disse Bernhard.

Às 9 horas nos encontramos na *piazza* e partimos a pé pela Via Croce: uma estradinha estreita e íngreme com uma vegetação densa de um lado e, do outro, um despenhadeiro quase vertical que caía até o mar. Walter soprava e bufava como uma locomotiva a vapor e eu zombei dele.

— Você está mesmo fora de forma! — disse eu. — Olha só que barriga! Quantos anos você tem, 65? — Ele apenas sorriu apertando os olhos, aceitando o fato de eu o ridicularizar como uma forma de intimidade.

Chegamos a uma bifurcação no final da subida, de onde era possível ver as Colinas de Tuaro e ter uma visão panorâmica do mar, com suas sombras escuras, e, não muito longe dali, os Faraghioni — rochas altas e íngremes que se erguem do mar como obeliscos. Sorrento reluzia a distância, como uma moeda branca nas rochas vermelhas. Era quase belo demais.

Segui Walter pelo mato adentro e depois subimos outra estradinha íngreme por dentro de uma plantação de oliveiras, chegando subitamente à entrada de uma grande gruta chamada Matermania, que se abria em um paredão de rocha calcária cercado de arbustos de murta e almécegas. Perto dali havia uma área com elegantes pinheiros, pungentes com sua exsudação de resina. As gaivotas pairavam no ar, abrindo suas asas brancas como os anjos.

Infelizmente eu sou uma pessoa claustrofóbica e detesto espaços fechados, o que significa que uma gruta — por mais espetacular que seja — é meu pior pesadelo. Tenho sonhado com grutas a vida inteira: grutas que se curvam infinitamente, sem possibilidade de retorno à luz. Grutas em labirinto.

Walter acenou-me já à sombra da gruta.

— Sinto muito, Walter — disse eu. — Mas não posso. É que eu tenho esse medo. Você vai ter que me perdoar.

— Por favor, Asja — disse ele. — Venha! — Seu tom de voz demonstrava ansiedade.

— Isso iria me matar — disse eu. — Estou falando sério.

— Ele começou a rir.

— Você é neurótica. Logo você! Quem diria?

— Você pode passar a manhã toda me insultando — disse eu —, mas não vai me convencer a entrar na gruta.

Walter mudou de tática, ainda na esperança de me persuadir.

— Na verdade ela é linda por dentro. Já estive aqui duas vezes. Esta é minha terceira visita. — Enquanto falava, ele esticou o braço e pegou minha mão esquerda bem de leve e, quase que imperceptivelmente, conduziu-me para dentro da gruta, por um acesso que subia aos poucos e levava a um lugar escuro. — Você não precisa ter medo — disse ele em um sussurro alto, como em uma peça de teatro.

— Por que você está sussurrando?

— Porque as cavernas são cheias de espíritos — disse ele. — Alguns podem ser mais perigosos que outros. Além do mais, o Minotauro está lá no fundo. É melhor não o acordar.

De súbito senti minhas costas de encontro à parede molhada e fria. Não conseguia enxergar coisa alguma, mas senti Walter encostado em mim. Ele tinha uma ereção e apertou seu corpo contra o meu, colocando a cabeça no meu ombro. Foi uma cena mais estranha do que erótica, embora eu deva confessar que não achei nem um pouco desagradável. Homens são homens e não se pode esperar outra coisa.

Certamente nunca tive a intenção de me envolver com Walter Benjamin. Não de uma forma amorosa. Na verdade, nunca me apaixonei por ele. Nunca sonhei com ele como se sonha com um amante. Mas sua necessidade era avassaladora e sua atenção — aquela atenção contínua e sem disfarces — era irresistível. Ele me olhava fixamente e, como um inseto preso em sua teia, deixei-me ficar submissa, ou quase submissa. A verdade é que nunca me entreguei totalmente a ele. Nunca me abandonei. Na verdade nunca cheguei a ser realmente sua amante, em um sentido mais profundo da palavra.

Aquela vez na Matermania foi nosso primeiro intercâmbio, como ele dizia. E foi típico do nosso relacionamento. Estabeleceu-se uma rotina bizarra de excitação agradável e expectativas frustradas que se repetiria compulsivamente por muitos anos.

Ele apertou seu corpo contra o meu e procurou meus lábios com os seus. Deixei que me beijasse, sem corresponder ansiosa. Eu estava passiva e ele me penetrou.

Senti sua mão levando a minha em direção a ele, em direção àquela sua parte dura que agora se apertava contra meu ventre. A essa altura, ele já havia desabotoado a calça, que lhe caíra até os joelhos. Gostei de sentir aquela carne quente em minha mão, aquela dureza levemente curva; ele gozou em alguns segundos, dizendo: "Eu te amo, Asja. Eu te amo." Foi uma situação embaraçosa.

Eu não respondi como talvez devesse ter respondido, mas era impossível, naquelas circunstâncias. No decorrer daquele mês, encontramo-nos várias vezes para nossos "intercâmbios", mas foram todos semelhantes àquele da caverna: de esguelha, enigmáticos e quase sem nos vermos. Jamais comentávamos depois o que se passara entre nós, como se tivéssemos feito algo tão terrível que não devesse ser jamais mencionado. Não entendo, até hoje, por que permiti que aquilo continuasse.

A verdade é que Walter não era um homem chegado a coisas físicas. Para começar, era tão míope que nunca olhava para as coisas como todos nós. Tudo era rapidamente abstraído em linguagem, emoldurado e pendurado nas enormes paredes de sua mente. Até mesmo os aspectos eróticos da vida eram todos afastados do seu contexto físico normal, embora as brasas do erotismo ficassem rubras com minha resistência. Isso acontece com muitos homens: desejam apaixonadamente o que não conseguem ter. Se você ceder, eles desdenham. Se você recusar, eles a deixam louca com tanta súplica.

Quando o verão foi chegando ao fim, meu relacionamento com Bernhard foi degenerando e eu me senti pronta para deixá-lo de uma vez por todas. Em um momento de insensatez, disse a Walter:

— Está bem, você pode voltar para Riga comigo. Podemos viver em uma casa que pertence a meu primo. É uma casinha de madeira com telhado de azulejo que brilha quando chove. Você vai gostar.

Uma sombra de tristeza anuviou-lhe o rosto e ele me olhou com uma expressão que a essa altura da vida ele já havia aperfeiçoado. Suas sobrancelhas se enviesaram melancolicamente, sua alma evadiu-se pelos olhos e o que ficou à minha frente era apenas a casca vazia de Walter Benjamin. Aquela expressão me deixou assustada.

— Qual é o problema? — perguntei. — Não é isso que você quer?

— Estou apaixonado por outra mulher — disse ele. — O nome dela é Jula. Jula Cohn.

Isso me pegou de surpresa.

— E sua mulher, Dora? — perguntei. — E seu filho? São tão pouco importantes assim?

— Estou em processo de fuga.

— Ah, fuga — disse eu, sem conseguir disfarçar o tom irônico da voz. Já não bastava ele ser casado e ter um filho, agora tinha uma amante também? Então eu era apenas mais uma amante na fila de espera?

— Sinto muito — disse ele. — Eu magoei você? Se magoei, peço desculpas.

— Nem tanto. Eu não ia mesmo pedir sua mão em casamento.

— Não é isso, é só que...

— Por favor, Walter. Isso não tem importância. Não tem, em absoluto. A vida já é muito complicada. Eu compreendo.

— Mas tem importância, sim. — Ele deu um soco na própria testa, o que foi um gesto absolutamente inusitado em se tratando dele.

— Não, não tem — disse eu. — Todo mundo se engana de vez em quando.

Eu me sentia ridícula tendo que dizer essas tolices tão banais. Essas coisas acontecem em situações assim. Até mesmo pessoas inteligentes, com mentes filosóficas brilhantes, falam entre si como débeis mentais quando se trata de amor. Quando parti no dia seguinte para Riga, passando por Nápoles, Roma e Florença, tinha certeza de que Walter não deixaria que tudo terminasse daquela maneira. E, no fundo, eu não acreditava naquela história de Jula Cohn. Aquilo era um ardil, uma forma de não se comprometer tomando uma atitude.

Jula Cohn era escultora, ou assim o diziam. Eu mesma jamais vi uma obra sua em qualquer galeria de Berlim. Ela tinha um jeito passivo, quase estático, como uma planta. Algum tempo depois, Brecht chamou-me a atenção para o fato de um dos melhores ensaios avulsos de Walter, sobre *As afinidades eletivas* de Goethe, ter sido escrito em resultado de uma crise causada por Cohn. Ela era a Otília de Goethe — o ideal erótico que jamais será totalmente humanizado.

— Os grandes textos — disse Brecht — são sempre uma resposta à dor. — Isso pode ou não ser verdade, mas não há dúvida de que Walter estava em plena agonia quando escreveu aquele ensaio. Cada expressão dele está saturada de dor.

Na verdade, Jula antecedera Dora em alguns anos. Ela e Walter conheceram-se em Berlim antes da guerra e ele a perseguiu daquela sua maneira intermitente porém obsessiva durante vários anos. Mesmo depois de seu casamento com Dora, em 1917, ele continuou a encontrar-se com Jula e a escrever para ela. Em Heidelberg, depois da guerra, ela se dava com todo mundo do meio artístico. De fato, seu nome foi mencionado algumas vezes por Bernhard e seus amigos, que a consideravam uma "papa-jantares", uma das muitas pessoas que gravitam em torno de círculos artísticos.

Pessoas que gravitam em torno das coisas nunca me interessaram. Não gosto dessa gente que se agarra às franjas dos acontecimentos.

A TRAVESSIA DE WALTER BENJAMIN

Quem é comunista quer o poder: poder para alimentar os que têm fome, para dar abrigo a quem necessita. Poder para derrubar os muros que separam as classes sociais e acabar eliminando as próprias classes. Isso ninguém consegue se viver à margem de onde as coisas se fazem. Essa ideia de marginalidade só tem apelo para a sensibilidade burguesa. Ela permite que a burguesia justifique sua própria inépcia. É um bom lugar para se esconder, para se sentir seguro e satisfeito.

Mudei-me para Moscou precisamente porque lá ficava o centro da revolução do povo. Eu estava ansiosa por experimentar esse tipo de poder genuíno e Bernhard também; ele queria ser conhecido por lá e, se possível, na Gosfilm, onde a indústria cinematográfica soviética acabava de nascer. As possibilidades em Moscou pareciam não ter limites para nós dois. De fato, logo estabeleci relações com uma organização cujo objetivo era fazer emergirem as forças criativas do proletariado que se encontravam adormecidas: chamava-se Proletarskaia Kultura. (Walter não demonstrou o menor interesse por esse movimento, o que, a meu ver, era mais um indicador de sua sensibilidade obstinadamente burguesa.)

Walter tinha um jeito de aparecer em minha vida como uma tempestade elétrica que surge do nada, ribomba, incendeia os céus, magnetiza o ar e depois desaparece como veio no horizonte, deixando atrás de si apenas seu eco e dias de chuva. Poucos meses depois de ter recusado meu convite para morar comigo em Riga, ele surgiu sem ser convidado e hospedou-se em um hotel pulguento sem sequer avisar que chegaria. Começou, então, a caminhar pelas ruas, na esperança de me ver de relance. Em um texto intitulado "Estereoscópio" ele escreveu:

Apareci em Riga para ver uma mulher. Sua casa, a cidade, a língua, tudo me era desconhecido. Ninguém me esperava à chegada e ninguém me conhecia. Vaguei sozinho pelas ruas umas duas horas. Foi a primeira vez que vi ruas tão desertas. De cada portão, o chamejar de um tiro, de cada monumento, uma saraivada de centelhas e todos os bondes corriam em minha direção como carros de bombeiros. Era importante que, fosse como fosse, eu a visse antes de ela me ver. Ela poderia me transformar em uma tocha com seus olhos incendiários. Se fosse ela a me tocar primeiro, eu explodiria.

Era uma agonia lidar com um homem nesse estado de espírito. Como uma idiota, deixei que ele passasse duas semanas em minha casa. Loucura maior ainda foi deixar que ele me seduzisse uma noite, depois de muita bebida. Ele disse:

— Querida, você parece tão tensa. Deixe que eu lhe faça uma massagem.

Antes que eu me desse conta, sua mão já estava entre minhas coxas. Uma coisa foi levando a outra e logo seu corpo se deitou sobre o meu, por trás. Eu fiquei imóvel, mas não pude resistir. No dia seguinte, porém, disse a ele:

— Nunca mais faça o que você fez. Não quero mais fazer sexo com você. O meu amante é Bernhard. — Propus que se tornasse meu amigo, um amigo de verdade. — Amigos são mais importantes que amantes — disse eu. Ele pareceu ter ficado magoado e partiu de Riga de mau humor.

No inverno de 1926 ele tornou a aparecer, sem qualquer aviso, dessa vez em Moscou. Eu estava internada em um sanatório, recuperando-me de uma crise nervosa. Todos os médicos concordaram em que vários anos de estresse profissional, tentando sucesso no teatro, combinados com o ativismo político tinham custado caro a meus nervos. Eu já não era mesmo uma pessoa forte por natureza, embora fingisse ser. Meu relacionamento com Bernhard já não estava satisfatório. Ele brincava com meus sentimentos, cobrindo-me de elogios só para em seguida desdizer tudo com risos zombeteiros e estocadas sutis. Creio que ele estava acostumado à obediência das atrizes que ele adestrava. Eu achava aquilo insuportável e gritava:

"Você não é meu diretor!" Mas não havia jeito. A personalidade de Bernhard era moldada em cimento.

Eu não tinha a menor vontade de ver Walter naquela ocasião, mas lá estava ele ao lado de minha cama, irrequieto, fumando um cigarro após o outro; suplicava-me, com aqueles seus olhos escuros e tristes, que abandonasse Bernhard e me tornasse sua amante. Que ideia absurda! Ele tinha telegrafado antes de ir para o pobre Bernhard pedindo que o esperasse na estação Bielorrússia--Báltico. (Bernhard, é claro, concordou; ele considerava Walter "um velhinho querido".) De lá foram diretamente para meu quarto no sanatório — Bernhard estava intrigado e Walter chegou com uma expectativa que lhe tirava o ar e que estava fadada à frustração. Deu-me de presente a *Rua de mão única*, seu livrinho muito louco de trechos fragmentados. Era dedicado a mim: "Esta rua se chama Asja Lacis, em homenagem à engenheira que a construiu dentro do autor." Bernhard, ao ver essa dedicatória, olhou-me com espanto. Ainda bem que ele não era ciumento. Não era da natureza dele sê-lo. Depois, a sós, ele me disse:

— Você não deve encorajá-lo, Asja. É evidente que esse homem está louco por você.

Mas eu não o encorajava. Não fazia coisa alguma!

O que, exatamente, esperava Walter com aquela visita? Eu não o deixaria pular para dentro do meu leito de hospital: há limites para os sacrifícios que se deve fazer pelo Povo e Walter já estava voltando atrás em seu compromisso político. Ele me parecera, por suas cartas, estar a ponto de entrar para o Partido, mas ali, no centro mesmo da revolução, ele resistia.

— Não tenho certeza se aprovo o bolchevismo — disse ele —, porém acredito nos princípios do socialismo. O problema é que não consigo ver, na prática, como essa ideologia pode ser produtiva. Há muitas coisas que preciso resolver comigo mesmo antes de me filiar. — E assim, indeciso, ele continuava a falar.

Expliquei-lhe que se ele pretendia ficar em Moscou e conseguir algum sucesso no meio literário de lá, precisaria filiar-se ao Partido. Dessa forma, logo surgiriam contatos e encomendas. Ele poderia fazer crítica de teatro e escrever artigos para a *Nova Enciclopédia Soviética*. Havia bastantes recursos financeiros para os produtos culturais certos. Os soviéticos estavam ansiosos por melhorar as relações com a Alemanha e precisavam de quem os defendesse na imprensa, de pessoas para quem o alemão fosse a primeira língua. Quem melhor do que Walter Benjamin, que já escrevia crítica para vários jornais importantes em Berlim e em Frankfurt?

— Jogue suas cartas com cuidado — disse-lhe eu — e você fará sucesso. Podem até contratá-lo no Kremlin!

Como de costume, Walter assentiu vagarosamente com a cabeça. Ele sempre assentia vagarosamente com a cabeça.

Suspeito que o caso de Ernst Toller o tenha feito voltar-se contra o Estado soviético. Toller era, de longe, o dramaturgo socialista mais influente da época; ele era da República Bávara Soviética, que tão pouco tempo durou. As peças de Toller, traduzidas, eram produzidas na Rússia para grandes públicos. Sua chegada à capital tinha sido amplamente divulgada, com grande estardalhaço: surgiram pôsteres em todo lugar, colados em muros e portões, nas laterais dos bondes e nas estações ferroviárias. Ele faria uma palestra no Instituto Kameneva e centenas de pessoas foram lá para ouvi-lo. Que infelicidade, entretanto! Pouco antes de sua chegada ele foi atacado por um inimigo, Paul Werner, que acusou a obra de Toller de contrarrevolucionária. O *Pravda*, inesperadamente, ficou do lado de Werner e assim, quando Toller apareceu para fazer sua palestra, as portas do Instituto estavam trancadas.

— Isso é um ultraje! — repetia Walter. — Imagine só fazerem uma coisa dessa com Toller, proibi-lo de fazer uma palestra! Toller é um grande homem!

A TRAVESSIA DE WALTER BENJAMIN

Tentei explicar-lhe que na Rússia havia muitas ideias conflitantes em circulação e que as opiniões mudavam constantemente. A estrela de Toller voltaria a brilhar no firmamento do teatro se ele provasse ser um membro valioso do Partido.

— Que diferença faz ele pertencer ou não ao Partido? — perguntou Walter, um pouco alto demais, sentado ao lado de minha cama. Alguns dos atendentes do hospital já o olhavam de modo suspeito, tendo nos ouvido falar jocosamente sobre uma coisa ou outra.

— Devemos lutar todos do mesmo lado — disse eu. — Não podemos nos dar o luxo de termos mais de um partido. Pode haver diferenças de opinião dentro do Partido, é claro. Deve haver. Mas as forças revolucionárias acabarão conosco se mostrarmos que estamos muito divididos entre nós.

Bernhard sentava-se atrás de Walter olhando para o teto, impaciente; havia feito o possível por ele, inclusive apresentando-o ao editor da *Nova Enciclopédia Soviética*, que lhe encomendara um artigo sobre Goethe. Poder-se-ia esperar alguma gratidão da parte de Walter, mas não: sua mente estava em outro lugar. Estava em mim.

Ainda posso vê-lo ali sentado, suspirando, olhando-me fixamente nos olhos, como um homem à beira da morte com medo da escuridão. Ele surgia à minha cabeceira todas as tardes, com os braços carregados de flores, doces, pães de mel, creme fresco. Falava sobre nosso futuro de maneira fantástica.

— Precisamos voltar a Capri — insistia ele. — À caverna Matermania. — Uma ou duas vezes, quando Bernhard não estava, ele se arremeteu sobre mim e eu tive que me fazer de indiferente, passando os dedos por seus cabelos de leve, sem lhe dar muito afeto. Uma tarde fiquei muito assustada quando ele começou a chorar, dizendo que, se eu não fosse capaz de corresponder a seu amor, ele certamente morreria. Talvez ali mesmo no chão, ao lado da minha cama.

— Você me ama, Asja? Por favor, diga a verdade!

— Sim — disse eu. — Mas amo mais como amigo.

— Mais como amigo do que o quê?

— Do que amante...

Isso foi o suficiente para que ele caísse em um choro convulsivo, lamuriando-se. Ele era tão infantil em relação a tudo...

— Olhe — disse eu, em desespero —, vou visitá-lo em Berlim dentro em breve. Precisamos resolver isso. — Supliquei-lhe, entretanto, que se contivesse na presença de Bernhard, explicando que a maioria dos homens na posição de Bernhard já o teria matado àquela altura. Tentei também fazê-lo ver que eu não estava bem.

— Você vai me visitar em Berlim? — perguntou ele, com os olhos espantados, inocente.

— Vou. Prometo.

— Sem Bernhard?

— Sozinha. Sem Bernhard.

Eu sabia que, se não prometesse uma coisa assim, ele ficaria em Moscou para sempre, na esperança de conseguir seduzir-me. E percebia que Bernhard já estava perdendo a paciência com ele; de fato, certa noite, em meu quarto, ele disse a Walter que saísse da Rússia o mais breve possível.

— Você jamais conseguirá ganhar a vida escrevendo aqui, Walter — disse ele.

— Você tem razão — concordou Walter, para surpresa minha. — Eu vou para casa. — Agarrou a mão de Bernhard e disse: — Obrigado por ser sincero comigo.

Bernhard foi sincero com Walter em relação ao que ele escrevia; por vezes sua sinceridade chegava a ser chocante.

— Um bom escritor não escreve apenas frases bonitas, densas e memoráveis — disse ele a Walter certa tarde, referindo-se à *Rua de mão única*. — Na obra de Tolstoi ou de Gogol, a proporção de frases esplêndidas para frases medíocres fica por volta de uma para trinta. Mas no seu texto, quase metade das frases são densas e

A TRAVESSIA DE WALTER BENJAMIN   215

memoráveis. Isso resulta em coisas demais para o leitor se lembrar. É-lhe negada a possibilidade da expectativa.

Ao ouvir isso, Walter, a princípio, pareceu perturbar-se; depois, disse:

— Receio que você esteja coberto de razão. Nunca vou ter um público.

— A não ser que você modifique seu estilo — disse Bernhard.

— Isso eu não posso fazer — disse ele. — Seria imoral, não?

Talvez tenha sido esse o início do fim da viagem de Walter a Moscou. No dia seguinte ele começou os preparativos para a partida.

Eu já me sentia bem o suficiente para acompanhar Walter até a estação. Estávamos no início de fevereiro, mas tinha havido um degelo e a neve se derretia nos lados da ampla Tverskaia, onde era preciso andar com cuidado para não pisar nas poças nem nos dejetos fumegantes dos cavalos. Walter apertava minha mão enquanto caminhávamos em silêncio. Parou duas vezes para olhar-me intensamente nos olhos, suspirando em seguida.

Quando entrou no vagão, voltou-se e me olhou de um jeito que inspirava pena.

— Você vai ficar bem, não vai, Walter?

— Eu daria qualquer coisa pelo seu amor — disse ele.

— Eu sei, eu sei.

— Existe alguma esperança?

— Sempre existe esperança — disse eu. — O que seria da vida sem esperança? Mas você não deve pensar só nisso.

Walter mordeu o lábio com força. Depois começou a falar, movendo os lábios distintamente, embora nenhuma palavra saísse deles.

Para grande alívio meu, o condutor soprou seu apito. O trem deu um suspiro, soltando os freios.

— Você precisa encontrar seu lugar no trem — disse eu.

— Só consigo pensar em você.

— Ora — disse eu —, há coisas melhores para pensar. Pense em Goethe.

— Você é mais importante.

É terrivelmente aborrecido quando um homem gosta mais de você do que você dele. E parte o coração, também. Tentei acenar para ele quando o trem foi se afastando da plataforma, mas ele não olhou para fora da janela. Tinha o rosto enterrado nas mãos, e os ombros, curvados para a frente. Talvez fosse apenas um efeito da luz, mas seu cabelo parecia branco como a neve, com uma aura irreal em torno de sua cabeça. Creio que chorava. Que sujeito importuno, pensei. Um grande importuno.

A sensação de déjà-vu tem sido descrita com frequência. Pergunto- -me, contudo, se o termo deveria ser esse mesmo, ou se a metáfora mais apropriada não viria do campo da audição. Talvez fosse melhor falarmos dos acontecimentos que chegam até nós como um eco despertado por um som que parece ter sido ouvido em algum lugar na escuridão de nossa vida pregressa. Da mesma forma, se nosso raciocínio estiver certo, o choque com o qual determinados momentos entram no nosso campo consciente como se já tivessem sido vividos em alguma vida anterior geralmente nos atinge pela audição, em forma de som. Uma palavra, o ruído de alguém batendo à porta, um farfalhar adquirem o poder mágico de nos transportar para o interior do túmulo do passado, de cuja entrada o presente parece voltar apenas como um eco.

Walter Benjamin

9

Lisa Fittko

Hans ainda estava tentando entrar em um navio com destino a Casablanca, e meu irmão também. Eva e a filhinha deles, Titi, ficaram sob minha responsabilidade. De acordo com nosso plano, atravessaríamos a fronteira da Espanha; a rota ao longo da costa parecia estar livre e seria uma caminhada fácil. Da Espanha seria possível passar para Portugal, que era considerado um lugar mais adequado que o Marrocos para se esperar até que a guerra acabasse. Portugal certamente permaneceria sendo zona neutra e o padrão de vida lá era razoavelmente alto. Acreditávamos que todos nos encontraríamos novamente, de alguma forma, quando aquele inverno nazista chegasse ao fim, qualquer que fosse sua duração.

Eva e Titi tinham estado algum tempo em Montpellier, na casa de amigos. Ficaram de tomar o trem onde eu estaria, a caminho da fronteira da Espanha. Eu tinha mandado um telegrama informando da hora exata em que chegaria, mas as conexões me deixam sempre nervosa, pois são muito imprevisíveis.

O trem parou na estação e, como eu temia, não vi Eva nem Titi. O condutor gritou:

— Todos a bordo! — O apito soou estridente.

Corri para o condutor.

— Estou esperando uns parentes — disse eu. — Ficaram de encontrar-me aqui.

— Sinto muito, *madame* — disse ele.

Eu sabia que se baixasse a escada de meu vagão poderia atrasar um pouquinho a partida, portanto foi isso que fiz.

— Por favor, *madame*! Suba de volta! Temos um horário a cumprir! — disse o condutor.

Continuei no degrau, fingindo não ouvir uma só palavra.

Passou-se um minuto que parecia ter a duração de dez e então ouvi o grito:

— Tia Lili! Tia Lili! — Eva corria atrás dela, tentando alcançá-la.

Eu tinha guardado um lugar para elas no compartimento onde estava, para grande aborrecimento dos outros passageiros. Uma velha feroz com a cara coberta de maquiagem tinha dito:

— É proibido reservar lugares! Na França isso não é permitido! — Eu não recuei.

— É permitido sim! — disse eu em um tom de voz bem mais alto do que o meu natural. Até o condutor desistiu da disputa comigo.

— Vou ter que verificar isso — disse ele.

Mal nos sentamos, Titi pediu:

— Você trouxe um pedaço de bolo ou chocolates para mim, tia Lili? Mamãe disse que você ia trazer.

— Sinto muito, Titi, não trouxe nada para você.

— Tome aqui um pedaço de pão — disse a mãe, pegando um pãozinho, partindo-o e dando um pedaço a Titi. *Du pain*, disse ela.

A criança pegou o pão.

— Em alemão a gente diz *Brot*. Você diz *Brot* ou *du pain*, tia Lili?

A mãe e eu quase morremos de susto. Se julgassem que éramos alemães, não se sabia o que poderia nos acontecer.

— Faz tanto tempo que não vejo você! — disse eu bem alto, puxando a menina para meu colo. — Você está uma coisinha linda!
— Acariciei-lhe os cachos louros para distraí-la.

Vi que o queixo de Eva tremia. Por sorte, nenhum dos outros passageiros do vagão, em sua maioria soldados, percebeu o que a criança dissera. Os adultos não costumam mesmo prestar atenção ao que as crianças dizem; sua tagarelice é como música de fundo, algo vagamente aborrecido ou até mesmo engraçado que não faz sentido para quem não é pai ou mãe.

Port-Vendres, uma cidade costeira próxima à fronteira com a Espanha, era a última parada para os *émigrés* em fuga. Chegamos lá no final da tarde e desci do trem com os olhos cheios de lágrimas. Eu tinha me esquecido de que seria tão bonito: a linha irregular de montanhas azuis, não muito distantes, os campos a cada lado dos trilhos, então com o feno já alto, e a cidadezinha que descia até o Mediterrâneo e o usava como um enfeite de turquesa brilhante. O céu estava cor de laranja naquele fim de tarde fresco, com algumas nuvens volumosas de formas fantásticas recortando-se contra um quebra-ventos de cedro. As casinhas pareciam apoiar-se umas nas outras — rosa, brancas e azuis — como crianças correndo para o mar. Uma paz tensa parecia permear a atmosfera da cidade, muito diferente das ruidosas Toulouse e Marselha.

A natureza está sempre conosco, pensei. É extravagante e regeneradora. Ela se cria e se destrói para novamente, e sempre, se recriar, tão fresca, com uma calma tão infinitamente profunda, mas ao mesmo tempo selvagem, tão gentilmente ignorante da miséria humana, da ambição e da dor. Nunca se pode ficar triste ou ter medo por muito tempo quando em contato direto com a natureza. O que é que os alemães poderiam fazer comigo? Poderiam matar-me ou mesmo torturar-me. Mas nada do que fizessem duraria muito tempo. Logo eu estaria conectada novamente à terra, às rochas e aos córregos, às montanhas e às árvores. Esse era o meu reino de verdade e dele ninguém poderia me separar.

Hans tinha me dado o nome de Jean-Luc Ferrier, que deveria entender muito de fugas pela fronteira. Fomos ter com ele depois de nos acomodarmos no apartamento que minha cunhada encontrara.

Tinha um jeito de avô e serviu-nos chocolate quente.

— Dezenas de refugiados encontram-se escondidos em Port-Vendres neste momento — disse ele, erguendo e baixando as sobrancelhas brancas enquanto falava. Como a maioria dos homens que ainda restavam nas aldeias francesas, ele era bem idoso. Os jovens que não estavam na guerra se escondiam nas montanhas, onde as unidades da Resistência já se formavam.

Famílias inteiras espremiam-se em porões úmidos ou sótãos escuros, e os mais corajosos andavam pelas ruas, cabisbaixos, tentando chamar para si o mínimo de atenção possível. Em sua maioria, os habitantes de Port-Vendres solidarizavam-se com os refugiados, que aguardavam, todos, o momento certo de atravessar para a Espanha.

O movimento contínuo de refugiados em direção à Espanha passando por Cerbere já durava vários meses. Era uma caminhada de cinco a seis horas, ou seja, viagem para um dia. Os guardas da fronteira tinham sido condescendentes até a semana anterior, quando chegaram as ordens da Comissão Alemã Kundt (uma agência da Gestapo que operava na área não ocupada da França) interrompendo subitamente todo o tráfego de refugiados. Os simpatizantes do nazismo logo surgiram nas fileiras dos guardas de fronteira, como flores venenosas que se alimentavam no solo escuro desses tempos sombrios. Talvez já na expectativa de uma ocupação total, toda a *garde mobile* tornou-se incrivelmente zelosa. Trens repletos de refugiados já se encaminhavam para o Norte, para *"repatriation"*, que significava partida imediata para os campos de concentração alemães.

Banyuls-sur-Mer era outra cidade da fronteira, um pouco mais a oeste; seu prefeito era um cavalheiro imponente chamado monsieur

A TRAVESSIA DE WALTER BENJAMIN

Azéma. Tratava-se de um socialista convicto, segundo *monsieur* Ferrier, e isso significava que ele ajudaria qualquer um a fugir dos nazistas. Fui falar com ele um dia ou dois depois da nossa chegada, ansiosa em obter informações sobre uma rota para a Espanha de que Ferrier falara e por onde ainda era possível passar. Chamava-se *la route Lister*, em homenagem ao general Lister, um herói republicano da Guerra Civil Espanhola que usara aquele caminho para contrabandear homens para fora da Espanha.

Azéma morava em uma casa de pedra — que mais parecia uma cabana — no final de um caminho íngreme coberto de cardos. Bati à sua porta com firmeza. Ele a abriu e ficou me olhando, apertando os olhos por causa do sol.

— O senhor é *monsieur* Azéma?

— Em que lhe posso ser útil?

— Foi *monsieur* Ferrier quem me mandou aqui. Sou socialista alemã e preciso ir para a Espanha.

— Ah, *monsieur* Ferrier! Um homem maravilhoso! — Ergueu os olhos de uma forma surpreendente, expondo a parte branca. — Queira entrar, *madame*.

Fiquei receosa de colocar meu destino assim tão diretamente nas mãos daquele homem. Como saber quem era confiável e quem não era em tempos assim? Mas chega um momento em que é preciso confiar e algo na voz daquele homem fez com que eu acreditasse nele.

Sentamo-nos à mesa da cozinha e ele ouviu atentamente minha história. Tinha um jeito de olhar bastante direto e havia uma certa suavidade em sua expressão. Concluí que minha primeira impressão fora errada. Eu nada teria a temer daquele homem.

— Vou ajudá-la — disse ele —, mas a senhora precisa ajudar-me também. Compreenda que há muita gente em sua situação, desesperada para fugir. — Começou a tamborilar na mesa com as pontas dos dedos. — Basta olhar para seus olhos para ver que a senhora é uma mulher forte, que tem experiência. Infelizmente *la route Lister* é muito difícil e perigosa. Por outro lado, poderá ser, dentro em breve, a única maneira de se sair da França.

Disse-lhe que faria o que fosse necessário para ajudar e então ele se pôs a descrever o caminho em pormenores, desenhando um mapa para mim em uma folha de bloco amarela.

— A senhora precisará ir sozinha primeiro. Será necessário decorar o caminho para ensiná-lo aos outros. Pode ser que eu não esteja mais aqui no próximo mês, na próxima semana... Eu estou sendo observado e será perigoso levar alguém para a Espanha.

— Farei o que for possível — disse eu, ciente de que não poderia ser grande coisa.

O velho prefeito beijou-me a testa e pude ver nitidamente a pele marrom e ressecada em volta de seus lábios, enrugados como ameixa seca.

— Minha cara *madame*, foi Deus que a enviou. — Seus olhos ficaram marejados. — Sou-lhe muito grato. Sinto-me até encabulado.

Que mais eu poderia fazer? Em uma situação dessa, não se pode simplesmente dizer não. Decidi que ficaria em Banyuls ou Port-Vendres discretamente antes de fugir para a Espanha. *La route Lister* precisava continuar a ser uma avenida de fuga enquanto fosse possível. É claro que Eva e Titi estariam no primeiro grupo a atravessar as montanhas: não havia como saber quanto tempo os guardas da fronteira levariam para nos apanhar, e eu queria que a família de meu irmão chegasse a salvo em Portugal o mais cedo possível.

Azéma entregou-me um grande cesto cheio de verduras e latas de leite.

— Dê esse leite à menina — disse ele. — E essa garrafa de vinho é sua. A senhora gosta de vinho?

Fiquei feliz com o vinho e com as outras guloseimas, embora o cesto pesado não fosse nada fácil de carregar em minha caminha-

A TRAVESSIA DE WALTER BENJAMIN 225

da de volta para Port-Vendres. Mesmo assim, não pude deixar de gostar da viagem em zigue-zague costeando a montanha. Eu não tinha podido apreciar bastante a paisagem na ida para Banyuls--sur-Mer naquela manhã, pois estava preocupada com Azéma. Mas sentia-me calma ao regressar, tendo estabelecido aquela ligação com o prefeito. Já podia olhar o mundo ao redor com mais calma.

O mar brilhava a distância e as encostas dos contrafortes estavam cobertas de musgo, carvalhos e cedros. Vinhedos desciam pelas encostas do outro lado, chegando até o vale, opulentos em meio à bruma, com turmas de mulheres trabalhando entre as fileiras: mulheres miúdas, já idosas, ressecadas pelo sol — uma pequena parte do verdadeiro exército de viúvas sazonadas pelo tempo, com as cabeças cobertas de panos pretos, que habitam a bacia do Mediterrâneo. O céu estava mais azul e mais profundo que o mar, e eu fiquei parada um longo tempo naquele final de manhã, apreciando uma gaivota suspensa no ar, na extremidade de uma nuvem. Seria impossível descrever a emoção que senti. Seria preciso estar onde eu estava para compreender.

Um ou dois dias depois eu estava descansando em meu quarto em Port-Vendres quando alguém bateu à porta. Era uma batida tão leve e tímida que cheguei a confundir com o som de alguma veneziana distante batendo com o vento. Aos poucos percebi que havia alguém à porta. Não sei por que fico irritada quando alguém chega assim tão inseguro, mas o fato é que fico. Falei, alto demais:

— Quem é?

Ninguém respondeu.

Intrigada e um pouco assustada, abri a porta e deparei-me com um homenzinho barrigudo, de meia-idade, em um terno de lã puído e com óculos de lentes muito espessas.

— Queira perdoar-me por importuná-la, Frau Fittko — disse ele, procurando as palavras, curvando-se em saudação e alternando o peso do corpo de um pé para o outro, ansioso. — Espero não ter chegado em hora inconveniente. — Seu bigode volumoso e escuro subia e descia de maneira estranha quando ele falava. Tinha um forte odor de suor seco e fumo.

Levei pelo menos um minuto para reconhecer Walter Benjamin, que parecia ter envelhecido uma década em um ano. Reparei em seus sapatos de couro preto muito bem engraxados, sua gravata fora de moda, já brilhante de tanto uso, que parecia estrangulá-lo. As mangas de seu paletó, bem como as bocas da calça, estavam bastante puídas.

Ele não me olhava ao falar, mas parecia focalizar a atenção em um ponto acima e atrás de mim.

— Estive com seu marido recentemente, Herr Fittko, e ele sugeriu que eu entrasse em contato com a senhora aqui. Queira perdoar minha presunção, mas ele disse que talvez a senhora pudesse fazer a gentileza de ajudar-me a atravessar a fronteira para a Espanha. Eu iria sozinho, porém, veja bem, não estou familiarizado com esta região.

Era mesmo o jeito de Hans, esse de achar que eu poderia fazer qualquer coisa e, no fundo, ele tinha razão. Eu podia mesmo fazer muitas coisas muito bem. Devo reconhecer, entretanto, que ele exagerava um pouco.

— Por favor, dr. Benjamin — disse eu. — Não quer entrar?

Ele sacudiu a cabeça, relutante em entrar na sala (talvez por eu ser mulher e estar sozinha), portanto concordei em caminhar com ele até a cidade. Encontramos um pequeno café ao ar livre com vista para o mar e cuidamos para que ninguém pudesse ouvir nossa conversa. Embora nos sentássemos de frente um para o outro, seus olhos evitavam os meus. Era uma situação esquisita, mas compreendi que ali estava um berlinense das antigas. Nunca simpatizei com maneiras fingidas de se portar, mas as dele eram apenas formais, não demonstravam nenhum fingimento. Ele me lembrava meu avô, que erguia levemente o chapéu para qualquer um por quem passasse na rua.

Eu tinha visto o dr. Benjamin em recepções e só o conhecia de vista. Nosso círculo de amizades em Paris era bem pequeno, é claro, e o dr. Benjamin estabelecera para si uma fama de intelectual na comunidade dos *émigrés*. Hans referia-se a ele, às vezes, como "o homem que ficava sentado na Bibliothèque Nationale o dia inteiro sem produzir coisa alguma".

Herr Benjamin (ou Velho Benjamin, como passei a chamá-lo para mim mesma) não tinha sido tão improdutivo quanto Hans imaginava. Ele tinha a seu lado, todo o tempo, uma maleta de couro decrépita contendo uma enorme obra.

— Tudo que sei está nessas páginas — disse ele, mostrando-me o manuscrito —, e só tenho os originais.

— O que o senhor precisa é de um salão cheio de monges — disse eu.

Ele me olhou sem entender.

— Para copiar o livro.

— Ah, escribas — disse ele, sorrindo de maneira solene. Embora fosse destituído de alegria, ele era acometido de leves risadinhas contidas, frequentemente acompanhadas de uma respiração estranha, como se estivesse aspirando a piada com seus pulmões. Imaginei que muito pouco em sua vida o teria conduzido ao humor. De fato, ele tinha sido atirado ao mar em Marselha recentemente e fora salvo, juntamente com seu manuscrito, apenas porque um barco a remo ia passando na hora. Por pouco não se perderam ambos para sempre no oblívio do mar.

— A senhora aceitaria um cigarro?

— Não, obrigada.

Ele acendeu o seu, colocando-o meticulosamente entre os lábios e fazendo com a mão uma concha para que o fósforo não se apagasse com a brisa forte que vinha do mar.

Depois de uma longa baforada, disse:

— Vou primeiro para Madri e depois, talvez, para Tânger, de onde me asseguraram ser possível seguir para Cuba em segurança. Depois da guerra espero morar em Nova York.

— Dizem que Nova York é muito bonita — disse eu.

— Ouvi isso também. Eu tenho amigos lá. — Uma nuvem de tristeza pareceu embaraçar-lhe os olhos. — A verdade é que conheço muito bem várias pessoas em Nova York. — O ar melancólico com que disse isso, o jeito de sua voz ir enfraquecendo ao final de cada frase revelava que ele não acreditava, por um segundo sequer, que conseguisse chegar a Cuba ou a Nova York. Talvez duvidasse até das suas amizades. Ele ia soltando sua retórica como um balão de gás preso a um barbante; deixava-a agitar-se, colorida, na brisa. Mas não passava disso: um balão de gás. Qualquer atenção mais aguçada ao que aquilo significava poderia furar o balão e destruí-lo.

Em Marselha o Velho Benjamin tinha se tornado amigo de uma senhora chamada Henny Gurland. Ela e o filho adolescente, José, estavam também aflitos para sair da França e não tinham conseguido (como todos nós) um visto de saída naquela cidade. Seu marido, Herr Gurland, havia sido morto no início do verão ao tentar fugir de uma prisão militar próxima a Tours, onde ficaria preso até sua "repatriação" para a Alemanha. O Velho Benjamin queria que os Gurland atravessassem conosco os Pireneus.

— Então a senhora nos levará para a Espanha, Frau Fittko? Estou certo em minha presunção?

— Levarei, se puder.

— Certamente poderá — disse ele. — Sinto-me extremamente confiante quanto a isso.

Expliquei a ele que até então não me fora possível experimentar, eu mesma, aquela rota. De fato, eu dispunha apenas de um esboço tosco que Azéma me dera e que fora desenhado ali na hora, de memória. Sabe-se que uma coisa assim não é confiável, principalmente quando a memória se transforma em uma trilha de fato. E havia vários marcos de referência cruciais que não se poderia deixar de localizar: uma cabana de montanha que precisaria ficar à esquerda, um platô alto com sete pinheiros que deveriam ficar à direita; um determinado vinhedo deveria surgir em algum lugar próximo ao cume e se fosse atravessado corretamente chegar-se-ia ao ponto certo. Ravinas íngremes caíam de um dos lados da trilha, que se tornava muito estreita em determinados pontos, enquanto rochas soltas e avalanches de pedrinhas tornavam a travessia muito mais traiçoeira. Aquela não era, como Azéma fizera questão de deixar bem claro, uma subida fácil.

— Essa travessia não deixa de ser arriscada — disse eu, entendendo a situação dele e sem querer assustá-lo. — E pode-se notar que o senhor não está com a saúde perfeita. — Ele já me havia falado mais de sua saúde do que eu estava interessada em saber e as notícias não eram animadoras. Seu coração e seus pulmões estavam fracos e ele não podia confiar em seu vigor. Até mesmo naquela hora suas mãos tremiam como mãos de um velho.

— O risco verdadeiro, receio, seria ficarmos onde estamos — disse ele. — Não há alternativa, há?

Somente um louco discordaria do que ele disse. As questões verdadeiras que eu tinha concerniam à precisão do mapa de Azéma e, na verdade, se o Velho Benjamin teria condições de sobreviver àquela travessia.

Encontramo-nos na manhã seguinte, como programado. A ideia era de que primeiro eu falaria com o prefeito Azéma, que descreveria novamente a rota para nós dois; dessa forma, ela ficaria registrada em duas mentes. Eu disse a Eva que aguardasse mais uma semana, aproximadamente. Ela e Titi iriam comigo em minha segunda travessia, quando eu me sentisse segura quanto ao caminho.

Minhas sirenes de alarme interiores começaram a dar sinal logo que partimos para Banyuls-sur-Mer. O Velho Benjamin estava mancando, parecia ter falta de ar e insistiu — apesar de minha objeção veemente — em carregar sua maleta.

— Receio não confiar no senhorio — disse ele. — Tem havido vários incidentes ultimamente.

Não insisti em saber que incidentes seriam aqueles. Ficou claro para mim que Benjamin e seu manuscrito eram inseparáveis.

Quando chegamos à casa do prefeito, Benjamin estava literalmente lívido: o sangue desaparecera de suas faces, que ostentavam uma palidez doentia. Ele sugava o ar profundamente, como se estivesse desesperado para encher os pulmões. Seus lábios tinham um tom azulado.

— Está tudo bem? — perguntei. — Posso procurar um médico em Banyuls, com a ajuda do prefeito, se for necessário.

Ele ergueu a mão.

— Estou perfeitamente bem, obrigado — disse ele, ofegante. — Só com um pouco de falta de ar. É que não estou acostumado a andar muito.

Não sei por que aceitei simplesmente o que ele me disse. Ele não estava nada bem, mas eu não tinha como romper aquela renda de ferro da cortesia com que ele revestia tudo. Duvidar de sua resposta seria profundamente indelicado.

O prefeito nos saudou com entusiasmo, tirando uma garrafa de vinho tinto do armário. Sentamo-nos no terraço e bebemos o vinho, que tinha um sabor rascante, e ouvimos atentamente sua descrição da rota. Ele apontou para os Pireneus, que tinham uma coloração de malva a distância.

— Aquelas montanhas, as mais próximas do cume, são assustadoras — disse eu.

O prefeito Azéma não tentou nos reconfortar.

A TRAVESSIA DE WALTER BENJAMIN 231

— São íngremes, mas é lá que fica a Espanha: do outro lado.

— E então, como que para nos acalmar, disse: — A inclinação pode funcionar a seu favor. Pode ser uma proteção para a senhora e seus amigos.

O Velho Benjamin perguntou:

— O senhor já leu *Dom Quixote*?

O prefeito se animou:

— *Bien sûr*, meu amigo. Tenho um volume em meu quarto.

— Então o senhor compreenderá minha aventura em busca do solo espanhol. Entrarei na Espanha montado no Rocinante.

Comecei a pensar: "É isso mesmo, Velho Benjamin, você tem miolo de pão na cabeça. Seu cavalo invisível, Rocinante, deve ser exatamente do que a gente precisa."

O prefeito se curvou em nossa direção, com seu rosto largo e vermelho e a cabeça muito volumosa equilibrando-se no pescoço.

— Vocês precisam ir já, caminhando pela parte mais baixa da trilha, até antes da *route Lister* começar de fato. O caminho é fácil de errar e pode-se facilmente entrar por outro lugar. Tudo fica mais fácil à luz do dia. Ele se curvou sobre seu mapa. — Caminhem até esta clareira — disse ele, indicando um ponto assinalado com um "X" —, depois voltem até aqui para conversarmos novamente.

— Fica distante daqui essa clareira? — quis saber o Velho Benjamin.

— Vocês chegarão lá dentro de uma ou duas horas. É uma caminhada agradável, posso assegurar-lhes.

— O senhor é muito gentil conosco — disse o Velho Benjamin, enchendo a boca de vinho e mantendo-o lá por um bom tempo antes de engolir.

O prefeito explicou que os guardas de fronteira agora eram em maior número na região de Banyuls-sur-Mer e que estavam constantemente patrulhando a área.

— Noite e dia, disseram-me. Vocês estão cientes do que isso representa. Não preciso explicar.

— Nunca é demais avisar — disse eu, para que o Velho Benjamin me ouvisse. Eu tinha uma estranha sensação de que ele não estava suficientemente assustado e, portanto, que poderia cometer alguma tolice.

Ainda guardo na memória a despedida do Velho Benjamin, curvando-se muito para o prefeito e dizendo:

— Agradeço-lhe mil vezes, *monsieur le maire*.

Henny e José Gurland estavam hospedados em uma pensãozinha em Banyuls, portanto não teríamos problemas de logística. Exploraríamos a parte inferior do caminho naquela mesma tarde e partiríamos rumo à Espanha na manhã seguinte, às 4 horas em ponto.

Saímos logo depois do almoço. Senti um alívio ao constatar a disposição física dos Gurland, embora logo percebesse que José era um pouco desligado e confuso — mais do que os meninos de sua idade — e torci para que aquilo não atrapalhasse nossa travessia. Frau Gurland era uma loura de quadris largos, já chegando aos 50 anos, apesar de aparentar menos. José tinha 15 e era bem forte, de olhos azuis e cabelos louros muito encaracolados que faziam uma combinação incomum com a pele bem morena.

— Vamos fazer uma caminhada bem agradável esta tarde! — disse o Velho Benjamin.

José olhou para ele com pena.

— Por que o senhor não nos espera aqui? — sugeri. — É melhor guardar as energias para amanhã, não?

— Sinto-me muito bem hoje — disse ele. — Quero ir com vocês para ver como será. As pessoas se preocupam mais quando não têm a realidade sob seus pés. — Suas faces estavam coradas e ele parecia incrivelmente bem. Era óbvio que ninguém conseguiria dissuadi-lo.

A TRAVESSIA DE WALTER BENJAMIN

— O senhor vai deixar que eu leve sua maleta? — pediu José, que parecia gostar do Velho Benjamin.

— Se me sentir cansado, dou-lhe a maleta — disse ele —, mas por enquanto não há problema. Tenho tantos anos bons de minha vida guardados aqui dentro, sabe?

Partimos sob um sol intenso que clareava e examinava tudo, insensível, como se estivesse se preparando meticulosamente para um inverno rigoroso. Uma lebre assustada passou correndo para entrar em um buraco fundo. Alguns melros pousaram em um galho quebrado. Uma brisa rasteira vinha do mar e batia de frente em nossos rostos, dificultando a caminhada. O Velho Benjamin, de terno e sapatos sociais, com sua camisa branca amassada e a gravata suja de restos de comida, parecia comicamente deslocado ali, ao caminharmos contra a brisa. Era mais fácil imaginá-lo no metrô de Paris.

Várias gaivotas mergulhavam no ar acima de nossas cabeças, enquanto outras alimentavam-se no restolhal que começava nas cercanias da cidade. Fardos de feno estavam sendo amontoados aqui e acolá, e os tufos do capim seco, voando ao sol, pareciam pequeninos raios de luz. As cores da paisagem brilhavam na luminosidade daquele final de setembro: os azuis pareciam pintura a óleo, acetinados e ligeiramente verdes. Predominavam também os tons de marrom tendendo ao castanho-avermelhado.

— Estamos caminhando acima do mundo — disse eu, sem me dirigir a pessoa alguma em particular. E era assim que nos sentíamos: como se estivéssemos suspensos, enlevados. Eu seguia leve, solta e feliz. Pelo menos naquele momento não estava preocupada com os guardas de fronteira.

Cada um de nós deixava-se levar pelo seu próprio balão, evitando conversar com os outros. O Velho Benjamin parecia muito mais cheio de vida do que na manhã daquele mesmo dia, vindo de Port-Vendres, quando precisava parar a cada dez ou quinze minutos para tomar ar. A certa altura, para grande surpresa minha, ele começou realmente a cantar baixinho em alemão. Seria uma ária de *Tristão* de Wagner? Seria pouco provável que ele fosse escolher logo um compositor antissemita como Wagner, mas nunca se sabe. Os intelectuais têm seus próprios motivos. De qualquer maneira, não era prudente cantar em alemão logo naquela hora. Não falei coisa alguma só porque não havia mesmo ninguém por perto e porque o vento estava tão forte que abafava nossas palavras.

Eu ia estudando o esboço do prefeito Azéma à medida que caminhávamos, anotando cuidadosamente os pontos de referência. A primeira parte da viagem, naquela missão exploratória, não seria uma ou duas horas de caminhada agradável, como o prefeito imaginava. Deparamo-nos com uma subida muito íngreme apenas quarenta minutos depois da partida e ainda teríamos umas três ou quatro horas de caminhada à nossa frente. O Velho Benjamin, agradecido, entregou a maleta a José Gurland quando a trilha ficou muito inclinada e pude notar, pela sua cor, que ele estava tendo dificuldades. A cada quarto de hora, aproximadamente, ele parava para descansar por alguns instantes, inspirando o ar com força e exalando-o com um assovio esquisito.

Na segunda hora de caminhada Benjamin parecia já não se aguentar mais e sugeri que ele voltasse com José. Henny Gurland e eu seguiríamos em frente.

— Estou perfeitamente bem — disse ele, obstinado. — Basta que me deixem parar um pouco para respirar de vez em quando. Isso é normal em um homem da minha idade. — Que me restava fazer?

Por sorte o caminho ficou novamente plano e, finalmente, chegamos a um estábulo em ruínas, que era nosso primeiro ponto de referência importante. Mais adiante encontramos a clareira de que o prefeito falara. Ali descansamos e comemos o pão e o queijo que eu levara para todos em minha mochila. Henny Gurland tinha uma garrafa d'água, que circulou entre nós. José tinha levado um pouco de chocolate, que também dividimos.

— Piqueniques são maravilhosos — disse o Velho Benjamin.

Subitamente uma patrulha surgiu ao longe: eram quatro ou cinco soldados em formação, com suas sombras negras à frente, abrindo o caminho.

— Para dentro do estábulo! — sussurrei, curvando-me. Meu coração disparou na garganta e nas têmporas enquanto corríamos de qualquer jeito para o estábulo, mantendo-nos o mais abaixados possível.

Ficamos mais de uma hora agachados sobre o feno apodrecido. A patrulha de fronteira certamente não nos vira.

— Será que estão *por toda parte*? — perguntou Henny Gurland.

— Essas montanhas são grandes demais para isso — disse eu, inventando. — Eles devem enviar dezenas de patrulheiros assim, mas a possibilidade de ser interceptado por uma delas é pequena, principalmente à medida que se sobe. Na base das montanhas é mais arriscado. Talvez seja melhor partirmos ao anoitecer. — No íntimo, entretanto, eu já começava a duvidar da sabedoria do prefeito Azéma, que recomendara o dia claro para a missão de reconhecimento.

— Somos alvos privilegiados, como patos na lagoa — disse o Velho Benjamin com os olhos arregalados por trás das grossas lentes. Achei engraçado um homem tão erudito usar uma expressão que um detetive de filme de terceira categoria poderia usar.

Ao sairmos do estábulo vimos, bem a nossa frente, a enorme pedra que Azéma mencionara. Era uma gigantesca massa de granito no feitio de um bulbo, de uma enorme cabeça careca cercada de uma franja de grama e cardos.

— Que coisa monstruosa aquela pedra — disse o Velho Benjamin. — É como a testa de Balzac.

— Como o quê? — quis saber Henny Gurland.

— Balzac — disse ele. — O romancista.

Frau Gurland deu um suspiro. Era um teste de paciência ouvir um homem assim. Tudo o fazia pensar em um livro, ou um autor de livro. No seu leito de morte, certamente gritaria: "Lembro-me de uma cena de um livro em que aconteceu isso mesmo!" Só quando estivesse morto é que cessariam as referências, as alusões a outros momentos e isso seria um alívio provavelmente para ele e para todos. Há momentos que são importantes por si mesmos, e não devem ser conectados a outros no passado. A hora da morte de uma pessoa deve ser assim. Todo mundo é virgem na morte.

— Está clareando! — gritou José.

Henny Gurland ficou nervosa com o grito e cheguei a pensar, por um momento, que ela daria um tapa nele. Mas por sorte esse momento horrível logo passou com a alegria pelo que vimos.

De fato, um círculo de grama na vegetação rasteira da pedra captava a luz da tarde e brilhava como uma gigantesca moeda a pouco menos de 100 metros de onde estávamos. Não havia dúvidas de que era o marco que havia no mapa de Azéma.

O Velho Benjamin começou a andar mais rapidamente.

— Vamos! — disse ele. Aquela foi a primeira e única vez que ouvi essa palavra de sua boca. Com o rosto pálido, a boca aberta para tomar ar, ele encaminhou-se rapidamente em direção à pedra, arrastando a seu lado a corrente com bola de ferro que era sua maleta. Em determinado momento ele chegou a correr, desajeitado. Ao chegar à clareira, simplesmente estatelou-se no chão, com a cara na relva.

José correu para ele, perguntando ao Velho Benjamin se ele tinha se machucado.

— Mas eu estou ótimo, ótimo! — disse ele, rolando-se de costas. — Esta clareira... faz muito bem às pessoas, às vezes. Um simples círculo no meio do mato. Olhe, esta luz é surpreendente! Acho isto aqui lindíssimo. — Depois, citou um verso de Verlaine.

O pobre José não entendia coisa alguma daquela fala sem sentido, mas ele reverenciava o velho por motivos que podia apenas

A TRAVESSIA DE WALTER BENJAMIN

intuir. Para mim, Benjamin era a Mente Europeia, com letras maiúsculas. De fato, como me dei conta mais tarde, o Velho Benjamin era tudo que os monstros nazistas mais queriam obliterar: aquela aura de tolerância e perspectiva que se adquire somente vendo muitas coisas de muitos ângulos diferentes. Até aquele seu riso triste era parte da aura. Ali, diante de nós, ele era o último homem que ria, pensei. O último homem capaz de rir o riso dos tempos. A partir dali, a história se escreveria com lágrimas, e o trabalho dos intelectuais seria um trabalho de dor.

Ficamos deitados juntos na relva, vendo o sol descer no ocidente, sentindo frio nas costas, e com uma linda vista do vale escuro lá embaixo. Uma lua transparente já se insinuava no firmamento, contornada por um halo prateado. Logo anoiteceria.

— Precisamos voltar para a cidade — disse eu. — Vamos recomeçar tudo ao amanhecer e precisamos dormir um pouco.

José imediatamente pôs-se de pé e começou a esfregar a calça para tirar o capim.

— Eu fico — disse o Velho Benjamin. Havia uma firmeza estranha em sua voz.

— O que o senhor quer dizer com isso? — perguntei.

— Não consigo dar mais nem um passo hoje. Sinto muito, mas minhas pernas se foram.

Aquilo era inadmissível, exasperante. Como é que eu ia atravessar os Pireneus com um homem daquele?

— A senhora não deve ficar tão triste, Frau Fittko — disse ele. — Sou perfeitamente capaz de dormir aqui esta noite. A relva é muito confortável. Deveras, estarei muito feliz aqui e até amanhã já terei acumulado a energia necessária para escalar. Isso vai me dar a força extra de que necessitarei para chegar ao outro lado.

— É... — disse eu. De nada valeria discutir com ele, disso eu tinha certeza.

— O senhor vai congelar aqui — disse Henny Gurland.

— Tome — disse José. — Fique com meu pulôver, doutor. — Ele se despiu do pulôver e deu-o ao Velho Benjamin. — Amanhã eu trago sua mala.

— Obrigado, José — disse ele, aceitando o agasalho de bom grado. — Você é tão gentil! E com seu suéter vou ficar quentinho como uma torrada a noite toda, vou dormir como um recém-nascido.

— Os recém-nascidos não dormem a noite toda — disse eu. — Eles têm que se alimentar a cada duas ou três horas.

— Então eu vou me alimentar de estrelas e de lua — disse ele. Depois citou um trecho de Heine que tinha a ver com a situação e que nenhum de nós reconheceu. — E se começar a chover, vou para o estábulo.

E assim o deixamos lá, sentado como um Buda, com as pernas encolhidas; ele estava totalmente absorto, imerso em pensamentos, mesmo antes de começarmos nossa descida. Sem dúvida alguma, aquele era o homem mais estranho que conheci em toda a minha vida. Era um homem raro. Um homem difícil. Parecia pouco provável que conseguíssemos chegar à Espanha juntos, mas àquela altura desistir não seria uma boa opção.

Gostaria de falar-lhe sobre meu gabinete de trabalho aqui em Berlim. Ainda não está todo montado, mas é bonito e pode-se viver nele. Meus livros estão todos aqui, e, mesmo nesses tempos difíceis, seu número tem aumentado ao longo dos anos, passando de mil e duzentos para mais de dois mil — mesmo tendo me desfeito de muitos dos antigos. O cômodo tem suas peculiaridades, devo admitir. Para começar, não há nele uma escrivaninha; com o passar do tempo e, em parte, devido às circunstâncias — não apenas a meu hábito de trabalhar muito em cafés, mas também às várias associações que assombram minha memória de experiências com escrivaninhas — cheguei ao ponto de só escrever deitado. Do meu antecessor, neste apartamento, herdei um sofá que se presta maravilhosamente a meus propósitos, embora para dormir não tenha qualquer utilidade.

Walter Benjamin

10

Benjamin decidira, impulsivamente, pernoitar nos contrafortes dos Pireneus, mas logo deu-se conta de que não estava equipado para atravessar a noite ali. Não tinha provisões: água, comida e cobertores. Porém já era tarde demais. Os outros, para grande surpresa sua, não tinham discutido com ele; na verdade, se foram — Frau Fittko, Henny Gurland e seu filho; tinham-no deixado ali sozinho, em um lugar mais alto do que gostaria de estar, exposto, em um estábulo arruinado.

Já estava mais frio do que ele pensara que fosse ficar. O sol despencara como um bombardeiro em chamas e a noite se aninhava no mundo, espalhando suas asas negras e geladas sobre as montanhas. A lua subiu rapidamente e as estrelas surgiram — apinhadas em grupos, inventando lendas acima de sua cabeça: uma grande antologia de gigantes e heróis, demônios, bestas míticas. Ao perscrutar o céu da janela do estábulo, Benjamin imaginou o que um pastor na Grécia antiga deveria ter sentido, atormentado a cada noite por tantos sinais incoerentes e cintilantes, uma escrita indecifrável. As pessoas precisavam de deuses e heróis, de mitos para compreender e expressar o significado das coisas. A mente e o mundo precisavam unir suas forças para criar o estado de consciência. Benjamin começou a pensar na morte como simplesmente o término do significado, a separação entre os significantes e os fatos transitórios que eles assinalam.

Ele podia sentir que a separação ostensiva e irrevogável entre palavras e coisas já começava: uma leve mudança na sua área de domínio. Isso foi acompanhado pelo sibilar solitário do vento no mato alto, pelo odor de matéria orgânica em decomposição no madeirame apodrecido do estábulo e pela luz que se esvaía. Sentiu medo. Deu-se conta de que seu terno encarquilhado não poderia aquecê-lo; sua gravata pareceu-lhe absurda naquele contexto, uma peça obsoleta do vestuário, um elemento vestigial de um mundo civilizado que desaparecera para sempre. Ela pendia de seu pescoço como uma língua sem fala. O que diria ela se pudesse falar?, perguntou-se Benjamin, gritando em seguida:

— Quá! Quá! Quá! — e rindo nervosamente, sem controle.

As risadas retornaram das montanhas em forma de ecos.

— Estou enlouquecendo — sussurrou ele.

Seu coração palpitou como que a adejar, esquisito. Uma vespa dentro de um pote. Seus braços formigaram. Ele decidiu sair, tomar ar. Não conseguia respirar no estábulo.

A clareira, aquele campo aberto de capim duro, dava-lhe prazer. Abraçando o corpo para manter o calor, curvou-se para a frente contra o vento cortante. Seu hálito, em forma de balões diáfanos, ia-lhe à frente; os sapatos estavam arrebentando e ele sentia a bolha que se formara naquela tarde doer cada vez mais em um dedo do pé esquerdo, onde parecia queimar; uma segunda tinha se formado no calcanhar direito. Aquilo faria com que sua jornada no dia seguinte se tornasse um sacrifício ainda maior. Mas foi ficando cada vez mais difícil pensar no dia seguinte à medida que a temperatura caía rapidamente e um círculo de dor se ampliava em seu peito. *Terei muita sorte se conseguir passar desta noite*, disse a si mesmo, com

A TRAVESSIA DE WALTER BENJAMIN 243

um leve sorriso sardônico formando-se em seus lábios. Seria um choque para os demais se ele simplesmente morresse ali, naquele estábulo, não? Teriam que enterrá-lo em algum buraco ali por perto. O chão ainda não estava congelado e haveria bastante terra para chutarem por cima de seu cadáver.

— Ele iria mesmo atrasar nossa caminhada — diria Henny Gurland. Ele conhecia o jeito dela.

Mas quem diria o Kaddish? Scholem, talvez? Ele poderia organizar isso.

Sim, Gerhard Scholem o encontraria, de alguma forma. Poderia levar vinte anos, mas ele o encontraria. Esse seria mesmo o tipo de viagem absurda e sentimental que ele adoraria fazer.

Scholem teria boa companhia se, por milagre, descesse de uma nuvem ali. Eles ficariam deitados juntos na relva, conversando sobre Isaac Luria e sua escola de cabala, ou sobre alguma outra coisa. Scholem nunca se cansava dessas conversas sobre questões obscuras.

Tinha havido situações quase ridículas, no passado distante, quando ele e Dora estavam brigando com unhas e dentes e Scholem entrava no quarto fazendo discurso sobre algum tópico incompreensível. Suas conversas começavam *in medias res,* sem qualquer preâmbulo, sem sequer um aquecimento. Certa vez, quando ele e Dora estavam começando a fazer amor, Scholem entrou no quarto sem bater à porta e começou a falar sem parar sobre as deficiências da epistemologia kantiana. Benjamin relutou em interrompê-lo, mas Dora não tinha problemas de timidez; enrolou-se em um lençol e empurrou o douto intruso para fora do quarto, dizendo:

— Deixe que a gente foda em paz, meu caro Gerhard. Podemos discutir Kant *depois* que tivermos um bom orgasmo!

Kaddish. Benjamin se perguntava se essas cerimônias teriam algum efeito sobre os vivos ou os mortos. Sim, ele acreditava em Deus, sem dúvida, mas não podia visualizar um Deus tão pessoal que se importasse com o destino de cada um. Deus era a energia do universo e ele representava apenas uma pequena quantidade dessa energia. Não seria surpresa para ele se depois de sua morte voltasse à Terra como um animal, talvez um porco-espinho. Ele até que gostaria de ser um porco-espinho, pois esses animais não pareciam se importar com os requintes deste mundo; não eram como a raposa dos jesuítas, que necessitava de muitas alternativas. Benjamin lembrou-se da famosa frase de Arquíloco: "A raposa sabe muitas coisas, mas o porco-espinho sabe uma só, muito importante." Ele suspeitava de que quem sabia uma só coisa muito importante era mais feliz na vida.

Ele mesmo tinha sido uma raposa, movimentando-se rapidamente por entre ideias, mudando de forma, experimentando uma ideologia aqui, um dogma acolá. Brecht era um porco-espinho, é claro, sabia uma coisa muito importante: que os trabalhadores precisavam ter o controle dos meios de produção. Scholem era outro porco-espinho: sabia que Deus estava escondido no mundo e que só os melhores O encontrariam no final de uma busca paciente em uma floresta de sinais. Benjamin, que lástima, não tinha fé nessas duas Coisas Importantes, embora compreendesse a verdade de ambas. Ele chegava a ficar tonto só em pensar que havia tanto para pensar, tantos pontos de vista, com opções infindas. Ali mesmo, naquela noite, ele via muitas coisas.

A vida e a morte eram a bifurcação que se expunha sem sutilezas em seu caminho, mas cada uma delas tinha inúmeras ramificações e cada bifurcação, suas próprias bifurcações. Ele poderia sair aos tropeções no escuro, arrastando-se de volta até Banyuls ou Port--Vendres, onde poderia ficar escondido aguardando que a guerra acabasse. Havia judeus em todas as cidadezinhas ao longo da fronteira, escondidos em sótãos, jiraus, porões, estábulos; na verdade, não havia uma só floresta no sul da França que não abrigasse um amontoado de judeus. "Os judeus estão por toda parte, pendurados

A TRAVESSIA DE WALTER BENJAMIN   245

em árvores como frutas", costumava dizer sua avó, citando um provérbio em iídiche. Os judeus certamente continuariam a existir depois que Hitler morresse.

Benjamin tinha certeza de que o *Führer* estava condenado ao fracasso. Nada tão desumano, tão afrontoso da vida, tão essencialmente estúpido poderia sobreviver por muito tempo. O intrigante nisso tudo era como o nazismo estava indo tão bem até então.

Sem dúvida o nazismo tinha apelo para uma certa classe de pessoas, predominantemente as mal informadas. Por razões bizarras, tinha também atraído um punhado de pessoas brilhantes, como Heidegger, aquele monstro egomaníaco que talvez visse Hitler como uma projeção de seu próprio desejo de poder intelectual absoluto. Enquanto Hitler permanecesse fora do alcance, em Berlim ou encarapitado em alguma montanha bucólica da Áustria, não oferecia perigo. Era quase possível imaginá-lo deixando que Heidegger, suposto herdeiro de Nietzsche, dirigisse a Universidade de Freiburg à sua maneira.

Mas isso não era plausível. Heidegger assumira o cargo de reitor em Freiburg em abril de 1933, apenas porque os nazistas não permitiram que o gentil professor Von Möllendorf, um social-democrata, assumisse aquele cargo. A seu favor há que se registrar que Heidegger exonerou-se da reitoria em fevereiro do ano seguinte, recusando-se a capitular às determinações nazistas em todos os seus pontos. (Eles insistiam, por exemplo, em que Heidegger demitisse decanos, um deles o próprio Möllendorf.) Apesar desse momento de redenção, Heidegger fizera alguns discursos terríveis enquanto ocupou aquele cargo, chegando a declarar certa vez que o "privilégio supremo" da comunidade acadêmica era servir a vontade da nação. Ele quase chegara às lágrimas no ressurgimento do *Volk* alemão, que tinha "reconquistado a verdade de sua determinação de ser". O próprio Hitler representava, para ele, "o triunfo da clarividência sobre o pensamento descoroçoado e impotente". Heidegger tinha chegado ao extremo de publicar, no *Freiburger Studenten Zeitung*, a seguinte declaração: "*O Führer* em pessoa é a única personificação presente e futura do empreendimento alemão e de sua lei."

Aquele artigo tinha sido enviado a Benjamin em Paris por um amigo do departamento de filosofia da Universidade de Freiburg, que anotara na margem: "Este homem não foi amante de sua prima, Hannah Arendt?" Era uma verdade difícil de aceitar. O mundo estava de cabeça para baixo. Pobre Hannah, pensou ele. Ela não tinha juízo no que se referia a homens.

A última vez que se soube de Hannah ela estava em Paris, antes da invasão, e agora ele não sabia se ela estava viva ou morta. Ela era apenas uma dos milhares de intelectuais a quem a máquina do nazismo destroçara com seus dentes de ferro. "E os idiotas destroem o que não conseguem compreender", escrevera Goethe. Isso era agora mais verdadeiro do que nunca.

Benjamin tinha sido derrotado como força intelectual no mundo, porém não temia a morte em si. A morte era apenas mais um dentre tantos mistérios. Quando criança, ele certa vez perguntara à mãe sobre a morte e ela — com seu jeito inimitável — explicara-lhe calmamente que, quando ele morresse, um tapete mágico o levaria diretamente para Jerusalém, onde todos os judeus finalmente se reuniriam aos pés do Messias. Esse era o tipo de coisa que Sabbatai Zevi teria pregado no século XVII. Ou Nathan de Gaza, seu discípulo arrebatado, que ousou ainda mais do que Zevi ao espalhar todo tipo de ensinamentos fantásticos, muitos dos quais ainda persistiam em algumas localidades em versões asnáticas e diluídas.

Apesar de ser avesso às coisas em sua forma literal, Benjamin acreditava na existência do paraíso. Não seria um *lugar*, o que significa que não estaria situado acima nem abaixo, aqui ou acolá. Seria uma dimensão, e, transportado àquela dimensão, ele, Walter Benjamin, seria capaz de comandar suas próprias experiências pela primeira vez. O que tornara para ele essa vida terrena um paraíso tão imperfeito era um sentimento de embuste que dominava a realização de cada texto seu.

Uma vez ele conseguiu fazer bom uso dessa ambivalência escrevendo uma história, sua única história boa: "Rastelli erzählt." Nessa história ele invocava um ilusionista: o fabuloso Rastelli, um famoso prestidigitador cujo talento era uma incrível habilidade em manipular uma única bola. Qualquer pessoa que visse Rastelli se apresentar saía com a impressão de que sua bola era uma criatura com vida própria. Ela saltava no ar ao mais leve comando do malabarista — elétrica, indiferente à gravidade. Dava voltas precisas, girava, mergulhava e alçava-se ao ar. Em certo momento, girava na cabeça de Rastelli e no momento seguinte surgia, inesperadamente, do bolso de seu colete.

Mas Rastelli não praticava uma forma honesta de sortilégio. O segredo era que a tal bola encantada continha em seu interior um minúsculo anão que controlava seus movimentos por meio de uma rede de cordas invisíveis.

Na história de Benjamin, o prestidigitador foi convidado a se apresentar para um sultão temperamental, famoso por sua crueldade. Se ele falhasse em sua execução, seria imediatamente decapitado ou preso por grilhões, para sempre, a uma parede úmida em algum porão escuro no fundo da terra. Porém Rastelli apresentou-se melhor do que nunca naquela noite diante do sultão; a bola, ao que parece, jamais respondera tão bem aos comandos do mestre, alçando-se aos ares e mergulhando, ganhando a vida de maneira tão fantástica que o sultão, estupefato, ficou-lhe eternamente grato.

Ao sair do teatro, um bilhete urgente do anão chegou-lhe às mãos. "Amado mestre", dizia o bilhete, "queira perdoar-me. Estou doente hoje e não tenho como auxiliá-lo em sua apresentação para o sultão." Foi assim que Rastelli iludiu-se a si mesmo em meio a seu próprio ato de impostura; tornou-se, sem o saber, autêntico pela primeira vez.

A lua quase cheia já ia alta no céu, com um brilho fantasmagórico, alaranjado, espalhando-se em um fino tecido de nuvens. Parecia querer penetrar absurdamente nos pensamentos de Benjamin, que se escondeu à sombra de um alto pinheiro. Aquele tipo de público ele não queria para si.

De pé, com as costas apoiadas na árvore, apertou-se contra o tronco; escondia-se do luar como Deus, na tradição da cabala, tinha se afastado do mundo. Foi Isaac Luria, no século XVI, quem descreveu o autoexílio de Deus, *tzimtzum*, de maneira tão vívida. A fim de dar lugar ao universo em expansão, Deus tinha se escondido, emitindo uma luz sagrada para fazê-lo flutuar.

O mundo — ai de nós! — não pôde suportar tanta glória; desfez-se aos pedaços e as pedras angulares do mundo, no feitio de naves, desfizeram-se também. O mal pôde então penetrar nele, pois encontrara o ponto de entrada. A expansão do universo tinha assegurado ao mal o espaço de que necessitava para viver e crescer e agora ele estava por toda parte, arruinando o que já fora bom. Para a humanidade restou a tarefa dolorosa porém essencial de recuperação. *Tikkun olam*, a reconstrução do mundo.

Benjamin disse em voz alta essa admirável expressão: *"Tikkun olam."* Assim recompôs-se, sentindo dentro de si uma onda de desafio. Depois de lutar tanto para chegar ali, de onde se avistava o cume da montanha, ele não poderia desistir, entregar-se, morrer. Ele precisava reconstruir o mundo.

Adernando ligeiramente para um lado, como um bêbado, Benjamin atravessou a clareira. Seus pés pareciam pesar 50 quilos cada enquanto ele os arrastava pelo capim duro. O luar inundava o vale lá embaixo, dando-lhe uma aparência de outro mundo, e reluzia no mar com uma beleza estonteante. O vento, menos intenso do que antes e um pouco mais suave, estava perfumado pelo odor dos pinheiros e do sal; era um vento frio em seu rosto, porém não mais um vento cortante.

A TRAVESSIA DE WALTER BENJAMIN

Subitamente o som de uma voz fê-lo estremecer. Atirou-se ao chão por instinto, enterrando o rosto no capim áspero. A menos de 50 metros dali passava uma pequena patrulha, e os soldados conversavam alegremente. Benjamin ficou escutando, tenso, esperando não ser visto. Seu coração parecia-lhe bater alto e forte como um atabale. Não havia como se esconder naquela noite tão clara, mas o caminho por onde passavam os soldados ficava mais abaixo, portanto teriam que esticar os pescoços para o verem ali deitado.

Falavam francês, não alemão, e isso o deixou mais tranquilo. Deveriam ser jovens dali mesmo forçados a se alistar na polícia da fronteira. Para muitos dos jovens no serviço militar a guerra era divertida, não passava de uma aventura de menino; mais tarde olhariam para esses anos de suas vidas com nostalgia, com uma sensação vaga porém inequívoca de que alguma coisa importante e interessante tinha acontecido com eles e depois se fora. A triste verdade era que não havia uma guerra; havia, isso sim, milhares de pequenas guerras em milhares de lugares diferentes. Tal diversidade não seria compreendida.

Quando vários dos guardas puseram-se a rir subitamente, fazendo uma algazarra, Benjamin não pôde resistir e ergueu a cabeça. Eles estavam terrivelmente perto, com o luar refletindo-se em seus capacetes e suas baionetas. Benjamin viu-os afastando-se em formação e desaparecer em uma curva do caminho, com suas vozes cada vez mais distantes. Ele ainda esperou cerca de meia hora para pôr-se de pé e confirmar que de fato se tinham ido.

Receando que outra patrulha pudesse estar próxima, ele se curvou bastante e assim encaminhou-se para o estábulo. Se o apanhassem, não havia dúvida de que o mandariam para um campo de triagem e, de lá, seria transportado em um vagão de gado para a Alemanha, onde morreria. Tinha certeza de que indo para lá ele morreria; seu coração estava fraco e faltava-lhe vontade de continuar vivendo naquelas condições terríveis. Até Georg, seu irmão teimoso, provavelmente já estaria morto. Pelo menos era essa a opinião da sua cunhada.

Benjamin entrou no estábulo e aguardou que seus olhos se acostumassem à escuridão. Por fim, pôde ver um monte de palha em um canto, com um brilho prateado. Não se importava que a palha estivesse mofada ou cheia de ratos e bosta. Enterrou-se por baixo dela e ali ficou, com a palha servindo-lhe de coberta. Dez minutos depois já se sentia bem mais aquecido. O que faltava ali era um copo de brandy, que lhe daria aquele calorzinho no fundo da garganta e deixaria um gosto adocicado na língua. Mais não havia coisa alguma para beber, é claro, e ele precisava não pensar mais naquilo. Uma das poucas coisas que o exílio lhe ensinara era não ficar querendo o que não podia ter.

Pelo menos ainda dispunha de alguns cigarros. Acendeu um deles para aquecer-se e sentir-se reconfortado; deixou a fumaça ficar na boca, na garganta e nas passagens do nariz. Enchia a cabeça de fumaça e deixava a mente flutuar nela. Ficou surpreso por não sentir necessidade de exalar; talvez estivesse mais próximo da morte do que pensava. A morte seria a quietude no âmago, uma divina falta de ar, a suspensão do desejo.

Ele tinha desejado muitas coisas na vida, um bom número das quais seriam inalcançáveis: desejara coleções inteiras de seus escritores prediletos, telas de pintura a óleo, brinquedos exóticos, objetos de arte. E mulheres. Costumava achar agradável pensar em mulheres antes de se entregar ao sono; a força de Eros era tanta que afastava sua mente de tudo mais. Deixou que seu pensamento se dirigisse a Asja e, depois, a Jula Cohn. Um sonho erótico seria maravilhoso. Uma forma perfeita de escapar de tudo.

O fogo do seu amor por Jula já havia se apagado, mas as brasas ainda podiam ser acesas pelo sopro da fantasia. Ele a encontrara pela primeira vez em 1912, em Berlim. Jula era então muito jovem, já com os seios desenvolvidos embora ainda adolescente. Seus cabelos

A TRAVESSIA DE WALTER BENJAMIN

pretos e sedosos eram bem curtos. Ousadamente curtos. Quando ela os usava escovados para trás, tinha uma aparência de menino que Benjamin achava irresistível. A pele um pouco inchada ao redor dos olhos era apenas um detalhe de seu jeito aparente de menina, como o eram também suas constantes alterações de humor. Mas era seu olhar, acima de tudo, que ele adorava: o jeito que tinha o olhar de Jula de se conectar firmemente ao seu. Ela não precisava dizer uma só palavra para comunicar seu desejo.

Benjamin encontrou-se secretamente com ela muitas vezes em cafés obscuros, onde ficavam conversando até alta madrugada, as mãos dadas por baixo da mesa. Certa vez, em um recanto isolado do parque, próximo ao rio, ele a beijou profundamente. Estava anoitecendo e havia muita neblina flutuando sobre a água e em torno deles como a encenação de uma peça de Wagner. Os gansos passavam nadando e fazendo ruídos e, de vez em quando, voando sobre as cabeças do casal. Jula abriu os lábios entregando-se a ele, deixando que ele enfiasse a língua bem fundo em sua boca e a saliva da excitação dele lhe descesse pela garganta. Em outra ocasião, próximo dali, em um pequeno bosque de bétulas de cobre (ele ainda se lembrava dos troncos daquelas árvores erguendo-se lisos como se fossem de aço), ela tocou onde nenhuma outra mulher ousara tocá-lo antes, desabotoando as calças dele com dedos delicados e úmidos.

Tentou invocar a memória dessa cena. Era pleno verão e eles faziam um piquenique no parque; tão logo o sol se escondeu por trás das árvores, ela, tranquilamente, inesperadamente, estendeu a mão para tocá-lo. Seus joelhos subitamente se dobraram, sem forças, e ele caiu ajoelhado, sentando-se sobre os calcanhares. Ela se sentou sobre ele e pegou todo seu órgão entre as mãos. Ele gozou rápido demais e ficou muito encabulado, mas ela disse:

— Não tem importância, meu pequeno Walter. Isso é natural. De fato, eu até gostei.

Pouco depois desse incidente no parque, Jula partiu de Berlim com a família (sua mãe morreu); mudaram-se para Heidelberg, onde Benjamin a visitou em várias ocasiões, mesmo depois de seu casamento com Dora em 1917.

Tinha sido muito estranho viver com Dora amando Jula. O nascimento de Stefan só piorou a situação, fazendo com que ele se sentisse preso àquele casamento de maneira mais insidiosa. Mas continuava a sonhar com Jula, a escrever para ela e a visitá-la. A distância entre eles e os obstáculos físicos e morais à sua união só o excitavam ainda mais. Ele pensava sobre o amor com frequência. Por que seria para ele tão difícil amar o que lhe era acessível? Pensava em Dante, que apenas vira Beatriz passar por uma ponte certa tarde em Florença, entretanto aquela imagem fora o suficiente para inspirar-lhe o trabalho a vida inteira. A mulher amada talvez fosse mais bem seduzida e possuída em um texto, em linhas que se contorcem na página, que aquecem, que queimam.

Benjamin gostaria que seu casamento com Dora tivesse sido melhor. Fora um mau marido, embora nunca tivesse tido a intenção de sê-lo. Gostaria de ter sido capaz de adorá-la, de fazê-la feliz; gostaria de ter sido um pai carinhoso para Stefan, diferente de seu próprio pai, que nunca prestava atenção quando ele falava. Benjamin era um ouvinte atento: essa era uma de suas principais características e isso Dora admitia. "Você escuta, Walter, mas ouve coisas que não foram ditas", costumava queixar-se ela. A princípio aquilo tinha sido engraçado, depois foi ficando irritante; por fim, tornou-se quase trágico. Sempre que sua mulher falava, ele ouvia outras vozes; quando ela o olhava, ele desviava os olhos. Sua mão na dele foi ficando mais fria a cada dia que passava.

Por que seria ele um enigma para si mesmo? Por que o autoconhecimento, por mais rudimentar que fosse, escapara-lhe?

Ele se afundou ainda mais na palha frouxa, sentindo aquele odor de mofo permear-lhe a roupa. Ouviu morcegos batendo as asas

A TRAVESSIA DE WALTER BENJAMIN 253

próximo às vigas. Ele não gostava de morcegos. Nem de aranhas. Começou a imaginar que dezenas delas subiam, sem que ele visse, por sua calça adentro, por sua camisa. Suas costas puseram-se a coçar terrivelmente, mas quando ele tentou alcançar as costas sentiu uma forte dor no ombro direito e gemeu.

Logo serei apenas pele e osso, pensou. Sem carne. Descarnado. Vazio. Mas ele não se importava. Havia, na verdade, um certo conforto na ideia do nada, do fim. Essa fuga terrível logo chegaria ao final. Olhando para o alto, ele viu a luz da lua entrando por frestas no teto, parecendo as costelas de um esqueleto. Pensou, então, que o mundo era seu corpo e que ele continuaria a existir depois que sua carne se fosse; brilharia como a lua e seus horizontes seriam infinitos.

— Dora! — disse ele, em voz alta. Assustou-se ao ouvir o nome dela na vibração do ar, flutuando na escuridão. Porém, por que, dentre tantas pessoas, fora *ela* que ele chamara? Como poderia esperar que ela o ajudasse, quando ele não a ajudara nem um pouco, quando fizera sua vida tão infeliz? Arrependia-se profundamente de ter deixado que Jula morasse em seu apartamento com eles em Berlim. Que loucura! Como pudera ser tão louco? Dora suplicara que ele mandasse Jula embora. "O que é que você quer com ela?", gritava. "Você se deita com ela quando eu não estou aqui? É isso? Quando saio para as compras, você a seduz em minha própria casa? Espero que vocês dois ardam nas profundezas da Geena!"

Geena. Benjamin começou a compreender o significado do inferno como um conceito. O inferno não era algo reservado para *depois* da morte; era parte da própria vida, uma inversão da vida. Ele havia ardido nas chamas da Geena todos aqueles meses em Berlim quando Jula dormia no quarto ao lado do seu, tão perto que às vezes ele a ouvia ressonar durante a noite, através da parede. Frequentemente fazia amor com Dora imaginando que era Jula quem arfava embaixo dele, envolvendo-o com suas pernas longas e macias, apertando seus seios contra o peito dele. Certa vez, na hora do orgasmo, ele chegara mesmo a chamar o nome da outra, e Dora, absolutamente espantada, saiu da cama, vestiu a camisola e foi para a sala de estar, onde ficou esquentando as mãos junto às brasas da lareira. Benjamin, como que tomado de súbita lucidez, não tentou consolá-la. Não havia coisa alguma a dizer. Teria sido uma ofensa a mais se ele tentasse. Para certas coisas não há desculpas.

Dia após dia ele tentara negociar o inegociável. Como viver com duas mulheres era a questão — uma questão louca e sem solução. Benjamin tinha estudado o problema vendo-se refletido no espelho erguido à sua face por Goethe no romance avassalador chamado *As afinidades eletivas*. O primeiro triunfo de Benjamin como crítico tinha sido seu ensaio sobre aquele romance, que significava tanto para ele porque podia ver refletida naquele texto perfeito e impregnado de dor sua própria vida cheia de contradições. Os personagens de Goethe — Edouard, Ottilie e Charlotte — passaram como em um filme diante dele naquele instante. Goethe compreendera que o amor nunca é completamente consumado nesta encarnação terrena; ele requer uma tradução pela morte. Benjamin tinha escrito em seu ensaio: "A morte, como o amor, tem o poder de nos deixar nus." Em um contato carnal, está-se divinamente nu; na morte, também, chega-se à presença divina sem os disfarces carregados de culpa que são as roupas.

Benjamin desejou ser enterrado em uma cripta ao lado de Jula ou de Asja. Ou das duas! Afinal de contas elas não eram, de uma certa forma, a mesma mulher? Ou teria ele tanto desprezo pelo outro sexo a ponto de considerá-las, todas, simples manifestações da Eterna Fêmea? Essa tolice junguiana deixou-o irritado. De fato, em suas cartas para Adorno, ele frequentemente investia contra "a tendência burguesa a psicologizar", achando que Jung era ainda pior do que Freud nesse particular. Freud, pelo menos, não se escondia sob o manto do misticismo barato.

A TRAVESSIA DE WALTER BENJAMIN

A verdade é que Benjamin amou muitas mulheres e amou-as individualmente, encontrando em cada uma alguma forma de manifestação divina. Cada hálito, cada carícia eram diferentes de todos os demais, assim como o ponto em que cada uma se punha a rir ou a chorar. Mas ele não podia negar que a natureza — personificada na atração do homem pela mulher — dominava-o com seu aperto febril e somente a morte podia libertá-lo. O amor ideal entre marido e mulher, como concebido por Goethe, só seria possível fugindo-se desta vida para o que existir além dela. Talvez diante da face de Deus amor e casamento fossem possíveis. Mas nunca neste mundo. A vida aqui não passa de conexões perdidas, malabarismos de afeto, palavras vagas.

A face de Goethe, não a de Deus, passou diante dele como uma visão. Ele estudou aquele nariz longo e arrogante, a testa volumosa, que era maior de um lado que do outro, defeito que chamava muita atenção. Viu os lábios femininos que se curvavam nos cantos em um sorriso irônico e os olhos, que tudo olhavam friamente e nada revelavam. Por que aquela sua atração por Goethe? Por que aquela fixação fanática na imagem do gênio capturada em um homem? Seria apenas o sonho da competência total? Goethe tinha realmente aperfeiçoado sua vida como Benjamin não fora capaz de fazer. O mestre, cuja vida se fundara em frustrações, atraía-o de uma forma que ele não sabia explicar.

Quando muito jovem, Benjamin tinha lido as biografias bem conhecidas escritas por Gundolf (da qual ele não gostara) e por Baumgartner e tinha criado uma imagem de perfeição. Tendo concebido Goethe de tal forma, que mais esperar para si mesmo além de fracasso? Como se faz para emular um deus?

A poesia de Benjamin não passava de meros fragmentos, ecos de Goethe, Heine, Georg. Suas histórias não chegavam a ser totalmente concebidas, apesar de ele ter boas ideias. Ele não possuía a frieza de coração que um grande artista precisa ter. Mesmo como crítico, ele não chegara a publicar um livro importante. Sua dissertação de doutorado na Universidade de Berna, sobre crítica de arte romântica, ficara, merecidamente, sem publicação. Seus estudos de pós-doutorado sobre as origens do teatro de tragédia alemão no período barroco resultaram, sem dúvida alguma, em um trabalho malfeito. De fato, as pessoas a quem ele enviara os originais em Frankfurt (entre elas um esteta pretensioso chamado Hans Cornelis) o haviam rejeitado, qualificando seu tratado de "obscurantista, obstinado e convoluto". Não era de surpreender que sua carreira acadêmica tivesse, pouco a pouco, chegado ao fim.

Benjamin tentara escrever um trabalho ambicioso sobre a vida e a obra de Goethe para a *Nova Enciclopédia Soviética*, mas isso também não chegou a lugar algum: tinha apenas anotações intermináveis e sem objetivo e o esboço de um ensaio ainda vago demais para ser o roteiro final. Até mesmo sua obra mais importante, sobre as arcadas de Paris, tinha explodido em suas mãos como um baralho de cartas avulsas. A versão final, que ele agora apertava contra seu rosto como se fosse um travesseiro, necessitaria ainda de muito trabalho. Mas ao final de tudo, seu esforço supremo seria recompensado. Ali estava a marca inequívoca de sua genialidade.

Mas até mesmo aquele trabalho seria um livro de fragmentos. Sua vida se compunha de fragmentos, de citações de outros escritores melhores do que ele. Seus dias eram vividos entre aspas, e os pontos altos de sua existência não passavam de frases em itálico que conhecia tão bem. Quando trabalhava em seu tratado sobre teatro alemão, tinha colecionado mais de seiscentas citações, que prendera nas paredes de seu quarto: cada uma em um cartãozinho, com sua caligrafia minúscula. Ele era um colecionador compulsivo de frases, excertos de poemas, aforismos e ultimamente passara a crer que o crítico ideal era simplesmente um colecionador de citações. "O grande livro do futuro", escrevera ele a Adorno, "consistirá em fragmentos extraídos do corpo de outras obras; será

A TRAVESSIA DE WALTER BENJAMIN

uma montagem, um tecido feito com retalhos de significados já consumados. O grande crítico no futuro permanecerá em silêncio, gesticulando com firmeza mas incapaz, ele mesmo, de falar. Ou sem sentir vontade de falar".

O rosto de Jula surgiu diante dele, substituindo o de Goethe. Sem dúvida, era muito mais belo, pensou ele, sorrindo consigo mesmo. "Eu te amo, Jula", sussurrou, tocando involuntariamente seu próprio corpo. Seria possível que ainda tivesse reações eróticas naquela noite, a mais desolada de sua vida? Sexo e morte se fundiriam assim tão simplesmente?

Era impossível esquecer aqueles dias terríveis que passara com Jula na Côte d'Azur. Naquela época ele era um homem "livre", não era? Seu casamento com Dora tinha chegado ao fim e ele estava viajando com Jula. No trem ela recostara a cabeça afetuosamente em seu ombro e ele sentiu prazer ao perceber inveja nos olhos de um senhor idoso. Jula seria dele agora, pensou. Ela dava mostras de grande interesse por seu amor já havia algum tempo, embora (apesar das acusações de Dora) eles nunca tivessem tido uma relação sexual completa. Jula sempre se afastava de suas carícias no último momento, sussurrando: "Vamos deixar para outra ocasião." Mas quantas "outras ocasiões" haveria?

Ele tinha ido à Côte d'Azur para levar aquele relacionamento a seu clímax natural. Era como uma bola atirada no ar: era preciso ouvi-la e vê-la cair. Tinham alugado um quarto em uma pensão chamada Mariposa, que ficava perto do mar. Era um quarto limpo e arejado, com o teto alto e arqueado e paredes impecavelmente brancas. Cheirava a argamassa e havia um vaso com narcisos ao lado da cama, lembrando que era o início da primavera. A dona da pensão, uma senhora idosa, piscou para ele maliciosamente ao entregar-lhe a chave do quarto, que tinha uma só cama. *"Pour monsieur et madame"*, disse ela, percebendo logo que nenhum dos dois usava aliança.

Benjamin sentia-se excitado, como se houvesse borboletas voando em seu estômago. Essas borboletas se transformaram em vespas enquanto ele observava Jula se despir, de costas para ele, e sentar-se em um banquinho em frente a um espelho sem moldura. A simplicidade do quarto realçava sua nudez, ali sentada no banquinho a contemplar-se: a pele de alabastro, os pelos púbicos escuros, os seios grandes e rijos. Tinha uma barriga bem pequena.

Benjamin se despiu, deixando sua roupa úmida caída no chão. Atravessou o quarto, totalmente nu, ereto, sentindo os pés frios no chão de ladrilhos. Apertou seu corpo contra as costas dela.

— Não posso fazer amor com você — disse ela, categoricamente.

— Eu te amo, Jula — disse ele.

— Há algo errado entre nós — insistiu ela.

— Minha Jula querida...

— Perdoe-me, Walter. Se eu pudesse, faria. É preciso que acredite em mim.

Ele se apertou ainda mais contra ela, intumescido a ponto de sentir uma dor intensa e deliciosa.

— Não, Walter. Por favor. — Ela curvou a cabeça para a frente, deixando os cabelos pretos cobrirem seu rosto como uma cortina, e as vértebras da parte posterior de seu pescoço brilharam como uma corrente de marfim. — Eu não quero fazer isso.

Mas já era tarde demais para ele parar. Ele não foi capaz de se controlar.

Jula não fez qualquer movimento, mas deixou que ele terminasse.

Benjamin limpou as costas dela com uma toalha branca, dizendo:

— Sinto muito, querida. Estou envergonhado do que fiz.

Ela começou a chorar, soluçando. Seus ombros tremiam.

Benjamin conduziu-a gentilmente para a cama. Cobriu-a com o lençol fresco e ficou acariciando seus cabelos no travesseiro.

A TRAVESSIA DE WALTER BENJAMIN 259

Ela estava de costas para ele e parou de soluçar. Era possível que ele tivesse quebrado o gelo e que no dia seguinte suas relações melhorassem, pensou ele. Mas ele sabia que não seria bem assim. Sempre houvera algo errado em seu relacionamento com Jula. Os dois eram como rádios sintonizados em estações diferentes.

O mesmo acontecia com Asja. Aqueles poucos meses, aqueles terríveis meses que ela passou com ele em Berlim sob pretextos falsos ainda o deixavam intrigado e cheio de rancor. Afinal de contas, o que queria ela? Deixava que ele fizesse amor com ela, mas sem demonstrar qualquer entusiasmo recíproco; era como se ela estivesse cumprindo uma obrigação que a desagradava.

— Isso não é amor — disse-lhe ele certa vez, no meio de uma relação sexual. — Isso é hidráulica.

Ela se sentou abruptamente na cama.

— Era isso que você queria, não era? — perguntou ela. — Foder.

— Por que você me atormenta assim, Asja? Eu a amo — respondeu ele.

— Você só ama a si mesmo — disse ela.

— Por favor, querida. Você sabe que desde a primeira vez que a vi, naquela lojinha em Capri, não deixei mais de pensar em você. Eu... eu... — As restrições de sua capacidade de expressão, que ele sentia limitada a lugares-comuns, eram uma agonia para ele, que começou a gaguejar e acabou em silêncio.

Asja ergueu as sobrancelhas e acendeu um cigarro, em seguida soprando a fumaça no rosto dele. Depois de algum tempo, disse:

— Seu problema é que você pensa muito, Walter. Já lhe ocorreu que talvez pense demais?

— Você está zombando de mim — disse ele, saindo da cama.

— Isso que fazemos não é amor. Não sei que nome dar a isso.

Asja suspirou. Havia deixado Bernhard Reich em Moscou, sozinho e infeliz, sem um bom motivo. Para irritá-lo, talvez. Eles não tinham parado de brigar desde aquele terrível inverno da visita de Benjamin.

Com certa razão, Reich sentira que ambos haviam abusado da sua confiança, embora fosse a Asja que ele culpasse por flertar com Benjamin nas suas barbas. Em duas ou três ocasiões ele a vira colocar a mão no joelho do pobre homem. E ele nem sabia do pior: de como ela o agarrara várias vezes e o beijara com voracidade. Em uma dessas vezes, enquanto se beijavam, ela deixou que ele enfiasse as mãos dentro de sua blusa e segurasse seus seios. "Quero foder você", disse-lhe ele. Ela respondeu, provocante: "Agora não. Talvez outro dia."

Benjamin não conseguiu entender a maneira como ela chegou inesperadamente a Berlim naquela primavera. Chegou decidida e ofereceu-se a ele de um jeito estranho, até mesmo cruel. Entregou-se como quem serve um filé em um prato. Ele se pôs a lembrar da primeira noite em que se deitaram juntos. Encolheu as pernas até a altura do peito naquela palha mofada, tremendo de frio. Ela o havia despido primeiro, atitude que ele achou muito sensual. Depois ficou beijando seu corpo durante um longo tempo, derretendo-se toda ao fazer isso. O corpo dele ardia como uma casa em chamas e ele se entregou. Por fim, ela o empurrou para a cama e o possuiu.

O desejo a deixou fora de si, perturbada. Não foi seguido da ternura que ele esperava; de fato, ela se vestiu rapidamente e foi para a cozinha preparar um drinque para si mesma. Depois sentou-se, sozinha, junto à janela da pequena sala e ficou olhando a chuva, que tecia rendas no vidro. Suas faces estavam cobertas de lágrimas.

Benjamin não conseguiu consolá-la.

— O que foi que houve, minha Asja? — perguntou ele, acariciando-lhe os cabelos.

— Não é nada com você, Walter.

— Eu gostaria que fosse, pois assim poderia ajudá-la.

— Preciso voltar para Moscou.

— Não há nada para você lá. Eu estou aqui. Você precisa ficar comigo. Podemos resolver juntos qualquer que seja seu problema. Posso ajudá-la se você deixar.

A TRAVESSIA DE WALTER BENJAMIN   261

— Preciso ir — disse ela.

Ele a teria deixado partir de bom grado se isso a curasse daquela tristeza. Mas ele sabia que isso não era verdade, e ela também o sabia. Portanto ficou e, durante dois meses, ele viveu em total agonia ao lado da mulher que amava mais que a própria vida. A falta de sentido daquilo o deixou horrorizado.

Asja, como uma grande cidade estrangeira, era ao mesmo tempo inacessível e sedutora. Ele percorria seus labirintos na vã esperança de encontrarem a satisfação, de se encontrarem de verdade, se abraçarem e se fundirem. Mas sem que ela o quisesse de verdade, aquela fusão sagrada jamais ocorreria. Mesmo quando compartilhava de sua cama, ela continuava a ser o texto mais difícil que ele já tentara ler, um tumulto de sinais contraditórios. Ela exigia sua atenção integral, como um poema, porém não recompensava sua atenção com reciprocidade. Zombava dele com frequência, como naqueles dias em Moscou, quando ele ficava sentado ao lado de sua cama horas a fio, no quarto verde-claro do sanatório. Em vez de ser-lhe grata, ela se perguntava, em voz alta, se ele não estaria logo sentado ao lado de algum general comunista, olhando-o com aquele jeito servil. Depois seu chicote estalou ainda mais alto:

— Isto é, se o general for tão imbecil quanto Reich e não o jogar no olho da rua.

Reich tinha aguentado Benjamin estoicamente, ciente de que Asja brincava com ele como um gato brinca com um rato indefeso antes de o comer vivo. A verdade era que Reich tinha pena dele e até lhe dava conselhos de irmão. Afinal de contas, ambos lutavam em um mesmo combate.

— Se você frequentasse reuniões do Partido em Berlim, encontraria muitas mulheres como Asja, agitadoras de verdade — disse ele. Benjamin se perguntou como Reich poderia ser tão tolo. No amor, não se pode substituir uma mulher por outra. Ele até poderia se apaixonar por um milhão de mulheres diferentes, mas elas não seriam Asja, assim como Asja não era Jula. Entretanto intrigava-o o fato de cada mulher ser também a mulher: um pedaço da forma platônica.

Ao se afastar de Moscou com sua velha mala nos joelhos, os olhos úmidos e o coração a lhe apertar o peito, ele concluiu que o amor erótico era impossível, pelo menos para ele. Se ele aprendera alguma coisa naqueles últimos anos, era que precisava deixar para trás seu desejo de posse; desejar mulheres era parte do mesmo desejo burguês de possuir bens materiais. Seu desejo de possuir Asja, ou Jula, era uma coisa retrógrada, fora de moda. A partir daquele momento de sua vida ele se concentraria em seus escritos.

Durante vários anos andou de um lado para outro entre os dois polos aparentemente opostos da estética e da política. Adorava escritores como Goethe e Proust, que eram a personificação da estética. Depois dava uma guinada em direção à posição ocupada por Asja: a posição do Partido. Naquele instante, nos contrafortes dos Pireneus, naquela fronteira inimaginável, ele soube que se sobrevivesse à guerra postularia que apenas na convergência entre o estético e o político seria possível à arte do futuro encontrar nova vida. *"Una vita nuova"*, murmurou, saboreando a expressão.

Adormeceu perguntando-se como seria essa arte do futuro. Tinha uma vaga ideia de que a leitura, como ele a conhecia, estava com os dias contados; as obras de arte, também, estavam condenadas ao fim por sua reprodutibilidade. Como se poderia estabelecer valor para algo que seria multiplicável ao infinito? Havia também o cinema e a fotografia, cujas profundas consequências não se poderia negar; a imagem cinematográfica teve enorme influência no Terceiro Reich, por exemplo. A propagandista de Hitler, Leni Riefenstahl, tinha criado algo completamente irreal e, ao mesmo tempo, monstruosamente eficiente: o *Führer* não se impregnaria daquela maneira nas mentes das pessoas sem ela ou outros semelhantes a ela.

A TRAVESSIA DE WALTER BENJAMIN 263

Benjamin imaginou um futuro no Ocidente quando o capital controlaria a indústria cinematográfica de tal forma que cada imagem se tornaria um produto, e cada filme, por seu turno, criaria uma nova linha de produtos. Roupas, móveis, arquitetura, modelos de família, relações amorosas, tendências na arte, na música e até na literatura seriam definidos por homens como Cecil B. DeMille. A moralidade ficaria à mercê deles — dos Mestres da Imagem. Com o tempo, se a realidade não existisse em filme, simplesmente não teria credibilidade; as pessoas trabalhariam para ganhar o dinheiro necessário para ter suas vidas filmadas e só seriam consideradas pessoas de sucesso se a imagem que encontrassem em seus monitores particulares combinasse com a de algum vago arquétipo. As fronteiras entre a arte e a vida seriam obliteradas e a função do imperador (ou primeiro-ministro, presidente, rei) seria decidir qual é qual, mas mesmo ele (ou ela) seria construído por imagens cinematográficas de tal forma que ninguém saberia em que acreditar; as crises ontológicas do futuro eram estonteantes de se imaginar.

Benjamin abriu os olhos, assustado, percebendo que se deixara levar para a terra de ninguém entre o sono e a vigília. Desorientado, a princípio, ele olhou pela janela para o céu frio que tinha se tornado cor de ardósia e se tingia de violeta. Aqueles instantes silenciosos antes do amanhecer eram uma parte do dia de que ele sempre gostara. A lua já havia desaparecido no horizonte longínquo, mas o sol ainda não tinha começado seu passeio de charrete quando Benjamin saiu com dificuldade do seu monte de palha, desesperado para urinar.

De pé, à porta do estábulo, ele se aliviou nas pedras que marcavam a entrada; a urina escura saiu em um jato fétido que molhou as pedras. As estrelas tinham sido totalmente ingeridas pela noite e digeridas; uma tonalidade rosa começava a aparecer por cima das montanhas e Benjamin pôde ver o pico que teria que escalar. Vindo do vale, lá embaixo, chegou o distante cantar de um galo.

Sentiu-se tonto, com as articulações enrijecidas e inchadas; tinha fome e estava desesperado de sede. Encaminhou-se, mancando e arrastando sua maleta, até os fundos do estábulo, onde havia um amontoado de palha e terra. Sentou-se nele como se fosse uma poltrona com encosto de musgo e ficou observando o raiar do dia. Sua mente voltou-se de novo — como a língua retorna a um dente quebrado — para Asja Lacis.

Em Moscou, ele decidira desistir para sempre do amor erótico, mas isso tinha sido impossível. Continuou a pensar em Asja quase que diariamente, por vezes tirando suas fotografias da carteira e as estudando como se fossem Rembrandts, tentando invocar sua presença, ouvir sua voz. Por força de algum mistério, encontrava-a nos olhos de uma dezena de mulheres, algumas das quais ele seguia pelas ruas como um tarado. Pagara pelos serviços de muitas prostitutas e apertava os olhos na hora de gozar, pensando em Asja todas as vezes. Ele sentia muito sua falta. A vida sem ela ficava vazia.

E sentia saudades de Jula também, embora não com a mesma intensidade. Asja significava mais para ele. Era mais brilhante, mentalmente mais ágil e mais cruel. Ela havia sido mais exigente com ele do que qualquer outra pessoa, inclusive sua mãe, a severa Pauline, que o atormentara emocionalmente durante décadas. A mãe jamais compreendera seu lado espiritual, seu desejo de alçar-se acima daquele mundo de negócios de seu pai. Ela o apoiara, sem que o pai soubesse, enviando-lhe dinheiro. Mas o essencial ela jamais lhe dera: o afeto descomplicado que tanto ele desejava, até naquele dia.

Em sua maleta, enfiada em um bolso, por trás do manuscrito, havia um pequeno livro de poemas de Goethe. Virou rapidamente as páginas até encontrar um de seus poemas prediletos:

A TRAVESSIA DE WALTER BENJAMIN

Coração, meu amigo, o que se passa?
Por que ficaste tão estranho assim?
Não mais te sinto com leveza e graça
descuidado a pulsar dentro de mim.

Foi-se tudo que tu amavas tanto,
obliterado por esse novo encanto;
foi-se o ardor, a harmonia, a paz...
Ah, coração, não te conheço mais!

Aprisiona-te a visão tão bela,
ou é sua juventude que te enleia?
É a bondade que nos olhos dela
faz de ti cativo dessa teia?
Quero fugir, livrar-me desse encanto
soltar-me das amarras e, no entanto,
por mais que eu trace o rumo e solte a vela,
Ah, coração, retorno sempre a ela.

Fios de amor, de prata e de magia
ela tece e me prende o coração.
Não sei quem sou, quem fui ou quem seria;
sou alguém que ela leva pela mão.
Doce é a prisão, porém cruel não menos
quando os grilhões são olhos tão serenos.
Quero encontrar o homem que eu era.
Tem piedade, amor, e me libera!

Novamente a intuição o conduzira ao texto perfeito. "Tem piedade, amor, e me libera!" As lágrimas rolaram de seus olhos enquanto ele lia.

Quando ergueu os olhos do livro, todo o vale estava imerso em um brilho suave e avermelhado. Benjamin pôde ver aqui e ali, distantes, pequenos grupos de camponeses nos vinhedos; o vento trazia de longe as badaladas do sino da Igreja de São Simão, que se encarapitava em uma colina de onde se via Banyuls. Logo o mundo estaria radiante de sol, pensou ele, o mar refletiria o céu intenso e os vinhedos nas encostas que descem até o mar brilhariam salpicados de luz dourada. As montanhas se ergueriam como paredões cor de púrpura, com seus picos dentados, ameaçadores. E o sol, quando atingisse seu ponto mais alto, dispararia milhões de farpas de luz em todas as direções. Nem mesmo a morte poderia se sobrepor a tanta glória.

Eu me encontrava em um labirinto de escadas. Esse labirinto abria-se para o céu em alguns lugares. Eu estava subindo; havia escadas que conduziam para baixo. Ao parar em um dos patamares, percebi que estava em uma espécie de topo de montanha de onde se podia avistar o campo. Notei que havia outras pessoas em outros picos. Uma delas foi subitamente acometida de vertigem e começou a cair. A sensação de tontura espalhou-se e outras pessoas começaram também a cair dos outros picos para o abismo. Todos estavam rindo. Quando eu fui contagiado por aquela alegria tola, acordei.

Walter Benjamin

11

Lisa Fittko

Os galos da região já tinham parado de cantar havia muito quando Henny Gurland por fim decidiu-se a acordar o filho, que simplesmente se virou para outro lado e continuou dormindo. Suponho que ele quisesse retornar ao mundo dos sonhos, destruído poucos meses antes, quando seu pai fora levado da família para nunca mais voltar. Alguma coisa nele me lembrava meu irmão Hans quando tinha sua idade: um menino bonito, com jeito sonhador, cuja curiosidade acerca do mundo era um traço marcante da personalidade. Eu me perguntava se aquela curiosidade sobreviveria às forças brutais contra as quais teria que lutar. Certamente ele não queria abrir os olhos para a luz daquele dia. Queria voltar a dormir, mergulhar em sonhos doces, afastar-se de tudo que era real.

— Ele costumava pular da cama disposto — disse a mãe, como a que se desculpar. Curvou-se sobre ele, com seus cabelos prematuramente prateados caindo-lhe como uma franja. Massageou os músculos do pescoço dele, tentando acordá-lo aos poucos. — O pai dizia que o tempo que levávamos para escovar os dentes dava para José fazer uma volta ao mundo.

— Mas o pai morreu — disse eu.

— José é muito forte — acrescentou Frau Gurland, ignorando o que eu dissera. — Quando tivemos que sair da Espanha, ele estava tão alegre que dava gosto ver, Frau Fittko.

Henny Gurland me deixava intrigada. Era uma mulher distinta, muito inteligente e com um bom nível cultural, mas parecia não se dar conta de que seu mundo tinha virado pelo avesso por causa da guerra e de que travava uma luta constante com a tristeza e o rancor. Nas entrelinhas de tudo que ela dizia, podia-se ler: *Eu não mereço uma situação dessa! Isso não poderia estar acontecendo comigo!*

Eu estava sentada em uma cadeirinha de vime, estudando o mapa que o prefeito Azéma fizera para nós.

— Deveríamos tentar sair daqui antes do dia clarear — disse eu, com firmeza. — Não podemos correr o risco de...

— Eu sei, eu sei! — interrompeu-me Henny. Suas faces enrugadas estavam vermelhas como duas maçãs.

Mordi minha língua para me lembrar de ter paciência. Não era culpa dela se os nazistas queriam matá-la e a seu filho, tampouco que o marido já estivesse morto. Se estivéssemos em um mundo melhor, ela deixaria que José dormisse até meio-dia em sua mansão na Baviera e serviria leite e mel quando ele acordasse.

— Perdoe-me — disse ela. — Aceita um copo de suco, Frau Fittko?

Percebi que nada faria com que se apressassem, portanto aceitei.

Às 5h30, ou seja, meia hora mais tarde, saímos da Pension Lumise quando o sol já banhava a cidadezinha com uma poeira de luz cor-de-rosa. As casas, em tons pastel, com suas fileiras de telhados recortados, ainda estavam todas fechadas. Pareciam apertar-se umas contra as outras na subida da colina, ao longo de um caminho todo plantado de ciprestes tão fininhos que lembravam lápis enfileirados. As ruelas estreitas da aldeia estavam desertas, mas ouvimos uma voz de criança chamando a mãe e os sons de gansos e galinhas nos quintais.

A TRAVESSIA DE WALTER BENJAMIN

Fomos subindo por uma ladeira de paralelepípedos ao longo da qual havia um corrimão de ferro e depois atravessamos um pasto aberto para chegarmos ao caminho que nos levaria aos contrafortes. A maior parte do pessoal que trabalhava nos vinhedos já havia saído de Banyuls, mas ainda havia vários retardatários, o que facilitou nossa saída disfarçados no meio deles. Eram dezenas de fantasmas volumosos com suéteres pesados, carregando seus baldes. Ninguém falava, como é o hábito de quem se encaminha cedo para o trabalho. Eu tinha notado esse hábito nos bondes que circulavam de manhã bem cedinho em Paris e em Berlim — homens e mulheres carregando consigo uma profunda nostalgia pelos sonhos que tiveram que interromper e que, como José Gurland, hesitavam em mergulhar no mundo que acordava.

Eu levava uma mochila cheia de mantimentos e um cantil com água fresca: o Velho Benjamin deveria estar com fome e com sede. Não era do tipo de homem que passasse facilmente sem suas refeições. Os homens de sua classe e geração davam muito valor à regularidade das refeições, achando simplesmente que, a tempo e a hora, a comida surgiria quente e saborosa das mãos de alguma mulher e lhe seria servida à mesa.

Eu tinha feito o possível para conseguir que Benjamin voltasse conosco para Banyuls, mas ele estava profundamente convencido de que seus pés só tinham uma determinada cota de passos diários e que já havia usado a daquele dia para chegar ao primeiro platô. Eu só esperava que sua cota não se esgotasse antes de eu o deixar do outro lado das montanhas. Benjamin assegurou-me de que passaria a noite no estábulo e que estaria forte como um touro para atravessar correndo os Pireneus naquela manhã. Decidi não discutir com ele. De que adiantaria? Diante de mim estava um homem que sentia dores terríveis a lhe rasgarem o peito se andasse mais de dez ou quinze minutos sem parar.

— No meu peito vive um homenzinho — disse ele — que fica apertando meu coração. É um tipo bem bonitinho. Faz meus pulmões queimarem como fornalhas. Eu o mandaria embora de lá, mas ele até que é um bom companheiro.

Eu nunca soube bem como reagir a observações desse tipo; havia algo vagamente louco em Benjamin, algo surpreendentemente infantil. Apesar de todo o seu compromisso com a razão, às vezes ele não era nada razoável. Se eu sugerisse que ele voltasse, ele simplesmente daria uma risada e continuaria andando, com ou sem minha presença. Quanto a isso, eu não tinha a menor dúvida.

Antes de começar a subida, tive uma conversa franca com a família Gurland.

— Ontem nós facilitamos demais e tivemos sorte. Não vamos nos arriscar hoje. Quando estivermos na trilha, não vamos conversar. As vozes viajam bem longe no campo. Vamos andar sem parar, lentamente e em silêncio. Evitem olhar nos olhos de qualquer pessoa que passar por nós.

Preocupava-me um pouco o fato de José estar levando uma faca no cinto e meu primeiro impulso foi pedir que ele não a levasse. Depois pensei que não deveria negar-lhe aquele prazer. Sua juventude não teria muitos momentos de alegria para serem recordados. Se ele se sentia meio aventureiro naquele dia, que mal poderia haver?

Fomos escolhendo o caminho por entre os blocos de pedra e a vegetação. Algumas das tílias já se tornavam douradas com o outono e largas faixas de capim seguiam morro abaixo até o mar. Lamentei o tempo que tínhamos perdido na pensão, em vez de sairmos mais cedo; o céu clareou rapidamente no contorno das montanhas a leste e os picos recortados erguiam-se assustadoramente. Parecia impossível que os fôssemos atravessar ainda naquele dia.

A poucos quilômetros da aldeia, deparamo-nos com uma sentinela em nosso caminho. O homem estava recostado em uma enorme pedra, com a cabeça caída para a frente, apoiando o queixo

A TRAVESSIA DE WALTER BENJAMIN

no peito. Entretanto parecia estar acordado. Sobre suas coxas havia um fuzil.

— Não olhem para ele — sussurrei.

Ele nem pareceu notar nossa passagem, o que não foi nada mal; seu olhar estava fixo no chão à frente, como se não pudesse acreditar na má sorte que o colocara naquele fim de mundo. Pobre rapaz, pensei. Deveria ter um ou dois anos mais do que José.

O caminho foi se tornando cada vez mais íngreme e num determinado trecho tivemos que usar as mãos também para subir, apoiando-nos em raízes escuras e úmidas que surgiam do barro vermelho. Na semana anterior chovera sem parar durante três dias, portanto havia lugares ainda encharcados que deveríamos evitar.

O Velho Benjamin levara mais de uma hora para escalar aquele trecho na véspera, por isso eu sabia que levaríamos mais tempo para atravessar os Pireneus do que o prefeito Azéma previra.

— Ah, vocês estarão lá antes do jantar — dissera ele animado. — A diferença será de uns trinta minutos para mais ou para menos.

Tive vontade de dizer:

— A diferença será o Velho Benjamin.

Nós três fizemos o início do percurso em bom tempo, mas comecei a ficar preocupada ao nos aproximarmos da clareira onde Benjamin deveria estar nos esperando. E se ele tivesse saído por ali e se perdido no mato? E se a polícia de fronteira já o tivesse descoberto? Ele teria falado de nós? Minha imaginação se soltou e eu já podia imaginar um estábulo cheio de nazistas às gargalhadas e o corpo de Benjamin balançando de uma viga no teto.

— Lisa, você sempre imagina o pior — costumava dizer Hans, meu marido. — Mas isso não é necessariamente mau, pois nada do que você acha que vai acontecer acontece. Então é bom mesmo que você imagine as piores situações possíveis... porque essa é uma forma de eliminá-las.

Comecei a sentir saudades de Hans e a me perguntar onde ele poderia estar naquele momento. Se tivesse conseguido chegar a Tânger, certamente ficaria por lá, aguardando minha chegada. Foi esse nosso último plano. Eu iria de Portugal para Tânger, o que seria uma travessia fácil, e de lá seguiríamos juntos para Cuba ou para Nova York em um cargueiro. "Eu estarei no hotel Larouche", dissera ele. Como é que ele sabia todos esses nomes de hotéis? Por que ele confiava tanto que eu chegasse a esses lugares exóticos sem a ajuda de ninguém? Ele estaria me testando? Desde o início percebi que ele se orgulhava da minha independência e sempre procurei não decepcioná-lo. Naquele momento eu não poderia me permitir qualquer fraqueza ou medo de que as coisas saíssem de controle. Não estava na hora de questionar coisa alguma nem de ficar pensando em mim mesma. Eu precisava fazer o que tinha que ser feito. Aquelas pessoas tinham colocado suas vidas em minhas mãos, e eu não poderia falhar.

O sol começou a aquecer meu rosto e vi algumas nuvenzinhas cor-de-rosa movendo-se rapidamente no céu. As encostas, ao longe, surgiam cheias de pedregulhos, porém o campo junto ao estábulo arruinado era cheio de mato alto. Parei para respirar fundo, pensativa, voltando-me para ver o vale, o mar, as nuvens correndo no céu de vento, enquanto José corria para encontrar o Velho Benjamin. Parou subitamente, como se algo o retivesse.

Depois entrou no estábulo, saindo logo em seguida.

— Ele não está aqui! — gritou José.

Henny e eu corremos para ver com nossos próprios olhos.

— Como é que ele pôde fazer uma coisa dessa conosco? — disse ela quase chorando. — Ele sabia que voltaríamos para buscá-lo.

— Ele deve estar por perto — disse eu. — Não creio que tenha ido embora assim.

— Por que você foi deixar que ele dormisse aqui? — queixou-se ela. — Você sabe que ele é incapaz de cuidar de si mesmo numa situação dessa.

A TRAVESSIA DE WALTER BENJAMIN 275

— Deve haver uma explicação.

— Então por que a senhora não dá logo a explicação? — perguntou José, falando como um menino malcriado. — A senhora parece ter todas as respostas.

— Faça o favor de respeitar Frau Fittko — disse a mãe. — Ela está tentando nos ajudar.

— Ela é sempre prestativa, não?

Henny Gurland dirigiu-me um olhar de quem se desculpa, mas eu desviei o meu. Não ia deixar que aquele menino me aborrecesse. Tínhamos trabalho a fazer.

E foi como eu pensava: encontramos Benjamin dormindo ali por perto. Tinha sobre o peito um livro de poemas. Parecia que ele estava dormindo em uma praia, tendo a seu lado um copo de vinho e as ondas a quebrarem suavemente a seus pés. Os ruídos de nossa aproximação não o acordaram. Só então percebi que suas mãos tinham pelos pretos e eriçados.

José se agachou e sacudiu-o delicadamente, aproximando o rosto do dele. Passou os dedos de leve no peito do Velho Benjamin. Ao ver a pele muito branca que surgia entre a meia e a calça de José, lembrei-me de um menino que eu conhecera na Alemanha e que eu beijara, somente uma vez, sob uma ponte. É engraçado como a gente se lembra dessas coisas de repente.

— Ah, você veio me buscar, meu menino! — disse Benjamin, abrindo primeiro um olho e depois o outro. — Que bom vê-lo de novo!

José balançou a cabeça e seus cabelos muito louros ajeitaram-se no lugar.

— Pelo que vejo, o senhor encontrou um lugar confortável — disse eu. — Poderia agora nos dar o prazer de sua companhia?

— Como não? — disse ele. — Um passeiozinho até a Espanha me faria bem.

Nós sorrimos, mas a aparência dele não era nada boa.

— O que houve com seus olhos? — perguntou Henny Gurland, referindo-se às enormes manchas escuras, de um roxo-avermelhado, em volta dos olhos dele.

Ele tirou os óculos e passou um lenço sobre os olhos.

— É o orvalho, está vendo? Está manchando a cor do meu rosto.

Talvez fossem mesmo manchas de alguma coisa, mas lembrei-me de ter visto manchas assim em torno dos olhos de meu pai no mês anterior à sua morte. Meu pai tinha também aquela pele com a aparência de papel de embrulho velho, aquelas dores no peito e formigamento nas mãos. Ele morreu pouco depois de ter me levado para patinar nas águas geladas de um rio próximo à nossa casa. O esforço que fez pode ter apressado sua morte — pelo menos era isso que mamãe sempre dizia. "Por que você foi fazer isso, Lisa? Levar um velho assim para patinar!" Tenho a impressão de ainda ouvir sua voz.

— A senhora tem algo que se possa beber, Frau Fittko? Tenho uma sede prodigiosa.

Prodigiosa? Dei-lhe um cantil e ele começou a beber a água em enormes goles.

— Por favor, agora basta! — disse. — Desse jeito o senhor adoece. — Eu também estava preocupada em guardar um pouco da água. O que restara, mal dava para nós três naquele dia. Parti para ele um pedaço de pão e com meu canivete cortei uma fatia de queijo.

— Coma alguma coisa. O senhor deve ter sentido frio ontem à noite. Estava gelado em Banyuls.

— Na verdade, passei uma noite encantadora no estábulo. Creio que deveria ter nascido um animal de fazenda. Adoro dormir sobre a palha.

— O senhor se adapta mais facilmente do que eu pensava — disse eu. Sua maneira formal de ser deixava-me um pouco fria.

— Eu seria um bom soldado — disse ele — se meu coração fosse mais forte.

A TRAVESSIA DE WALTER BENJAMIN 277

Henny Gurland dirigiu-lhe um olhar severo por baixo do capacete prateado que era seu cabelo.

— Você tem certeza de que devemos ir por esse caminho, Walter? Talvez fosse melhor voltarmos para Banyuls. O caminho pela costa está para ser aberto de novo. Essa não é a única saída da França, você sabe.

— A situação dos judeus está piorando — disse eu. — Realmente, eu não recomendaria voltarmos.

— A senhora é judia? — perguntou José.

— Sou — respondi. — Mas Hans, meu marido, não é.

— Ele é um homem de esquerda — disse Benjamin. — É pior do que ser judeu.

— E isso me torna o quê? — perguntei.

— Uma judia de esquerda — disse ele — como meu irmão Georg... se ele estiver vivo.

— Continuo a achar que deveríamos pensar melhor — disse Henny. — Isto é, se o dr. Benjamin está...

— Nós vamos fazer a travessia dos Pireneus — disse Benjamin, erguendo a voz. — A senhora não deve se preocupar comigo, Frau Gurland. Eu sou muito mais resistente do que pareço.

— Basta de conversa — disse eu, erguendo as mãos. Nunca pensei que um grupo de refugiados pudesse ser tão pouco consciente do perigo que corre. Às vezes eles faziam com que eu me sentisse atrapalhando seu chá da tarde.

O caminho à nossa frente corria paralelo a outra rota, mais acessível e conhecida, que acompanhava o contorno do topo. A nossa escondia-se por entre os picos em lugares críticos, dificultando a ação da polícia de fronteira. Em certos lugares, as duas estradas quase se encontravam, portanto era necessário ficar em silêncio absoluto. O prefeito Azéma havia assinalado com a letra "X" em azul os lugares mais perigosos.

Benjamin a princípio caminhou rapidamente, mas logo precisou parar para descansar. Ficou de cócoras no chão, com as costas apoiadas em uma pedra. Sua respiração era arfante e irregular.

— Se eu parar a cada dez ou quinze minutos, vou conseguir manter o ritmo — disse ele, como que se desculpando. — Já percebi que devo parar antes que a dor comece. Desta vez esperei mais do que deveria.

Pedi para verificar sua pulsação.

— Rápido ou lento, que diferença faz? Precisamos chegar à Espanha — disse ele.

— A Espanha é um lugar abominável — disse José. — Eu já morei lá.

Frau Gurland deu um suspiro.

— Por favor, meu filho, você não quis dizer uma coisa dessa.

— Como é que a senhora sabe o que eu quis dizer?

— Você deve pensar no que vai dizer antes de falar.

— Papai costumava dizer isso em relação à senhora.

Decidi que ficaria fora daquela briga. Eles não eram meus parentes, graças a Deus.

Por fim, o Velho Benjamin disse:

— Creio que agora eu estou pronto.

— Deixe que eu carregue um pouco sua maleta — disse eu. Eu não tinha a menor ideia do motivo de ele se agarrar à sua velha maleta daquele jeito. Era como uma criancinha com seu urso de pelúcia ou seu cobertor predileto.

— Queira desculpar um velho por sua obsessão tola. Mas isso é tudo que eu tenho. Prefiro carregá-la eu mesmo.

— O conteúdo é mais leve que um engradado de vinho — disse José —, mas não é tão divertido.

O dr. Benjamin sorriu.

— O senso de humor em circunstâncias tão desoladoras é uma boa coisa de se ter, José. — Surpreendia-me profundamente o fato de o rapaz jamais aborrecer o velho.

A TRAVESSIA DE WALTER BENJAMIN 279

Não muito depois, passamos por um bosque quase todo de ciprestes, vários dos quais arrancados com as raízes expostas das quais pingava uma lama negra. Fizeram-me pensar em cadáveres humanos, com os galhos parecendo braços erguidos, tentando agarrar o ar com os dedos. Senti um estremecimento percorrer meu corpo. O Velho Benjamin me dava uma sensação ruim. Normalmente eu nunca me permitia esses pensamentos estranhos.

Foi com certo alívio que começamos a subir pelo entroncamento principal da Lister, que atravessava vinhedos carregados de uvas Banyuls maduras, de coloração preto-azulada. Já estavam no ponto da colheita. Havia marcas profundas na terra, como canais por onde as chuvas fortes desceram a montanha. A terra estava ainda molhada e podiam-se ver pequeninos córregos em alguns lugares, com a água a descer rapidamente.

Benjamin pegou um cacho de uvas e provou-as.

— São tão doces! — disse ele. — O açúcar vai me dar forças.

No final do vinhedo paramos para comer, quando o sol já brilhava forte. O jovem Gurland sentou-se ao lado de Benjamin, de costas para o sol, enquanto o velho acendia um cigarro. Benjamin me fez sorrir; pálido, com aquele terno surrado, ainda ofegante por causa da subida, ainda assim ele mantinha sua dignidade e aquela leveza de espírito. José sentava-se desajeitado a seu lado, tentando imitar com sua postura o jeito de Benjamin, mas a pele bronzeada e os cabelos brilhantes proclamavam sua juventude e sua saúde. Em outras circunstâncias, eles teriam formado uma dupla engraçada: a Adolescência Aflita sentada ao lado da Velhice Precoce. Mas em José eu notava um desespero genuíno debaixo daquela veneração rude. Ele jamais dizia uma palavra áspera ao Velho Benjamin, como fazia com sua mãe. Talvez algum código de honra inato o impedisse de ser agressivo com alguém à beira da morte.

Henny Gurland e eu fomos colher uns cachos de uva. Arrancamos alguns que pareciam cobertos por uma película prateada e os colocamos na sacola de Henny.

— Espero que a senhora desculpe meu filho — disse Henny, interrompendo nosso agradável silêncio.

Encolhi os ombros.

— Ele é muito jovem. Não tem importância.

— Não é que seja jovem. Posso assegurar-lhe que ele nunca foi assim antes.

— Ele é como meu irmão — disse eu. — Cruzava espadas com minha mãe o tempo todo. Isso levou anos.

— Mas José não é assim. Nunca vi um menino tão bom. Ele gostava das tarefas da escola, estava sempre construindo brinquedos com o pai. Todas as noites conversavam sobre máquinas. E caminhavam juntos, estudando as árvores, os animais... Isso eu não sei fazer. Não entendo nada dessas coisas que interessam a ele.

Ela estava certa. O problema não estava na pouca idade de José. Estava no rancor que ele manifestava e que, na verdade, era uma reação sincera. Henny Gurland queria que eu dissesse: "Ele não vai ter problemas. Isso vai acabar passando." Talvez acabasse mesmo, quem sabe? E se isso acontecesse, ele seria um dos poucos felizardos.

Quando voltamos, Benjamin estava dizendo a José para não se preocupar com a polícia espanhola.

— Eles são uma raça diferente — dizia ele. — Não são antisse-mitas.

— Franco é extremamente autoritário — murmurou Henny Gur-land.

— Mas ele não controla todo mundo na Espanha — disse eu.

— Podem crer no que eu digo: os espanhóis são piores que os franceses — continuou Frau Gurland. — Eles detestam estrangeiros e não procuram disfarçar isso. Os franceses, como vocês sabem, pelo menos fingem apreciar os estrangeiros.

— Eles nos odiavam — disse José. — Principalmente as pro-fessoras. Diziam-me para não falar em sala por causa do meu

A TRAVESSIA DE WALTER BENJAMIN   281

sotaque. Aquelas vacas tinham medo de que eu influenciasse as outras crianças.

O Velho Benjamin ergueu a voz para falar:

— São muito orgulhosos os franceses, mas sempre tive adoração por eles. Paris, sabe, é a capital do século XIX. A deste século, é claro, é Nova York.

— Mas você é berlinense — disse eu. — Os berlinenses são as pessoas mais sofisticadas do mundo.

— Não existem berlinenses — disse ele. — Você se refere aos judeus em Berlim ou aos russos. Os russos são cultos e tolerantes. Isto é, os russos brancos. Existe mais literatura russa produzida em Berlim do que literatura alemã. E uma lástima, sabe? Moscou deveria ter sido a capital do século XX.

Parecia que a conversa animada do chá das cinco tinha recomeçado.

— O senhor já esteve em Moscou, dr. Benjamin? — perguntei. Ele ficou encabulado com minha pergunta.

— Sim, estive lá, certa vez, de visita. Um lugar intolerável, lamento dizer. Os bolchevistas arruinaram tudo, inclusive sua própria revolução.

— Suponho que o senhor não seja marxista.

— Não sou coisa alguma.

— O senhor é um escritor — disse Henny Gurland. — É um crítico famoso.

— Crítico famoso é algo que não existe — retrucou ele. — Sou um crítico, sim. Aliás, *fui* um crítico. Agora sou, bem... um judeu em fuga.

Por volta do meio-dia, chegamos a um platô de onde se podia ter uma vista deslumbrante dos Pireneus, com as montanhas em cadeia se sucedendo em tons de azul cada vez mais intensos. O precipício atrás de nós caía até o vale, onde se viam vilarejos ao longo da fronteira francesa, agrupamentos de casas em meio a vinhedos e campos de capim já ceifados.

Um falcão ficou pairando no vento acima de nós, olhando-nos fixamente.

— Não se preocupe — disse eu a Benjamin, que olhava o pássaro com certa ansiedade. — Não é um urubu.

— São todos iguais na hora de bicar — disse ele. — Pode-se imaginar por que os gregos davam tanto valor a enterros. Ninguém gostaria de ser destroçado por bicadas de pássaros.

— Os indígenas do México querem isso — disse José. — Os velhos sobem uma montanha e se oferecem. Deixam que os pássaros desfaçam seus corpos. Eu não me importaria com isso.

— Espero que estejam mortos quando os pássaros forem comer — disse eu.

— Bem mortos — disse José.

— Onde foi que você ouviu isso, José? — perguntou sua mãe.

— Papai me contou — disse ele, com uma entonação que sugeria: "De que outra maneira eu aprenderia qualquer coisa?"

O Velho Benjamin disse:

— Quando eu era menino, sabia muita coisa sobre os astecas.

— Os sacerdotes astecas matavam mil pessoas por semana — disse José. — Usavam punhais com lâminas de pedra para arrancar o coração e oferecê-lo a Huitzilopochtli. Era o deus do sol deles.

— Tentavam evitar que o mundo acabasse — disse Benjamin. — Eles acreditavam que seu deus exigia esse terrível sacrifício.

— Eles eram loucos — disse Henny Gurland.

— Não eram mais equivocados do que várias outras culturas — afirmou o Velho Benjamin.

Todos nos sentamos em silêncio enquanto eu repartia o pão que tinha comprado dois dias antes com vales de alimentação falsos. Passei no pão o queijo cremoso que o prefeito Azéma me dera e distribuí. Cada um recebeu também um pequeno tomate.

— Posso servir-me, Frau Fittko? — perguntou Benjamin.

Concordei em silêncio. Aquela sua maneira cortês de se portar era profundamente ultrapassada.

A TRAVESSIA DE WALTER BENJAMIN

— Temos ainda muito a caminhar, não? — perguntou ele.

— O senhor estará na Espanha ainda hoje — disse eu — se apertarmos o passo.

— Se não formos apanhados pelos nazistas, isso sim — disse José.

— O dia está excelente para escalarmos, José — disse Benjamin. — E estamos com sorte de termos uns aos outros como companhia, você não acha?

José simplesmente emitiu um som gutural. Era óbvio que ele não via sorte alguma em nossa companhia.

— Vai chover — disse ele. — Posso sentir o cheiro da chuva.

— O vento está forte — disse eu. — Talvez não deixe que as nuvens nos cubram.

— Os alpinistas nos Alpes muitas vezes são surpreendidos por tempestades de neve, mesmo no final da primavera — disse José.

— Ele é tão animador! — disse a mãe.

Isso levou o Velho Benjamin a longas reminiscências de uma caminhada que fizera algumas décadas antes na Suíça com uma mulher que depois se tornou sua noiva. Contou-nos uma história muito engraçada de como tinha ficado noivo por acaso de uma mulher que ele mal conhecia.

José, que estava ouvindo o Velho Benjamin com muita atenção, quis saber:

— Mas o senhor se casou com alguém, não?

— Sim, e isso foi um erro também.

José deu um sorriso amargo e Benjamin explicou que sua ex-mulher e seu filho estavam a salvo em Londres e que ele esperava vê-los depois da guerra.

— O rapaz tem aproximadamente sua idade — disse ele a José.

O céu ficava mais escuro a cada minuto que passava.

— Precisamos seguir viagem — disse eu. Teríamos que subir um terreno íngreme e acidentado a partir dali por mais de uma hora. O mapa indicava uma curva fechada pouco adiante, acompanhando o cimo de uma montanha, com um despenhadeiro em um dos lados; para piorar a situação, a estrada principal corria perigosamente próximo à Lister exatamente naquele ponto, portanto era preciso manter silêncio absoluto.

Nas viagens subsequentes, quando eu já conhecia de cor aquela rota, eu conseguia atravessar os Pireneus em meio dia. Mas aquela era minha primeira vez e eu estava levando comigo um homem muito doente. Às vezes o Velho Benjamin tinha que subir de quatro, enterrando os sapatos absurdamente inadequados na terra, com a barra do seu paletó batendo ao vento.

— Como estão as bolhas nos pés? — perguntei-lhe.

— Estouraram — disse ele. — Minhas meias estão encharcadas, mas meus pés estão bem mais confortáveis agora. Não foi mau negócio.

Já estávamos novamente subindo havia vinte minutos quando uma chuva de granizo começou: pequenas pepitas brancas de gelo batiam com força nos lados da montanha, estalando no caminho e derretendo, tornando o caminho escorregadio. Fiquei observando Benjamin curvar-se para a frente, como se tentasse fugir das pedras de gelo, caminhando sem firmeza na beirada do abismo.

— Tome cuidado — sussurrei, no momento em que Benjamin perdia o equilíbrio. Seus pés bateram com força no chão antes que ele caísse na lama. José e eu corremos para ajudá-lo.

— Eu até que gosto de lama — disse Benjamin.

— Vamos descansar alguns minutos — disse eu — até que a chuva de granizo acabe.

Apertamo-nos sob uma pedra que formava uma espécie de marquise e Benjamin começou a tagarelar. Qualquer pretexto, por menor que fosse, era motivo para várias histórias.

— Quando eu era menino, meus pais me mandaram para um colégio interno no campo chamado Haubinda, na Turíngia, um lugar

A TRAVESSIA DE WALTER BENJAMIN   285

encantador. Havia um campo atrás da escola, e em abril era só lama, lama, lama. Os mestres eram rigorosos, mas eram também sensíveis. Compreendiam que um menino e uma poça de lama são as duas metades de uma unidade platônica.

Apontei para a pedra acima de nossas cabeças.

— Se o mapa estiver correto, a estrada passa bem acima desta pedra. Por favor, façam silêncio agora.

Benjamin olhou-me, sério. Ficamos sentados ali por uns dez minutos até que a chuva de granizo acabou e o sol surgiu tão intenso que tive que proteger os olhos com a mão.

Continuamos a caminhar por um trecho onde havia capim e vimos a ossada de um animal — uma cabra, talvez, já bem desbotada pelo sol. As órbitas pareciam nos olhar com uma expressão horrenda. Receei que Benjamin começasse ali um solilóquio sobre o infeliz Yorick, mas ele se conteve.

Quando o caminho fez uma curva na direção do abismo novamente, ouvimos vozes vindo de cima. Colamos nossas costas contra a pedra e ficamos aguardando. Passaram-se uns quinze minutos. Benjamin curvou-se para pegar sua maleta e meu coração disparou. Ele iria desmaiar? Faria com que todos fôssemos presos só porque ia procurar seus remédios logo naquela hora? Para meu espanto, Benjamin, com toda tranquilidade, puxou da maleta um livro de poemas de Goethe. Encostou novamente as costas na pedra, até que as vozes desapareceram, uns quinze minutos mais tarde; em determinado momento, seus lábios se moviam em silêncio. José o observava absolutamente fascinado. Sem dúvida alguma, ele jamais encontraria alguém como o Velho Benjamin.

Seguimos depois em fila indiana, agarrando-nos ao paredão da montanha. De acordo com o mapa, seria necessário dar a volta naquele paredão convexo por meia hora, talvez. Depois teríamos que subir por um trecho relativamente fácil antes de iniciarmos a última escalada íngreme até o topo. Deixei que Benjamin fosse à frente; Henny Gurland e o filho vieram atrás de mim. Achei justo que ele estabelecesse o ritmo, dadas as circunstâncias, embora eu planejasse passar à frente quando acabássemos de atravessar aquele trecho. Mantínhamos uns dez a vinte passos entre nós.

O acidente foi espetacular. Sem que esperássemos, Benjamin começou a perder o equilíbrio e a se afastar em direção ao despenhadeiro. Vi, horrorizada, quando ele cambaleou para o precipício, chegou até a beirada, recuperou o equilíbrio para em seguida perdê-lo novamente. Instintivamente corri para ele, mas já era tarde demais. Cheguei bem no instante em que ele começava a rolar precipício abaixo girando, erguendo-se, caindo novamente, tentando agarrar raízes e galhos com a mão que estava livre.

Caiu aproximadamente 30 metros e parou ao bater com força em um patamar onde havia uma moita de pinheiros que o impediu de estatelar-se no despenhadeiro lá embaixo. Se ele não tivesse batido naquela moita, ainda estaria caindo até agora.

Não ousei gritar, mas fiz sinais com a mão e ele — depois de um terrível minuto de espera — ergueu a mão respondendo meu aceno.

— Vou descer — disse eu.

José me seguiu.

Frau Gurland não queria que o filho fosse ajudar, mas não pôde impedi-lo. Eu não teria condições de buscar Benjamin sem o auxílio dele. Descemos cuidadosamente a encosta muito íngreme, escolhendo onde pisar. A certa altura, prendi o pé em uma raiz e tropecei, desequilibrando-me. Saí descendo, sem conseguir parar, e fui salva por outra raiz à qual me agarrei. Não fosse ela, eu teria rolado despenhadeiro abaixo *à la* Benjamin. José parecia um cabrito-montês, sem qualquer problema de equilíbrio. Segurou-me pela mão e puxou-me de volta para o barranco.

Levamos meia hora para chegar ao local onde o Velho Benjamin se encontrava, deitado de costas, agarrado à sua maleta, olhando para o céu. Pude perceber um corte junto à têmpora, de onde um

A TRAVESSIA DE WALTER BENJAMIN 287

pouco de sangue escorria pelo rosto. Seu paletó estava rasgado, mas, além disso, nada mais parecia ter acontecido com ele.

— Se não me engano, o senhor é o dr. Benjamin, não? — disse eu. Um sorriso triste surgiu-lhe nos lábios.

— Sou-lhes muito grato por terem arriscado suas vidas pela minha — disse ele. Achei que ele tinha passado uns vinte minutos pensando naquela frase para nos dizer. — Entretanto preciso avisar-lhes desde já que não adianta tentarem me salvar. Eu não posso prosseguir viagem.

— Isso é tolice — disse eu.

— É simplesmente a verdade. Minha perna está muito machucada — disse ele, segurando o joelho esquerdo.

— Está quebrada?

Ele gemeu e seu rosto se contorceu em dor.

— Deixe-me ver — disse eu, tocando seu joelho cuidadosamente no lugar onde ele dizia que doía. Não parecia ter havido fratura. — Deve ser um ligamento — disse eu. — Vejamos se pode levantar-se.

— Não adianta — disse ele. — Como a senhora bem sabe, tenho um coração fraco. Minha vida chegou ao fim. Mas preciso que a senhora leve o manuscrito, meu livro... Ele é muito mais importante do que eu. A senhora compreende? — Ele viu que eu não compreendia. Nenhum manuscrito poderia valer mais do que uma vida humana. — Tenho amigos em Nova York... Preciso que a senhora faça chegar... — Pareceu ter ficado sem ar e recostou-se, exausto.

— Eu levo o livro — disse José.

— Sim, vamos levar o livro — disse eu —, mas vamos levar o senhor também. — Não havia tempo para discussões. O céu escurecia e a luz desaparecia rapidamente. Tínhamos que chegar ao topo dentro de duas horas para podermos atravessar a fronteira no início da noite.

Benjamin permitiu que o erguêssemos.

— Ah! — gritou, sem conseguir se apoiar bem nos joelhos. — Não creio que adiante isso. Meu joelho esquerdo...

Apalpei seu joelho novamente para verificar se não havia algum osso fora do lugar.

— O senhor consegue se apoiar nesse joelho?

— Não.

— Por favor, tente, dr. Benjamin. — Olhei para cima e vi Henny Gurland acenando. Tentei em vão ver se havia guardas de fronteira acima de onde ela estava.

Aos poucos Benjamin foi se apoiando no joelho machucado. Depois dos dois primeiros passos, começou a andar melhor.

— Que bom! — disse eu. — Não está fraturado, senão o senhor não poderia caminhar. Deve ter sido apenas uma torção.

O Velho Benjamin contorceu o rosto tentando sorrir.

— A senhora é uma mulher notável, Frau Fittko — disse ele, tirando do bolso um lenço com o qual limpou a testa, suja de lama e suor. Ele tinha arranhado a orelha esquerda e o sangue escorria--lhe pelo colarinho.

Subitamente vi algo brilhar lá no alto. Seria uma baioneta? O capacete de um soldado?

— Aqui podemos ser vistos facilmente — disse eu.

José e eu, cada um de um lado de Benjamin, o apoiávamos na subida com extrema cautela; se escorregássemos ali, cairíamos os três no abismo e seria o fim. A princípio ele se apoiou muito em nós, mas pouco depois conseguiu apoiar-se mais no joelho machucado, deixando evidente que ele não poderia ter se machucado tanto quanto pensara.

Levamos quase uma hora para empurrar, erguer e arrastar nossa carga relutante por uma estreita depressão da encosta encharcada pela chuva. Quando conseguimos finalmente chegar à trilha, seu joelho já havia recuperado bastante da estabilidade anterior. Embora a partir de então ele só andasse mancando e precisasse de auxílio nas subidas mais íngremes, ele pôde continuar a caminhada, parando para recuperar o fôlego sempre que seu peito apertava. Ao nos aproximarmos do topo, ele começou a ficar muito estranho e concentrado, com os olhos fixos à frente, a respiração lenta, metódica, calculada.

A subida parecia interminável ao longo de um trecho denso de samambaias. Chegamos finalmente a um pequeno platô que parecia uma ilha de pinheiros-vermelhos sem qualquer vegetação rasteira. Os troncos das árvores eram cor de malva em toda sua extensão e os galhos se entrelaçavam no alto, projetando uma sombra no chão.

Benjamin insistiu que sentássemos um pouco.

— Achei tão lindo este lugar — disse ele. — Tem-se a impressão de que, a qualquer momento, surgirão druidas correndo de dentro dessas árvores! — Seus lábios estavam pálidos e arroxeados. Não creio que tivéssemos parado para observar druidas.

— A última subida vem agora — disse eu. — Poderíamos comer alguma coisa aqui.

— Eu estou com fome — disse José.

Henny Gurland apressou-se em dizer:

— Lembre-se, José, de que você é apenas uma das quatro pessoas.

— Ele tem motivos para ter fome — disse o Velho Benjamin.

— Ora, ninguém lhe perguntou coisa alguma — disse Henny. — Não se meta onde não é chamado.

— Desculpe, mas José ainda está crescendo. Seu corpo requer nutrientes.

— Está bem, mamãe — disse José, encaminhando-se em sua direção.

— Afaste-se de mim — disse ela, virando-lhe as costas.

— Já estamos quase chegando, Henny — disse eu.

José sentou-se de cócoras.

— Sim, estaremos livres na Espanha antes do anoitecer — disse Benjamin. — Cada passo que dermos valerá a pena!

Senti um alívio ao ver que aquele desentendimento tinha passado rapidamente e distribuí o resto do pão com pedaços de chocolate. Havia apenas um tomate amassado, que dei para José. Henny Gurland recusou-se a comer qualquer coisa.

— Não sei por que a comida é tão gostosa quando é pouca — disse o Velho Benjamin. — Percebi isso em caminhadas pelos Alpes. Levávamos um pouco de queijo e pão e o sabor era delicioso.

Senti-me estranhamente segura naquele bosque; aconchegada, mesmo, principalmente quando uma chuva fina começou a cair, como uma cortina que tivesse sido puxada no céu.

— Não vai demorar — disse eu, apontando para a claridade do sol ao longe. — Temos chuva com sol. — Deitei-me no chão com a cabeça apoiada na mochila, gostando de sentir no rosto a chuva fina peneirada pelas árvores.

Sem mais nem menos, Benjamin pôs-se a cantar. Era uma antiga canção judaica que ele mais murmurava que cantava. Quando criança, eu ouvira aquela canção e naquele momento ela adquiria uma força, um sentido, uma ternura inimagináveis. Ela me fez pensar no horror do qual estávamos fugindo e deu novo ânimo a algo que parecia ter morrido havia muito. Seu canto absorveu a tensão do ar que nos cercava e criou um espaço protegido onde pudemos descansar e juntar nossas forças para prosseguir. Logo os lábios de Henny Gurland começaram a se mover como os dele.

A chuva, como eu previra, afastou-se para o outro lado da montanha, deixando atrás de si uma cauda brilhante de luminosidade de fim de tarde que fazia brilhar as rochas cor de elefante que se erguiam à nossa frente. Benjamin parou de cantar. O ar estava fresco e limpo, dando-nos uma sensação de liberdade.

A TRAVESSIA DE WALTER BENJAMIN

Começamos nossa última escalada. As pedras eram escorregadias e íngremes e havia pedrinhas frouxas por todo lugar em meio à vegetação rasteira.

— Um passo de cada vez — disse eu ao Velho Benjamin, que se agarrava com as mãos aos arbustos onde isso era possível. Fiquei perto dele. Se ele perdesse o equilíbrio ali não haveria salvação. A queda da montanha era vertical, sem qualquer possibilidade de apoio. De fato, aconteceu várias vezes de um de nós pisar em uma pedra que depois escorregava até cair no precipício. Parávamos a cada vez para ouvir-lhe a queda, que parecia não ter fim.

Benjamin não pediu para descansar no último quarto de hora de nossa escalada. Parecia possuído de um sentimento de raiva, arremetendo-se em direção ao topo, com os punhos cerrados e o queixo projetado para a frente, como que desafiando a gravidade e os protestos de seu próprio corpo debilitado.

Chegamos ao topo sãos e salvos e Benjamin caiu de joelhos. Encostou a testa no chão e esticou os braços para a frente.

— O senhor conseguiu, dr. Benjamin! — disse eu. Apontei para um amontoado de casas a uns 8 quilômetros de distância: uma aldeiazinha de brinquedo. — Lá está Port-Bou!

Lá estava Port-Bou de frente para o mar, avermelhado pelos últimos raios do sol da tarde. A Costa Vermelha da Catalunha brilhava, com seus picos negros descendo até o mar. Uma réstia de luz cor-de-rosa atravessou as nuvens no lado oeste do horizonte, como se o Deus de Abraão e Moisés estivessem nos dando um sinal de Sua aprovação. Procurei um arco-íris, mas não vi nenhum.

— É tão lindo! — disse Henny Gurland.

— Pena que um país tão bonito esteja tão cheio de fascistas — disse José.

— Seu pai amava a Espanha — disse a mãe. Seu rosto estava molhado pelas lágrimas.

Eu deveria ter deixado que eles caminhassem por conta própria a partir dali, mas por algum motivo não quis separar-me deles. Decidi acompanhá-los por pouco mais de 1 quilômetro, até o lugar onde a trilha da montanha se encontraria com a estrada.

Paramos para descansar junto a um pequeno lago de águas fétidas cuja superfície tinha uma espécie de espuma verde.

— Tenho muita sede — disse Benjamin. — Com licença, vou beber um pouco de água.

Meu cantil estava seco, portanto eu não poderia fazer nada por ele. Mas a ideia de ele beber daquela água me aterrorizava.

— O senhor estará em Port-Bou dentro de uma hora — disse eu. — Lá encontrará água fresca à vontade.

— Não tenho alternativa — disse ele. — Estou com sede.

Notei que estava ficando irritada.

— Dr. Benjamin, por favor, viemos juntos até aqui. O senhor precisa ter bom senso. Essa água está contaminada. O senhor quer pegar tifo?

— Receio não ter alternativa, *gnädige Frau* — disse ele. — Peço desculpas. — Arrastou-se de quatro até o laguinho e, com a mão em concha, bebeu vários goles daquela água. Henny Gurland e o filho desviaram os olhos.

Quando ele voltou, avisei-lhes que precisava retornar. Teria que fazer um bom trecho do caminho de volta à luz da lua.

— Queremos agradecer-lhe muito, Frau Fittko — disse o Velho Benjamin, segurando minhas mãos nas suas. Deixei que me beijasse as faces.

Eu não queria que me agradecessem. Não era só por eles que eu fazia aquilo. Era também por meus tios, minhas tias, meus primos e por tantos amigos presos em campos nazistas. Era apenas um pequeno gesto de desafio, uma forma de me rebelar contra algo terrível e desumano demais para se imaginar.

"Se um homem tem uma personalidade bem definida", diz Nietzsche, *"viverá uma mesma experiência várias vezes"*. *Quer isso ocorra ou não em grande escala, em escala pequena certamente é verdadeiro. Há caminhos que nos levam repetidamente a pessoas que têm a mesma função para nós: são trilhas que sempre, nos mais diversos períodos de nossas vidas, encaminham-nos para o amigo, para o traidor, para a pessoa amada, para o pupilo ou para o mestre.*

Walter Benjamin

12

Benjamin temia olhar para trás. Ele tinha olhado para trás muitas vezes em sua vida e se transformara em estátua de sal em mais de uma ocasião. Com Dora, sua mulher, ele estabelecera uma prática de reencontros que não levaram a coisa alguma e que fazia sofrer a ambos; alguns anos depois de os dois terem decidido, de comum acordo, pôr um fim a seu relacionamento, ele ainda insistia em vê--la e ela frequentemente concordava. Talvez fosse difícil dizer não a um homem que não queria causar-lhe mal algum, que parecia sempre disposto a modificar-se, de reparar os erros do passado como marido e como pai.

Lembrou-se de uma ocasião com Dora em Paris. Era meados de maio de 1927 e as pereiras ao longo do rio estavam em flor, tornando o ar cheiroso e sensual. Os casos de amor com Jula e com Asja e várias outras aventuras do coração tinham se interposto entre ele e a mulher. Com toda razão ela se cansara daquilo. Já viviam separados havia vários anos e ali estavam os dois, a convite dele, tomando Pernod no La Coupole, em Montparnasse, como qualquer casal burguês respeitável.

Ele raramente ingeria bebidas alcoólicas em grande quantidade, mas a ansiedade que a presença de Dora lhe causava levou-o a beber além da conta, chegando quase a ficar bêbado.

— Este café — disse ele, solenemente — é o centro do centro.

— De fato, o restaurante vivia repleto de artistas famosos e malditos, de boêmios vindos de todas as partes do mundo, de poetas e falsos poetas, filósofos e pseudofilósofos, mágicos e saltimbancos.

— Os franceses são extremamente peculiares — disse Dora.

— Duvido que mais de metade dessas pessoas sejam francesas — disse ele. — Basta olhar em volta: tchecos, polacos, americanos, espanhóis.

— E alemães — disse ela.

Benjamin ergueu as sobrancelhas.

— Nosso amigo Scholem diria que somos judeus.

— Somos alemães — insistiu ela. — A Alemanha tem várias religiões.

Benjamin concordou simplesmente com ela. O assunto de judeus e alemães perdera o interesse para ele. Ele se considerava um exilado voluntário, alguém que se sentia à vontade em meio a tipos estranhos, a artistas, ouvindo e falando, pensativo, com um copo de bebida barata qualquer, escrevendo em seu caderno de anotações, sempre com um olho atento à multidão. Ele tinha ouvido muitas conversas surpreendentes, várias das quais eram registradas ao pé da letra em seus cadernos. Chamava-as de "poesia encontrada".

Ele passou uma semana deliciosa com Dora, cortejando-a como se fosse a primeira vez. A ideia de ele voltar para ela, de seu casamento ser reavivado novamente, era uma possibilidade tentadora que os deixava cheios de esperança. Ele não estava, como insistia sua irmã em dizer, "usando Dora". De fato, Dora já passara por aquilo com ele e não era culpa dele se ela se deixava seduzir. Pelo menos era isso que ele repetia para si mesmo, várias vezes, nas

A TRAVESSIA DE WALTER BENJAMIN

incontáveis horas depois da meia-noite, quando uma visitante misteriosa chegava, escondida em uma capa preta: sua consciência.

Enquanto ele e Dora sussurravam sobre copos de conhaque até altas horas da madrugada, conversando sobre religião, política, literatura e filosofia, Benjamin lembrava-se do que o levara a se casar com ela; e até se esqueceu, temporariamente, dos motivos de sua separação. Certa noite, depois de sentar-se sob um céu estrelado durante horas em um banco na Île Saint-Louis que dava para o Sena, voltaram para o quarto humilde que ele ocupava no Hôtel du Midi, na modesta avenue du Parc Montsouris, e fizeram amor como se fosse pela primeira vez.

Depois, deitados nus um ao lado do outro nos lençóis úmidos e malcheirosos, a conversa que tiveram foi um resumo dos problemas de seu casamento e uma advertência, a ambos, de que o relacionamento deles fora um erro desde o início.

— Você me ama, Walter? — perguntou ela baixinho, receosa.

— Amo — disse ele. — Sempre amei você. Você deveria saber disso.

— Como é que você pode dizer uma coisa dessa se dorme com outras mulheres o tempo todo?

— Isso é um exagero. Seja como for, preciso reagir com sinceridade a meus sentimentos.

— E como ficam *os meus* sentimentos? Você se importa com eles?

— Lamento a dor que lhe tenha causado, Dora.

— E a nosso filho!

— A nosso filho também. Sinto-me muito mal em relação a Stefan. Ele não merece um pai como eu.

— Você é um bom pai quando quer ser. Pelo menos era.

— Não sou confiável.

— É isso mesmo.

— Não consigo tomar decisões.

— Não consegue mesmo.

— E não sei como melhorar essa situação.

— Isso é frustrante. Toda essa conversa é muito frustrante.

— Por que você se casou comigo, Dora?

— Pela sua aparência, talvez. Mas duvido...

— Pare de me provocar. Diga a verdade.

— Casei-me com você porque você diz as coisas certas.

— Na hora errada?

— É claro.

— Mas você sabe que eu a amo.

— Isso é só uma frase que você parece gostar de dizer. Tem um gosto doce em sua boca.

— Você acabou de fazer sexo comigo.

— Tenho algumas necessidades animais, e você também.

— Há outros homens que satisfaçam essas suas necessidades quando não estou com você?

— Isso não é da sua conta, Walter.

— Creio que não. É que tenho curiosidade.

— Sua imaginação é maravilhosa. Use-a.

— Eu gostaria que você não assumisse essa postura...

— Você quer que eu o ponha nas alturas, não é? Quer que eu o faça sentir-se másculo?

— Não dá para responder quando você fala desse jeito.

— Você é um merda, Walter.

— Eu sei.

— Você é como um veneno para uma mulher.

— Você acha mesmo isso?

— Eu sei que é.

— Você voltará para me ver, Dora? Se eu pedir com educação?

— É provável.

— Fico feliz em ouvir isso. Não quero perdê-la.

— Você está louco, querido.

— Será que o resto do mundo é menos louco?

A TRAVESSIA DE WALTER BENJAMIN

— Não este mundo.

— Mas eu amo este mundo.

— Eu sei que ama.

— E odeio esse mundo.

— Eu sei, eu sei. Sei de tudo sobre você.

— O que vai acontecer conosco, Dora?

— Vamos morrer.

— E depois?

— Temos que esperar para saber — disse ela. — E ter paciência.

Essa conversa, em especial, veio-lhe à memória e ele sorriu consigo mesmo. Ficou claro para ele que aquela sua mania de olhar para trás era, em si mesma, um grande problema, fosse com Dora, Jula ou Asja, fosse com mais de uma dezena de mulheres que ele amara. Mas como seria possível não olhar para trás, reconsiderar o que se fez? Não era ele naturalmente atraído pela História, que está sempre a acumular coisas atrás de nós, empilhando ruínas sem controle a exigirem que nos voltemos para trás para reavaliá-las? Não estava a História — esse amálgama de histórias e suspiros, tropeços e pressentimentos — sempre ameaçando invadir o presente e tornar-se o futuro?

Benjamin suspirou, lembrando-se das inúmeras vezes que olhara para o passado com saudades de sua juventude na Alemanha de antanho, do escritório do pai com lambris escuros na rua Koch, em Berlim. A casa toda vinha à sua memória: cômodos e mais cômodos cheios de quadros suntuosos e tapetes persas. Lembrou-se de um dia, em 1904, quando a família recebera seu primeiro telefone, que naquela época era um símbolo de status da maior magnitude. E pensou também naquelas noites aveludadas de verão no antigo Bairro Oeste de Berlim, próximo ao canal Landwehr, onde se reunia com amigos, naqueles tempos cor de sépia que antecederam a Grande Guerra, para debater questões de estética e de ética até que o último deles visse esvaída sua energia intelectual. Lembrou-se até de sua primeira noiva, a rechonchuda Grete Radt. Que desastre aquele!

A tragédia de Fritz Heinle, a quem o suicídio impediu de tornar--se o grande poeta alemão de sua geração, também veio-lhe à mente e a dor que sentiu foi apenas um pouco menor do que a daqueles tempos. Aquela morte tinha mudado muita coisa para Benjamin, principalmente sua atitude em relação à guerra. Nada voltou a ser o que era depois da morte de Heinle. Ele só matou a si mesmo, mas levou consigo a juventude de uma dúzia de pessoas; os cadáveres, como manchas no chão, ficaram lá, indeléveis.

Acima de tudo lembrava-se do gênio irrequieto de Gerhard Scholem, que, com suas grandes orelhas e olhos agitados, surgia sempre nos sonhos de Benjamin. Aquele verão na Suíça em 1918 tinha sido maravilhoso; depois tentaram, sem sucesso, repetir a experiência daqueles dias de ouro puro, acender novamente o mesmo fogo do companheirismo intelectual absoluto. Tentaram fazê-lo por intermédio de uma troca intensa de cartas, mas sempre faltava alguma coisa; havia sempre algo que ficava sem ser dito e que deixava um travo de tristeza.

Aquela última década em Paris tinha sido difícil e qualquer sentimento de nostalgia a ela atribuído estaria fora de lugar. Benjamin agora queria o futuro, um mundo redimido pela vitória moral, por uma nova dialética. Talvez retornasse a Paris algum dia, depois de ter passado certo tempo em Manhattan. Retornaria, então, às suas longas tardes no café Dôme, no La Coupole e no Lipp. Assistiria pela quarta ou quinta vez a todos os filmes estrelados por Adolphe Menjou — Menjou, o Maravilhoso. Visitaria o Grand Guignol e tentaria o impossível: ler tudo que Simenon publicou na mesma velocidade com que ele escreveu. Benjamin refaria sua coleção de selos, sua coleção de brinquedos, sua biblioteca de livros antigos e de autógrafos. Tudo seria diferente, mas nada mudaria. Isso seria a felicidade em estado puro.

A TRAVESSIA DE WALTER BENJAMIN

Seu livro sobre as arcadas sairia depois da guerra, transformando a maneira como a história era escrita. As pessoas perguntariam: "O senhor é o Walter Benjamin?", e ele as olharia com um certo fastio por terem feito pergunta tão embaraçosa, ligeiramente irritado pela intromissão em sua privacidade. "Walter Benjamin?", perguntaria ele, erguendo suas sobrancelhas negras e espessas. "Quem é Walter Benjamin?"

Uma voz aguda rasgou o véu daquele seu devaneio.

— Dr. Benjamin, o senhor está se sentindo bem?

Era José Gurland, o jovem que lhe servia de muleta para que ele conseguisse chegar à Espanha.

— Sim, estou bem, José. Obrigado por perguntar.

José era um bom rapaz, apesar dos problemas que tinha. O fato de ele ser introvertido e triste não era importante. Quem não o seria no lugar dele? Benjamin não achava Frau Gurland uma pessoa afável. Ela se casara com Arkady Gurland, um socialista que tinha trabalhado na Espanha como administrador dos republicanos durante a Guerra Civil. Morrera nas mãos dos nazistas e a mulher e o filho fugiram para a Espanha. Auxiliá-los a atravessar a fronteira era uma espécie de missão a que Benjamin se atribuíra. Estava satisfeito com o aparente sucesso da missão, faltando apenas passar a barreira da imigração espanhola.

Lisa Fittko tinha sido uma bênção. Ele se lembrava da voz de Hans a dizer-lhe: "Lisa tomará conta do senhor." Depois da guerra seria necessário dar um jeito de encontrar-se com os dois para agradecer-lhes.

O plano, formulado por Lisa, previa que Benjamin e a família Gurland passariam a noite no único hotel de Port-Bou, o Fonda Franca. Ao referir-se a ele, o prefeito Azéma dissera: "Cuidado com a mulher que administra o hotel. Não se pode confiar nela." Ele não explicou a observação, mas a expressão de seu rosto era muito eloquente.

Benjamin ia mancando ao lado de José, que carregava sua maleta, enquanto Frau Gurland seguia à frente pelo caminho de pedras, atravessando regos abertos pela chuva que caía subitamente. Ao se aproximarem da base do morro, tiveram que atravessar, com dificuldade, um trecho coberto de capim que lhes chegava à cintura antes de atingirem a estrada de Port-Bou. A meio caminho Benjamin parou, incapaz de dar mais um passo. Ergueu o queixo para o ar, encantado com a beleza do céu ultramarino, onde fragmentos de nuvens cor de pêssego voavam bem alto. Ficou respirando profundamente, lentamente.

— Temos que manter o passo — disse Frau Gurland, franzindo a testa. — O sol terá desaparecido dentro de uma hora, aproximadamente. Se nos atrasarmos muito, a guarda de fronteira vai suspeitar de nós.

— Suspeitarão de nós de qualquer maneira — disse Benjamin. — É obrigação deles.

Ela não desanuviou a expressão de seu rosto.

— O senhor deveria parar de discordar de tudo que eu digo — disse ela. — Já está começando a me aborrecer.

Aquela maneira áspera de falar com ele, beirando a descortesia, era indesculpável naquelas circunstâncias. Se as pernas dele fossem capazes de se mover mais rapidamente, ele o faria.

— A senhora não deve falar com ele dessa maneira — disse José.

— Já aguentei demais sua impertinência hoje — disse ela. — Se seu pai estivesse aqui...

— Eu estou bem — interrompeu Benjamin, tentando jogar um balde d'água naquelas chamas que irrompiam subitamente. — Precisamos andar mais depressa. A senhora tem razão quanto a isso, Frau Gurland. — Seu tom conciliatório pareceu aumentar ainda mais a raiva que ela sentia.

A estrada pavimentada que levava a Port-Bou brilhava molhada de chuva e Benjamin sentiu alívio ao pisar nela finalmente. Dali

A TRAVESSIA DE WALTER BENJAMIN

para a frente seria mais fácil. Ele nem se preocupava com a polícia de imigração, pois ouvira dizer que na Espanha ela não era rigorosa. De qualquer maneira, a maioria dos que viajavam em época de guerra levava documentos falsos.

José caminhava junto a Benjamin.

— O senhor era professor, dr. Benjamin? — perguntou ele.

— Sou escritor — disse ele. — Escrevo ensaios críticos, poderia dizer.

— Pagam ao senhor para fazer isso?

— Às vezes. — Ele prendeu o riso. Sempre o surpreendia o fato de tanto esforço resultar em tão pouco dinheiro.

— Não o aborreça com perguntas — disse Henny Gurland a José. — De qualquer maneira, não é uma boa ideia falar agora. Lembre-se de que alguém pode estar ouvindo.

— Estamos a vários quilômetros da cidade, mamãe.

— As perguntas me agradam muito — disse Benjamin a ele. — Mas sua mãe tem razão. Não devemos deixar que suspeitem de nós indevidamente.

Benjamin olhou bem para José. Ele gostava dos cabelos louros do rapaz caindo-lhe pelo rosto. Eram de um tom platinado com alguns riscos de louro mais escuro. Gostava também do seu nariz reto e pontiagudo. Havia uma leve penugem quase invisível acima de seu lábio superior e sua pele era bem bronzeada. Depois de passar o dia escalando, ele exalava um odor forte, quase forte demais. Sua maneira descuidada de ser tornava-o mais belo.

Passaram a andar apressadamente, sabendo que o final daquele dia exaustivo estava próximo. Uma brisa leve com sabor de sal veio do mar, refrescando-os e fazendo ruídos no capim alto que crescia a cada lado da estrada. Um grande pássaro atravessou o céu e voou na direção do sol, desaparecendo como que no seu interior.

— Você viu aquele pássaro incrível? — perguntou Benjamin.

— É uma andorinha-do-mar — disse o rapaz. Explicou que seu pai certa vez lhe dera um catálogo de pássaros europeus. Nos fins de semana costumavam ir para o interior procurar pássaros para identificá-los.

— O que você vai querer ser algum dia, José? O que vai ser quando se tornar adulto? — perguntou Benjamin. Ele mesmo não gostou da pergunta convencional que fez a José, mas não conseguia pensar em outra coisa para perguntar ao rapaz. Esse mesmo tipo de dificuldade ele sentia sempre que tentava falar com Stefan. Talvez houvesse uma distância inevitável entre pais e filhos, como se ambos os lados compreendessem tacitamente a incrível dificuldade ontológica de sua situação. Como pai, de que maneira pode um homem se dirigir a seu sucessor, a seu carrasco? Como filho, de que maneira começar a compreender essa coisa tão vasta e estúpida que é a perpetuação da vida e a maneira estranha que a natureza escolheu para replicar-se? Quem é essa criatura que me criou e que por isso julga conhecer-me?

— Vou ser cientista — disse José — ou engenheiro.

— Ele é um menino brilhante — disse Frau Gurland, irônica. — Tira as notas mais altas nos exames de matemática no liceu. Conte a ele de seus exames, José.

O rapaz empalideceu com o pedido da mãe, e Benjamin foi em seu socorro.

— Eu sempre fui fraco em matemática — disse ele. — E ainda sou.

— Como está seu joelho? — perguntou Frau Gurland. — O senhor parece estar mancando mais de novo.

— Está terrível, se a senhora quer saber. Espero que não se incomode que eu me queixe.

— Bem, alguém sempre tem que se queixar — disse Henny Gurland com um sorriso.

A TRAVESSIA DE WALTER BENJAMIN   305

Sede, fome e a perspectiva de uma cama limpa para dormir empurravam-nos para a frente, apesar de estarem tão doloridos por dentro. Meia hora depois o caminho transformou-se em uma estrada de pedras cor-de-rosa e subitamente Port-Bou surgiu brilhante como uma miragem, com uma única torre de igreja erguendo-se acima das casas de telhados vermelhos. O mar travava uma luta consigo mesmo ao pé das montanhas íngremes, e um brilho ensanguentado coloria o horizonte.

— Estou sentindo o cheiro do mar — disse José.

— Eu também — disse Benjamin, pensando em como ele amava o mar. Isso o fez lembrar-se, subitamente, de um verão glorioso, porém triste, passado em Ibiza no ano de 1933. Até então ele esperava retornar a Berlim, único lugar do mundo onde não era um estrangeiro. Mas Gretel Karplus, sua amiga de infância, insistira com ele para que se mantivesse longe da Alemanha. "A Alemanha não é lugar para judeus", escrevera ela. "Você deve esperar até que Hitler saia de cena."

O exílio não lhe parecia uma coisa terrível naquela época. Ele estava levando uma vida muito boa em uma casa de tijolos inacabada próxima à praia. Seu amigo Jean Sels morava ali perto e tinham planejado trabalhar juntos na tradução para o francês do trabalho de Benjamin. Um outro amigo que ainda estava em Berlim conseguira vender sua coleção de livros autografados e o dinheiro daria para pagar o aluguel e a comida, e Benjamin descobriu que, se escrevesse artigos para jornais alemães com um pseudônimo, conseguiria ganhar a vida.

Na sua segunda semana em Ibiza ele conheceu uma jovem de Nancy na praia e ela flertou com ele a tarde inteira, sem qualquer pudor. Era bailarina e eles passaram longos dias de verão junto ao mar, naquela areia quente e limpa. Suas pernas bronzeadas brilhavam de suor quando os dois ficavam deitados lado a lado sob um céu descolorido. Seus dedos caminhavam como aranhas até se encontrarem e se entrelaçarem. Às vezes ela passava a palma da mão suavemente por todo o braço dele, deixando-o excitado ou então — que loucura! — tocava as coxas dele. Uma ou duas vezes os lábios salgados dela apertaram-se contra os dele. Noite após noite, em uma plantação de laranjas suculentas que ficava nos fundos da casa dele, ele suplicava-lhe que fosse com ele para o quarto, mas ela resistia. Ela era católica, dizia, e fora criada em um convento. Dizia essas coisas sentada no colo de Benjamin, brincando com suas orelhas, passando as mãos pelas coxas dele. Ele ficava paralisado de tanto desejo, sem fôlego, gemendo. Um belo dia ela desapareceu sem qualquer aviso, sem sequer deixar um endereço. Benjamin não se lembrava mais de seu nome, apenas de seus lábios salgados e de seus belos joelhos.

Port-Bou começou a chegar aos poucos, com suas casas de pedra e barro muito próximas umas das outras, com suas ruas tortuosas de terra batida ou de paralelepípedos. Umas poucas palmeiras empoeiradas curvavam-se preguiçosamente com a brisa do mar e juníperos-anões cresciam em tufos por toda parte. Não havia ali o capricho e a limpeza das aldeias francesas. Na verdade, Benjamin ficou surpreso com a falta de cuidado com a cidadezinha ao passar por cima de cascas de laranja na estrada.

Um menino pequeno de olhos escuros, usando calça larga e puxando uma cabra, foi o primeiro ser humano que encontraram e que, aliás, não demonstrou qualquer interesse por eles. Nem sequer voltou a cabeça para olhá-los. Alguns minutos depois, um homem com uma jaqueta preta passou em uma bicicleta elétrica, tampouco deu sinal de ter percebido a presença de estranhos ali.

— Lembrem-se do que Frau Fittko nos disse — sussurrou Henny Gurland: — "Quanto menos falarem, melhor. Finjam que estão passeando, que saíram para respirar o ar fresco."

Benjamin concordou que seria melhor não falarem com pessoa alguma e manterem a aparência de um passeio tranquilo — o que para ele seria ótimo, pois seus pés estavam cheios de bolhas e cada passo era uma agonia; seu joelho machucado tinha inchado tanto que ele quase não conseguia dobrá-lo; dores horríveis subiam como incêndio na mata pelo seu fêmur e o lado esquerdo de seus quadris mal se movia, parecendo enferrujado. Sentia como se um arame quente lhe atravessasse a cabeça de uma têmpora à outra e notou um calombo na parte posterior de seu crânio, que devia ter batido em uma pedra quando ele caíra na montanha algumas horas antes. Sua respiração era curta, arfante e difícil. Um verso de Goethe vinha-lhe insistentemente à cabeça: "E aqui cheguei, um velho em uma cidade estranha, vestindo meus trajes de dor."

Entraram em Port-Bou pelo sul e pararam em um posto de imigração. A casinhola de tijolos com instruções em francês e em espanhol coladas à porta estava deserta. Viam-se apenas alguns gatos desfilando pelas ruas estreitas como visitantes de algum outro mundo, com os olhos muito abertos, assustados. Alguns pombos pousaram no telhado de barro, arrulhando. Podia-se ouvir uma conversa alta em catalão vindo de trás das portas fechadas.

— Devemos aguardar aqui o oficial de imigração — disse Benjamin. — Certamente ele estará jantando.

Henny Gurland sacudiu a cabeça.

— Nós tivemos sorte novamente, Walter — disse ela. — Não há ninguém aqui, então pior para eles. Vamos logo procurar nosso hotel.

Benjamin mal pôde acreditar quando eles passaram, simplesmente, pela barreira.

Uma senhora envolta em um xale preto surgiu, gritando em catalão. Com seus olhos escuros e nariz afilado, ela deu a Benjamin a impressão de um morcego humano, voando em torno deles com as asas abertas. Frau Gurland olhou-a fixamente e ela se recolheu sob um portal escuro, de onde ficou observando, cheia de suspeitas, os três que passavam.

Benjamin sentiu um súbito mal-estar no estômago enquanto seu coração disparava em batidas irregulares. Ele nunca sentira aquilo antes. Parou, muito pálido, curvando-se bastante e exalando o ar lentamente por entre os dentes trancados.

— O senhor está bem, dr. Benjamin? — indagou Henny Gurland.

— Estou bem — disse ele, enchendo os pulmões de ar lenta e profundamente. — Talvez precise de alguns minutos para me recompor.

— O senhor está com o mapa?

Benjamin concordou com a cabeça e depois tirou de sua maleta o desenho feito a lápis pelo prefeito, dando uma vaga ideia da aldeia de Port-Bou, com um "X" assinalando o Fonda Franca.

Seguiram as instruções cuidadosamente, caminhando pelo labirinto de ruelas desertas, pois àquela hora todos estavam jantando. As vozes dos habitantes, abafadas, porém altas, e o ruído de pratos misturavam-se ao odor de alho, peixe frito e cebola.

— Logo você estará jantando, José — disse Benjamin, procurando mostrar-se alegre, apesar de todo o seu sofrimento.

Todos ficaram surpresos dez minutos depois, ao descobrirem que estavam em frente ao hotel, o Fonda Franca. Era uma casa cor-de-rosa pálida que ficava na encosta de uma colina com vista para o mar. Erguia-se solitária no final de uma estrada margeada por ciprestes. Um jardim bem-cuidado cercava o prédio.

O jardim encantou Benjamin e seus olhos logo encontraram um banco de pedra ao lado de um canteiro de mimosas.

— Espere aqui, dr. Benjamin — disse Henny Gurland. — Vou fazer o registro de nós três.

— Isso seria muito gentil — disse Benjamin. — Vou logo em seguida. Só gostaria de descansar aqui alguns minutos. — Encaminhou-se mancando em direção ao banco e sentou-se enquanto Frau Gurland e o filho entravam.

O odor que vinha do mar nos rochedos lá embaixo era forte e fez com que Ibiza lhe voltasse à memória. Na verdade, Benjamin percebeu que não parava de pensar em Ibiza e naquela adorável bailarina católica. Como era mesmo o nome dela? Bella? Berenice? Belinda?

— Beatrice! — disse ele em voz alta. O nome pareceu ecoar pelo jardim.

Ergueu-se, com os pés a lhe doer, e foi caminhando até o fim do jardim, a partir de onde o terreno caía quase que verticalmente até o mar, uma massa escura de sombras que se agitava lá embaixo. As ondas quebravam-se violentamente de encontro às rochas e, por um segundo, Benjamin pensou em atirar-se àquelas águas azuis quase negras; não seria um jeito mau de morrer. Surpreendeu-se com o fato de estar pronto para morrer. Depois de ter conseguido chegar à Espanha, com a perspectiva de passar muitos anos na América ou em Portugal, ele se sentia um pouco angustiado. Seu livro, afinal de contas, estava pronto ou praticamente pronto. Mas ele ainda tinha vários projetos inacabados, inclusive o livro sobre Baudelaire, outro sobre Brecht e um terceiro sobre a influência do cinema na literatura. As ideias para novos livros e artigos faziam uma fila que parecia aumentar a cada dia, como crianças de um asilo, subnutridas e ansiosas por atenção.

— O senhor está dormindo?

Ele se voltou para ver José, que lhe sorria docemente.

— Está tudo acertado no hotel?

— Tudo acertado.

— Desde que tenhamos camas limpas e possamos tomar banho quente, estarei feliz.

— Minha mãe está deitada — disse José. — Está com dor de cabeça.

— Ah — disse Benjamin. — Sei bem o que é isso. — José se sentou a seu lado e ele colocou a mão no pulso do rapaz.

A mimosa balançava-se com a brisa fresca.

Depois de um longo silêncio, José disse:

— Às vezes sinto saudades de meu pai.

— Tenho certeza de que sente. Ele deve ter sido uma pessoa adorável.

José concordou com a cabeça e pôs-se a chorar. A princípio era apenas um choro baixinho, vindo de longe, mas logo as lágrimas começaram a correr livremente e o rapaz pôs-se a soluçar. Seus ombros de ossos grandes se sacudiam e os lábios tremiam.

Benjamin puxou José para junto de si e pôs a mão por trás de seu pescoço morno.

— O mundo é um lugar sombrio — disse ele. — E está sempre desregulado. Mas nós, você e eu, José, nós temos uma pequena oportunidade. Se nos esforçarmos muito, mas muito mesmo, podemos imaginar que a bondade existe. Podemos pensar em maneiras de consertar o mal que foi feito, pedacinho por pedacinho.

Uma trilha pelas montanhas é diferente quando se está caminhando por ela e quando se passa voando sobre ela em um avião. Da mesma forma, a força de um texto lido é diferente quando, além de lido, ele é copiado à mão. O passageiro do avião vê apenas o caminho se estendendo pela paisagem, obedecendo aos ditames do terreno. Só aquele que segue a pé pela trilha passa a compreender a força que ela tem e como essa força se manifesta. O que para o passageiro do avião é apenas uma paisagem a se descortinar, para o caminhante significa distâncias, belvederes, clareiras, expectativas a cada curva do caminho; a trilha é como um comandante dando ordens aos soldados na frente de batalha.

Walter Benjamin

13

Madame Ruiz

É um horror como esses vagabundos chegam achando que eu estou aqui para recebê-los. Passam, dia após dia, em bandos pelo meu hotel como se eu lhes devesse hospitalidade; como se eu, a proprietária do Fonda Franca, tivesse nascido para servir-lhes. A situação tem piorado ultimamente, embora a polícia me assegure de que mais cedo ou mais tarde porá um fim nisso. O sargento Consuelo esteve aqui outro dia e disse que estavam dando um jeito "nessa coisa de refugiado", como ele diz, mas não creio muito nele. (Seu hálito estava horrível de bebida e ele esquecia meu nome a todo instante.)

A falta de trato dessa gente é espantosa. Tento dizer a mim mesma que eles não têm culpa de ser assim. É uma questão de educação. Eles não sabem — ou não se interessam em saber — que meu pai era membro do conselho da cidade em Nice, nem que estudou Direito e Contabilidade na Universidade de Paris. Ainda me lembro dele, coitado, com seu colete azul-marinho de riscas desabotoado, seu colarinho duro aberto, seus pés, calçados com meias e sapatos turcos de veludo, lendo um jornal ou um romance de Anatole France. Nos dias de hoje há poucos homens do calibre dele. Esses homens de agora não têm mais o sentimento de orgulho, e o dever não significa coisa alguma para eles. Fazem pouco de tudo. Pode até não ser por culpa deles, dado o estado geral da nossa cultura. Mas de quem é a culpa? De alguém há de ser.

Nós tínhamos um apartamento grande e ensolarado na avenue Victor Hugo, com dois quartos só para empregadas. Enormes árvores sombreavam o prédio no verão, e quando o outono começava e as folhas iam se tornando amarelas e caindo na calçada, podíamos comprar castanhas quentes de um vendedor ali perto. Minhas irmãs e eu usávamos vestidos que vinham de Paris, quase todos da Chanteque, onde minha mãe tinha uma conta; comíamos chocolates da Suíça e tínhamos aulas de viola e de dança. Em duas ocasiões passamos feriados prolongados com um parente afastado que morava em Besançon. Aquela joia de cidade permanece em minha mente como a imagem de uma cidadela inexpugnável.

A fortuna de meu pai começou a desaparecer no final dos anos 1920, o que foi uma tristeza. Uma vez tentei fazer com que me explicasse qual era o problema, mas ele disse: "Garotinhas não entendem coisa alguma de finanças." Acho que ele não tinha talento para política, o que é uma coisa ruim em se tratando de um político. Em Nice reinavam, naqueles tempos, todos os tipos de manobras políticas e traições e havia pessoas desleais em todas as áreas do governo. Alguém acusou meu pai de desviar dinheiro e ele foi levado a julgamento. Uma das pessoas que ele considerava amiga fez as piores acusações a ele, mas o caso acabou não dando em nada. Não tinham base para as acusações, é claro. Porém meu pai nunca mais se recuperou da vergonha por que passou (os jornais locais colocaram a história na primeira página). Pior ainda, seus investimentos na Bolsa de Valores foram sugados no redemoinho que foi o colapso da economia mundial. De fato, em 1930 as ações já não valiam coisa alguma.

A TRAVESSIA DE WALTER BENJAMIN   315

Mamãe não pôde suportar as vicissitudes da vida e morreu de tristeza em 1933, mas antes disso ela e papai foram obrigados a deixar o apartamento onde tinham passado juntos toda a sua vida de casados. Trocaram por um outro infinitamente menor e sem opulência em um local onde antes eu era proibida de brincar. Tudo isso era muito assustador e humilhante. Minhas aulas de arte e de música foram interrompidas. Tudo que era bom foi desaparecendo de minha vida.

Conheci meu marido, Claudio Ruiz, em um hotel de Nice. Eu tinha me tornado atendente de recepção no Clarion, um hotel agradável bem junto ao mar, e ele estava lá passando as férias. Como meu pai, ele era um homem educado e de certa distinção. Entrou para a Guarda Civil durante a guerra na Espanha, quando morávamos em Barcelona, e logo atingiu o posto de capitão.

O general Franco em pessoa certa vez prendeu-lhe uma fita no peito, de tão heroico que ele era. Mas heróis costumam morrer cedo. Claudio foi morto por uma bala perdida enquanto atravessava uma praça em Lérida, na Catalunha. Se o que me disseram é verdade, ele foi assassinado pelo POUM ou por outro grupo semelhante. Nunca pude entender direito todas aquelas facções durante a guerra; nem Claudio podia. O que ele preferia mesmo era uma monarquia forte. Reis e rainhas, nobreza e uma tradição de honra. "Não se pode ter ordem no mundo sem reis e rainhas", costumava dizer. "A anarquia não existe no mundo natural. Basta olhar ao redor. Você vê formigas se espalhando por um milhão de caminhos diferentes? Os lagos tentam subir as encostas das montanhas?", perguntava ele.

Minha vida tornou-se mais difícil depois da morte de Claudio. Nossa filha, Suzanne, ainda era criancinha e tive que lutar com a família dele para receber minha herança. Foi muito humilhante. Não existe nada pior do que uma disputa em família por causa de dinheiro. Dois anos atrás, como parte do acordo, ofereceram-me o

Fonda Franca, que era de uma tia-avó de Claudio, uma velhinha de 80 anos que certamente se cansara de Port-Bou. Vi que ali estava minha oportunidade e agarrei-a. O Fonda Franca não é lá grande coisa, mas tem seus encantos.

A ideia de voltar para Nice realmente me ocorreu, porém acho confortável a distância que me separa de minha família. Minhas irmãs, que jamais puseram os pés no Fonda Franca, parece que se gabam de eu possuir um hotel de luxo na Riviera espanhola. Riviera espanhola!

Para ser sincera, eu teria que chamar Port-Bou de um fim de mundo. Esse amontoadinho de casas não oferece possibilidade de qualquer vida social. Não há nada elegante por aqui, nenhum grupo de pessoas que tenham prazer de estar juntas. Eu até que gosto bastante do prefeito, o *señor* Lopez, que é gloriosamente senil, mas o médico do lugar, o dr. Ortega, está sempre reclamando de tudo. Dizem que nosso sacerdote, o padre Murillo, formou-se em filosofia na Universidade de Salamanca, que é uma instituição muito antiga e respeitável. Mas ninguém diria isso conversando com ele. O que ele faz é jogar baralho o dia inteiro no Café Moka, bebendo *vino com gas* e fazendo comentários desrespeitosos sobre as mulheres. Ouvem-se histórias terríveis a seu respeito, mas provavelmente não são verdadeiras, ou não completamente verdadeiras. (Mesmo assim não gosto de me confessar. Pode-se sentir o cheiro de vinho em seu hálito, e não dá para confiar nas penitências que ele manda fazer.)

Há uma velha duquesa inglesa que mora em uma mansão branca bem espaçosa próxima à costa, mas ela nunca se dignou travar relações com as pessoas da aldeia. Para ela, somos todos camponeses, somos os *hoi polloi*, até mesmo selvagens. (Vocês sabem como são os ingleses!) Ela tem um automóvel Hispano, negro e brilhante, com um motorista maltês. O general Franco, suspeito eu, dará um jeito nela logo, logo. Os ingleses não são bem-vindos por aqui.

A TRAVESSIA DE WALTER BENJAMIN 317

É com prazer que digo que a vida também tem lá suas alegrias. Minha colega de escola e querida amiga Valerie Frunot possuía um apartamento com vista para o velho porto de Antibes, e eu passei lá muitos fins de semana quando menina. Era maravilhoso ficar vendo os iates, com suas velas rijas e brancas, a deslizar para o horizonte. Depois mandaram Valerie para um liceu em Paris, onde ela conheceu e depois se casou com um banqueiro internacional. Não sei por que ela não responde às cartas que lhe escrevo de vez em quando. Desconfio que o declínio da fortuna de meu pai a tenha deixado pouco à vontade. O azar é contagiante.

Não preciso dizer que já jantei em muitos restaurantes famosos de Paris, inclusive o Chez Lumiet e o St-Jacques. Uma prima de segundo grau de minha mãe, *madame* Felice de Cluny, morou durante algum tempo na place des Vosges, em uma casa bem em frente ao Pavilhão do Rei, não muito longe de onde Victor Hugo morava. Ela acabou pobre devido a uma súbita mudança na sorte de seu marido e agora está morando em Rouen com uma cunhada. É incrível essa *débâcle* da aristocracia!

Suzanne agora está com 7 anos. Tem olhos espanhóis, como os do pai. Seus cabelos castanhos caem em cachos sobre os ombros, de maneira bem atraente. É uma menina maravilhosa, mas não tem sido fácil criar uma filha nessa aldeia miserável. Não há ninguém com quem ela possa brincar, lugar nenhum aonde ela possa ir. Às vezes preocupo-me com seu futuro, mas isso terá que esperar.

Quando nossas condições financeiras melhorarem e a guerra tiver acabado, vou levá-la a Paris para passar uns tempos. Preciso apresentá-la ao tio-avô, dr. Maurice Berlot, que é um médico bem-sucedido com consultório na rue St-Denis. (Devo confessar que sua mulher nunca viu minha aproximação com bons olhos. Certa vez, vários anos atrás, tentei fazer-lhes uma visita, mas ela queixou-se de dores de cabeça e recusou-se a permitir que eu ficasse na casa deles. Foi uma situação constrangedora, principalmente porque Claudio estava comigo. Tive que inventar umas histórias muito loucas para que Claudio não percebesse a descortesia de *madame* Berlot.)

Suzanne frequenta a escola local, mas não gosta dela. O professor, *señor* Rodriguez, parece não ter o dom de entusiasmar os alunos. Apesar de lecionar há 35 anos, nunca conseguiu o registro de professor. "O *señor* Rodriguez é um bobo", disse Suzanne. "As mãos dele estão sempre tremendo e ele cheira mal. As outras crianças são gentinha." Concordo plenamente com ela em relação às outras crianças, mas o que se pode fazer?

Sinto-me uma pessoa de sorte por estar na Espanha, já que a França está indo por água abaixo: os revolucionários entopem as ruas e a gentalha anda sem rumo pelas vielas. Uma antiga colega minha que mora em Tours escreveu-me na semana passada dizendo que os problemas parecem infindáveis. "Os trens estão cheios de ciganos e de judeus", diz a carta. "Ninguém mais tem segurança." Paga-se mais por um pão hoje do que se pagava por um bom bife de filé quando eu era pequena.

O mundo inteiro parece estar com ódio dos alemães, mas eles só querem restabelecer a ordem. Hitler e os nacional-socialistas tentam incutir nos cidadãos da Polônia, da Bélgica e da França um senso de responsabilidade cívica, que é sempre uma boa coisa. O general Franco compartilha de muitos desses objetivos para a Espanha, e já se podem observar avanços (apesar de eles se fazerem lentamente em um país atrasado como este). As ruas de Madri brilham de limpeza pela primeira vez em décadas, os serviços de trem são confiáveis e baratos e a maioria dos anarquistas já se encontra em cemitérios ou prisões, onde têm mesmo que estar. O general faz campanhas contra o alcoolismo que têm dado bons resultados; já não se tropeça em corpos nas calçadas da capital! Um novo espírito de vigilância vive agora na Espanha e em breve também despertará na França e em toda parte. Pode ser até que chegue a Port-Bou algum dia.

A TRAVESSIA DE WALTER BENJAMIN

Eu não gosto do Hitler como pessoa. Pelo que dizem, é um megalomaníaco. E esse absurdo passo de ganso de suas tropas certamente é um mau sinal: pompa é uma coisa, exibição é outra. Nos noticiários do cinema pode-se ver um brilho de insanidade nos olhos do homem, e seu bigodinho se move, ridículo, quando ele fala. Ouvi dizer que seu sotaque é abominável. Mas às vezes é necessário suportar uma demonstração grosseira de egocentrismo e de vaidades mesquinhas em um político, principalmente quando as coisas vão mal. Hitler certamente fez muito pelos alemães e parece que eles estão reconhecendo o esforço dele.

Algum dia (se tudo der certo) vou vender o Fonda Franca e mudar-me de volta para a Riviera. Seria agradável terminar meus dias em um pequeno hotel junto ao mar: todo pintado de branco, com espelhos de molduras douradas e chão de tábua corrida cor de noz. Todas as manhãs de verão eu escancararia as janelas altas do meu quarto para me dirigir às águas, ao céu muito azul, ao sol alaranjado. Flores penderiam de dezenas de potes de barro enfileirados como soldados ao longo dos muros cobertos de hera do meu jardim. E eu tomaria café com leite com uma princesa russa arruinada a manhã toda no terraço, até que ficasse quente demais para permanecer do lado de fora mais um minuto. Para aliviar-me do calor eu poderia nadar no mar ou retirar-me para minha biblioteca, onde livros e quadros me deleitariam toda a tarde. Mais tarde, depois de uma profunda *siesta*, eu jantaria com uma meia dúzia de hóspedes distintos, que me convidariam para visitá-los em suas casas em Paris, Milão, Munique. "Lamento, mas não tenho tempo", seria forçada a dizer. "Já quase não me afasto do litoral. Mas é muita delicadeza sua convidar-me."

O Fonda Franca fica no mais antigo jardim da aldeia, em um penhasco de granito, com uma vista para o ma que rivaliza com as de Amalfi, onde Claudio e eu passamos nossa lua de mel no Hotel Luna. (O *padrone* nos disse que Richard Wagner morara naquele hotel alguns anos antes e lá escrevera *Parsifal*. É curioso como detalhes insignificantes assim se prendem à memória das pessoas como moscas no caramelo.) Como em Amalfi, o ar é perfumado por lavanda e tomilho e há moitas de limoeiros e oliveiras misturadas com altos ciprestes. O vinho local é surpreendentemente bom, principalmente os brancos, que são secos e fragrantes. Tento manter uma pequena adega bem suprida, mas não é fácil. Tudo é muito caro.

Às vezes toco *Parsifal* no gramofone. A música me faz pensar em um mundo situado em outro lugar, um lugar maior e mais imponente, onde a dignidade e as aspirações são respeitadas e até mesmo reverenciadas, e onde os misteriosos elementos da vida são simplesmente aceitos como naturais. Há bem poucas coisas que nos tornam o futuro atraente.

Tenho pena da minha pobre Suzanne. Ela herdará um mundo indecente e empobrecido, a não ser que algum processo drástico de limpeza se instaure; essa guerra bem que poderia servir para uma higiene assim, mas duvido que isso aconteça. A Grande Guerra não conseguiu nada.

O Fonda Franca estava precisando muito de reforma quando eu o assumi. A princípio a situação era lastimável, embora eu tenha feito o melhor possível com o pouco dinheiro à minha disposição para as obras. Há dois andares principais, com quatro quartos para alugar em cada um deles. Suzanne e eu ocupamos um pequeno apartamento no andar térreo, nos fundos, com uma porta francesa em nossa sala de estar que se abre para um pequeno tanque onde pássaros maravilhosos vêm se banhar.

Os tetos altos das salas dão ao hotel uma certa elegância, embora as sancas estejam precisando de reparos em vários lugares; em um dos quartos um pedaço da sanca já se soltou, deixando exposta a viga. Em outro, um candelabro espatifou-se no chão; por sorte estava sendo ocupado por um cavalheiro da Rumânia com um

A TRAVESSIA DE WALTER BENJAMIN

sono tão pesado que pareceu nem notar. O barulho acordou todo mundo, menos ele!

Há um toalete no fundo do corredor em cada andar, e apenas recentemente eles foram recuperados. Senta-se com um relativo conforto nos assentos de madeira feitos na Inglaterra e para dar a descarga puxa-se uma corda trançada com uma borla na ponta. O som que esse mecanismo faz é maravilhoso. "Um bom toalete é o início da prosperidade", costumava dizer meu pai. Fazia questão de que a prefeitura de Nice, onde ele trabalhava, tivesse toaletes em perfeito estado. (Ele teria detestado a maioria dos toaletes na Espanha, onde a tradição árabe de se usar um buraco no chão prevalece, até mesmo em alguns dos bons hotéis de Madri.)

A sala de jantar ainda precisa de atenção. As toalhas de mesa estão muito gastas e o ambiente é escuro demais, em grande parte por causa da sua localização, dando para o noroeste. É de fundamental importância que a sala de jantar dê para o sul. O chão foi laqueado em um marrom muito fechado, quase negro, e isso causa um pequeno problema: por mais claro que o dia esteja, a sala é sempre muito lúgubre. Tento compensar com potes de plantas, flores da estação e quadros coloridos, mas não há muito que se possa fazer por uma sala escura. Um bom candelabro de cristal ajudaria, talvez da Baviera, mas agora não tenho condições financeiras para isso, já que um número cada vez menor de meus hóspedes tem vontade ou possibilidade de pagar as contas. A maneira como se aproveitam de mim é de enlouquecer! Meu hotel deveria chamar--se Asilo dos Pobres da *Madame*.

Minha hospitalidade é frequentemente elogiada, mas para mim basta de vagabundos e aproveitadores, boêmios e caminhantes sem destino. Eles fogem da França em bandos, escondendo-se em caminhões de feno, atravessando túneis imundos como ratos, escalando montanhas como cabras dos Alpes, atravessando a imigração nas pontas dos pés como bandidos. A polícia não dá conta de tantos. O sargento Consuelo já disse que gostaria que as pessoas de Port-Bou cooperassem com pequenas ações. "Como é que nós podemos fazer tudo sozinhos?", perguntou ele. "Nossos cidadãos cumpridores da lei precisam cooperar!"

Certamente ele poderia fazer mais do que faz, mas vou ajudá-lo quando puder, da maneira que puder. Na semana passada disse a ele que havia um homem em meu hotel que era, com toda certeza, um criminoso condenado. Parecia ter atravessado a fronteira a pé, embora fedesse a combustível. Sua barba cacheada e seu sorriso com os dentes separados alertaram-me para o problema e, embora me pagasse com dinheiro vivo logo ao chegar (por insistência minha), tive bons motivos para suspeitar dele. Seus documentos não pareciam estar em ordem, seu francês não era bom e não falava uma palavra de espanhol. Creio que ele falava húngaro, ou coisa parecida. "É evidente que ele é um espião bolchevista", disse Consuelo, depois de interrogá-lo durante uns vinte minutos no seu quarto aqui no hotel. O homem foi devolvido à polícia de fronteira da França, que de um ano para cá ficou menos relaxada.

Vários oficiais do exército que virão de León fizeram reservas pelo telefone hoje de manhã: quatro homens que passarão quatro noites. Estou ansiosa para que cheguem logo neste fim de semana, pois um deles conheceu meu marido na academia militar. Ele prometeu trazer uma fotografia de Claudio aos 20 anos de idade. É uma pena que eu não tenha fotografias dele, mas na verdade nunca tirei. O resultado é que Suzanne praticamente não tem ideia de como era seu pai, portanto qualquer fotografia será bem-vinda.

Preciso fazer uma limpeza no hotel antes que cheguem aqui. Eles não gostarão do convívio com os tipos que parecem ser agora minha única clientela.

Três dias atrás, duas meninas francesas bobinhas chegaram aqui. Devem ter apenas uns 18 ou 19 anos, e não vi necessidade em fazer-lhes muitas perguntas. Os documentos que me mostraram

A TRAVESSIA DE WALTER BENJAMIN

estavam em ordem. Creio que queiram simplesmente sair da França agora e posso compreender seus motivos; entretanto, cuidado nunca é demais. As meninas estão planejando ficar aqui até amanhã ou depois, antes de continuarem viagem até Portugal, para onde todo mundo está indo. Uma delas tem uma irmã que chegará em breve. Amanhã, talvez.

Outro hóspede suspeito é um senhor idoso da Bélgica, o professor Lott. Já está aqui há uma semana. Se o que disse é verdade, ele ensinava história em Bruxelas. Até que eu gosto da maneira como se porta, que é bem discreta, mas há alguma coisa que ele parece estar escondendo. "Isto é a pura verdade, *madame*", diz ele repetidamente, mesmo quando eu não questiono a veracidade do que ele disse. Eu desconfiaria dele se ele fosse mais novo, mas ele deve ter uns 75 ou 80 anos. Um homem dessa idade merece algum crédito e respeito. Além do mais, não se pode esperar perfeição dos hóspedes. Um negócio como o meu não é para puritanos.

Três alemães vieram dar com os costados no hotel esta noite. Vi logo que eram judeus: a mãe com o filho, que falam muito pouco, e um homenzinho amarfanhado que se chama dr. Benjamin, que parece ter machucado a perna na vinda para cá. Ele anda desengonçado, gemendo e fazendo caretas, carregando uma pasta que não larga para nada. Acho que ele não faz a barba adequadamente há vários dias e seu odor rançoso não será bem-vindo em minha sala de jantar.

O bufê da noite tinha acabado de ser recolhido quando chegaram aqui, mas eles pareciam estar terrivelmente esfomeados, por isso tive pena deles. O que se pode fazer? Um ser humano é um ser humano, apesar do seu passaporte, ou da falta dele. Servi uma travessa com frios, azeitonas e queijo com uma forma de pão e tentei não olhar enquanto eles devoravam tudo em dez minutos. O menino, que se chama José, comeu como um boi, como os rapazes de sua idade costumam comer. Mantive Suzanne bem afastada dessa gente.

Eles ficaram muito falantes depois de engolirem a comida e apresentaram uma porção de documentos. Não tenho a menor dúvida de que sejam falsos: a cor do papel não é aquela e os carimbos são uma piada. Até as fotografias estão fora de foco. Mas eles não parecem ser criminosos ou espiões. São apenas mais três judeus em fuga. O mundo está infestado de judeus, como sempre. Hitler já mandou muitos deles para campos de trabalho forçado, ou os deportou, e os franceses logo farão o mesmo. Mas para onde eles irão? A Espanha não os quer aqui, como já não os queria desde o século XV. A América os absorverá, talvez; os americanos dão sempre um jeito de absorver tudo, como uma enorme esponja nojenta. Dentro em breve será possível sentir seu fedor deste lado do Atlântico.

O dr. Benjamin diz que é francês e fala a língua muito bem, com um leve sotaque apenas. Ouvi-o sussurrando na sala de visitas com o professor Lott há pouco e fico me perguntando se esse não seria alguma espécie de encontro secreto. Se não, o que justificaria a intimidade entre eles? Seria um horror se o Fonda Franca ficasse conhecido como um lugar onde espiões se encontram, como nas histórias de suspense baratas.

Coloquei o dr. Benjamin no pior quarto: aquele que tem um buraco no teto. Seus amigos, a família Gurland, estão no quarto em frente, que tem duas camas. Parece que têm a intenção de partir de manhã, no trem de Madri, e acho mesmo muito bom que partam. Seria terrível se eles estivessem aqui quando os oficiais de Madri chegarem. Eles jamais entenderiam por que eu, a viúva de Claudio Ruiz, daria abrigo a essa espécie de gente.

O calor humano está desaparecendo das coisas deste mundo. Os objetos de uso cotidiano vão ficando cada vez mais impessoais e isso se dá de forma sutil, porém persistente. Dia após dia, ao tentarmos vencer nossa resistência secreta a esses objetos, somos levados a fazer um grande esforço. Temos que compensar a frieza das coisas com nosso próprio calor, se não quisermos que nos congelem até a morte, que nos matem com sua alienação; precisamos manuseá-las com infinito cuidado e paciência se não quisermos um corte que nos fará sangrar até a morte.

Walter Benjamin

14

— De onde é o senhor? — perguntou a garotinha cujas pupilas pareciam duas contas de opala. Usava blusa branca e saia preta e falava francês com um forte sotaque. — O senhor não é francês, é? Não fala como francês.

— Moro em Paris há muitos anos — disse Benjamin.

— E antes disso? Onde é que o senhor morava?

Ele estava preocupado com o fato de aquela menina, filha da dona do hotel, fazer-lhe tantas perguntas. Havia nela algo um pouco irritante. Tinha se aproximado dele no jardim e começara seu interrogatório.

Quando ele era pequeno, em Berlim, as crianças não tomavam a iniciativa de se dirigir aos mais velhos; raramente falavam, a não ser entre elas mesmas. Ele ainda se lembrava com aflição de uma ocasião, em Berlim, em que ele interrompera a conversa dos pais com uns amigos que estavam jantando em sua casa. O brilho de reprovação nos olhos do pai foi castigo suficiente, e ele nunca mais cometeu aquele erro.

Benjamin gostaria de poder dizer à menina de onde ele vinha. Seria muito bom poder falar-lhe de Berlim: do cheiro de chão de barro dos parques, da grama seca junto à calçada, do ruído do vento nas velhas árvores; tudo isso o fazia lembrar-se dos seus passeios de infância ao Tiergarten, passando pela ponte Herkules, com sua leve inclinação ao tocar as margens do rio. Depois das aulas, no início do outono, ele ia sentar-se sob uma árvore frondosa ou deitava-se à margem do rio coberta de musgo apreciando a vista do outro lado; a atmosfera do lugar não era muito diferente da que havia naquele jardim do Fonda Franca.

A natureza insistente da menina, que disfarçava sua petulância, trouxe-lhe à memória a imagem de uma antiga colega de escola, Louise von Landau. Era uma menina cheia de vida, de olhos negros, de uma abastada família de Berlim. Louise era a líder da turma na primeira escola onde ele estudara, onde uma jovem professora muito animada, Fräulein Pufahl, comandava um grupo de criancinhas da alta burguesia. A disputa pela liderança daquela turma era épica, com Fräulein Pufahl sempre favorecendo Louise, a indômita Louise.

Ela morava em uma casa elegante de granito rosa próxima ao Jardim Zoológico e à Ponte de Lichtenstein e nos fins de semana ela era levada por sua governanta para brincar no zoológico, naquele mundo assustador de zebras e gnus, de árvores sem folhas onde condores e águias se aninhavam, de jaulas malcheirosas repletas de lobos e ursos. As coisas selvagens que ele via no zoológico e suas lembranças de Louise se fundiam de um jeito engraçado naquela noite. Eles nunca foram amigos íntimos, mas Louise sempre lhe enviava cartões-postais dos lugares exóticos onde passava as férias de verão, como Tabarz, Brindisi ou Madonna di Campiglio. Ele ainda se lembrava dos cartões-postais, em cores pastéis evocando as encostas arborizadas de Tabarz, com samambaias e frutinhas vermelhas e brilhantes pelo caminho; lembrava-se do cais amarelo e branco de Brindisi e imaginava o odor de sal na bruma morna junto ao embarcadouro; podia visualizar as cúpulas de Madonna di Campiglio, azuis contra o azul do céu. O mundo antes da Grande Guerra era uma antologia dessas imagens, cada uma delas tão linda e distante, tão fascinante.

— Por que o senhor veio para Port-Bou? — perguntou a menina. — Minha mãe não gosta de todo mundo que vem para cá.

— É mesmo — disse ele, enxugando a testa com um lenço imundo. Nessa noite, positivamente, sentia-se fraco. E havia razões para isso. Seu joelho estava latejando e ele já sentira vários espasmos com dores intensas no peito e no pescoço: um sinal inequívoco para ele. Até mesmo as veias de seu pulso pareciam inchadas.

— Ela diz que os vagabundos que vêm para cá são muito ruins para o hotel — continuou a menina a falar alegremente.

— Este estabelecimento não exige que os hóspedes paguem por sua permanência? — perguntou ele com voz tão firme que surpreendeu a si mesmo.

— O que o senhor quer dizer com isso?

— Este hotel... é claro que sua mãe precisa de hóspedes que paguem. — Parecia estranho estar falando assim com uma menina, como se ela fosse uma moça de 20 anos. Mas aquela menina tinha uma maturidade estranha também. Ele se lembrou de uma lenda da Letônia sobre uma raça de demônios que habitavam os corpos de crianças pequenas; elas conseguiam causar danos psicológicos intensos a adultos suscetíveis que se recusavam a acreditar que elas eram malévolas. Ele se curvou para olhar diretamente nos olhos da menina.

— Nós recebemos muitos hóspedes desqualificados — disse ela sem rodeios. — Minha mãe até gosta de alguns deles, mas eu não.

— Ah, então trata-se de sua opinião! Sua mãe não concorda, necessariamente, com tudo que você diz.

— Minha mãe diz que o senhor fede.

Benjamin sentiu-se alarmado com aquele julgamento.

— Ela se referiu a mim, pessoalmente? Disse que eu... fedo?

— O senhor e seus amigos. O senhor escalou montanhas com esta roupa? Ela acha que sim. É uma tolice o senhor fazer isso, sabe? Deveria usar roupas adequadas.

Benjamin não sabia por onde começar.

— Sim, nós andamos pelo campo.

As faces de Suzanne ficaram rubras de raiva.

— Eu queria que vocês todos fossem embora daqui — disse ela.

Benjamin ficou olhando decepcionado quando a menina saiu saltitando pelo caminho de pedrinhas em direção ao hotel. Os cabelos dela eram tão bonitos, tão volumosos, e os olhos tão devastadores. Ela poderia se transformar em uma linda mulher, do tipo capaz de arruinar, com um único olhar, o dia de um homem que passasse distraído. Muitos de seus próprios dias tinham sido arruinados por mulheres assim.

Benjamin estava em pânico com seu cheiro e subiu ao quarto para tomar um banho. Parou rapidamente na entrada da sala de estar, onde Henny e José estavam comendo, e depois subiu as escadas. Seu corpo estava tão cansado que seria impossível lhe restarem energias para digerir qualquer coisa.

Deitado na banheira, deixando que a água quente lhe caísse no joelho bastante ferido e com uma coloração verde-azulada, ele se entregou às reminiscências; um cheiro forte de desinfetante fez desencadear em sua mente, por motivos inexplicáveis, uma série de imagens. Ele e sua família deixavam o apartamento de Berlim todos os anos no verão para irem morar em uma casa "com grama e borboletas", como seu pai sempre dizia. Iam para Potsdam ou para Neubabelsberg ou para o melhor lugar de todos: o lago Griebnitz. Ele tinha uma afeição especial pelo lago Griebnitz, com suas águas verdes-esmeralda transparentes e com os salgueiros-chorões que mergulhavam as pontas de suas longas tranças nas águas rasas. No meio do lago havia uma ilhota de pinheiros chamada Ilha do Pica-Pau, que deu a Benjamin a primeira grande decepção de sua

A TRAVESSIA DE WALTER BENJAMIN 331

vida. Ele queria muito ver os pica-paus, então seu pai alugou uma canoa e levou Walter, Georg e Dora para vê-los. "Mesmo se eles voarem, vocês ainda poderão ver suas penas na grama", disse Émile. Eles procuraram pela ilha toda e não viram sinal de pica-pau algum, nem mesmo uma única pena no chão. Quando Benjamin se queixou, seu pai lhe disse: "Nunca se deve ter expectativas! Isso só faz a pessoa infeliz!"

Ele aprendera a não ter expectativas. Mesmo naquele momento, quando o horizonte parecia incrivelmente limpo, ele não ousava ter a expectativa de chegar a Nova York. Entretanto, ficou pensando no que um conhecido em Berlim lhe dissera sobre as universidades na América e a necessidade que tinham de professores. Pelo que soube, havia grande interesse em *scholars* com doutorados da Alemanha, e os salários eram estupendos. Ele anotara os nomes de várias instituições: Universidade de Nova York, City College de Nova York, Universidade do Colorado, Universidade de Delaware. Mandaria cartas para todas elas de Lisboa, se conseguisse chegar lá, propondo um curso no formato de uma série de conferências sobre o desenvolvimento da cultura francesa no século XIX. No trem de Marselha para Port-Vendres ele tinha enchido seu caderno com anotações sobre possíveis cursos que ofereceria. Quase sem necessidade de preparação alguma, poderia fazer conferências sobre Goethe, Proust, Kafka, Baudelaire e uma dezena de outros autores. Ensinaria filosofia, história da Alemanha, política cultural. Alguma universidade haveria de querer um homem assim, não?

Principalmente depois da publicação de seu livro sobre as arcadas de Paris, certamente haveriam de o querer; talvez até o quisessem de volta em Paris. Ou talvez Berlim fosse melhor escolha. Seria uma grande satisfação voltar à sua cidade natal como um homem maduro, um homem de cultura e realização. Seu pai dissera em várias ocasiões: "Você nunca vai ter sucesso em coisa alguma, Walter. Você é indeciso demais." Se ele se tornasse professor em

Berlim, estaria dando uma resposta ao pai. Ele ficaria em pé junto ao túmulo de Émile e diria, calmamente, sem ressentimento: "Então eu sou indeciso, pai? Foi isso que você disse?"

Ele daria qualquer coisa naquele momento por uma única manhã fresca do início de maio em Berlim, quando as flores se derramavam de vasos de pedras ao longo do caminho para o mercado coberto, sempre seu destino preferido quando menino. A agitação de compra e venda compulsivas e a atmosfera de frenesi controlado atraíam-no para lá, através das grandes portas de madeira presas com molas que as mantinham fechadas; uma vez no saguão, ele ficava fascinado com as vendedoras, aquelas altas sacerdotisas de Ceres que ficavam por trás dos seus balcões e serviam todos os tipos de comestíveis: frutas do campo, frutas colhidas no pomar, pássaros e outros animais selvagens, alguns dos quais pendiam de ganchos ameaçadoramente, tendo nos olhos o esgar ausente das coisas eternas. O chão de laje era sempre escorregadio, com restos de peixe, pedaços de alface ou cascas de banana e ele podia ainda ver o homenzinho corcunda que limpava a sujeira com água de uma mangueira, com seu boné vermelho subindo e descendo enquanto trabalhava. "Afastem-se, senhoras!", gritava ele.

Havia sempre um bom número de donas de casa e velhos empregados das famílias carregando cestos de vime e sacolas de pano no saguão. Ele costumava ir lá com a gorducha Gretel, a cozinheira de sua família; acompanhava-a de perto, surpreendendo-se com sua capacidade de barganhar. Durona, rápida na identificação de qualquer defeito em uma fruta, um peso de carne inferior ou uma alface já ficando marrom nas beiradas, ela encarava cada um dos vendedores com seus enormes seios apontados como dois canhões. "Este não presta!", reagia ela rapidamente. Ele se recordava de Gretel com admiração ali no Fonda Franca, ao pensar em como fugiria daquele lugar sem que o guarda o visse. Mesmo tendo chegado a Port-Bou, ainda haveria muitos caminhos difíceis por onde passar,

A TRAVESSIA DE WALTER BENJAMIN   333

e ele gostaria que Gretel estivesse ali para tomar decisões rápidas e inteligentes.

O céu cor-de-rosa emoldurado pela grande janela aberta do banheiro estava escurecendo com nuvens de chuva. De repente uma revoada de gansos passou pela vidraça rumo ao sul, em direção ao horizonte, fazendo uma formação em "V"; os gritos estranhos daqueles pássaros de pescoço longo os acompanhavam como a cauda de uma pipa naquela formação perfeita. Benjamin ainda podia ouvir os pássaros bem depois de eles terem saído do seu campo de visão. Ficou escutando com atenção, tentando não pensar em seu joelho dolorido, em sua falta de ar e na dor que lhe passava por todo o braço, de cima a baixo. Ele queria estar indo para o sul com aqueles pássaros, seguindo para ainda mais além.

O banho foi relaxante, fazendo com que ele perdesse aquela energia tensa que o mantivera ativo hora após hora desde o amanhecer, nisso que lhe parecia uma nova vida. O cansaço começou a empilhar suas sombras escuras em cada desvão do corpo de Benjamin; os pulmões encheram-se daquela fuligem negra; as juntas se entrevaram. Era como se seu corpo, toda sua materialidade, tivesse se evaporado e apenas sua essência material permanecesse ali, invisível, enquanto a água esfriava e as sombras da noite cobriam o teto do banheiro. Ele não era mais material do que a luz que desaparecia, o vento que aumentava, o ruído seco e estridente da louça na sala lá embaixo, o pulsar distante do mar.

O professor Lott estava lendo o jornal em uma velha poltrona desbotada e rasgada a um canto da decadente sala de visitas do hotel; Benjamin, de banho tomado e penteado, sentou-se no outro lado da sala, junto a uma mesa de mogno, com um prato de frios no colo. Encostado à parede atrás dele havia um pequeno piano Bechstein, réplica exata do que sua mãe tocava na casa na rua Nettlebeck, em Berlim. A simples visão daquele piano deu-lhe algum conforto. Os trovões podiam ser ouvidos a distância, ecoando pela baía, e a luz do candelabro piscava sobre sua cabeça. Por alguns instantes, a sala ficou totalmente às escuras e em seguida as luzes voltaram mais brilhantes.

— Uma tempestade no mar — disse Lott em alemão.

Benjamin olhou para o outro lado da sala, sem qualquer expressão em seu rosto. Era difícil, com sua miopia, enxergar àquela distância com nitidez.

— Eu até que gosto de uma boa tempestade, o senhor não? — disse ele.

— Depende. — O cavalheiro dobrou seu jornal e tirou os óculos. — O senhor é alemão, não é? Creio ter ouvido um pouco de Berlim em seu sotaque.

Benjamin instintivamente confiou naquele homem. Certamente seria uma criatura de bem, caso contrário não teria sido tão direto.

— Sim, o senhor está certo.

Lott balançou a cabeça, interessado.

— *Madame* Ruiz disse-me que o senhor atravessou a fronteira esta tarde.

— *Madame* Ruiz não mentiu.

A exaustão e a timidez se uniram para tornar Benjamin ainda mais lacônico que de hábito, e Lott não conseguia encontrar uma brecha para iniciar a conversa.

— Não tenho a menor intenção de constrangê-lo — disse ele. — Eu também sou refugiado. Minha mãe era de Düsseldorf. Chamava-se Eva Blum.

Benjamin relaxou visivelmente ante aquela confissão. Ali estava outro judeu de origem alemã.

— Eu sou belga — disse Lott. — Na verdade, meu passaporte permite que eu possa me proclamar um cidadão belga. — Fez uma pausa antes de continuar. — Se o senhor for mandado de volta, procure o consulado da Bélgica em Marselha. O pessoal do consulado compreende o nosso problema. Procure o *monsieur* Peurot.

A TRAVESSIA DE WALTER BENJAMIN   335

— Eu me lembrarei disso. Muito agradecido — disse Benjamin. Trêmulo, atravessou a sala em direção a Lott. — Sou o dr. Walter Benjamin — disse ele, curvando-se levemente.

— Alphonse Lott — disse o outro, inclinando a cabeça. — Por acaso o senhor não escreve ensaios para alguns jornais, dr. Benjamin? Seu nome me é familiar.

Benjamin sentou-se em uma cadeira de vime que já havia visto melhores dias, feliz por ter encontrado um leitor. Aquilo era para ele uma experiência extremamente rara.

— Sim, mas principalmente para periódicos alemães.

— O *Literarische Welt*?

Benjamin animou-se.

— E alguns outros. Durante certo tempo ganhei a vida como articulista freelancer. Na verdade, esse era um meio de vida bem precário.

Lott contou que tinha sido professor universitário em Bruxelas e que, de certa forma, era escritor também. Artigos seus foram publicados em vários dos jornais belgas de prestígio, embora isso já não ocorresse havia quinze anos.

Os dois cavalheiros ficaram ali sentados por algum tempo, conversando sobre livros. O professor Lott, assim como Benjamin, admirava Simenon, e era bem versado na obra de Proust. Era um bálsamo para Benjamin encontrar alguém que partilhava de seu interesse pela literatura e pelas ideias.

Na verdade, havia sido muito cansativo todo aquele tempo com pessoas que não tinham os mesmos interesses que ele; era forçado a fingir entusiasmo por coisas que o matavam de tédio. Desde que deixara Paris, sentia-se muito só, sem ter com quem conversar de verdade.

— E o que o senhor está lendo agora, professor Lott? — quis saber ele, curvando-se ansioso na direção do outro, com as sobrancelhas erguidas. — Mal posso me lembrar da última vez que circulei por uma livraria.

336 JAY PARINI

Tendo desejado boa noite ao professor Lott, Benjamin subiu as escadas para seu quarto, movendo-se lentamente a cada degrau. Como seu joelho travava, ele era obrigado a parar a cada passo. Quando finalmente chegou a seu quarto, uma forte dor no peito pegou-o desprevenido, batendo-lhe nas costelas como se fosse uma marreta. Desabou no chão e ali ficou por algum tempo sem conseguir respirar, com o nariz afundado em um tapete marrom imundo. Tentou chamar Henny Gurland, cujo quarto ficava logo em frente, mas nenhum som saiu. Por fim, conseguiu rolar e ficar de costas.

Estou morrendo, disse ele para si mesmo. *Este é o fim e eu não estou triste.*

Meia hora se passou e a pressão no peito foi melhorando. Pôde então sentar-se e, depois, levantar-se. Suas mãos tateavam-lhe o corpo como as mãos de um cego tocando um poema escrito em braille; ele estava ali, vivo, Walter Benjamin. E já não sentia mais dor. Apesar de aliviado por aquele desconforto agudo ter passado, ele se sentiu decepcionado com a recuperação milagrosa. Estivera pronto para morrer. Até mesmo desejara a morte. O fim parecia ter chegado e ele não sentira tristeza ou medo. Ficara até um pouco feliz.

Levou muito tempo preparando-se para dormir, subindo na cama e sentando-se com as costas apoiadas na cabeceira de carvalho. Ali ficou, com o olhar fixo à frente, respirando pausadamente e ouvindo o tique-taque inexorável de um velho relógio que havia sobre a cômoda. A eternidade parecia estar suspensa entre cada tique e cada taque: o tempo antes e depois da vida, a luminosidade em ambas as extremidades desse corredor escuro por onde ele andava tateando havia quase meio século.

Do teto, desfigurado por um buraco no meio, caía intermitentemente uma chuva de reboco, salpicando-lhe o travesseiro e o rosto com pedacinhos de gesso. Aquilo era a neve espanhola, pensou ele, rindo em silêncio. Ainda estava contente com o fato de não ter sen-

A TRAVESSIA DE WALTER BENJAMIN

tido tristeza durante a experiência por que passara caído no chão; a morte era algo benfazejo, uma espécie de esquecimento físico. Não seria o fim, mas o início. O corpo simplesmente se esqueceria de sua lastimável existência cotidiana e a alma partiria voando ao encontro de uma nova vida em algum outro lugar. Seria um reino tangível distante dos lamentos de morte e dos pequenos desconfortos, além (como Nietzsche dissera) do bem e do mal. Era o que ele desejava então, o que quer que estivesse adiante: o infinito inimaginável, a mais pura abstração do céu. Lá ele ficaria de mãos dadas com sua amada, Asja Lacis. Ficariam de mãos dadas para sempre.

Era claramente Asja, e não Jula, que lhe vinha à mente. Seu rosto tinha um brilho sobrenatural. O tempo cumprira bem a tarefa de definir quem seria a vencedora.

Do lado de fora, os trovões rolavam sobre a baía e uma chuva fina estalava na janela de seu quarto. O vento varria o mar, penetrando nas paredes do Fonda Franca como se fossem de tela. Fazia frio no quarto e Benjamin desejou que houvesse um fogo ardendo na lareira. Quando, mais cedo, tinha falado sobre isso com *madame* Ruiz, ela erguera as sobrancelhas e saíra da sala abruptamente. Pelo jeito, não se pedia para acender lareiras em hotéis espanhóis decentes. O desejo de se aquecer era *déclassé*.

Na casa da rua Nettlebeck, cada quarto ostentava uma lareira acesa nas noites frias de inverno e, de manhã cedinho, uma empregada entrava sorrateiramente no quarto de Benjamin, pouco antes do amanhecer, para acender novamente o fogo. Quando as labaredas começavam a subir, iluminando o teto alto, ele acordava lentamente, esperando enquanto o quarto absorvia e irradiava o calor. Nos dias de aula, quando tinha que se levantar antes que o quarto estivesse suficientemente aquecido, ele pulava da cama para vestir-se rapidamente, mantendo-se tão perto das chamas que suas panturrilhas aqueciam-se demais, chegando a arder. Mas era uma dorzinha gostosa, a dor da abundância.

O peso dessas lembranças oprimia-lhe o peito como uma placa espessa de mármore e ele se recordou de uma das famosas máximas de Brecht: *Não construa seus planos sobre os bons dias do passado, mas sobre os maus dias do presente.*

Descobriu que sentia saudades de Brecht, de seu jeito de ser evasivo, de seu portentoso egocentrismo. O último dia que passara na casa de Brecht na Dinamarca, dois anos antes, havia sido um final perfeito para seu relacionamento: era um dia quente de verão, com o céu sem nuvens e muito azul. Benjamin passara a tarde inteira no jardim, sob um salgueiro-chorão, lendo o *Capital*, que havia abandonado várias vezes antes. Um chapéu branco de abas moles protegia-o do sol.

Brecht aproximara-se dele com uma xícara de chá e dissera:

— Ah, Marx! Já está bastante ultrapassado, você sabia? Ninguém mais lê Marx, principalmente os marxistas.

— Prefiro não ler os livros da moda — respondera Benjamin. — Acho meio degradante.

Brecht então cuspira na grama.

— Você tem razão, Walter. Quando um livro obtém popularidade, gosto de tê-lo entre as mãos, cheirar suas páginas, talvez. Mas não o leio. Somente depois que o autor ou sua fama tenha morrido.

Na noite anterior Brecht tinha mostrado a Benjamin um novo poema cujo título era "O fazendeiro falando a seu gado". Fazia alguma referência indireta a Stalin, embora Benjamin achasse difícil discernir a atitude do amigo em relação àquele líder malévolo e megalomaníaco. Brecht não se posicionava claramente a favor do ditador, nem era totalmente contra ele; parecia dividir suas fichas.

Benjamin, como seu anfitrião, ainda tinha uma esperança meio mágica de que alguma coisa boa pudesse resultar do socialismo, mas jamais poderia perdoar Stalin pelos crimes que cometera na década anterior. Milhões de pessoas tinham sido assassinadas ou presas e torturadas. Informações sobre os recentes julgamentos

A TRAVESSIA DE WALTER BENJAMIN 339

exemplares em Moscou e o expurgo da *intelligentsia* tinham-no deixado desanimado, a Benjamin e à maioria dos socialistas do Leste Europeu. Pior ainda, ele não recebera uma só palavra de Asja, que ainda deveria estar vivendo em Moscou. Benjamin temia o pior, embora não pudesse suportar a hipótese de ela estar morta.

A atitude em relação à literatura que emanava do Kremlin desagradava igualmente a Benjamin e a Brecht. Como sempre, Brecht tinha uma teoria sobre o assunto.

— A literatura deixa os vermelhos pouco à vontade — disse ele. — Eles detestam defrontar-se com uma produção artística genuína. É algo imprevisível e que desestabiliza. Nunca se pode prever de onde alguma coisa vai surgir ou como o povo reagirá. E eles mesmos não querem produzir coisa alguma. Aliás, Deus nos livre! Ocupam-se em fazer funcionar o *apparatchik*.

Benjamin mudara de assunto, passando a falar de algo que lhes seria mais familiar: os romances de Goethe. Brecht, entretanto, parecia perdido no meio da discussão; quando Benjamin insistiu em uma resposta, Brecht dissera:

— Sinto muito, Walter, mas eu li apenas *As afinidades eletivas*.

Benjamin escondeu seu espanto. Brecht geralmente sabia um pouco sobre tudo e raramente admitia falhas em seu conhecimento. Por outro lado, adorava encontrar essas falhas nas outras pessoas.

— *As afinidades eletivas* é realmente um romance perfeito — continuara Brecht, incapaz de resistir a um pronunciamento. — Isso é surpreendente, dado que Goethe o escreveu quando era jovem.

— Ele tinha 60 anos — dissera Benjamin, com um leve toque de superioridade na voz. — Talvez Goethe pudesse ser considerado jovem, posto que viveu até 80 e poucos anos. Mas isso me faz sentir como um bebezinho.

Brecht não gostara do comentário de Benjamin.

— Você está me provocando, Walter. Divirta-se. — Brecht dobrara os braços, erguendo os cotovelos como asas. — O que eu gosto nos romances de Goethe é que não há neles qualquer resquício do espírito burguês e vulgar dos filisteus alemães. Os alemães, mesmo em suas melhores obras, são abominavelmente filisteus.

— Esse romance não foi bem recebido, como você sabe.

— Eu não sabia, mas não chego a me surpreender. Na verdade, gostei de ouvir isso. Os alemães são uma gente horrível. Não é verdade que não se possa tirar conclusões sobre os alemães a partir de Adolf Hitler. Ele é bastante típico, lamento dizer. Meus professores do ginásio em Augsburg eram todos como Hitler.

— E você então, Brecht? Você é alemão.

Brecht curvara-se para a frente e a luz do sol formara um halo em seus cabelos.

— Quero confessar-lhe uma coisa, Walter: o que há de abominável em meu trabalho é seu elemento alemão. E não me olhe assim surpreso. Há muita coisa verdadeiramente abominável em tudo que faço. Você sabe que isso é verdade.

Benjamin insistira em dizer que não, mas Brecht silenciou-o com um vago gesto.

— O que torna os alemães intoleráveis é a pobreza espiritual de sua autossuficiência. Nada semelhante às nossas cidades imperiais livres jamais existiu em qualquer outro lugar que não no solo alemão. Lyons nunca foi uma cidade livre: as cidades independentes do Renascimento eram cidades-Estados, mas eram muito diferentes. Tinham um espírito comunitário. Os alemães não entendem o significado dessas palavras.

Benjamin, em sua cama no Fonda Franca, lembrava-se perfeitamente do tom de voz de Brecht; voltou-se para pegar seu caderno, que havia deixado na mesa de cabeceira ao lado da lamparina a óleo. Queria registrar essas conversas exatamente como se lembrava delas. Era tanta coisa para registrar, tanto para se lembrar! "A arte é simplesmente a memória organizada", dissera Goethe certa vez. Essa frase veio-lhe subitamente à cabeça quando ele começou a anotar suas recordações da conversa com Brecht.

A lamparina a óleo tremulava enquanto Benjamin escrevia e as letras saíam mal legíveis. O bico de sua pena parecia não se desprender da página. O esforço e os problemas daquele dia tinham arruinado seus nervos e sua mão tremia. Ele não conseguia escrever nem ler.

Fechou os olhos, deixando que o passado penetrasse sua mente como ondas fortes a se quebrarem contra a costa, destruindo-a com o impacto. Parecia-lhe que suas orelhas tinham se transformado em conchas havia muitos anos e ele só podia ouvir o mar à distância; naquela noite, porém, estava estranhamente próximo. Podia sentir o cheiro da água salgada e seus olhos ardiam com o sal. A brisa marinha assoviava em seu rosto. A luz que brilhava na água perturbava sua visão. E uma figura beatífica parecia flutuar na água, vindo em sua direção, pulando levemente sobre as ondas como a Vênus de Botticelli: uma presença divina e ao mesmo tempo corporificada.

Era Asja novamente, sua própria Vênus. Seus pensamentos voltaram-se naturalmente para ela e ele sorriu. Ela estava ali de verdade e ele podia ver Brecht de pé atrás dela, com a mão em seu ombro. Aquela justaposição não fazia sentido, até que ele se lembrou de que Asja trabalhara com Brecht como assistente de direção em Munique, em uma encenação de *Eduardo II*. A cena de batalha que havia no meio da peça deveria ocupar o palco por aproximadamente três quartos de hora, o que seria um feito impossível para a maioria dos diretores. Durante um dos ensaios, Brecht tinha se voltado para Asja e perguntado: "Qual é o problema desses soldados? Qual é o dilema deles?" Ela respondera, cuidadosamente: "Eles têm medo de morrer e estão lívidos." Brecht pensou por uns instantes. "É, eles estão extremamente exaustos", disse ele. "Precisamos fazer com que pareçam fantasmagóricos." O rosto de cada soldado, por orientação dele, foi coberto com uma espessa camada de giz. Como Asja depois comentara com Benjamin: "O teatro épico nasceu subitamente naquele dia; Atena surgiu, adulta, de dentro da cabeça de Zeus."

Uma batida à porta trouxe-o de volta ao presente e os fantasmas de Brecht e de Asja Lacis fugiram pelo teto.

— Um instante, por favor — disse ele aborrecido, pondo- se de pé com dificuldade. Vestiu a camisa e atravessou o quarto lentamente, fazendo esforço para respirar.

A batida repetiu-se, já então mais forte.

— Um minuto, por favor! — disse ele. — Já estou indo.

Todos os relacionamentos íntimos são iluminados por uma claridade penetrante quase intolerável, sob a qual eles mal conseguem sobreviver. Se, por um lado, as questões de dinheiro encontram-se predatoriamente no âmago dos interesses vitais, por outro lado essa é a própria barreira que quase todos os relacionamentos deixam de ultrapassar; em decorrência disso, a confiança, a calma e a saúde, tanto na esfera natural como na esfera moral, estão desaparecendo cada vez mais rapidamente.

Walter Benjamin

15

Madame Ruiz

Essa solidão é difícil de descrever, difícil até de confessar. Costumo sentir-me como uma nuvem translúcida soprada através do alto céu lilás da história. Sinto os ventos do tempo soprando em meus cabelos e ouço-os nos galhos mais altos das árvores a balançar e, às vezes, a se quebrar. Ouço o som apressado dos dias, o estalar dos galhos caindo. Estou voando sempre acima do tumulto. Não chego a ser uma participante da vida, mas sou uma de suas observadoras constantes.

Fico vendo as outras mães da aldeia passearem pela praça antes do jantar, principalmente depois da missa de domingo, com seus filhos nos melhores trajes correndo à frente a espantar os pombos, que fogem em revoada como flocos de neve sujos. Elas não são solitárias como eu; quando chegam em casa, encontram os pais daquelas crianças, que se deitam com elas, recostam-nas em almofadas e recompõem suas energias. Elas não precisam ser ao mesmo tempo mãe e pai, a pessoa que nutre e a que disciplina.

Noto a tensão de Suzanne em certas ocasiões. Ela chora à toa, fica sentada sozinha no jardim por longos períodos de tempo, recusa-se a falar durante vários dias. Hoje, por exemplo, ela está terrivelmente petulante. É óbvio que ficou perturbada com esses alemães que surgiram do nada, famintos e exaustos. Não são diferentes dos últimos ou dos penúltimos que passaram por aqui. Não compreendo. Parece estar obcecada, mais especificamente, com o "velho", como ela chama o dr. Benjamin.

Ele ainda não tem 50 anos, mas a coloração de sua pele, a textura — como a de papelão que tomou chuva e secou várias vezes — são bastante reveladoras. Pode-se ver nos seus olhos que ele sofreu muito e o sofrimento afeta a qualidade da pele; a pele revela ao mundo o quanto a vida da pessoa tem sido difícil. Pelo que pude saber, ele viveu em Paris muitos anos, fazendo algum tipo de pesquisa, em literatura, filosofia ou coisa assim. Quando estava se registrando no hotel, a mulher que viaja com ele, Frau Gurland, fez o que pôde para me impressionar com as realizações dele e as pessoas de seu relacionamento. "Ele é um homem muito importante. Escreve regularmente para revistas e jornais de vários países", disse ela.

Logo que pus os olhos nele, senti pena; meu coração é mole e ele me lembrou meu pai, o que me deixou um pouco perturbada — a mesma formalidade dos gestos, um jeito exagerado de ser, a tristeza em seus olhos. É como se levasse o peso do mundo às costas. A vida não destruiu o dr. Benjamin com um golpe, mas o está esfacelando. Ele é como uma daquelas estruturas romanas que se veem próximo a Paestum que meu marido e eu certa vez visitamos no sul da Itália: uma relíquia, a lembrança de uma glória que se foi e que jamais poderá ser recuperada.

Ao chegar esta noite, o dr. Benjamin sentou-se sozinho no jardim durante uma hora e depois entrou no prédio mancando. Era uma figura espantosa de se ver, com um corte no rosto, o terno muito amassado e rasgado, os sapatos gastos; seus cabelos oleosos estavam despenteados. Seus óculos ficaram embaçados logo que ele entrou no hotel, mas ele continuou a olhar para a frente, com os olhos fixos em mim, sem ver coisa alguma.

A TRAVESSIA DE WALTER BENJAMIN

— Sua filha — disse ele — é muito bonita, com aqueles olhos escuros.

— Sim, os olhos dela são lindos. — É claro que eu não acrescentei que os olhos de Suzanne são incrivelmente iguais aos meus.

— Ela me lembra uma menina que conheci — continuou ele — na minha infância.

— Ah — disse eu.

— Uma menina peculiar, muito decidida.

Não respondi coisa alguma. Minha filha não é peculiar nem decidida. Teimosa, talvez, como eu; às vezes até insistente demais. Insistente, vá lá, mas decidida?

— Vou descer daqui a pouco — disse ele, tendo em seguida um acesso de tosse que o impediu de continuar falando.

— Como queira — respondi. — Deseja tomar um copo d'água?

— Não, agradecido.

Quando ele me olhou novamente, percebi que seus lábios tinham uma coloração azul doentia e suas bochechas estavam com um tom roxo-avermelhado. Isso não é sinal de saúde. Meu pai, antes de morrer de infarto, ficou com uma cor semelhante.

O dr. Benjamin saiu andando desengonçado pelo corredor, apoiando-se sempre na mesma perna, e depois subiu as escadas colocando os dois pés em cada degrau. Levava consigo uma pasta surrada que (segundo Frau Gurland) contém um manuscrito importante. Demorou uns dez a quinze minutos para subir uma dúzia de degraus e em vários momentos tive certeza de que cairia de costas. Uma de nossas empregadas, Lúcia, ficou parada ao pé da escada, observando-o, nervosa.

— Esse velho fede — disse minha filha, apertando-me a mão para que eu concordasse.

— Por favor, querida, nós não falamos de fedor nesta casa. É vulgar. — Acariciei-lhe os cabelos, que sempre foi meu jeito de acalmá-la. — O pobre homem não está bem. A coloração dele não é nada boa. E aquele seu jeito de tossir e de caminhar mancando é muito triste.

— Não me importa. Ele fede.

É terrível ver Suzanne neste estado, com um comportamento tão vulgar. A mentalidade da aldeia está aos poucos se instalando nela e o jeito grotesco de falar catalão já afetou o seu francês. Seus tempos de verbo se reduzem ao presente e ela não presta atenção à gramática. Quando quer alguma coisa, tende a emitir sons que são grunhidos ou miados. Eu gostaria de encontrar uma boa escola particular para ela, talvez em Madri: um bom internato de freiras carmelitas. Elas são rigorosas com as crianças e não admitem vulgaridades. Em casa não há muita coisa que eu possa fazer por ela.

Frau Gurland veio à cozinha procurar-me, com os olhos arregalados. O cabelo dela parece uma touceira, espetado e matizado de branco. Ela fala francês com aquele sotaque gutural dos alemães, muito encontrado em Nice. A Riviera vivia cheia de turistas alemães na década de 1920 e muitos deles compraram hotéis ao longo da costa.

— Precisa de alguma coisa? — perguntei, mantendo um tom de voz profissional.

— Meu filho está com fome — disse ela. — Há muito tempo ele não come.

Simplesmente concordei em silêncio, recusando-lhe o prazer de uma resposta direta. Na verdade, eu já havia tirado minha mesa de bufê.

— Será servida mais comida ainda hoje?

— A senhora terá que me dar mais alguns minutos — disse eu. — Estamos com problemas de pessoal para atender, como a senhora pode ver.

Achei o comportamento dela um desaforo. A mulher é absolutamente destituída de sensibilidade e de cultura. O filho dela, apesar de não ser feio, para um adolescente, é um tanto desajeitado. Vi quando ele estava de pé na sala, olhando pela janela, com o

A TRAVESSIA DE WALTER BENJAMIN 349

dedo no nariz. Se fosse filho meu, dava-lhe um bom tapa na cara. É preciso colocar rédeas nas crianças nessa idade, quando seus instintos naturais são todos errados. Se o trabalho de discipliná-los for negligenciado na infância, terá que ser corrigido mais tarde, quando tudo fica muito mais difícil.

Aquele tinha sido um longo dia de trabalho e meus tornozelos estavam inchados de tanto eu ficar em pé. Mesmo assim, coloquei alguma comida no bufê novamente e depois limpei a maior parte da louça com o auxílio de Lúcia. Mais tarde vi com Suzanne seu trabalho de casa, mandei-a tomar um banho e depois permiti que ela fosse ler no meu quarto. A tempestade a deixava nervosa, o que é natural. A chuva não parava de bater nas janelas, o vento uivava nas árvores e os raios brilhavam na direção do mar. Em algum lugar uma janela se abriu e ficou batendo.

— O que foi isso? — perguntou Suzanne.

— Você não precisa se assustar com uma tempestade — disse eu

— Eu não estou assustada.

— Pode ser que você tenha pesadelos esta noite, querida. Quando eu era criança, tínhamos tempestades terríveis que vinham do mar, principalmente no inverno. As tempestades que vêm do Atlântico são as piores, é claro.

— Eu nunca sonho.

— Isso é uma inverdade, Suzanne. Quantas vezes você já não acordou chorando? Você tem tido muitos pesadelos. Todos nós temos.

— Eu não — insistiu ela.

Tudo isso é muito frustrante. Fiquei me perguntando se quando ela chegasse aos 12 ou 13 anos não seria uma menina absolutamente insuportável. Se isso acontecer sem um homem na casa para controlar os impulsos dela, terei que suportar uma década terrível. Esse é o tipo de coisa que minha mãe, pobre mulher, jamais suportaria. As pressões da vida foram demais para ela. Ela simplesmente ia para a cama, fingindo estar com dor de cabeça. Sobrava para as empregadas a tarefa de nos educar e, depois do colapso dos investimentos de meu pai, nós tivemos que nos resolver por conta própria.

Saí para ver as janelas que estavam batendo e Suzanne ficou lendo, com uma lamparina a óleo em sua mesa de cabeceira, que servia para clarear e dar aconchego. Foi uma sensação estimulante ficar ali no jardim sentindo o vapor sair do chão, ouvindo o ribombar do mar; as ondas explodiam e se embaralhavam ao arrebentar com força nos rochedos lá embaixo. Deixei que a chuva ficasse batendo no meu rosto, sem me mexer. Estava fria, mas não demais.

As janelas que não paravam de bater ficavam no primeiro andar, logo acima da sala de estar, no quarto ocupado pelo misterioso professor Lott. Eu estava cada vez mais convicta de que ele era agente do governo francês, apesar de seu passaporte parecer estar em ordem. O fato de seu quarto estar infestado de livros de Simenon e Maugham começava a me preocupar. Maugham possuía uma casa a poucos quilômetros de Nice e, segundo meu pai, era um espião inglês. Simenon, todo mundo sabe, é um marginal. É preciso ter muito cuidado com os livros que se lê. A escolha dos livros revela o caráter da pessoa.

Acordei o professor Lott insistindo em que fechasse suas janelas. Ele pareceu muito surpreso, mas concordou. Depois fui à cozinha tomar um copo de leite. Ali o ar ainda estava morno e uma luz fraca ficava sempre acesa ao lado da pia. Era agradável ver aquele lugar, com as superfícies bem limpas. Antes de dormir, é sempre bom tomar um copo de leite. Servi um para mim e um para Suzanne. Quando ainda estava ali de pé junto à pia, vi sombras passarem no jardim. Eram sombras de homens que pareciam querer se esconder, curvando-se bastante. Meu coração começou a bater forte e ocorreu-me que poderiam ser ladrões. Depois vi o enorme cedro agitando-se de um lado para outro e concluí que eram apenas sombras.

A TRAVESSIA DE WALTER BENJAMIN

Um súbito impulso fez-me tomar a decisão de telefonar para o sargento Consuelo. Tive vontade de falar com ele sobre os novos hóspedes. Na véspera mesmo ele havia me pedido que o alertasse no caso de perceber quaisquer irregularidades. Cuidado nunca é demais com essas questões legais. Quando se está em um país estrangeiro, é preciso acatar as normas locais. É necessário até mesmo prever a legislação que será baixada e se preparar para atender suas exigências.

É claro que quase todos os refugiados que passam por Port-Bou hospedam-se no Fonda Franca. Onde mais poderiam ficar? Ouso dizer que alguns deles, os que não têm dinheiro, dormem pelos campos próximos à cidade, em estrebarias e fardos de feno. A uns 10 quilômetros da aldeia há uma pequena taberna chamada El Faro. Desconfio de que seu proprietário tenha tendências esquerdistas e diz-se que era simpatizante dos legalistas na Guerra Civil. Na verdade, não sei nem quero saber. Não me meto em política, provavelmente por causa de meu pai. Sei o que é perigoso e o que não é.

Mas quero ajudar sempre que possível. Este é um período muito difícil para a Espanha. O sargento Consuelo compreende e fica reconhecido a mim por essas preocupações. Por isso atendeu-me de bom grado. Vinte minutos depois chegou aqui acompanhado de um jovem chamado Rubio, que acaba de ser contratado pela polícia. Servi-lhes um copo de vinho na cozinha.

— A senhora diz que são alemães?

— Seus passaportes são falsos — expliquei. — O homem, aliás, um cavalheiro, fala francês muito bem, com um sotaque parisiense, mas é claro que é alemão. O visto em seu passaporte estava tão manchado que mal pude lê-lo.

— E as mulheres?

— Há apenas uma com o filho. Ele parece ser espanhol. Realmente, não compreendo. Seus passaportes são tchecos.

— Tchecos?

— De onde mais poderiam ser? — Um passaporte tcheco não tem valor algum, é claro. Custa bem pouco no mercado negro na França ou na Alemanha. Provavelmente qualquer pessoa *sans nationalité* diz-se cidadão tcheco, embora nenhum deles fale a língua e poucos saibam apontar prontamente seu país em um mapa da Europa.

— E quando foi que chegaram?

— Esta noite... através das montanhas.

— Não tenho qualquer registro disso.

— Tenho certeza de que não.

O sargento Consuelo tomou um gole de vinho e acendeu um charuto. Ele é um homem de constituição pesada, com um grande bigode negro e olhos inquietos como os de um *fox terrier*. Penteia seus cabelos oleosos para trás, bem colados à cabeça, parecendo uma chapa em casco de navio. Deve ter uns 35 anos, apesar de parecer mais velho por causa das rugas de seu rosto: são marcas profundas que se multiplicam quando ele sorri, como as dobras de uma cortina ao ser aberta. Acho-o um homem agradável, porém, como a maioria das pessoas da aldeia, não aparenta dignidade. Alguém na posição que ele ocupa deveria se comportar sempre com retidão, entretanto ele é frequentemente visto bêbado nos bares daqui. Se a filha dele e Suzanne não fossem amigas e se ele não fosse o responsável pela polícia neste distrito, duvido que eu fizesse amizade com ele. Como as coisas estão, não tenho alternativa.

— A senhora está vendo o problema que temos, *madame* Ruiz? — disse ele. — Qualquer um pode atravessar nossas fronteiras! A Espanha está se enchendo de vagabundos.

— Espiões e bandidos — acrescentou Rubio.

— Os senhores precisam comer alguma coisa — disse eu, empurrando um prato de carne de porco fatiada para a frente deles.

— Obrigado, *madame*. Não tome trabalho — disse ele, apagando seu charuto no copo. Enquanto comia, o sargento falava rapida-

A TRAVESSIA DE WALTER BENJAMIN

mente, não se importando com a comida que às vezes lhe caía no queixo. — Acabam de modificar as leis. Chegou uma carta de Madri na segunda-feira. Ninguém tem permissão de entrar na Espanha sem documentos. Vamos cair em cima deles — disse, limpando a boca na manga da camisa.

— O sargento pode até ser promovido — acrescentou Rubio.

— É verdade? — perguntei.

O sargento não respondeu, mas era evidente o prazer que sentira com a minha pergunta.

— É importante cair em cima deles — disse novamente. — A senhora não acha?

— Sem dúvida alguma — respondi. — E já é tarde. — Expliquei-lhe que muitos dos refugiados não pagavam suas contas. — Esta guerra vai me arruinar se algo não for feito rapidamente. — Lembrei-lhe de que eu dava emprego a várias mulheres da aldeia e a um jardineiro que era, na verdade, primo do sargento.

— A senhora tem um excelente hotel — disse o sargento.

Fiquei observando enquanto ele comia e bebia, sentindo um leve nojo. Não é de surpreender que eu não tenha me sentido tentada a casar novamente.

Conversamos um pouco, sem interesse, sobre a mulher e os filhos dele, sobre a escola e, *en passant,* sobre a guerra. Ele acha provável que a Espanha em breve venha a entrar na guerra, ao lado da Alemanha; já eu suspeito de que o general Franco, que não é nenhum tolo, tentará permanecer neutro enquanto puder, ainda que se incline pela Alemanha em relação a praticamente tudo. Não há qualquer possibilidade de a Espanha dar uma grande contribuição material a Hitler; este é um país pobre, que está décadas (senão séculos) atrás da Alemanha em seus hábitos; é um país medieval, também. O mundo moderno não atraiu sua atenção, Até mesmo os comunistas espanhóis parecem não gostar muito de Stalin e certamente jamais leram Marx ou Lenin.

— Agora fale-me desses seus hóspedes. Desses de quem a senhora suspeita — disse o sargento. — Precisamos analisar bem os documentos deles.

Rubio sorriu, mostrando um dente de ouro brilhante bem na frente da boca. Percebi logo que ele era um cafajeste, absolutamente inapto para o serviço público.

Batemos à porta do dr. Benjamin em primeiro lugar, em parte porque sua luz ainda estava acesa. Depois de uma longa demora, durante a qual deveria estar se vestindo, ele abriu a porta para que entrássemos. Seu rosto não tinha qualquer expressão e seu quarto cheirava a roupa suja. A cama estava desfeita, e as portas dos armários, escancaradas. Alguns livros espalhavam-se pelo chão.

— Boa-noite, dr. Benjamin — disse eu entrando no quarto. — Este aqui é o sargento Consuelo, da polícia de Port-Bou.

— Como está, senhor? — disse ele, curvando-se ligeiramente e colocando a mão direita no peito. Achei aquilo estranho.

Aquelas suas maneiras formais e sua compostura me agradavam. Ali estava um homem que tivera um bom berço. Um homem que não se deixava curvar pelas circunstâncias. Na verdade, o contraste entre ele e o sargento da polícia com seu capanga era tanto que imediatamente me arrependi de tê-los chamado. Mas tinha chamado, e pronto; não dava mais para voltar atrás àquela altura.

Como o dr. Benjamin não falava catalão, fui obrigada a atuar como intérprete.

— Ele gostaria de examinar seus documentos — disse eu.

— Certamente. Verão, creio eu, que estão em ordem.

— O senhor passou pela polícia de imigração?

— Não havia ninguém na cabine quando passamos — disse ele. — Julgamos que não seria importante.

Rubio mostrou os dentes para ele em um sorriso, balançando muito a cabeça. Seu dente de ouro era grande e brilhava com a saliva

A TRAVESSIA DE WALTER BENJAMIN

Ficamos aguardando, inquietos, enquanto o dr. Benjamin procurava em sua pasta um apanhado de documentos. Seria difícil dizer se a demora era proposital, mas parecia não ter fim. Ele se movia lentamente, deliberadamente, parando para tossir e para assoar o nariz várias vezes.

Encaminhou-se para o sargento mancando e gemendo, como sempre. Suas mãos estavam trêmulas. Os papéis que entregou eram azuis e rosa, horrivelmente desbotados, amarrados em um pacote com um pedaço de barbante. O sargento Consuelo sentou-se à mesa e escrutinou-os à luz anêmica de uma lâmpada que pendia do teto sem sua cúpula. Senti-me muito envergonhada, porém nos dias de hoje o dinheiro não dá para se equipar o hotel com tudo que é necessário. Aquele quarto, principalmente, estava decadente.

— Qual é o país de origem dele? — perguntou o sargento, assumindo um tom de voz burocrático. Era o tom de voz com que meu pai falava ao telefone quando alguém subalterno ligava.

O dr. Benjamin pareceu entender a pergunta.

— Sou cidadão francês — disse ele. — Veja, tenho um apartamento em Paris. Este endereço é válido. Minha irmã e eu moramos lá. — Ele procurou nos bolsos até encontrar um cartão da Bibliothèque Nationale. — Estou fazendo pesquisas para a elaboração de um livro. Moro em Paris há muitos anos.

— Ele é alemão, não é? — perguntou o sargento, dirigindo-se a mim.

— O senhor é alemão? — perguntei.

— Considero-me francês — respondeu ele. — É isto que quero dizer. Já não mais reconheço a Alemanha como meu país. — Parou para assoar o nariz em um lenço branco. — Reneguei a Alemanha.

— Ele é judeu — disse Rubio.

O sargento olhou com ódio para seu assistente. Ele não tinha que dar palpites.

O dr. Benjamin, entretanto, entendeu o comentário e concordou com a cabeça.

O sargento passou os dedos nos cabelos esticados. Era óbvio que não se sentia à vontade.

— Receio que, pelas leis espanholas, este homem seja um *sans nationalité*. — Explicou-me, então, que pessoas sem nacionalidade específica e sem os vistos necessários já não mais poderiam viajar na Espanha. Não havia alternativa, senão devolvê-lo à polícia de fronteira da França de manhã. Depois do café, é claro.

Quando expliquei isso ao dr. Benjamin, a cor desapareceu das faces do homem, que se tornaram lívidas, fantasmagóricas. Ele deu alguns passos trôpegos para trás.

— Rubio vai passar a noite aqui. De manhã escoltará este homem até o posto.

O dr. Benjamin estava, de fato, em prisão domiciliar e compreendeu isso imediatamente.

— As pessoas da polícia de fronteira são responsáveis — disse eu. — O senhor não precisa ter medo delas.

— Eles são assassinos — disse o dr. Benjamin.

O sargento apenas deu uma gargalhada. Que mais poderia fazer?

— Onde estão os outros? — perguntou.

— Frau Gurland e o filho estão no quarto em frente. Vou levá-los lá.

Consuelo esfregou as mãos, parecendo aflito.

— Boa-noite, dr. Benjamin — disse eu.

O dr. Benjamin curvou-se novamente. Tinha assumido então um espantoso controle de si. Parecia uma pessoa muito digna. Mas notava-se que, do seu ponto de vista, sua longa jornada tinha sido interrompida de maneira abrupta e insatisfatória. Nós o deixamos de pé no meio do quarto. Parecia-me envelhecido e pequeno, um dos homens mais solitários que já vi em minha vida.

A morte é quem afiança tudo que um contador de histórias possa contar. De fato, é a ela que ele toma emprestada sua autoridade.

Walter Benjamin

16

José esticou o pescoço, olhando ao seu redor no quarto.

— O que está acontecendo, mãe?

— Nada, querido. Volte a dormir.

— Eu ouvi vozes.

— Não foi nada. É apenas a tempestade e umas janelas batendo.

A polícia havia saído uma hora antes, e embora Henny soubesse que não conseguiria mais dormir, tinha esperanças de que José conseguisse descansar. O rapaz estava exausto. Fora capaz de suportar tudo até então, mas atingira seu limite e ela sabia disso.

O pai teria se sentido orgulhoso dele, pensou ela. Arkady Gurland fora um homem conhecido pela sua resistência: não se importava com o cansaço, não se preocupava com a refeição seguinte. "Quando não tiver mais o que fazer, eu durmo, e quando tiver comida, eu como", dizia ele.

Um trovão fez tremer o quarto e cada novo raio transformava as venezianas em uma grelha de luz. A chuva batia nas paredes e no telhado, variando de intensidade com o vento.

— Arkady — sussurrou Henny Gurland para si mesma, invocando o espírito corajoso do marido. Tudo que lhe restava era José, em quem ela encontrava ecos distantes de Arkady: no jeito de inclinar a cabeça de lado antes de responder a uma pergunta, na maneira de contrair o rosto, no riso contido. Como o pai, José jogava para trás a cabeça, deleitando-se quando o vento soprava forte e, quando dormia, encolhia tanto os joelhos que quase os tocava no queixo.

Alguém bateu à porta.

— Frau Gurland, por favor! Abra! — A voz que ouviu através da porta de carvalho era esquisita, porém parecia-lhe familiar.

A princípio seus músculos simplesmente recusaram-se a obedecer ao cérebro. Ela finalmente se permitira relaxar e estava começando a afundar-se em um transe profundo e desesperado que precede o sono de verdade.

— Frau Gurland, eu lhe suplico!

José ergueu-se em seu camisolão de dormir. Suas pernas longas ficavam de fora e ele tremia. Abriu só uma nesga da porta, como a mãe dissera para fazer.

— Quem é? — sussurrou Henny Gurland.

— É o dr. Benjamin.

— Deixe-o entrar!

Benjamin arremessou-se para dentro do quarto apoiando-se à soleira da porta. Seus olhos mais pareciam dois buracos cavados no crânio. Os cabelos estavam em total desalinho. A maleta, sempre presente, pendia de uma das mãos e a respiração era entrecortada. Seu rosto se agitava em contrações.

— Deus do céu, Walter! Deus do céu! — gritou ela. — O que foi que lhe aconteceu?

Benjamin aproximou-se dela cambaleante, como se andasse com pernas de pau.

— Queira perdoar-me... Essa minha intromissão... — Sua voz mal se ouvia.

— Qual é o problema, dr. Benjamin? — perguntou Henny, assustada com o que via.

A TRAVESSIA DE WALTER BENJAMIN   361

— Eu... eu... — gaguejou ele, caindo de joelhos e agarrando-se à cabeceira da cama.

José ajudou-o, com dificuldade, a sentar-se em uma cadeira de braços junto à cama e a mãe pôs-lhe os pés no colchão, retirando seus sapatos.

— Vamos chamar um médico imediatamente! — disse ela, enxugando a testa dele, que estava banhada de suor.

— Não. Não quero médico — murmurou ele. — Não adiantaria.

— Precisamos fazer alguma coisa!

— Não adianta — disse ele. — É tarde demais. Tomei os comprimidos... — Seu corpo começou a inclinar-se, mas ele se controlou.

— Tomou o quê? De que comprimidos o senhor está falando? — Ela insistia em sua resposta, com vontade de sacudi-lo pelo pescoço. — Anda! Diga. Diga logo o que foi que o senhor fez. Dr. Benjamin!

Ele fez um sinal para que ela se aproximasse mais, porém ela pareceu não entender. Seu pânico criava um impasse que nenhum dos dois conseguia desfazer.

— Por favor, mamãe, vamos tentar ouvi-lo. Parece que está querendo dizer alguma coisa.

As palavras saíam-lhe dos lábios abafadas, ininteligíveis, parecendo rolar no chão como moedas que se perdiam pelas frestas do silêncio.

Frau Gurland forçou-o a sentar-se mais ereto na cadeira e aplicou-lhe um tapa em cada face.

— Você tem que nos dizer, Walter! O que foi que você fez?

A cabeça de Benjamin pendeu para um lado.

José sussurrou em pânico:

— Morreu!

— Ele não morreu — disse sua mãe. — Mas está morrendo.

— Frau Gurland! — gritou Benjamin, despertando subitamente.

— Eu... eu... — Os dois se curvaram ansiosos por ouvi-lo, surpresos com a clareza e o tom alto da voz de Benjamin. Mas ele não conseguiu continuar; as palavras colavam em sua garganta, não lhe chegando aos lábios.

José esfregou os olhos. Não podia acreditar no que estava acontecendo. Henny Gurland colocou a mão em seu ombro quando ele se ajoelhou junto àquele homem moribundo.

— Ele está tentando falar — disse José.

Benjamin começou a murmurar palavras quase inaudíveis:

— Meu coração, vocês sabem... E minha perna. Como é que eu poderia andar? Vocês precisam tomar o trem... às 6 horas. O guarda não os impedirá. — Ele olhou na direção da porta. — Vocês precisam ir... vocês dois, depressa.

— Nós não vamos a lugar algum sem você — disse Henny Gurland. Ele se curvou para a frente com os olhos muito abertos.

— Estarei morto daqui a pouco. Vocês precisam se salvar. — Benjamin pareceu ter recuperado um pouco de suas forças. — Meu livro — continuou ele —, vocês devem enviá-lo a Adorno... em Nova York. — Fez um gesto desajeitado indicando a maleta. — Está tudo naquelas páginas... Teddy ficará surpreso, sabe? Ele...

A mãe e o filho aproximaram-se para ouvir o final da frase, mas Benjamin apenas fechou os olhos; sua cabeça caiu para trás, apoiando-se no encosto da cadeira.

Frau Gurland olhou rapidamente para o relógio e viu que já eram quase 4 horas.

— Arrume suas coisas — disse ela a José. — Temos que partir imediatamente.

— Não sem ele — disse o rapaz.

— Receio que sim — disse ela, já colocando suas coisas na mochila.

Uma voz desconhecida assustou-os:

— Há algum problema?

A TRAVESSIA DE WALTER BENJAMIN

Era o professor Lott. Ele estava na entrada do quarto em roupa de dormir e seus cabelos brancos pareciam um capacete espesso. Tinha uma vela acesa nas mãos trêmulas.

— Entre, por favor, *professeur*. — Ela fez um sinal para que ele fechasse a porta. — O dr. Benjamin tomou uns comprimidos — disse ela.

Lott compreendeu imediatamente.

— Eu fico com ele — disse. — Mas a senhora e o rapaz devem partir.

Frau Gurland sentiu-se aliviada com aquela confirmação e olhou suplicante para José, que já então percebera a impossibilidade de se fazer qualquer coisa para salvar Walter Benjamin.

— O senhor tem certeza? — perguntou ela.

— Absoluta. Vocês precisam pegar o primeiro trem, antes que o guarda acorde.

Benjamin abriu os olhos novamente, mas já não conseguiu falar ou erguer a cabeça.

— Deus o abençoe, Walter — disse Frau Gurland, curvando-se para sussurrar em seu ouvido.

— Não — disse José. — Isto não está certo.

— Por favor, meu filho — suplicou a mãe, tentando afastá-lo dali.

— Eu quero ficar com ele. Nós temos que ajudar o dr. Benjamin!

— Você não compreendeu — disse ela. — Ele não gostaria que ficássemos.

O rapaz começou a soluçar. Ali parado, de pé, era grande demais para chorar, mas ficou soluçando como uma criança. A mãe encostou o rosto em seu peito e ele a abraçou.

O professor Lott por fim interveio:

— Vocês precisam ir depressa — disse ele —, enquanto ainda é possível. Eu cuido do dr. Benjamin; não precisam se preocupar.

— É muita bondade sua, senhor — disse Benjamin, tentando ajeitar-se na cadeira. A vivacidade dos olhos do professor Lott fez com que se lembrasse de Scholem e isso deu-lhe algum consolo. Era um sinal de inteligência e de confiança em si.

— Fique quieto — disse Lott com firmeza. Ficou apertando entre as suas as mãos de Benjamin, como uma mãe faz com uma criança assustada.

— O senhor acha que eu não deveria ter feito isso, não acha?

Lott não soube o que dizer. O vidro de morfina vazio estava no quarto de Benjamin e era surpreendente que ele ainda conseguisse falar alguma coisa.

— Eu não poderia continuar, sabe? Meu coração... — Mas não era só seu coração. Era o próprio mundo. Ele já não poderia acompanhar aquela trajetória desoladora do mundo em que vivia.

Quando era jovem, Benjamin colocou toda a sua fé na razão e no processo profundo de aprendizagem. Ele e Scholem, em sua imaginária Universidade de Muri, tinham procurado assimilar cada parcela de informação que encontravam sobre a vida, consumindo o saber como quem consome ar e água. Parecia-lhes possível ser feliz banqueteando-se indefinidamente da sabedoria de Platão, de Kant, de Goethe, de Heine. Kafka pousaria em seus ombros como um corvo com sua música de lamento e a gargalhada assustadora de Karl Krause chegaria até eles vinda da floresta.

Benjamin amara muito seus muitos livros: não apenas seus textos, como também os objetos físicos que os continham. Algumas edições muito amadas tinham-no acompanhado em suas andanças de uma casa para outra, de um país para outro, mas todas haviam desaparecido naquela triste confusão. A única permanência que ele poderia conceber nos últimos tempos era a permanência do texto. Imaginou que o texto seria eterno em um mundo onde nunca se parasse de ler, onde a última palavra se transformasse na primeira, *ad infinitum*. O labirinto final.

A TRAVESSIA DE WALTER BENJAMIN 365

— A realidade seria um texto — murmurou Benjamin para si mesmo. Sentia-se bem desperto, embora não conseguisse falar com clareza com o professor Lott; na verdade, não conseguia mesmo falar de modo algum. Sentia-se a flutuar na escuridão como se o céu fosse uma enorme lona de circo, um infinito planetário. Os corpos luminosos que fizeram parte de sua existência brilhavam acima dele: Dora e Stefan surgiam no horizonte como Vênus e Marte, inconfundíveis. E então Asja, o próprio sol, com seus planetas devotados a girar-lhe em torno. Jula, Beatriz e as outras, corpos incandescentes que lhe incendiavam o coração. E Scholem, tão querido e complexo, tão centrado em si mesmo, porém carinhoso, também. E Brecht, igualmente egocêntrico, igualmente amigo. Cada um a julgar que sua trajetória era a única.

São tantos os rostos a reconhecer, pensou Benjamin enquanto o céu se enchia cada vez mais de estrelas.

— Você está me ouvindo, Walter?

— Sim — disse ele. — Perfeitamente.

— Como está se sentindo?

— Como um homem moribundo. — Um sorriso sem jeito passou-lhe pelos lábios. — A não ser isso, está tudo bem.

— Você crê em Deus, Walter?

— Não — disse Benjamin, fechando os olhos. — Há muitos anos tento explicar isso a Ele, sabe, mas Ele não me dá atenção.

O professor Lott curvou-se para ouvir melhor.

— O que foi que você disse?

Benjamin abriu as pálpebras com esforço.

— Gerhard, eu sabia...

— Gerhard?

— Você me encontrou, eu sabia...

O professor Lott perguntou a si mesmo quem poderia ser Gerhard.

— Você não tem medo, Walter?

— Medo?

Benjamin deu um risinho.

— Jerusalém — disse ele. — Sim, eu vou para aí já que você insiste.

Benjamin ouvia sua própria voz, mas sentia-se estranhamente desligado das palavras. O som de sua voz era como o de alguém que falasse em outro cômodo e que ele podia ouvir através da parede fina e quase entender o que estava sendo dito, mas apenas quase.

— Há alguém com quem eu deva fazer contato, Walter?

Benjamin olhou fixamente para o gentil professor, que falava alto e lentamente, como alguém que se dirige a uma criança que ainda está aprendendo a falar. Exagerava o movimento dos lábios para dar ênfase a certas palavras.

— Fale com Dora... minha mulher — disse Benjamin. As palavras saíram com dificuldade, por entre os dentes, como se a língua estivesse inchada. Lott concordou em silêncio, ansioso e feliz por ter conseguido entender alguma coisa.

— Vou escrever para ela, pode estar certo disso. — Ele estava cheio de energia naquele momento de crise, parecendo um monge em sua camisola de dormir e com os cabelos desgrenhados.

— Eu não fui um homem bom, Gerhard — disse Benjamin.

— Seu trabalho, sim, é importante. A cabala...

O professor enxugou a baba que escorria pelo queixo de Benjamin.

— Foi tão pouco o que cheguei a fazer. — Grandes lágrimas de arrependimento escorreram-lhe pelo rosto. Seu estômago estava revolto e as pálpebras lhe pesavam sobre os olhos. Uma espécie de bile subiu pela sua garganta, queimando e deixando um gosto amargo. O rosto de Gerhard Scholem surgiu-lhe à frente e ele tentou alcançá-lo, tocar sua face radiante, seus olhos bondosos.

— Você está em boas mãos, Walter — disse o professor Lott.

Benjamin olhou para cima com os olhos arregalados, parecendo um animal doente. Nada havia de bom para ele no presente.

A TRAVESSIA DE WALTER BENJAMIN

Eram os dias do passado que ele queria de volta, a cidade de sua infância, onde os bondes deslizavam em trilhos brilhantes, tocando suas sinetas, puxados por cavalos a galopar nos paralelepípedos molhados. Queria uma cidade onde pudesse ver milhares de chaminés a sugerir, com sua fumaça, o aconchego das lareiras acesas. Queria caminhar por aquelas ruas novamente, fazendo trajetos que tão bem conhecia e que, entretanto, sempre ofereciam novas descobertas. Queria um mundo onde se pudesse dispor de muito tempo, com poucas obrigações a cumprir.

As cenas passavam rapidamente diante de seus olhos. Lembrou-se da manhã em que entrara, por acaso, em um matadouro perto do rio. Era um menino de 9 ou 10 anos e ficara horrorizado ao ver um homem corpulento, em um avental todo respingado de sangue, decepar cabeças de galinhas, galos, gansos e patos. As penas voavam em meio ao estardalhaço; a boca do menino encheu-se de um líquido amargo. Era a primeira vez que provava o sabor da morte. E sentiu aquele sabor verde e metálico novamente em sua boca.

Cuspiu de lado.

— Judeus! — gritou ele. — Por que os judeus?

O professor Lott insistiu em que se acalmasse.

— Os judeus — murmurou ele. — Você tinha razão, Gerhard.

Benjamin os viu nos campos de concentração de Hitler, com seus ombros curvados, em formação no pátio; seu irmão Georg estava lá, magro e abatido, ao lado dos primos Fritz e Artur, e da priminha Elsie, que tinha ido passear no parque em Munique; viu Gustav Hugenberg, Johanna Hochman, Felix Kiepenheuer, Hermann Jessner. Eram muitas as pessoas e ele não tinha a menor dúvida de que a maioria já estava morta. Com as cabeças decepadas e os corpos desmembrados. Sangue no chão de serralha. Sem o estardalhaço das aves, apenas o olhar espantado e silencioso dos condenados sem motivo. A princípio ele não acreditara em todas aquelas histórias, mas naquele momento acreditou.

Pensou no que diferenciava ou não os judeus dos não judeus. Scholem sempre afirmara, cheio de paixão, sua crença na diferença. O gentio, argumentava ele, era o oposto do judeu. Seu Deus é, na verdade, um ser humano, um homem terrestre, uma encarnação. O Deus dos judeus está além da morte; não é desumano e sim não humano. *Totaliter aliter* — Totalmente Outro. Nem homem nem mulher, mas totalmente sem sexo e não se reproduz. Como para os cristãos Deus pode se fazer homem, os homens também podem ter poderes sobre-humanos para eles. Por este motivo qualquer espécie de grandeza os atrai; os tiranos e os destruidores são reverenciados, assim como o são os pintores, poetas e músicos heroicos. Os governantes poderosos são celebrados e os rebeldes magníficos também. Os santos são objeto de devoção, e até mesmo as prostitutas o são, se forem extraordinárias em seu mister. A parcimônia é admirada, mas também o é a prodigalidade excepcional — um homem capaz de dar tudo que tem é também colocado em um pedestal. Os judeus não reverenciam a grandeza nem as pessoas, nem mesmo seus próprios líderes. Queixaram-se de Moisés, mataram Zacarias, deixaram Jeremias na estrada aguardando a morte. Até mesmo Samuel foi desprezado.

O professor Lott falava baixinho. Parecia estar chorando.

— Eu tive uma mulher, Elena. Ela ficou em Berlim quando me mudei para a Bélgica. É que às vezes brigávamos. Foi uma tolice dela. Minha também. — Contou a Benjamin tudo que se lembrava de Elena e disse não saber se ela estava viva ou morta. Suas cartas pedindo que ela fosse ter com ele não tiveram resposta. Suspeitava de que ela estivesse mesmo morta.

Benjamin fez um aceno com a mão, ou pensou que tivesse feito. Chegou a compreender uma ou duas frases e teve pena daquele homem. Era Scholem? A mulher de Scholem tinha ficado na Alemanha? Isso lhe parecia impossível.

— Precisamos ir para Jerusalém, todos nós — sussurrou Benjamin.

A TRAVESSIA DE WALTER BENJAMIN

O professor Lott pareceu entender.

— Jerusalém! — disse ele.

Benjamin concordou em silêncio, ou pelo menos tentou. Lembrou-se de uma passagem da cabala que Scholem lhe enviara alguns meses antes:

Quando o homem ouve a palavra de Deus, torna-se completo em sua natureza humana. A mente costuma esconder o Divino, levando o homem a crer na existência de um poder à parte do qual se originam todas as imagens mentais e suas manifestações. Mas essa é uma forma enganosa de pensar. Somente ouvindo a voz de Deus em tudo podemos compreender o Eterno. Sua voz flui através das nossas mentes, torna-se, ela mesma, nossas mentes. É assim que temos a revelação.

Ele esforçava-se em ouvir aquela voz, alerta como um cão em noite de lua cheia. Tornou-se, assim, completamente humano e descobriu o Divino.

Como é tênue a membrana que separa os vivos dos mortos, pensou, enunciando essas palavras. Apertando-se contra essa membrana, ele quase pôde enxergar através daquela barreira translúcida. Quase pôde ver as formas e as sombras que havia do outro lado; logo teriam rostos e ele os poderia ver.

O professor Lott fechou os olhos, lembrando-se de uma noite, havia muitos anos, em Berlim, quando seu pai, um comerciante de seda, morrera em casa cercado pelos quatro filhos. Todos passaram aquela longa noite de inverno aguardando o fim; quando ele chegou, todos se ergueram e se beijaram e uma sensação de paz e felicidade pairou em todo o quarto. Sabiam todos que suas próprias vidas tinham sido marcadas para sempre, tinham adquirido contornos mais nítidos, seriam vidas marcadas pela verdade.

Benjamin tentou dizer o nome do amigo: Scholem. Um nome tão bonito, pensou. Ele tivera, na verdade, muita sorte com seus amigos. O fato de tantas criaturas boas aparecerem a seu lado naquele momento de luta era um sinal de renovação. *Tikkun olam.*

— Não se preocupe, Walter — disse o professor Lott, aproximando seu rosto do de Benjamin. — Vou cuidar de tudo.

Benjamin ouviu o que ele disse, mas não estava preocupado com coisa alguma. Queria apenas ouvir, estar bem receptivo; havia música ao longe que ele ainda não ouvira; havia cores para ver que ultrapassariam o espectro físico que nos é dado conhecer. Ele não sabia que a aproximação da morte o deixaria tão calmo, tão feliz. Não sabia que tudo indicava o caminho de ida, de uma forma tão destemida.

— A família Gurland conseguiu fugir — disse o professor Lott, plantando algumas sementes na terra macia que deveria ser a mente inconsciente de Benjamin.

Benjamin ergueu os olhos e viu Alphonse Lott à sua frente e uma sensação morna e boa espalhou-se pelo seu corpo, como se ele estivesse entrando em um banho. Gostaria de poder falar mais alto para dizer ao professor que o processo de renovação é um trabalho sem fim. Havia tanto ainda a dizer, mas eram poucas as palavras.

— *Tikkun olam* — murmurou ele. A renovação do mundo. *Tikkun olam.*

O professor Lott ouviu aquelas sílabas estranhas, mas não as compreendeu. Ficou observando Benjamin em um silêncio respeitoso, reverente. Aos poucos uma grande quietude foi se instalando ali. Passado algum tempo, colocou, hesitante, o ouvido no peito dele, tentou sentir-lhe a pulsação na garganta, no pulso. Finalmente, com um sentimento inexplicável de perda, cobriu-o com um lençol até o queixo que pendia, ajeitou o cobertor de lã em volta dele e retornou a seu quarto na ponta dos pés. Nada mais poderia fazer por ele. Walter Benjamin estava morto.

Quem ouve uma história tem sempre a companhia de quem a conta; da mesma forma, quem lê uma história em voz alta para alguém tem essa pessoa por companhia. Quem lê um romance, entretanto, mais que qualquer outro leitor, é um ser solitário. Nessa sua solidão, os leitores de romances apegam-se aos textos com mais ciúmes do que quaisquer outros. Querem sua posse total, querem devorá-los. De fato, destroem e ingerem o material que lhes é apresentado, da maneira como o fogo devora e consome a lenha em uma lareira. O suspense que permeia um bom romance se assemelha à corrente de ar que exalta as chamas da lareira, avivando sua dança.

Walter Benjamin

17

— Temos alguma coisa para comer? — quis saber José.

— Quando pararmos, vou comprar. Você aguenta esperar?

José concordou em silêncio, decidido a comportar-se o melhor possível. Não era por culpa da mãe dele que estavam ali, com fome, fugindo. Sua cabeça latejava quando o sol batia com força, atravessando a janela suja do trem. Lá fora o céu tinha aquela aparência lavada que costuma ter quando o sol brilha depois de uma tempestade: era azul sem fim, sem uma única nuvem à vista. Uma manhã perfeita.

Mas a noite tinha sido tenebrosa: a chuva batia em chicotadas, os trovões ecoavam sobre a baía e depois, como se Deus tivesse resolvido mudar tudo, o sol aparecera trazendo uma luminosidade inimaginável. Difundia sua luz por toda parte, como se não a irradiasse de um ponto específico.

Os trilhos do trem acompanhavam a costa e o mar, salpicado de dourado, ocupava quase toda a vista do lado esquerdo do vagão; à direita havia os campos ceifados do outono, com os fardos de feno empilhados parecendo sentinelas. De vez em quando aparecia um moinho de vento, ou gado agrupado aqui e ali. Vilarejos anônimos iam ficando para trás, como amontoados de casas de pedra com seus telhados cor de laranja a brilhar. Uma lua teimosa custava a desaparecer. Os sinais de vida eram poucos: uma mulher tirando água de um poço, um menino levando algumas cabras morro acima, um velho sentado à sombra de uma árvore, fumando.

Henny Gurland e o filho estavam sozinhos na cabine, mas pouco falavam. Os acontecimentos da véspera ainda eram traumatizantes demais para que pudessem comentá-los. Na verdade, quase não fizeram referência à travessia dos Pireneus ou aos eventos de Port--Bou durante várias semanas, e mesmo depois de passados muitos anos quase nunca se referiam a eles novamente. Era melhor deixar que certas coisas não fossem tocadas pela fala. A linguagem deforma certos fatos, reduzindo-os a caricaturas do que realmente se passou. Uma história é sempre uma mentira, já que muito fica sem ser dito.

Na pressa de sair do Fonda Franca antes que o guarda acordasse, José não tivera tempo de se arrumar. Pulara, simplesmente, dentro da roupa usada na véspera, que estava imunda. A camisa tinha manchas escuras nas axilas e o fedor era intolerável até mesmo para ele.

José bocejava sem parar, recostado na maleta de Benjamin, abraçado a ela. Sentiu-se tentado a abri-la para examinar o manuscrito, mas não ousou fazer isso. Seria quase o mesmo que espiar para dentro de um caixão.

A cidadezinha de Girona apareceu ao longe e o trem começou a seguir mais lentamente.

— Se alguém nos fizer qualquer pergunta, lembre-se que não é para responder — alertou Frau Gurland quando os freios começaram a gemer. — Estamos indo para Salamanca encontrar seu pai. É só isso que você sabe. Entendido?

— Entendido.

— Bom. Quanto menos falarmos, melhor. Essa é sempre a melhor política. — Depois acrescentou: — Não precisa se preocupar, meu filho. Deixe que eu fale.

A TRAVESSIA DE WALTER BENJAMIN 375

José achava bom que ela falasse por ele. Toda aquela independência que ele fizera questão de demonstrar na travessia dos Pireneus o deixara esgotado. O que ele queria, naquele momento, era que a mãe tomasse conta dele. Compreendera que ela estava fazendo o que podia naquelas circunstâncias e que ele precisava ficar do lado dela, apoiá-la no que fosse necessário para que conseguissem chegar a Portugal.

Colocou a mão na maleta de couro áspero que pertencera a Benjamin. Era inacreditável que a responsabilidade por fazer aquele manuscrito chegar a Nova York fosse sua e de sua mãe. Ao partirem do Fonda Franca, ele suplicara à mãe que o deixasse levar aquela maleta. Era pesada, é claro, e ela não gostava da ideia de levá-la. "Não podemos deixar que coisa alguma nos atrase", dissera ela, olhando para a maleta de couro. José agarrou com mais força a alça e enrijeceu o corpo para proteger aquela parte de Walter Benjamin que ainda guardavam. Ele quase podia ouvir a voz daquele homem tão querido: "Há muito de mim nesse livro, José. Tudo que me concerne encontra-se nessas páginas."

O trem parou com pequenos trancos na minúscula estação que consistia em uma única plataforma e uma casinhola pintada. Depois de pegar dois ou três passageiros, o trem partiu aos solavancos, ofegante, a emitir nuvens de fumaça. Logo passou a deslizar suavemente e José recostou a cabeça no ombro da mãe.

Frau Gurland percebeu que estava emocionada. José tinha se comportado de maneira muito difícil para ela durante a travessia pela trilha. Tinha tentado pôr um ponto final a sua infância e tornar-se adulto em apenas um dia. Isso, para ele, significava rejeitá-la. Naquele momento, é claro, ele precisava dela de novo. A cabeça de cachos macios apoiada em seu ombro confirmava isso. Logo ele escorregou para o colo dela e ela o embalou como se ele fosse um menininho que ela estava determinada a proteger, custasse o que custasse. Arkady tinha lhe pedido, pouco antes de o levarem:

"Cuide dele, Henny." *"Eu vou cuidar"*, repetia ela no trem. *"Eu vou cuidar dele."*

O trem seguia para o sul, já a toda velocidade. Contornava a costa em direção a Barcelona e o sol iluminava o rosto de José, que dormia. Só acordou pouco antes de chegarem a Barcelona.

— Vamos ter que mudar de trem — sussurrou-lhe a mãe ao ouvido.

— Já chegamos?

— Sim. A Barcelona.

José pegou a maleta enquanto a mãe tirava a mochila do porta--volumes acima de suas cabeças.

Era uma estação grande com o teto em forma de abóbadas. Homens de negócios bem-vestidos conversavam alto em grupos de três ou quatro. Frau Gurland parou em um quiosque para comprar pão e queijo, mas nem tiveram tempo de comer. O expresso para Madri saía em dez minutos e eles tomaram o trem poucos instantes antes da partida. Sentaram-se ao lado de um cavalheiro imponente que usava um terno de risca de giz.

O trem também era imponente, com estofados azuis e acabamento de couro trabalhado em relevo em todas as paredes dos compartimentos. Lâmpadas em forma de tulipa para leitura situavam-se acima da cabeça de cada passageiro. Uma mesa dobrável ainda se encontrava fechada abaixo da janela, ampla e muito limpa.

O senhor imponente olhou na direção de Frau Gurland, como que para indicar que se dava conta de sua presença. Era corpulento e sua pele muito branca tinha uma aparência estufada. Os nós dos seus dedos eram tão grandes que esticavam a pele, parecendo mossas em massa de pão. O terno impecavelmente passado a vapor, seus sapatos muito polidos e até o odor de flores de sua colônia eram sinais de prosperidade, senão de nobreza. A Henny Gurland, ele parecia ser advogado ou empresário de alguma coisa. Ou um político, talvez.

A TRAVESSIA DE WALTER BENJAMIN

O homem tirava baforadas de um gordo charuto vermelho enquanto lia o jornal com muito interesse, às vezes fazendo caretas ante as notícias. Parecia visivelmente irritado com elas. Em dado momento, entretanto, deu uma gargalhada alta, assustando José, que olhou para a mãe sobressaltado. Uma nuvem de fumaça flutuava em torno da cabeça calva do espanhol e logo o ar ficou irrespirável. Frau Gurland começou a tossir, mas não se queixou; seria tolice fazer isso.

A certa altura, o homem voltou-se para José com uma expressão de curiosidade no rosto e pareceu a ponto de fazer uma pergunta, mas não fez. Henny Gurland evitava que seus olhos se encontrassem com os dele, pois isso poderia despertar algum interesse por parte do homem. Ela queria, acima de tudo, evitar que uma conversa começasse. Poderia ser perigoso. E se, por acaso, ele fosse um supervisor da polícia ou agente do governo?

O trem afastou-se lentamente da estação e foi contornando aquela cidade da qual Frau Gurland lembrava-se bem dos tempos da Guerra Civil: suas avenidas largas margeadas por tílias, seus bondinhos que pareciam de brinquedo, as padarias e os bares. Via essas imagens passarem rapidamente pela janela do trem, mais como lembranças do que quadros reais da paisagem. Foi com certo alívio que viu a cidade ir dando lugar a bosques densos, a minúsculos vilarejos e a prados que se estendiam a perder de vista.

Pouco mais de uma hora após deixarem Barcelona, o condutor chegou para perfurar-lhes os bilhetes. Era um sujeito atarracado, com a barba bem aparada, que ficou observando a mãe e o filho sem qualquer expressão no rosto. Pediu para ver os bilhetes em um espanhol tão gutural que Frau Gurland ficou confusa.

— Vocês são espanhóis? — indagou ele.

Ela apenas concordou com a cabeça, apresentando-lhe os dois bilhetes.

O condutor não se deu o trabalho de examiná-los direito. Tampouco insistiu na conversa, para alívio dela. Seu espanhol era razoavelmente bom. Afinal de contas, vivera vários anos em Barcelona com o marido, mas seu sotaque e seu pouco domínio da gramática teriam-na traído.

— *Gracias, señora* — disse o condutor, devolvendo-lhe os bilhetes.

Frau Gurland deu um leve sorriso e logo em seguida voltou seu olhar para a janela.

O cavalheiro a seu lado baixou o jornal tão logo o condutor saiu.

— A senhora disse que são espanhóis? — perguntou ele. Sorriu mostrando muito os dentes, que pareciam marionetes no palco prontas para uma rápida apresentação de improviso. Eram dentes extremamente brancos, porém desiguais.

Frau Gurland hesitou antes de responder.

— Meu marido era espanhol.

— Ah, a senhora me parece colombiana. Estou certo?

— Não, não sou.

— É que seu sotaque... me lembra o de uma senhora colombiana que conheci.

José empertigou-se no assento, aflito, indagando-se por que aquele homem fazia perguntas a sua mãe. Seu espanhol não era suficiente para acompanhar a conversa, mas o fato de sua mãe parecer tranquila acalmou-o.

— Então, a senhora gosta da Espanha? — continuou o homem.

Frau Gurland ajeitou-se no assento, preocupada.

— A senhora não precisa se assustar comigo — disse ele. — Sinto muito se a incomodei. Não tive essa intenção.

Embora não soubesse aonde aquele homem queria chegar, Henny Gurland achou que poderia acreditar nele. Seu sorriso era afável e sua voz inspirava confiança. Talvez não precisasse mesmo se assustar com ele.

A TRAVESSIA DE WALTER BENJAMIN

— Meu filho e eu estamos muito cansados. Estamos viajando há vários dias — disse ela, à guisa de desculpas.

— Sim, claro — disse ele, voltando-se para o jornal. José pôde enfim relaxar. Mantinha a maleta de Benjamin apertada entre os tornozelos e ficou pensando no sujeito que fizera amizade com eles em Marselha. Pagara-lhes uma refeição, embora não aparentasse ter muito dinheiro. Naquela mesma noite, oferecera-se para acompanhá-los até a fronteira da Espanha e apresentou-os a Lisa Fittko. Se não fosse ele (e ela), certamente ainda estariam na França, provavelmente nas mãos dos nazistas.

A sabedoria profunda de Benjamin tinha impressionado José; ele parecia saber ainda de mais coisas que seu pai. José ficou pensando se conseguiria saber tanto algum dia. Não tinha lido muitos livros até o final. Romance, principalmente, era uma coisa que o deixava intrigado; não fazia o menor sentido ler um livro que, de antemão, já se sabia que não contava uma história verdadeira. Por que inventavam histórias, se a vida estava cheia de histórias que aconteceram de verdade, mais espetaculares que quaisquer outras que se pudessem inventar? Adolf Hitler, por exemplo, não desafiava a capacidade de invenção de qualquer um? (Ele via o rosto de Hitler a olhá-lo fixamente da página de trás do jornal que o senhor à sua frente estava lendo. Os olhos de Hitler pareciam dois buracos na folha.)

Mais interessante do que livros, para José, eram pontes e barragens, sistemas elétricos e máquinas complexas. Planejava estudar engenharia algum dia e aprender como as várias partes do mundo se comunicam e como a energia é transferida de um lugar para outro. A matéria, para ele, era o maior mistério de todos. Embora no final tudo fosse mesmo química, a complexidade do mundo material era infinita; se apenas um pequenino átomo de seu corpo se transformasse, ele já não seria quem era, José Gurland. Seria, porém, outra pessoa que reagiria de maneira diferente às mesmas circunstâncias.

O trem fez uma curva e José foi sacudido de seu devaneio.

— Posso comer um pedaço de pão agora, mãe? — perguntou ele.

Sua mãe se assustou porque ele falara em francês, mas o cavalheiro continuou a ler seu jornal e a tirar baforadas de seu charuto, aprovando ou desaprovando o que lia com sons guturais, sobrancelhas erguidas ou risos sarcásticos. Ela partiu um pedaço do pão e cortou uma fatia do queijo amarelo e gorduroso.

— Tome — disse ela. — Vai ter que se contentar com isso.

O senhor imponente olhou para José por cima do jornal, mal disfarçando um sorriso ao vê-lo comer.

A tarde já quase terminava quando o trem parou na estação de Torrabla, um pouco ao norte de Madri. Quando se aproximavam da plataforma, Henny Gurland percebeu um agrupamento de velhas viaturas militares junto aos trilhos e sentiu um arrepio de medo. O exército espanhol sempre a aterrorizava. Pouco mais de uma dezena de soldados de boinas negras estavam agrupados na plataforma, alguns deles com metralhadoras. Um oficial gritava instruções, mas ela não conseguia entender o que ele dizia. Ele apontava de maneira assustadora para o trem que chegava.

José, ocupado em colocar um pedaço de queijo dentro do pão, não tinha visto os soldados. Como uma criança, cantarolava uma canção, absolutamente distraído.

O senhor de terno colocou de lado o jornal e levantou-se, baixando a janela para olhar para fora. Quando viu os soldados entrando no trem pela frente, voltou-se para Frau Gurland.

— Depressa, *madame*. Vocês precisam sair já do trem.

As sobrancelhas de Henny Gurland se ergueram.

— Seus documentos. Imagino que possam questioná-los. Estou certo?

Ela ficou olhando para ele fixamente, sem revelar coisa alguma. Seu estômago se contraiu. Tudo que ela queria era estar muito distante daquele lugar horrível, da guerra, do perigo. Queria estar com José em algum lugar seguro e feliz.

A TRAVESSIA DE WALTER BENJAMIN

— Direi a eles que estava sozinho nesta cabine — disse o senhor. — Estou viajando aqui sozinho desde Barcelona. A senhora está compreendendo?

A cabeça de Frau Gurland girava. Poderia confiar naquele homem? Ele não estaria dizendo aquilo apenas para assustá-la? Para fazer com que ela se complicasse ainda mais?

— A senhora precisa fazer o que estou dizendo — disse ele apressando-a.

Ela viu nos olhos dele que a preocupação era verdadeira.

— Sou-lhe muito grata, senhor.

Ouviram-se gritos no vagão à frente e batidas de porta.

— Por favor — disse ele —, não me agradeça. Saiam!

Ela e José passaram rapidamente ao corredor, que ainda estava vazio. Ouviam vozes altas cada vez mais próximas ao saltarem do trem e se misturarem na multidão que olhava.

José agarrava-se à mão da mãe.

— O que é que está acontecendo? — perguntou. — São os nazistas?

— Creio que não — disse ela. — São as tropas de Franco. Mas não podemos nos arriscar. A Gestapo está em todo lugar. Até agora tivemos sorte.

— Quem era aquele homem do trem?

— Não sei.

Estavam ali olhando, por trás da multidão curiosa, quando o apito soou e o trem partiu deixando um fantasma de fumaça que ainda ficou alguns instantes na plataforma enquanto o comboio desaparecia na curva.

— Os soldados seguiram no trem — disse José. — Estavam procurando alguém. — Sua mãe concordou. — E era um trem expresso. Esta parada não estava prevista — disse ela.

— E nós vamos ter que ficar aqui, não vamos?

Frau Gurland sacudiu a cabeça dizendo que não.

— Haverá outros trens, tenho certeza. Todas as estradas levam a Madri. — Ela sugeriu que procurassem um café e eles se sentaram no bar da estação, num canto de um salão cheio de fumaça azulada de cigarros e de vozes falando em espanhol.

— Quer mais um pedacinho de queijo? — perguntou Frau Gurland.

José pegou o queijo que a mãe ofereceu, certo de que nenhuma quantidade de comida faria passar a dor que sentia no estômago, aquela sensação de vazio que levava consigo havia alguns meses.

— Coma devagar — disse a mãe. — Você se sentirá melhor.

Subitamente uma pequena chama pareceu acender-se nos olhos do rapaz e seus lábios se abriram. Ele começou a esfregar as mãos como se sentisse frio.

— O que foi, meu filho? Está sentindo alguma coisa?

José não conseguia encontrar palavras, embora seus lábios se movessem levemente.

A mãe se ergueu aflita.

— Você está bem, José?

— A maleta! — murmurou ele.

Henny Gurland sentiu suas mãos ficarem geladas.

— Temos que ir buscar a maleta! — disse José em voz alta, levantando-se da cadeira.

— Sente-se, por favor, meu filho! — disse a mãe, percebendo que vários rostos se voltavam para eles. Aquele não era o momento de chamar a atenção sobre si.

José viu o pânico no rosto da mãe e sentou-se. Deu um soco na palma da mão e a ficou apertando em silêncio enquanto seu rosto se contorcia. Sua vontade era de socar a mesa, gritar, jogar o saleiro contra a parede.

— Está tudo bem, meu filho.

— Não está, não. Como é que a senhora pode dizer uma coisa dessa?

A TRAVESSIA DE WALTER BENJAMIN   383

— Você não tem culpa.

— Eu deixei a maldita maleta no trem!

— Foi um acidente — disse ela. — Nós tivemos que sair às pressas. Os soldados estavam se aproximando.

— Não interessa.

— Por favor, meu filho, não...

— Temos que encontrar aquela maleta — interrompeu José. Grandes lágrimas de ódio encheram-lhe os olhos. Sentia ódio de si mesmo.

— É claro que sim — disse ela em tom apaziguador. — Vamos procurá-la com os carregadores na estação de Madri. Aquele senhor bondoso saberá o que fazer.

— Como é que a senhora pode ter certeza disso?

— Eu não tenho — disse ela. — Mas seja como for, há um endereço dentro. Certamente ele fará a maleta chegar a seu destino em Nova York se nós não a encontrarmos. Algo me diz que ele fará isso. — Ela mesma se surpreendeu com o tom confiante com que dissera aquilo, pois sabia que as coisas não aconteceriam assim. Teriam muita sorte se conseguissem atravessar a fronteira para Portugal naquela noite.

José olhou para a mãe, magoado e com raiva. Aquela segurança dela não representava coisa alguma para ele. Colocou suas mãos grandes espalmadas sobre a mesa e ficou olhando seus dedos, suas unhas sujas, as finas veias azuis logo abaixo da pele. Aquelas mãos não pareciam fazer parte de seu corpo, de José Gurland; tinham vida própria e ele sentiu que não podia controlá-las.

Frau Gurland esticou suas mãos sobre a mesa para tocar as dele.

— O dr. Benjamin queria que chegássemos a Portugal.

José sacudiu a cabeça, deixando que as lágrimas caíssem livremente. O que a mãe dissesse ou que os outros pensassem não tinha a menor importância para ele. Aquele manuscrito significara tanto para Walter Benjamin! Com certeza continha tudo que ele pensara em sua vida, a expressão definitiva de sua experiência humana. Lembrou-se de que Benjamin pedira a Frau Fittko que levasse o manuscrito e o deixasse lá, Walter Benjamin, pendurado no precipício, nos Pireneus. E tinha falado sério. "Ele é mais importante do que eu", tinha dito. "Mais importante do que minha vida."

E ele, José Gurland, o perdera.

— Não fique se culpando, José — disse Frau Gurland. — Você sabe que ele compreenderia.

José ergueu os olhos, lembrando-se de como Benjamin o tinha puxado para si, desajeitado, aproximando seu rosto do dele. Teve a sensação de ainda sentir o odor daquela presença, a textura áspera do paletó de lã em seu rosto e aqueles dedos pequenos a acariciar-lhe o pescoço. Parecia-lhe ainda ouvir aquela voz baixa, gutural, como nenhuma outra que jamais ouvira. "O mundo é um lugar sombrio", dissera ele. "E sempre está desregulado. Mas nós, você e eu, José, nós temos uma pequena oportunidade. Se nos esforçarmos muito, mas muito mesmo, podemos imaginar que a bondade existe. Podemos pensar em maneiras de consertar o mal que foi feito, pedacinho por pedacinho."

Em uma remota aldeia hassídica, assim reza a história, alguns judeus encontravam-se reunidos em uma humilde hospedaria, certa noite de sabá, junto a uma lareira onde a lenha ardia. Eram todos da mesma aldeia, exceto um deles, que ninguém conhecia. Esse tinha uma aparência muito pobre e, com roupas esfarrapadas, permanecia agachado em silêncio em um canto escuro da sala.

Vários assuntos tinham sido discutidos quando alguém sugeriu que cada um dos presentes dissesse o que pediria se lhe fosse dada a realização de um único desejo. Um dos homens pediria dinheiro, outro, um bom genro; um terceiro sonhava com uma bancada de marceneiro novinha, com as ferramentas reluzindo. Um a um os homens foram dizendo o que pediriam e, por fim, restava apenas o mendigo.

Instaram-no a falar, é claro, e depois de certa relutância, ele disse:

— Eu gostaria de ser o rei poderoso de um país grande e importante. Certa noite, enquanto eu estivesse dormindo, um inimigo invadiria meu reino e, de madrugada, seus cavaleiros entrariam em meu palácio sem encontrar qualquer resistência por parte de meus guardas. Acordando de um sono profundo, eu não teria tempo de me vestir; precisaria escapar vestido com minha camisa de dormir. Fugindo por montanhas e vales, atravessando florestas de dia e de noite, eu chegaria, por fim, aqui, a esta hospedaria desprezível, e seria encontrado agora aqui neste canto. É este meu desejo.

Os outros se entreolharam, profundamente confusos.

— E por que isso seria bom para você? — perguntou um dos homens.

Depois de alguns instantes de silêncio, o mendigo respondeu:

— Pelo menos eu teria uma camisa de dormir.

Walter Benjamin

18

Gershom Scholem

Por ser uma pessoa racional, gosto de saber o motivo que me leva a fazer o que faço. Não é suficiente agir; os animais agem, as feras fazem coisas. O que distingue os seres humanos desses seres irracionais é a consciência de si mesmos, por mais tênue que essa possa ser. Então, o que foi, exatamente, que me trouxe aqui a Port-Bou, depois de passados dez anos da morte de Benjamin? Foi apenas um sentimento de culpa — certamente a mais desinteressante das motivações?

Preciso resistir a essa interpretação. Tentei tudo que estava a meu alcance para ajudar Benjamin a ir para a Palestina e nada do que fiz foi fácil para mim. O que poderia eu dizer às pessoas em sua defesa? Que evidências poderia eu apresentar de que Walter Benjamin poderia, de fato, fazer algo de útil? Ele não tinha experiência alguma de magistério e provavelmente se dissolveria diante de uma turma, transformando-se em uma poça diante de seus olhos. Com toda certeza não se poderia contar com ele para um trabalho jornalístico regular: até mesmo os ensaios críticos que escrevia sobre livros eram inescrutáveis e ele não tinha o ritmo de produção necessário para atender a demanda.

Como, então, ele poderia viver? Quem lhe pagaria? O dinheiro era escasso naqueles tempos. Na verdade, eu mesmo tive que sobreviver com quase nada logo que cheguei à Palestina. O que me manteve lá foi a visão profética do *Eretz Yisrael* da qual compartilhava. Eu mal me dava conta da pobreza essencial de nossa gente: sobrevivíamos felizes com a poeira e a luz do sol, e a terra ressequida era uma tábula rasa aguardando a inscrição que faríamos nela. Lembro-me de me ter deixado ficar com a poeira escoando por entre os dedos e quem me visse ali de joelhos poderia pensar que era ouro. Deus estava em toda parte: na fruta que teimava em nascer no Negev, no bruxulear da superfície brilhante do mar da Galileia, no vislumbre das paredes cor de âmbar das velhas muralhas de Israel. Certa vez fiquei parado, em silêncio, diante do Muro das Lamentações. Queria dizer uma prece, mas não consegui enunciar uma só palavra. Cada momento ali já era uma prece atendida.

Pobre Benjamin! Que poderia ele fazer para justificar sua presença na Palestina? Afligi-me, durante meses e meses no final da década de 1920, ao ver que, a não ser que algo fosse feito urgentemente, ele arruinaria sua vida em pouco tempo. Há pessoas que não cuidam de si, que não têm pena de seus próprios sofrimentos. Por sorte o Instituto de Pesquisa Social, em Frankfurt, foi em seu auxílio, oferecendo-se para pagar-lhe por suas "pesquisas". O dinheiro era pouco, porém era pago com regularidade. Mas mesmo aí logo surgiram problemas. Benjamin não gostava das tarefas que lhe atribuíam, que ele julgava irrelevantes para suas principais linhas de pesquisa. "Por que motivo devo escrever sobre assuntos que interessam a Adorno ou Horkheimer? Quem são eles para insistirem que eu faça trabalhos de encomenda?", perguntava ele, cheio de indignação. Queixava-se amargamente de seu trabalho, mesmo quando recebia bem por ele. Quando seus rendimentos foram ficando escassos, em meados da década de 1930, ele foi ficando aflito, como qualquer um ficaria. O Instituto parecia exigir cada vez

A TRAVESSIA DE WALTER BENJAMIN

mais de seu tempo, pagando cada vez menos. "Tratam-me como se fosse um menino de escola", escreveu-me ele de Paris. "Isso é inaceitável. *Non serviam.*"

O que lhe pagavam, por mínimo que fosse, era desesperadamente indispensável. Era patético ver um homem de uma cultura tão sofisticada e original viver naquelas condições, comendo mal e escrevendo artigos que não tinham interesse para ele. Por outro lado, sem essas encomendas de Adorno e Horkheimer, não se sabe o que ele teria escrito. Lembro-me de haver lhe perguntado certa vez: "O que você pretende produzir na próxima década, Walter?" Ele me olhou com aqueles seus olhos tristes, vagamente fora de foco, e disse: "Menos do que na década passada, creio." Em outra ocasião, quando tentava convencê-lo a escrever mais, não apenas por ele, mas também por seus admiradores, ele respondeu: "Toda arte aspira ao silêncio."

Quando, no final da década de 1930, comecei a perceber a magnitude de seus problemas — financeiros e espirituais —, tentei convencer meu editor, Salman Schocken (que estava apaixonado pelo meu trabalho, deixando-me surpreso e feliz), a encomendar a Benjamin um livro sobre Kafka. Entretanto ele tinha lido alguns artigos que eu lhe enviara e disse: "Seu amigo Walter Benjamin é um escritor enfadonho. Não consigo manter-me acordado quando leio um texto dele. Na verdade, não tenho ideia do que ele está querendo dizer na maior parte do tempo." E assim foi. (É claro que protegi Benjamin do impacto dessa crítica, dizendo-lhe que Schocken já dispunha de muitos livros sobre Kafka encomendados.)

Benjamin era de natureza depressiva, o que sem dúvida afetava sua capacidade de trabalho. A melancolia fazia parte de sua expressão: olheiras que iam ficando cada vez mais escuras e mais fundas com o correr dos anos, além de cabelos e bigodes negros, que lhe escureciam ainda mais o rosto. A boca triste (frequentemente coberta pela mão direita, abafando-lhe as palavras) piorava ainda mais a situação. Nos últimos anos passou a não cuidar do cabelo e da barba, embora se preocupasse com outros aspectos de sua aparência, como a escolha de roupas, por exemplo. Eu nunca pude entender como era possível ele conciliar sua falta de atenção à higiene diária com o uso de camisas sociais sempre brancas, belas gravatas e coletes de risca. Seu estilo de vestir-se predileto era, sem dúvida, o estilo antiquário: essa era uma forma de revelar suas afinidades com o passado, quando a leitura e, de um modo geral, a cultura eram consideradas importantes. Mas sua própria falta de limpeza, aquele efeito encardido, dava um toque de ironia ao resultado final. "Sim", parecia ele dizer, "há coisas boas no mundo, mas elas estão muito maltratadas!".

Em Paris, vivendo em circunstâncias terrivelmente degradantes, ele se cercava de fragmentos de sua vida pregressa, a vida de um *gentleman* burguês culto. Seus velhos livros, em encadernações de couro carcomidas, eram arrumados entre peças variadas de cerâmica e porcelana, pequenos desenhos a lápis e belos quadros pendurados nas paredes. Certa vez, quando ele se queixava da falta de dinheiro, sugeri que vendesse determinado desenho de Max Unold que tinha algum valor monetário. Sua resposta irada foi: "Preferia me matar a fazer isso."

Benjamin falava em suicídio abertamente e com certa frequência, portanto não fiquei surpreso quando soube do ocorrido. Sempre achei que, mais cedo ou mais tarde, ele morreria pelas suas próprias mãos. Em Nice, no verão sufocante de 1932, ele chegou a ponto de escrever seu testamento, de próprio punho. Deixava o que tivesse de valor para Stefan, seu filho; os manuscritos ficariam para mim. Esse triste documento chegou-me pelo correio com um bilhete no qual Benjamin dizia que quando eu recebesse aquela correspondência ele certamente estaria morto. Foi quase constrangedor receber sua carta seguinte sem qualquer menção àquela. Como sou uma pessoa discreta, jamais toquei no assunto. O suicídio, como a masturbação, é uma questão íntima.

A TRAVESSIA DE WALTER BENJAMIN 391

A infelicidade de Benjamin era evidente em sua correspondência. Em uma de suas cartas dessa mesma época ele se referiu às "pequenas vitórias" que se obtêm escrevendo, e à pouca compensação que ofereciam, considerando as "grandes derrotas" que a vida trazia. Mas essas não eram tão grandes quanto ele as imaginava. Evidentemente Benjamin não tinha conseguido tudo que poderia conseguir; talvez apenas Goethe ou Shakespeare tivessem podido extrair até a última gota de si mesmo. A genialidade nessa escala é sublime e rara. Benjamin não era dessa espécie de gênio, nem semelhante, porém a qualidade de sua mente era inegável. Podia ser mais bem percebida em suas cartas, creio. Guardei-as todas como a um tesouro, apesar de sua caligrafia ser tão miúda e apertada que eu frequentemente tivesse que recorrer a uma lente de aumento para lê-las. Era com grande esforço que decifrava aquelas páginas manchadas (ele derrubava sobre elas café ou vinho, invariavelmente) como se tentasse juntar as marcas de um pergaminho antigo. Mas que marcas eram aquelas!

Parece estranho que alguém com o temperamento etéreo e idiossincrático de Benjamin sofresse das mesmas ambições e ansiedades de que sofrem os escritores que só se preocupam com os aspectos comerciais de sua obra. Apesar de tão quixotesco, ele desejava profundamente conseguir um número de leitores que lhe permitisse ganhar a vida escrevendo. No século XX isso já não é mais possível, nem para pintores nem para filósofos. O círculo de leitores tornou-se pequeno e quase desapareceu. Eu, por exemplo, não espero encontrar mais do que alguns leitores que se sensibilizem com minha obra: "uma boa companhia, apesar de pouca." Benjamin aceitava isso em tese, mas continuou a batalhar em vão durante duas décadas para extrair um pouco de dinheiro de seus trabalhos de Hércules. "Minha abordagem dos assuntos", escreveu-me ele em um momento de tristeza e percepção de si mesmo, "é avançada demais para se situar num escopo de leitura que interesse ao público". Ele estava certo em sua avaliação.

Até mesmo eu, que passei décadas dialogando com esse homem, pude compreender apenas em parte seus trabalhos mais difíceis e originais, como, por exemplo, seu livro sobre a tragédia no teatro alemão, escrito no início de sua carreira, ou o ensaio que escreveu já no fim da vida chamado *Uma tese sobre a filosofia da história* — magnífica peça de prosa aforística, embora um tanto estranha na maneira tortuosa e hermética como foi escrita. Nem sempre fui capaz de compreender a forma extremamente pessoal com que Benjamin construía suas teses, embora tudo que ele escrevesse fosse, no mínimo, sugestivo. Detesto pensar no grande número de vezes que ele me deixou louco indo de um lado para outro e frequentemente terminando em uma moita de espinhos, sem encontrar a saída. E quantas vezes saí arranhado e sangrando! Entretanto foi através de seus ensaios e suas cartas que passei a entender Proust, Kafka, Leskov, Baudelaire, Krause e tantos outros, como se eu nunca os tivesse lido antes. Apenas o maldito Brecht me derrotou e ainda me derrota. Jamais serei capaz de descobrir o que aquele homem tem de bom. Para mim ele é um charlatão consumado.

Fiquei intrigado e até mesmo inquieto ao ver Benjamin ter uma atitude dupla em relação a Brecht, dizendo a ele uma coisa e a mim outra. Brecht criticava seu "misticismo" e seu "judaísmo". Em uma carta de 1938, Brecht escreveu a ele: "Você precisa se esquecer dessas suas tendências sombrias, desse desejo quase oriental de encontrar Deus. Deus não existe. Só o que existe são as pessoas e seus problemas. A finalidade da literatura é perturbar as pessoas para fazê-las resolver — ou pelo menos tentar resolver — seus problemas." Quanta estultice!

Os aspectos místicos e judaicos do pensamento de Benjamin eram exatamente o que me atraía nele. O valor que ele atribuía a Brecht era outra coisa. Eu já havia lido várias das peças de Brecht, sem grande interesse. Por insistência de Benjamin, fui assistir a uma encenação da *Ópera de três vinténs* em 1932. Estava em cartaz com

A TRAVESSIA DE WALTER BENJAMIN

a casa cheia havia dois anos, portanto imaginei que tivesse algum impacto. As pessoas não jogam seu dinheiro fora dessa maneira. Por isso fiquei verdadeiramente espantado ao ver um público da classe média a aplaudir alegremente uma peça em que o autor cuspia neles de maneira raivosa. Aquele público sem autoestima, predominantemente judeu, foi um espetáculo mais chocante que a peça em si. Dentro de três meses, é claro, Hitler assumiria controle total da Alemanha; vista em retrospectiva, a atitude daquele público parece ainda mais surpreendente e mais assustadora. (Sinto-me quase tentado a dizer que atitudes como aquela poderiam explicar, em parte, o que aconteceu depois.)

A não ser por Brecht, Benjamin não se interessava pelos escritores "famosos" ou "interessantes" da época, como Lion Feuchtwangger ou Emil Ludwig. Heinrich Mann foi uma exceção. Seus romances ágeis, de humor inteligente e cáustico, agradavam-no e ele insistia em que eu os lesse. Eu não gostava muito daquele cinismo irreverente, mas sabia apreciar o talento do autor. O irmão de Heinrich, Thomas, não teve qualquer importância para Benjamin até o surgimento de *A montanha mágica*. Subitamente chegou-me uma missiva carregada de elogios: "Sem sombra de dúvidas, o que caracteriza esse romance é algo que me toca e sempre me tocou; ele me fala de maneira tal que eu posso avaliar e reconhecer o que há ali, algo que admiro muito. Por menos atraentes que essas análises venham a ser, não posso deixar de imaginar as transformações internas pelas quais o autor passou enquanto escrevia. De fato, estou certo de que isso aconteceu."

Entristece-me pensar em tudo que perdi com a morte de Benjamin. Mas, na verdade, eu já o havia perdido. Já tínhamos deixado, talvez mais cedo mesmo do que eu queria admitir, de compartilhar nossa vida intelectual da maneira como fizemos a partir de Berlim, muito tempo atrás. Os problemas começaram no verão de 1928, quando ele se envolveu novamente com Asja Lacis, que me

394 JAY PARINI

detestava e fazia o possível para nos separar. Ela o atraía para si e o atormentava; por fim fez com que se afastasse de seus interesses mais profundos, levando-o a perder tempo com o pensamento dialético da pior espécie. Hegel já é ruim, mas pseudo-hegelianismo é demais! O Benjamin que conheci em 1918 não teria tido o menor prazer em jantar com o Benjamin de 1928.

Para mim era evidente, e creio que para Benjamin também, que sua vida em Berlim não tinha mais sentido. Seu casamento com Dora já havia se desfeito e Asja não viveria mesmo com ele, a não ser intermitentemente e de maneira insincera. Qualquer pessoa que olhasse em torno de si veria que a Alemanha não era um lugar para judeus. Os judeus haviam sido transformados em demônios e classificados como Diferentes. Hitler e seus amigos sabiam muito bem que é necessário criar um inimigo quando se quer fazer avançar uma ideologia. Novamente fomos nós o povo escolhido.

Insisti com Benjamin, de novo, para que fosse ter comigo em Jerusalém e ele concordou. "Finalmente tenho claro, agora, o que preciso fazer", escreveu ele. Mas primeiro precisaria aprender hebraico e para isso fiz contato com um velho amigo meu, Max Meyer, de uma família assimilada, um dos poucos sionistas que ainda estavam em Berlim e que sabiam a língua suficientemente bem para ensiná-la. Benjamin dedicou-se firmemente aos estudos durante uns dois meses, mas logo pude ir vendo, em suas cartas, que o projeto não chegaria ao fim. Os interesses de Benjamin encontravam-se em outro lugar.

Como pude deduzir mais tarde, naquela ocasião ele passara a desperdiçar seu tempo em um longo artigo sobre Goethe para uma tal enciclopédia que o Kremlin achara de publicar. Isso pode ser contabilizado como mais uma vitória para Asja Lacis, que àquela altura dominava não apenas os sentidos de Benjamin, mas também sua mente. Escrevi-lhe uma carta cruel, repreendendo-o por sua incapacidade de continuar os estudos de hebraico e levar

A TRAVESSIA DE WALTER BENJAMIN

avante seus planos de uma emigração para a Palestina. Benjamin respondeu-me com seu jeito pesaroso característico: "Infelizmente não posso defender-me das repreensões que você me fez; elas são absolutamente justas. Quanto a isso, devo dizer-lhe que descobri em mim uma tendência patológica a vacilar que, lamento ter que admitir, manifesta-se de tempos em tempos." De tempos em tempos!

Nosso último e triste encontro foi em Paris, dois anos antes da guerra, e jamais me esquecerei dele. Já fazia dez anos que não nos víamos e sua degeneração física causou-me mal-estar. Ele engordara e tinha uma barriga alta e bem pronunciada. Um queixo duplo surgia cada vez que ele baixava a cabeça. Até mesmo as articulações dos seus dedos pareciam inchadas, o que indicava problemas de coração, creio eu. Sua pele adquirira a aparência de jornal velho e muitos fios prateados contrastavam com seus cabelos negros; o bigode parecia mais abundante do que nunca. Estava maltratado, quase decadente. Sua visão, que sempre fora ruim, tinha piorado e ele se agarrava a meu braço como se fosse um ancião ao caminharmos pelas ruas. Algumas passadas mais rápidas, ou alguns degraus, resultavam inevitavelmente em falta de ar. "Você está me matando, Gerhard! Você é jovem! Tenha piedade de mim!"

Vínhamos discutindo sobre as teorias marxistas sobre a linguagem havia vários anos e naquele momento decidi partir para o confronto.

— Você está querendo retirar da linguagem todo o seu aspecto mágico — disse eu. — A linguagem não é uma ciência.

— Você está errado, Gerhard. Não prestou atenção ao que eu disse, como de costume.

Quantas vezes na vida eu já havia ouvido isso do meu amigo Benjamin? Mil vezes? Eu gostava de ouvi-lo falar assim: "Você está errado, Gerhard. Não prestou atenção ao que eu disse." Ele sempre dizia isso com afeto, com um jeito meio divertido. Mas aqueles anos de leitura das tolices de Marx custaram-lhe caro e o tom de brincadeira desaparecera. "Você está errado, Gerhard" significava, sem dúvida alguma, que eu estava mesmo errado. Que eu estava errado!

Ainda assim, sempre que discutíamos sobre linguagem ele continuava a fazer distinção entre a palavra de Deus e a palavra dos homens. Insistia nisso como o fundamento de toda teoria linguística. A diferença entre elas permaneceu viva dentro dele, embora ele lutasse consigo mesmo para manter-se nos limites do pensamento marxista ou pseudomarxista. Dava pena ouvi-lo contorcendo-se mentalmente, pouco à vontade. Era o resultado inevitável daquela posição difícil de defender honestamente.

Depois de uma das discussões mais complicadas, peguei suas mãos entre as minhas e disse:

— Vamos, Walter. Para Jerusalém.

Seus olhos, prisioneiros de espessas lentes, encheram-se de lágrimas.

— Não posso ir com você, Gerhard — disse ele. — Mas iria, se fosse possível. Você precisa acreditar em mim.

Estávamos sentados em um banco sob uma árvore, conversando e vendo passar as pessoas. Por trás de nós havia uma livraria e levei Benjamin para olhar a grande vitrine, repleta com centenas de exemplares do livro recente de Céline, *Bagatelles pour un massacre*, um libelo antissemita selvagem e grandiloquente em seiscentas páginas. Aquele livro tinha conquistado a mente dos intelectuais franceses e era muito respeitado, apesar da vulgaridade e do racismo nele contidos.

— O que é que seus amigos acham disso? — perguntei. — Eles acham que Céline não quer fazer mal a ninguém?

— Dizem que não passa de uma brincadeira.

— Você acha que é uma brincadeira, Walter?

Benjamin indicou com a cabeça que não. Era evidente que não se tratava de uma brincadeira e que jamais o seria. A *trahison des*

A TRAVESSIA DE WALTER BENJAMIN 397

clercs que levaria milhões a serem incinerados em campos de extermínio estava apenas começando.

Passamos o resto daquela noite em um obscuro café na Rive Gauche com a parenta brigona de Benjamin, Hannah Arendt, e o ainda mais irritante Heinrich Blücher, com quem Hannah veio a se casar. Arendt estava muito obcecada com os julgamentos exemplares de Stalin e os criticava de maneira muito loquaz.

— Stalin é um monstro! — dizia ela, chamando atenção sobre nós. Benjamin disse:

— Você está exagerando a situação, Hannah, como de costume.

— Ora, Walter — disse Blücher —, você não está defendendo o que se passa agora na Rússia, está?

— A União Soviética é uma experiência ousada — disse ele. — Talvez seja uma experiência fracassada... isso eu até aceito.

Dei uma gargalhada.

— Você ainda me mata de rir, Walter. Como pode chamar aquilo de experiência fracassada? — Eu considerava o regime stalinista um modelo de barbárie.

— É triste, sabe? — disse Benjamin. — É triste ver algo que começou como uma tentativa tão nobre de tornar a vida melhor... degenerar-se dessa maneira. — Depois de um longo silêncio, Benjamin continuou: — O capitalismo não dará certo quando levado às últimas consequências. Coloca ênfase excessiva no lucro a curto prazo. É ruim para a economia e ruim para o povo. — Ele estalou as articulações dos dedos e acrescentou: — O mundo se transformará em uma montanha de lixo brilhante e depois vai explodir de vez.

Arendt não gostou nem um pouco da atitude dele, embora nunca deixasse de demonstrar muito respeito por Benjamin. Ela o adorava de fato. Podia-se ver isso em seus olhos.

E eu o adorava também, apesar de sua teimosia irritante e de sua maneira de se apegar a uma ideologia decadente. Ele sofria do mesmo desejo obsessivo de muitos intelectuais de consertar o mundo por meio de uma ação inteligente, mas a inteligência humana não pode consertar o mundo. Sem a necessária compaixão, a humildade e um profundo ceticismo quanto a sua própria virilidade, a inteligência humana tem apenas poder para destruir.

— Ele era um homem notável — disse *madame* Ruiz. Concordou em me mostrar seu "verdadeiro túmulo", como disse ela.

O funcionário do cemitério, Pablo, tinha me levado por um caminho de pedrinhas até um túmulo sem nome na tarde anterior. Disse que ele mesmo tinha enterrado Benjamin naquele lugar e que o sargento Consuelo, do posto de polícia local, acompanhara pessoalmente o enterro. Não sei por que, mas não acreditei nele. Seus olhos evitavam os meus, o que indica que a pessoa é mentirosa.

— Não se pode confiar no Pablo — disse *madame* Ruiz. — Ele é como todos os outros aqui, absolutamente não confiável. — Levou-me para outro local, embora esse outro túmulo tampouco tivesse um nome. — Tenho certeza de que é este — disse ela. — Eu estive presente ao enterro. Foi muito comovente. Não havia uma só nuvem no céu e uma gaivota pousou bem ali, ao lado da pedra.

Ela também mentia. Ninguém se lembraria de uma gaivota. Havia gaivotas por toda parte, pousando em pedras de túmulos. Mas resolvi que aquilo não tinha importância. Ele estava ali em algum lugar daquele cemitério, que era um lugar cativante, um dos lugares mais bonitos onde já estive. Odores suaves desciam pelas colinas, em uma mistura de perfumes de flores com um leve toque de musgo e menta. O pequeno bosque do cemitério descia como um precipício até o Mediterrâneo e seu gramado parecia um tapete voador suspenso no ar azul. Os caixões ficavam bem encaixados em muros de pedra que pareciam desafiar a gravidade.

Embora não fosse confiável, *madame* Ruiz era uma mulher inteligente e culta. Aparentemente tinha feito o possível para

A TRAVESSIA DE WALTER BENJAMIN

evitar a tragédia, mas em vão. Benjamin, por motivos que só ele conhecia, tinha decidido que seria melhor acabar com sua própria vida naquele dia, dez anos antes, do que seguir em frente, atravessando a Espanha até chegar a Portugal com Frau Gurland e o filho.

— O senhor o conheceu bem, professor? — perguntou ela.

— Conhecemo-nos em Berlim, antes da guerra... da Grande Guerra — disse eu. Queria que ela soubesse da extensão de nossa amizade, ainda que não tivesse como saber de sua profundidade. Seria impossível sequer sugerir a profundidade de uma amizade como a nossa. Desafia qualquer descrição.

— Ah, a Grande Guerra — disse ela. — Meu pai esteve nessa guerra. — Depois de falar muito sobre o pai, um oficial subalterno de Nice, em uma conversa longa e cansativa, ela me perguntou sobre Walter Benjamin. — Ele escrevia algum tipo de livro? Era um escritor famoso?

Expliquei a ela que o trabalho dele não era bastante conhecido, mas que eu o admirava muito.

— Algum dia ele será reconhecido como uma voz importante — disse eu. — Seu ponto de vista filosófico era... — Não consegui continuar o que estava falando e fiquei em silêncio.

— O senhor me aconselharia a ler algum dos livros dele? — perguntou ela.

— Há apenas um livro, que é um tratado sobre o teatro alemão — expliquei.— É muito difícil de ler. E há também uma coletânea de ensaios e fragmentos, intrigante, porém inadequado à leitura.

Tive vontade de começar a falar sobre a vida e a obra de Benjamin, porém pareceu-me que seria perda de tempo. Ali de pé junto a seu túmulo dei-me conta de que o que se foi, se foi. *Madame* Ruiz estava apenas querendo me agradar. Eu era um hóspede e nada mais. Quanto mais tempo eu permanecesse em Port-Bou chorando a morte de meu amigo, mais gastaria no hotel dela.

Apesar de ter viajado muito para chegar ali, não tinha vontade de me demorar junto a seu túmulo. Os sentimentos de culpa que tomaram conta de mim não eram bem-vindos nem elevavam meu espírito. Afinal de contas, não era por minha culpa que ele estava morto. Benjamin foi morto por Hitler e por Karl Marx. Foi morto por Asja Lacis, que jamais o amou de verdade, e, sim, por Dora, sua mulher, que nunca aprendeu a amá-lo como deveria. Foi morto, certamente, pelo Anjo da História, a quem ele jamais conseguiu satisfazer. Acima de tudo, ele foi morto pelo Tempo, que às vezes parece estar esperando nas coxias, mas que acaba sempre entrando no palco e invocando para si a autoria de tudo que se passou — cada pequeno passo dado, cada expressão do rosto, cada brilho nos olhos, cada batida descompassada do coração, cada gesto aleatório.

Não consigo parar de pensar naquele ensaio dele, naquela intratável, porém instigante, *Tese sobre a filosofia da história*. Benjamin escreveu: "O mundo messiânico é o mundo da imediação total e onipresente. Apenas nele é possível haver uma história universal." Essas palavras, escritas quando as tropas de Hitler atravessavam as fronteiras da França em tempos sombrios, ficaram em minha memória como uma estranha luz branca. "Não seria a história escrita", continuou Benjamin, "mas uma história representada festivamente. Essa festa é livre de todo tipo de solenidade. Desconhece hinos festivos. Sua linguagem é uma prosa tal, que rompe os grilhões da escrita e é compreendida por todos os seres humanos."

O mito de Babel o obcecava, assim como a mim. Espessas paredes de incompreensão se interpõem entre cada um de nós, incapazes que somos de nos dirigirmos uns aos outros a não ser por meio de alguns sinais rústicos e gestos abstratos ou em línguas excessivamente idiossincráticas e pessoais para serem compreendidas. Isso é descrito com grande frequência e beleza no *Zohar*.

"Algum dia", escrevera Benjamin, "a confusão das línguas chegará ao fim. E as pessoas deixarão de contar histórias, também, pois essas estarão absorvidas na prosa integral única".

A TRAVESSIA DE WALTER BENJAMIN

— O senhor está se sentindo bem, professor? — indagou *madame* Ruiz, praticamente gritando com o rosto junto ao meu. — O senhor está preocupado?

Sacudi a cabeça. Não, eu não estava me sentindo bem. Walter Benjamin estava morto e suas palavras tinham se espalhado como milhões de esporos pelos ventos negros que varreram a Europa em 1940. Não, eu não estava me sentindo bem e nunca mais me sentiria bem. A não ser que suas palavras invisíveis caíssem em algum solo fértil, ali encontrassem os nutrientes, lançassem raízes e, tremulantes, rebentassem novamente cheias de vida.

Havia verdade naquelas palavras e a verdade é a única coisa que não pode ser destruída, embora frequentemente precise usar disfarces e esconder-se com astúcia e arte em lugares onde ninguém se dê o trabalho de procurá-la.

Nota do autor

Esta é uma obra de ficção. Como tal, não se pretende investida dos tipos de verdade que as pessoas esperam encontrar em obras de pesquisa acadêmica ou em biografias convencionais. Entretanto mantém-se próxima aos fatos verdadeiros da vida de Walter Benjamin, o que significa dizer que os nomes, as datas e as localidades são apresentados com precisão e que os acontecimentos descritos neste romance ocorreram de maneira bem semelhante à aqui relatada.

Comecei a ler Benjamin em 1969, quando um amigo me fez chegar às mãos um exemplar de *Illuminations*, que acabara de ser publicado nos Estados Unidos. A voz daqueles ensaios incrivelmente compactos, enigmáticos e sugestivos permaneceu comigo durante vários anos e li com grande interesse quase toda a obra de Benjamin na década de 1970, quando ela se tornou bem conhecida nos círculos acadêmicos. Em meados da década de 1980, na Itália, encontrei por acaso uma crítica das memórias dos tempos da guerra na França escrita por Lisa Fittko, que incluía suas aventuras conduzindo Benjamin e os Gurland pelos Pireneus. Quase que simultaneamente descobri o comovente livro de memórias de Gershom Scholem, *Walter Benjamin: the Story of a Friendship*. A partir de então este romance me pareceu inevitável.

No ano de 1989, em Jerusalém, entrevistei vários amigos e antigos alunos de Scholem e comecei a fazer anotações para este romance. Tive também a sorte de conhecer e entrevistar Lisa Fittko, que me ajudou de maneira constante e amiga enquanto eu escrevia este livro; sem seu apoio eu não teria tentado realizar este projeto. Entretanto, ela me fez prometer que eu diria com todas as letras neste posfácio que a "Lisa Fittko" de meu romance, apesar de inspirada em uma pessoa verdadeira, é uma personagem fictícia, produto de minha imaginação.

Algumas outras fontes secundárias foram de especial importância para mim ao escrever este livro, principalmente as memórias de Asja Lacis e as cartas do próprio Benjamin (coletadas em *The Correspondence of Walter Benjamin, 1910-1940*, editada por Gershom Scholem e Theodore W. Adorno em 1978) e seu *Moscow Diary* (editado por Gary Smith em 1986). Sou também grato pelos trabalhos de crítica a Walter Benjamin escritos por Susan Sontag, Hannah Arendt, Gary Smith, Richard Wolin, Leo Lowenthal, Robert Alter, John McCole, Susan Buck-Morrs, Jeffrey Mehlman e Bernd Witte.

Todos os excertos de Walter Benjamin citados neste romance foram traduzidos por mim, em parte para assegurar a unidade de sua voz na tradução.

Por fim, gostaria de agradecer à minha mulher, Devon Jersild, o encorajamento constante e o companheirismo intelectual e, ainda, de expressar minha gratidão a Amós Oz e a Sir Isaiah Berlin pelas muitas conversas amigas que ajudaram a dar forma à minha visão de Walter Benjamin e de seu mundo. Sou grato também ao pessoal da Bibliothèque Nationale, em Paris, por fazer com que o tempo que lá passei fosse produtivo e satisfatório.

Este livro foi composto na tipografia
Palatino LT Std, em corpo 11/16, e impresso
em papel off-white no Sistema Cameron da
Divisão Gráfica da Distribuidora Record.